梁健 —— 著
LIANGJIAN WORKS

XILANG
XIA

西廊下

重慶出版集團 重慶出版社

图书在版编目(CIP)数据

西廊下 / 梁健著. —重庆:重庆出版社,2019.2
ISBN 978-7-229-13736-6

Ⅰ.①西… Ⅱ.①梁… Ⅲ.①长篇小说—中国—当代
Ⅳ.①I247.5

中国版本图书馆CIP数据核字(2018)第271706号

西廊下
XILANGXIA
梁　健　著

责任编辑：钟丽娟
责任校对：杨　婧
装帧设计：八　牛

重庆出版集团
重庆出版社 出版

重庆市南岸区南滨路162号1幢　邮政编码：400061　http://www.cqph.com
重庆出版社艺术设计有限公司制版
重庆市国丰印务有限责任公司印刷
重庆出版集团图书发行有限公司发行
E-MAIL:fxchu@cqph.com　邮购电话：023-61520546
全国新华书店经销

开本：720mm×1000mm　1/16　印张：26　字数：396千
2019年2月第1版　2019年2月第1次印刷
ISBN 978-7-229-13736-6

定价:52.00元

如有印装质量问题,请向本集团图书发行有限公司调换：023-61520678

版权所有　侵权必究

目录

西廊下

001　写在之前

001　上部 ｜ 童年的那头

157　中部 ｜ 很感谢你能来

285　下部 ｜ 不舍昼夜　澎湃而行

【写在之前】

> 2016年初春，午饭后我一个人来到公园散步，风大，也好冷，却让本来模糊的头脑一片清明。我终于知道我的第二个故事要写些什么。我要用文字重新点亮我记忆中的吉光片羽，用文字向我的朋友和心爱的人致敬。这是写给七零后的动情歌。

童年的那头

上部

1

　　东方刚刚露出了鱼肚白,天际线上有一线羞答答的粉红色带,这个体量巨大、包罗万象的城市还未完全苏醒过来,可是车里的几个人却兴奋异常,一路的欢声笑语,完全看不出来在半夜早起赶飞机的疲惫样子。这其中可能只有申沉的心情不大一样,他很少说话。虽然一路上从市区到首都机场一路畅通,可也用了一个小时,在这段时间里,申沉好像都没有说过话。将车停在停车场里,车上的几个人下来陆续拿行李,申沉拉过一辆手推车,将几个大大的行李箱放好,和老大并肩向航站楼走去。

　　在通过航站楼前面的马路时,一架刚刚起飞的客机呼啸着从头顶上方飞过。虽然时间尚早,可首都机场已经是一片忙忙碌碌。飞机频繁地起降,航站楼内灯火通明,申沉觉得那光有些刺眼了。他在国际出发的6号门入口处停了一下,抬头望着刚刚从头顶经过的那架飞机,客机已经飞得很高,看不清楚了,只有飞机的尾烟在这个还比较寒冷的早晨,在高高的天空留下了一道白色的线,指示着它的方向。"喂,申沉,快点儿,小白他们都进去了。快过来。"老大在催促他了。申沉在心里骂了一句,推着行李车快步走进候机楼。小白拉着儿子，高高兴兴地走在两人的前面，申沉推着行李车，还是一言不发地走在老大的身体左侧。老大注意到了申沉的情绪，他把挎在左肩上的背包换到了右肩，用左胳膊揽住申沉的肩膀，用力地拍了几下。"别难受了，我知道你的心情。"老大说。"没难受。"申沉说。又走了几步，来到值机岛，办手续的人很多，队伍排了很长，小白和儿子拉着双手在做原地转圈的游戏，他们两人在身后看着这母子俩。小白看到了申沉的表情，也有些难过了。毕竟此去那么远，以后也只能间隔好多年才回来一次吧。眼前这个伙伴，陪伴了他们二十多年，也可以说是他们陪伴了他二十多年，小白和老大夫妻俩，与申沉是高中的同班同学，现在已经是人到中年。想到这些，小白的眼睛有点湿润了，她叫身边的儿子，"过来，儿子，让你叔叔抱抱。"男孩听话地走到跟前，抬头笑着对申沉伸出双臂，"叔叔抱。"申沉弯腰，将男孩一下子抱起，用了比平时更多的力气，所以男孩一下子也突破了以往被申沉抱起时的高度。"啊，哈哈……好高啊。"孩子开心地笑着。申沉把男孩搂在胸前，侧过头对小白说："多保重吧。祝你们一路平安。"小白有些激动，嘴唇抖了几下，没说出什么话，她走到近前，申沉也腾出一只胳膊，与小白拥抱了一下。

　　托运完行李，换好了登机牌，申沉不想再往前送了。因为再往前走，到了安检处也是分别。申沉停住脚步，老大一家也转过身，"我就送到这儿了，不送了，你们进去吧。一路平安。"老大这时候也意识到了这分别在即，他的眼睛也红了，他走过来，小白和儿子在旁边看着他俩，看着这对好朋友。老大低头对申沉说："申沉，记住我今天的话，不论我走到哪里，我们都是好朋友。我都会惦记着你。""知道了。""不是知道，是记住，牢牢地记住。""记住有个屁用，想找你的时候我去哪儿找你？"申沉的声音有些不自然。"别闹情绪了，我们移民出去，不也是好事吗？你应该为我们高兴才对。再说，我不是还要回来吗？隔个三五年，就会回国内待一阵子。又不是再也见不到了。"老大说。可申沉听来却像是临终关怀的话一样，"说真的，我为你们高兴，打心底里为你和小白，为你们这一家子高兴。祝你们平平安安，一家幸福。走了我。"申沉说完，扭身就往外走，老大在后面又喊了他一句："你也多保重啊。"申沉没再回头，他只是低着头，抬起右手摆了摆。

申沉从停车场里开出汽车，没有直接驶上机场高速公路返回市区，他沿机场北线向机场的跑道方向驶去，在一处偏僻的空地上停了车，这里是一处离机场跑道最近的地方，被铁丝网隔开，与跑道的距离还有将近三百米。申沉将车停在那里，看了眼手表，离老大他们的飞机起飞还有两个小时，他把身上的衣服裹紧，车窗摇好，想合眼睡上一会儿，他没有上闹钟，因为申沉能够肯定，他绝对不会错过时间。

在将近两个小时的时候，申沉自己醒来了，又在车里静静地坐了一会儿，他拉开车门，把衣领竖起，走到铁丝网的边上，风有点儿大，他拉开一截胸口的衣服，埋下头，把烟缩到衣服里面才点燃。远处的一架国航波音777客机正缓缓驶来，虽然只是缓慢地滑行，发动机的声音却仍然很大，飞机在他面前转了个弯，掉了一个头，然后静止在跑道上面。大约过了两分钟，也许是得到了指挥塔台的起飞指令，引擎声骤然增大，几乎要将耳膜震穿。巨大的两个引擎向后喷射出强劲的气流，仿佛海市蜃楼一样隔着层层水雾，波音客机在巨响中猛然启动，速度飞快地冲向前方的跑道，不过十几秒钟，客机硕大的身躯已经拔地而起，仰着头直插云霄。

申沉用脚踩灭香烟，抬头看着天空里飞机的小小的身影，小声地嘟哝了一句："多保重，爱上哪儿上哪儿去吧。"他说着这石头一样硬的话，可还是流下眼泪。高速路上，申沉对着后视镜，用手背又抹了抹眼睛，他在心里笑话自己如此的没出息。申沉调小音响的音量，拿出手机，拨通了迟立辉的电话，在接通前，他清了清喉咙，不想被对方听出声音的异样。"喂，走了他们？"手机里传来辉子半梦半醒般的声音。"走了，飞机九点准时起飞的。我在往回走的路上。""来呀！"又是辉子常说的一句话，声音明快清晰，充满韵律，明显已经在声音主人之前清醒过来了。"来他×哪儿呀？"申沉说出了像以往一样，对暗号一般的对答，他自己也笑了。"老地方，今天周末，把他们都叫上，好好喝一场。你老大走了，咱们该喝也得喝呀。"迟立辉兴致高涨。"好，等着我。我他×也正想喝酒呢，别人我不管，能来最好，来不了拉倒。姜南、才才和二老虎必须在。今天晚上不醉不归。"申沉挂掉电话，用力踩下油门，汽车轰鸣着向市区扑去。今天晚上一定要痛痛快快地醉一场，为很多人，很多事。申沉想起了自己第一次喝醉酒的时候。那年他只有六岁。

这个故事开始的时候，让我们暂且把时间的脚步倒回到三十多年前。

2

　　二老虎有一点让家里人特别喜欢，他从来不睡懒觉，基本上大院里其他人家起来的时候，他就已经起床了，甚至比家里人起得都早。他在脸盆架上的洗脸盆里面用香皂洗完脸，学着大人的样子把毛巾的水拧干，在脸上，额头上，顺带脖子全部抹了一把，再像模像样地把水盆里面带着香皂沫的水倒进院子里的水池，然后回屋，把头天晚上他爸放在桌上的零钱装进口袋，从厨房里拿出一个钢锅，就去胡同口的早点摊给家里人买早点去了。排队买早点的人全是居住在附近胡同里的大人，还有抱孩子的妇女和老人，可像二老虎这种六七岁的孩子独自一人为家里大人买早点的还真不多，所以大家都挺喜欢他，觉得他虽然还是个孩子，可是懂事儿。男人们一边排队，一边吸着今天的第一支烟，有些人可能是第二支了，第一支烟是在更早的时候，在胡同的公共厕所里面蹲坑儿时吸完的。二老虎挤在他们中间，吸着他们吐出的二手烟，他觉得那味道不错。这就是所谓的男人味儿吧。

　　当二老虎端着一锅豆浆，锅盖倒扣在上面，托着10根油条走进院子时，整个院子的住户差不多都起来了。大人们在那个可以容纳8个人同时洗漱的水池边两两相对地排开，当有人提着大水壶或是脸盆过来打水的时候，会同时有几个人闪身在旁边，嘴唇上还糊着一圈雪白的牙膏沫，一手端着个把儿缸子，一手举着牙刷，口齿不清地说着："来，来，这儿接来。"

这只是一个与往常几乎毫无差别的早晨，北京时间还不到7点，因为对门那家每天早晨为全院子人播广播的大喇叭收音机还没有发出准点报时的声音。可阳光很足了，透过院里的几棵高大的槐树的枝叶，在院子里投下一地的树影斑驳。"嗬，二老虎买早点都回来了，真早嘿。老张，你们家真是有福气，二老虎才6岁，家里就指望上了。真不错。"其他人家也都发出不同的赞美之声。住在西屋的姜叔正在从煤气炉上往下拿蒸锅，里面热着昨天晚上吃剩的包子，他说完刚才那句话，又回头看了一眼还在屋里床上呼呼大睡的儿子姜南。他儿子比二老虎小两岁，可除了吃和玩，什么都不干，这不，昨天晚上家里蒸肉包子吃，这小子一人吃了4个大肉包子，姜叔自己才吃了3个，姜婶儿就不让他吃了，他都没吃饱。所以说是昨天剩下的，姜叔有点委屈，他最后是靠两碗棒子面儿粥找齐的。

二老虎端着锅进了家门，爷爷、爸爸和小叔早就整齐地在饭桌前面坐好，一脸讨好地看着他进来。妈妈正在往桌子上面摆碗筷和咸菜碟。姐姐还在里屋收拾书包，她比二老虎大三岁，已经上小学三年级了。姐姐不爱吃他买来的这种早餐，她早就吃腻了，她现在喜欢吃的早餐是动物饼干和果料面包。小叔把二老虎手中的早点接过来，捏了捏二老虎的小胖脸，"老虎，他们刚才又夸奖你了吧，我听得出来，他们说的都是真心话。不过你可不能骄傲呀，要保持，要长久地保持下去，一个人一天两天做好事买早点不难，一个月两个月做好事买早点也不难，难的是一辈子做好事，给家里人买早点。""对，你小叔说得对，老虎，要记住，考验你的路还长着呢。"二老虎的爸爸随声附和着，别看他们都已经是大人了，可在二老虎眼里，爸爸和小叔还是像孩子一样，和他们这群小孩子差不多，时不时地胡说八道，胡闹一通。爷爷没说什么，瞟了身边的两个儿子一眼，用勺子盛了一大勺糖，放在豆浆里，又用筷子夹起一根油条，一下子泡在了豆浆里面，碗里"嘟，嘟，嘟"地升起一堆气泡。二老虎的妈妈在桌子旁边坐下，夹起一根油条，咬在嘴里，又去盛豆浆，"你们呀，想得美，还想让老虎伺候你们一辈子早点，老虎长大以后不结婚呀？结了婚，就去给老丈人和丈母娘买早点了，谁还管你们。快点吃，儿子。""妈，我能坚持，我对自己要求严格着呢。"二老虎高高地挺起小胸脯一本正经地对着桌子上的几个大人说。"那就是好样的。"爸爸和小叔异口同声地说，爷爷又瞟了他这两个儿子一眼，开始往豆浆里面泡第二根油条。

"二老虎"大名叫张伟男，因为长得虎头虎脑的，上面又有一个姐姐，在家里排老二，所以胡同里的街坊邻居都习惯叫他"二老虎"。二老虎之所以觉得他能一直严格要求自己，与大人们对他真诚的或者是像爸爸和小叔那样别有用心的夸奖其实没什么关系，只不过是他自己觉得应该这样去做。这是因为二老虎认为自己是一个习武之人，习武之人当然要对自己要求严格，还要冬练三九，夏练三伏呢。吃完饭，他照例从门后面拿出他那柄木头刀，来到院子里，太阳已经老高了，二老虎脱下身上的小背心，放在一边的板凳上面，又像模像样地下腰踢腿，活动了一下身体，便把那柄木头刀拿在手里，在树荫下又砍又刺地练了起来。这柄木头刀是今年春天爷爷买给他的玩具，街里的男孩子几乎人手一把，有的还有红缨枪呢。那一阵子，街道上的男孩子们真是过足了瘾，成天在一起追来跑去，打打杀杀的。当然也有在打闹中不小心受伤的，因为这个，旁边那条胡同的两家人还闹了别扭。可那热乎气儿来得快，去得也快，像二老虎这样，每天吃完早饭还要在院子里面练习一阵刀法的孩子就剩下他一个了。所以二老虎更觉得自己是天生的习武之人。除了这个，还有一个原因，让他觉得练刀这件事一定要坚持下去不可，那就是他第一次把这柄木头刀架在申沉脖子上的那一刻，申沉那复杂的眼神让他觉得一辈子也忘不了。

北京西城区西直门南小街，紧邻着现在的西二环。说得更具体一点，就是从车公庄往东，往南，一直到阜成门、白塔寺这块儿，途中有这样一个地方，有一个美丽动听的名字，叫"西廊下"。西廊下真是一块风水宝地。这里的街道和胡同，还有胡同里那些保护神一般高大挺拔的杨树、槐树、枣树，回荡在天空里的鸽哨声，树荫下的棋局，这一切是如此的安详美丽，把北京城的美浓缩其间。不管是独门小院，还是那种大杂院，"远亲不如近邻"这句话在这片土地上都具有十分具体的解释和更深的含义。

不说更远的，就拿西廊下这块地方来说，与二老虎年纪相仿的孩子就有一大批，当然女孩子不算，他们是不和女孩子们一起玩儿的。光是男孩子，也得有二三十个。可这些人里面，能让二老虎看在眼里的，只有申沉和迟立辉两个人。说起这两个人，二老虎其实多少还是有些无可奈何与嫉妒之心。因为同作为这一片孩子王的三个人中，申沉和迟立辉好像更胜他一筹。说不清为什么，在许多时候，他们两个表现出来的聪明才智让这一片的孩子们会有一种望尘莫及的感觉。受这种奇妙感觉的驱使，周围的孩子好像更愿意追随在他们两个人的屁股后面。他们的这股聪明劲儿，在日常的一些小游戏中就得到了淋漓尽致的体现。比如在玩弹球的时候，输的人要把自己的玻璃球送给胜者，作为这种游戏的赌注。申沉和迟立辉两个人，各用一个乌了吧唧的破"乌泡子"（这是他们的叫法），赢去了周围人无数漂亮的花色玻璃球。申沉的眼神格外好，离得很远的距离，他也能看得很清楚，而且手指的力量和对弹球的控制也能恰到好处，技术高别人不少。而迟立辉用的方法就不太一样了，他善于"沟通"，游戏规则总是随着他的沟通在不断发生改变，并总是向着有利于他自己的方向倾斜。这不能不说是一种智慧的表现。当他们用各自的长项把周围孩子手中的花色玻璃球几乎全部赢光的时候，作为输家的孩子们态度竟然出人意料的一致，毫无怨言，心服口服。而当这两个人颇有大将风度地将赢去的花色玻璃弹球如数还给大家的时候，他们两人的声望几乎达到了一个新的高度。用那个成天哭丧着脸在家门口背唐诗的才才的话讲就是"得民心者得天下"。

去年的时候，胡同里的孩子们之间流行起一种叫"狐狸逮匪"的游戏。这个游戏其实特别简单，所有人员分成两拨儿，双方猜拳，胜的一方是匪，败的一方是狐狸。与常理不同的是，几乎所有的孩子都愿意当匪。因为作为胜方，他们要做的就是在狐狸们围成一团闭着眼睛数到200的这段时间里隐藏起来。当数到200，狐狸们便要去寻找躲藏起来的匪，并且要全部找到，一个都不能少，被找到的人也不可以再次躲藏，只能等着匪全部到齐，才能重新开始下一轮的猜拳来决定你的身份是匪还是苦命的狐狸。然而这片胡同那么多，可藏身其中的地方更是数不胜数，所以想把匪全部找齐几乎不可能，这就决定了这个游戏在一个晚上只能进行一次。申沉的眼疾手快和迟立辉的各种歪理邪说，让他俩总是胜利的一方，而二老虎他们总是充当着寻找的苦力角色。终于有一次，老天爷眷顾了他们，让他们当了一次胜利者。二老虎当时激动得有些想哭出来。这次终于轮到申沉和迟立辉来搜寻他们了。"我一定不会让你们轻而易举地找到我的。"二老虎早就想好了要藏身的地方，可多少次都没有机会实现。这次时机终于降临了。就在申沉和迟立辉他们围在一起数数的时候，匪们欢呼着四散奔逃。

二老虎一口气跑回家中，掀起床单就往床底下钻。这吓了正坐在床边盯着电视看山口百惠的妈妈一大跳。"这孩子，你疯了，你往床底下钻干什么，全是土啊，脏死了。""嘘。妈，别说话，你看你的山口百惠，一会儿申沉和迟立辉会来抓我，你尽量自然点儿啊，别让他们看出破绽来。好不容易轮到他们来抓我了。哈哈哈哈……"

当匪们无比激动地去隐匿于各处的时候，申沉和迟立辉他们根本就没在数数儿。申沉低着头悄悄地瞄了周围一眼，确认匪们都跑得不见了，他和迟立辉相视一笑。"走，回家吧，咱们各回各家，看动画片儿去了。"周围的几个小朋友先是一愣，继而明白了一切，便哈哈大笑着散了。

二老虎在床底下一直等到晚上十点，这期间他好像还睡了一觉。当他爸爸把他从床底下揪出来，逼着土猴儿一样的他去洗澡换衣服准备睡觉的时候，他怎么也想不明白，像申沉和迟立辉那么聪明的人怎么会想不到他就藏在自己家里，为什么不像电视里面演的特务一样，来家里面翻箱倒柜地搜查他呢？第二天当其他的小伙伴告诉二老虎真相的时候，甚至还有对方的人说昨晚他们之所以会赢，是申沉和迟立辉事先商量好故意输的，从而来捉弄他们的时候，二老虎眼含热泪，握紧拳头，咬牙切齿恨恨地说："真是王八蛋啊。这两个王八蛋。"对于二老虎这种"既生瑜，何生亮"的人生感悟，身边的才才倒是十分理解，他拉了拉二老虎紧绷的胳膊，"认命吧，你斗不过他们的。连环计啊，他们两个，卧龙凤雏，得一人可安天下。""滚蛋，再废话，老子一刀劈了你。"二老虎怒目圆睁，对着才才大喊一声。

　　申沉和迟立辉两个人在很多事情和很多方面都有着惊人的默契。当大家的意见不统一的时候，他们就会很自然地站在同一方，给予对方坚定的支持。对于这种情况，二老虎认为，这与他们的出生有着密不可分的关系。申沉和迟立辉两个人居然是同年同月同日生。本来胡同里的各家关系就都不错，而他们两个的妈妈就像商量好了似的在同一天生下了他们。从那以后，他们就像是一对异姓兄弟，这样说可能不够准确，应该更像是一对异姓双胞胎，一起从婴儿长大，不管去哪儿，都形影不离。周围的人们，不管大人还是孩子都这样看待他们，仿佛他们两个一起出现才是正常的，如果他们中的哪个人单独走在街道上，就显得不自然，人们总会去问"申沉呢，哪里去了"或者是"迟立辉呢，没和你在一起"。当然这种情况极少出现。用才才的话来形容，那简直就是"瓦岗寨里的焦不离孟，孟不离焦"。

　　还得说回二老虎把大刀架在申沉脖子上的那一回。二老虎要比申沉和迟立辉大一些，可由于出生在九月之后，所以要晚一年上学，也就是说他和这帮小孩子会在同一年入学。申沉还在上幼儿园的最后一年，二老虎已经在家开始无忧无虑地玩耍了。有一次，街道的废品回收公司不知从哪里进了一批木质的大刀和红缨枪，在那个玩具匮乏的年代，这无异于晴天里的一声春雷，各家的大人们纷纷前往，给家里的男孩子买来大刀和红缨枪。细心的家长们还在刀柄和红缨枪的枪头上系上了红绸带或是红布条，更显得像那么回事了。男孩子们拿在手中也是一个个英姿飒爽。二老虎抱着手中的木头大刀，一整天爱不释手。终于挨到了下午，他看见申沉的爷爷推着小竹车去幼儿园接申沉了。二老虎洗了把脸，心也跟着再度兴奋起来。他怀抱着大刀，站在自家的大院门口，手搭凉棚，向着幼儿园的方向张望。

申沉坐在小竹车里面从幼儿园一出门儿就发现街道上的男孩子们人手一把木头大刀或红缨枪，兴高采烈地在胡同里追打。他在车里坐立不安，羡慕着他们的威武。爷爷告诉他，也给他买了大刀，等回家再玩。申沉不高兴，一路埋怨爷爷接他时为什么不一同带来。随着离家越来越近，兴奋混杂着不满的情绪也在申沉的体内不断升温。马上要到家的时候，在院门后面埋伏已久的二老虎手提大刀一下子窜出来，申沉还没弄明白怎么回事，二老虎的大刀已经架在了他的脖子上。"服不服，不服就让我的大刀来和你说话。让你做我的刀下之鬼。"二老虎英雄了得。一瞬间，所有的感情彻底在申沉心里凝固，紧张、着急、不甘心，那么多一起喷发的情绪让申沉怪叫一声，差点昏了过去。此后的一段日子，每天晚饭后，都是一段刀枪相加的日子。

二老虎清楚记得当时申沉的眼睛，他在那眼神里分明看出了羡慕与不甘，那是从申沉的眼睛里面第一次向他流露出那种让他觉得感人至深的情绪。那一刻，他也从申沉的眼睛里读出了自己压倒一切的英雄形象。但那眼神只有在那一天的那一刻出现过。

二老虎边练功，边沉浸在过去的回忆里。劈，砍，刺，这一系列他自己想出的动作，组合成了一套自创的刀法。西屋的姜叔也吃过了早饭，他坐在自家门口的马扎上面，一边儿看二老虎练刀，一边儿慢吞吞地吸着手中的香烟。吸完烟，姜叔拍拍屁股站起来，伸了个长长的懒腰，回过头冲着屋里的姜南喊了一声："小兔崽子，还不快起来，你看看人家二老虎，都开始练习第七套刀法了。"二老虎听着，把手里的大刀挥舞得更加虎虎生威。

3

　　第二年的九月来临了。申沉、迟立辉、二老虎和才才这帮一样大的孩子一同进入了学校——一所名字叫做福绥境小学的地方。这对他们来说，简直是进入了一个崭新的天地。除了以前整天在一起玩耍的小伙伴们，又来了许多附近的新同学，他们以前从来没有见过面，现在大家同处一室，这让这几个男孩子感到无比新奇。他们都挎上了书包，每个人还背着一个小水碗，每天一起上学放学，这在院子里姜南那一批比他们小一岁晚一年入学的孩子眼中，简直太神气了。

　　星期天的下午，申沉侧过脸看着大衣柜镜子中的自己，还向镜子里面的人挤了挤眼睛。他早就醒来了，只不过不想起来，大人们还在饭桌旁边吃着午饭，酒也还没有喝完。申沉就是被酒的气味弄醒的。那气味有些奇怪，闻起来却不叫人感觉难受，还有一股吸引人的味道。申沉继续躺在床上，听着大人们的谈话，还有不时饮酒的声音。他想再坚持一会儿。

　　大约又过了半个小时，快下午三点（他听大人们是这么说的），大人们陆续起身离开，回各家去休息了。屋子里面没有其他人了，申沉从床上爬起来，桌子上的杯盘碗筷还没收拾。他看到了那个绿色的酒瓶，上面写的字他还不认识，他只是知道那就是大人们口中常说的白酒，一种叫二锅头的白酒。多奇怪的名字啊。可大人们好像对它都很熟悉，他在不同人家的家中都见过这个绿色的玻璃瓶。申沉看到瓶底还有一些剩酒，他随意拿过一个酒杯，闻了一下，一股难闻的味道。他把酒杯放下，把绿色的酒瓶拿起来，拧掉了上面的金属盖，把鼻子凑到瓶口闻了一下，好呛的味道。我倒要尝尝是什么滋味。申沉把嘴对准瓶口，仰头喝了一口，本想喝一小口，由于没控制好，一大口白酒灌进了嗓子眼儿里面，把他呛得一下子喷了出来，可还是有小部分顺着嗓子眼流进了胃里。他能感到从喉咙到肚子里面，一条火线从上而下贯穿全身。好辣啊，眼泪都被呛了出来。大人们为什么会这么喜欢这种东西呢？那么辣，简直难以下咽。申沉又捏起一个盘子里面剩下的花生米，放在嘴里嚼着，慢慢地，花生米的香味弥漫在口腔里，刚刚的白酒味道也不那么让人难受了，甚至也不是那么让人无法接受了。不过还是很辣。申沉又吃了一颗花生米，接着又喝了一小口白酒，那滋味慢慢变得可爱起来。记不得他那天喝了几口，一种从来没有体验过的奇妙感觉涌上全身，浑身热乎乎的，头也晕乎乎的，可是这种感觉并不坏，他又躺在床上，想笑，想和别人说说话，可实在是太困了，他不知不觉又睡着了。迷迷糊糊的申沉好像听见妈妈说了句："这孩子怎么还在睡午觉啊？睡了这么长时间。咦，申沉的脸怎么那么红啊？脸上还有点热热的。呀，这孩子是喝了酒了吧。""我看看，"这是爸爸的声音，"还真是，这孩子怎么喝酒了呢？还喝了不少？把瓶子里面剩下的都喝光了。"申沉只记得这些了。那晚他直到晚上十点才醒来，头还是晕得厉害，妈妈给他冲了一杯奶粉，然后他又接着睡去了。

　　第二天的傍晚，申沉和迟立辉坐在院子门口的花坛上，他不明白为什么最近这个时间迟立辉总是拉着他坐在这个花坛上，可去的地方那么多，为什么非在这儿耗着。申沉对坐在他身边的迟立辉说："我昨天喝醉了，喝的是二锅头白酒。"迟立辉说："真的吗？你可真了不起，怎么样，好喝吗？""挺辣的，不过还行，不难喝。喝完了想睡觉。哪天你也试试。""我可不敢，我爸不让，你不也是偷着喝的吗？""那你也找机会偷着尝尝，喝完了睡一觉就没事了。"申沉介绍着经验。"听你这么说，我也想尝尝。反正家里就有，哪天趁我爸不在家，我就喝点。"迟立辉笑着说。

"喂，二老虎，又去接你姐放学了。"申沉喊了一声，"快看，迟立辉，二老虎又去接他姐放学了。"对面走来了二老虎和他姐姐，他姐姐背着一个绿军用挎包，走在前面，二老虎怀里抱着他的木头刀，低头耷脑地跟在他姐的后面。见迟立辉没说话，申沉接着说："二老虎自从开始练武功，真觉得自己就是武林高手了，每天还去学校接他姐放学。真有那么神气吗？"见迟立辉还是没吭声，申沉有些烦闷。"你傻了？辉子。喂，二老虎，过来呀。"申沉大声朝对面喊。二老虎和他姐站住脚往他们这边看了看，二老虎的姐姐稍停了一下，跑进院子里，身上穿的花裙子和梳在脑后的两条小辫在门道里一晃不见了。申沉扭头看了一眼旁边的迟立辉，辉子正对着二老虎他姐跑进去的院子门道发呆。童年里涌起最初的忧伤。二老虎抱着他的大刀不紧不慢地走了过来。

"叫我干吗？"二老虎像一个刀客一样满不在乎地说。"你又去接你姐放学了？"申沉问。"嗯，是的。责任在身啊。"二老虎叹了口气说。"有什么情况发生吗？"申沉似笑非笑地说。"唉……"二老虎又重重地叹了口气。"什么情况？有什么情况发生倒好了。狗屁也没发生。我的刀又白带了。""哈哈哈哈……"申沉笑得弯下了腰，"你还真以为你是武林高手了，能保护你姐姐了？算了吧。""怎么？你不信，要不咱们比试比试。"二老虎有些生气了，说着把刀横在胸前，瞪着眼睛看着他们俩。"不用，不用，我打不过你。"申沉还是在笑，"咱们这几条胡同的孩子谁不知道你二老虎的力气最大，又每天习武。打架肯定是打不过你。"二老虎听了，脸上有些得意的表情。"我也这么觉得。"他自言自语。"可你这样还是不行啊，二老虎。"申沉转着黑眼珠说。"什么，你什么意思？为什么还是不行？"二老虎的眼睛又瞪了起来。

"你别老瞪眼啊，这有什么用？你难道不知道真正的武林高手，那些个大侠们除了武功高强，还都特别能喝酒？""还能喝酒？"二老虎有点不明白了。"哎……你怎么那么笨啊。武打片你总看过吧，里面的武林高手不是个个都特别能喝酒？""好像还真是。"二老虎回答。"什么是好像，肯定是。光是武功高不行，还得能喝白酒。告诉你吧，我昨天就喝酒了，还是二锅头白酒。"申沉说了这一大番话的目的就是为了向二老虎显摆他昨天喝酒的事情。二老虎愣了愣，看着申沉一脸得意的样子，"我不信。""不信？"申沉有点着急了。"真喝了，昨天喝的，我和迟立辉一起喝的，是不是，迟立辉？"二老虎闻言向迟立辉望过去。可迟立辉还在那儿发呆呢，今天他是怎么了，申沉也有些糊涂。"喂，辉子，是不是昨天咱们一起喝的白酒？还是二锅头。"申沉说完，努力地向迟立辉瞪大眼睛。"哦。是，是和申沉一起喝的。"迟立辉总算反应迅速。"你们一起喝的，喝了多少？"二老虎好像看见了他们两人之间的眼神交流，笑着问。"嗯……喝了一杯……不，不是，我们两个喝了一瓶。"申沉壮着胆子说。"是吗？你们两个人喝一瓶，我一个人就喝过一瓶。"二老虎也壮着胆子说。申沉一下子呆住了，没想到二老虎说出这种话。可总不能继续吹牛说自己也一个人喝了一瓶白酒吧，那样说起来还有完？"那好吧，哪天咱们比试一回吧。大家都是男人。"说完申沉从花坛上跳下来无趣地走了。"你不走？"申沉走了几步，回头问迟立辉。"你先走，你先走。我一会儿去你们家找你去。"申沉大踏步地走远了。"还有什么事吗？"二老虎问，他也觉得迟立辉今天有点怪怪的。

"快来，二老虎，你坐这儿。"迟立辉煞有介事地把刚刚申沉坐过的地方又用手掸了掸。笑着对二老虎说。"你先把你那破刀放一边儿去，你成天老抱着它，多碍事儿啊。你坐过来点儿，离我近点儿，咱俩说说话。"迟立辉一脸的讨好。二老虎又有点糊涂了。这到底是怎么回事啊？"好吧，你说吧，什么事儿。"二老虎把木头刀立在身边。蹿上去，一屁股坐在花坛上。这个位置正对着他家的大杂院。"其实也没什么要紧事儿，就是一块儿待会儿。

你看，天气不错嘛。"迟立辉说。"你到底有事儿没事儿，什么天气不错，不错个屁，都阴天了，没准儿一会儿就要下雨，你有事儿就说，没事儿我可走了，我都饿了。""有事儿，真有事儿。你先别急着走嘛。"迟立辉见二老虎急着回家也真着急了。"嗯……那个嘛，就是想问问，你现在每天都接你姐放学吗？""嗯，对呀，怎么了？咱们放学早，有时下午还没课，我姐她们放学晚，我就去接她。"二老虎回答。"那下次，你再去接你姐时，我想……我和你一起去吧。"迟立辉低着头，像个女孩子一样。"你和我一起去，一起去接我姐？""对，就是这个意思，咱俩一起去。你可真聪明。"迟立辉恭维道。"可有这个必要吗？咱们两个人去接我姐放学。我一个人都不想去。"二老虎说，"是我姐非让我去的。"迟立辉听了心里一乐。"原来这样啊。那这么着吧，从明天开始，你别去了，我替你去接你姐放学。"迟立辉心里乐开了花。"可这样行吗？我姐，我不去接，你去。合适吗？""合适，没有比这更合适的了。咱们从小一起长大，就像兄弟一样吧。你还比我们大一点，我们都很尊重你。一直觉得你是我们的大哥哥。所以为你跑点儿腿儿，做些力所能及的事情，我非常愿意。"迟立辉说得声情并茂。"那好吧，明天你就去替我跑一趟吧。"二老虎高兴地答应下来，"对了，还有一个事情问你呢，你昨天和申沉真的一起喝了一瓶儿二锅头白酒？实话实说。"二老虎问完死死盯着他。迟立辉一惊，这个紧要关头必须得说实话了。稍犹豫了一下，"没有一瓶儿那么多，哪儿喝得了那么多，我们一共喝了半瓶儿二锅头。"二老虎听完，心里暗暗吃惊。他见过爷爷和爸爸还有小叔一起喝酒，他们都是大人了，三个人好像也才喝了一瓶儿二锅头，迟立辉和申沉都还是孩子，就喝了半瓶儿。我必须得找机会抓紧练练，要不就没法儿和他们一起成长了。二老虎边做打算，边往家走。"明天把你姐的课程表给我一份啊。"迟立辉在后面喊。二老虎根本没听见。

4

　　吃过早饭，二老虎的爷爷从屋里拿出他心爱的两个鸟笼，鸟笼很大，上面的铜钩由于天长日久的关系，被摩擦得锃亮。老人拿出小水壶，向两个笼子里面的水罐加水，把底层的纸抽掉，换上干净的纸，然后拿出一个小铁盒和一个小镊子，还没打开，笼中的两只画眉鸟早已兴奋得跳上跳下。二老虎的爷爷走到跟前，小心地打开那个铁盒，里面是养的面包虫。他用镊子夹起一条，小小的面包虫用力卷曲着身体，做着最后无用的挣扎，刚刚伸进笼内，画眉鸟便扑了过来，一眨眼的瞬间，还没有看清，镊子上夹着的面包虫就没了踪影，只有画眉鸟满足地张着嘴仰了仰头。老人家喂完鸟，用两个深蓝色的大布罩小心地把两个鸟笼罩上，把桌子上的烟装进兜里，茶杯里的茉莉花茶喝干，然后一手提上一个鸟笼，嘴里哼着京剧，"包龙图打坐在开封府，尊一声驸马爷细听端详……"两手轻轻地跟着嘴里的唱腔有韵律地一前一后晃动着，走出了院子。

　　早上八点多钟的太阳还没有那么毒，晒在身上暖暖的。二老虎的爷爷拎着鸟笼一直走到路北的南墙根，那里已经聚集了一大批遛早儿的老人。收音机里面传出来的不是京剧就是相声，声音不很清楚，其实听不听得清不重要，主要是有声音伴着。人群见到老人晃动着鸟笼迈着四方步走来，连忙打着招呼。"来了您，今天够早的。今天再教我们几招吧。"二老虎的爷爷张开四方大口笑着说："你们先下，我先活动活动。"他把两个大鸟笼挂在了旁边一个废弃的铁架上，上面已经挂了不少的鸟笼，当然他的位置还是留出来的，这好像已经成了一条大家默认的规矩。挂好鸟笼，二老虎爷爷慢慢踱步走到那堆人前面。看见他的老人或是中年人，也都自觉地让出一条小小的通道，让老人直接走到了最里面。正在下棋的两个人抬头看了一眼，对老人笑着点了下头，算是打过招呼，然后继续低头下棋，激战正酣。又过了二十分钟，其中一人长吁短叹地败下阵来。这时围观的人才会发出一两句评论。输棋的人站起来，尊敬地向二老虎的爷爷说："老爷子，您来。""你们先玩儿，我再看看，边儿上等着这么多人呢。""不，不，老爷子，您来，您来，我们看着，跟您学几手儿。"众人都发表着这样的意见。"那……我来会儿。怪不好意思的。"二老虎的爷爷一边谦让着，一边正襟危坐，从兜里掏出烟放在身边。于是楚河汉界，重整河山。

　　一上午的时间，不断地有人从对面的位子上弃子投降。每当一个人心有不甘或是心悦诚服地起身让位时，二老虎的爷爷都会轻轻点头微笑，"不错，不错，走得着急了点。"并随手再抽出一支烟，旁边早有人点着了火儿递到嘴边，老人抬头看一眼，点头致谢，然后心满意足地吐出一股烟柱，等着刚刚坐下来的人摆好双方的棋子。二老虎的爷爷是这一片公认的象棋下得最好的人，传说他八岁的时候就开始下象棋，下了一辈子，早就成了精。这在他看来早已不是一种竞技游戏，而是人生的一部分。他早已过世的老伴儿听说就是当年看了几次他下棋就迷上了他。当时他还只是二十多岁的小伙子，正是决不服输，在棋盘上争勇斗狠的年纪，下起棋来，气势压人，招招凌厉。在那个姑娘眼中，可能就是他的这种气贯长虹，让姑娘心生爱意。据说早些年间，有两个中国棋院的老师来专门找老爷子切磋棋艺，连下了两天，老爷子是胜多负少。所以二老虎的爷爷当仁不让地成为了这帮下棋人心中的偶像。

太阳走到了正午的位置,老人起身,众人也随之将要散去。老人接过旁人递过的鸟笼,和大家打着招呼,"明儿早再来。明儿早再来。"这时有个不开眼的人,也许是才来这里不久,竟然问了一句:"老爷子,每天下一上午的棋,其他时候跟家也下吗?您那两个儿子,守着您这么个象棋大师,得了不少真传吧。"话才出口,旁边已经有人在责怪,"净说这没用的,真是不懂事,哪壶不开提哪壶。"二老虎爷爷脸稍微有些变色,丢下一句"哼,那两个废物"便头也不回地走了。

说起这件事,老人就一肚子不痛快。他是看不上他那两个儿子,都三十多岁的人了,没有一样儿能拿得出手。在单位也是晃来晃去,没个正形。街坊们都知道老人棋艺高超,也就相应地认为他的两个儿子水平也定会很高,可和他们下过棋的人都知道,这两个儿子和老人的水平简直差着十万八千里。有一回,不知道太阳是从哪边出来了,两个儿子想虚心向老人学棋,那天老爷子心情也不错,想指点指点吧,省着以后出去丢人现眼。棋盘摆好,老爷子对阵两个儿子,刚走了没十步,大儿子就要悔棋,老爷子没说什么,又走了没几步,小儿子也要悔棋,老爷子还是没说什么,直接把棋盘掀了。"滚蛋,你们两个兔崽子,别他×在这儿气我。有多远滚多远。"老人扬长而去,两个儿子傻立在原地。小儿子还在揉着脑门,因为刚才老爷子掀棋盘时,一颗大木头棋子正打在脑袋上。为这事儿,老爷子好几天气儿不顺,吃饭时也不给两个儿子好脸儿看。尽管他们又倒酒,又夹菜的,可老爷子这劲儿还是没顺过来。二老虎他妈觉得老这么下去也不是个事儿,就偷偷对二老虎说:"你去跟你爷爷学下棋,让你爷爷高兴高兴。就当是替你爸和你小叔去赔罪。"二老虎他爸和他小叔也把二老虎叫到跟前,语重心长地说:"老虎,你去,你和你爷爷学棋去。把你爷爷哄高兴了,我给你买好吃的。"于是有一天,二老虎一本正经地走到正在院子里发呆的爷爷跟前儿,"爷爷,您别跟您那两个不肖子生气了，不值当的。"老头儿听了一愣，这叫什么话。"他们两个哪儿长下象棋的脑袋了，下跳棋都不一定下得过我们这些小孩儿。我跟您学。我好好跟您学。"二老虎摇头晃脑地说。老爷子不光眼前一亮，心头也一亮，指望这两个不争气的儿子是没希望了，看来还是孙子明事理。自己这一身的本事，哪怕只学去个皮毛，也够用了。于是老爷子眉开眼笑地，亲自摆好棋盘，又用了小一个钟头，把各种棋子的规则和一些常用的走法告诉了二老虎。"听明白了吗，好孙子？""早明白了。来吧，咱们下一盘。""好，好，红先黑后，你用红子，你先走。"老爷子笑眯眯地看着眼前一脸认真的孙子。那一刻他觉得不管是自己还是孙子都高大了起来。二老虎凝视棋盘良久，像是在运气一样，最终把自己的"帅"向前提了一步。他爷爷一下蒙了，没明白过来。下了一辈子棋，第一步走"帅"的真没见过。他又想了想，笑着把那枚"帅"子放回营中，"来，走吧，你先走。"二老虎也不太明白，疑惑地望着他爷爷，下手又把"帅"子向前走了一步。老人又好气，又好笑，摸摸二老虎的头，"没有第一步走帅的。""为什么不行？没说不能这么走啊，我就想第一步走帅。"二老虎有点儿急。老头儿叹了口气，"孙子，还是练刀法去吧，不下了，爷爷当真不是你的对手。""这可是您说的，那我不管了，我可玩儿去了。""去吧，去吧。玩儿什么都比下棋强。"老头儿彻底灰心了。

睡醒午觉，二老虎的爷爷觉得心情不错，天儿也好。他拿出两根鲜嫩翠绿的黄瓜，在水龙头下洗干净，又细细地剥了几瓣蒜，在案板上把黄瓜和蒜都拍了，放在盘子里，又放好酱油、醋、盐还有香油，用筷子一拌，香味扑鼻。老爷子端着盘子来到院里，放在小木桌上，冲屋里喊了一声："孙子，把酒给爷爷拿来。"二老虎闻声，从屋里把柜子里放的那瓶二锅头还有一个小酒盅拿了过来。他爷爷戴上老花镜，靠在藤椅里面，拿起昨天的《北京晚报》，一边看，一边自斟自饮。二老虎坐在小板凳上，伺候着。老爷子捏起酒盅，喝了一小口儿，放在了小木桌上。一旁的二老虎等的就是这个机会。

他还在想着申沉和迟立辉两个人喝了半瓶儿二锅头的事。他悄悄拿起酒杯，连闻都没闻，直接灌进嘴里去了。然后迅速地捂住嘴，口水和酒水顺着指缝滴下来，险些喷在他爷爷身上。老爷子又伸手拿过酒盅，放在嘴边，一仰头，没酒了。随手放了回来。"孙子，给爷爷倒酒。"二老虎泪眼蒙眬地把酒盅倒满，他爷爷拿起喝了一半，又去看报纸，二老虎小心翼翼地把那半杯酒拿过来，一仰脖子，又倒嘴里了。就这么着，二老虎的爷爷喝半盅，二老虎喝半盅。老爷子心里还琢磨，今天挺能喝呀，这么一会儿，好几盅了。"孙子，接着给爷爷倒酒。"等了一会儿不见动静，老爷子觉得奇怪，摘下眼镜，扭头一看，二老虎的脸紫得像个大茄子一样，坐在那儿直打晃儿。"孙子，你傻啊。"老爷子起身把二老虎扶住，二老虎看着他爷爷一个劲儿傻笑。

5

"爸，我出去玩会儿。"才才声音不大，用一双明亮的大眼睛饱含亲情地看着他爸。"作业写完了吗？""早写完了。在学校就写完了。我是第一个做完的，比申沉和迟立辉他们都早写完。"才才觉得他有了一定的底气。"大字也写完了？"他爸接着问。"写了两页。一共是40个字。"才才有点理直气壮了。他爸沉默了一下，可还是不甘心。才才心里也开始打鼓，他不会提那个事儿吧，还真没完成呢。"嗯，那今天要背的那四首唐诗都背好了吗？"这也是他爸的最后一击，可还是准确无误地刺中了才才的要害。才才吞吞吐吐地说，"还没呢，晚上背。""不行，现在就去背，背完了我来检查，没有错误才能出去玩儿。"他爸也开始理直气壮了。才才无言以对。听话地从桌子上面拿起那本让他厌恶之极的《唐诗三百首》，"到院子里面去背。我要看些资料，咱们要互不打扰。"爸爸如此解释。才才夹着书，拿起小板凳，来到院子里面，坐在家门口。才才其实和迟立辉住在同一个大杂院里面，这个大院很大，一共住着十来户人家。迟立辉家就在斜对面。才才的爸爸是一名工厂的技术员，比较认真和死板。他本能地觉得只有掌握了知识，当然是越全面越好，才能在将来有所建树。才才的妈妈是工艺品厂的一名画工，常年的工作就是往各种作为工艺品的瓶瓶罐罐上面描画出千姿百态的图案。她同样希望儿子内秀一些，就算当不了什么科学家或是文学家之类的大人物，至少也要有一技之长。就像她这样，经她的手描绘出的图案，再被后期加工而成的工艺品，在工艺品商店里面总是很受外国人或是外地人的欢迎。所以在教育子女方面，两口子的意见倒是非常的一致。

才才这个名字只是他的小名，是融合了父母无限期待的名字。他的本名叫张云江。才才这个名字被父母和身边的人叫得多了，他也更熟悉并喜欢这个称呼。街坊邻居同样认为才才在眼前的这帮孩子里面是最老实听话、将来也必将是最有出息的一个孩子，就从他每天放学后到晚饭前的这段时间里，很少在街上和其他孩子一样乱跑，而是坐在小板凳上背唐诗这件事情来推断出来的。才才和对面的迟立辉、申沉、二老虎等人都是差不多大的孩子，对于那几个成天疯跑疯闹的孩子，才才的父母还是有一些担心的。虽然他们都是很聪明可爱的男孩子，可才才的父母觉得在童年这段黄金时间里被荒废的时光，早晚要靠成年后的岁月来弥补。他们坚定地认为散养的孩子虽然将来也许可以成就自己的事业，但就概率来讲还是要少一些。所以在才才不到三岁的时候，他们便开始要才才背《三字经》、《百家姓》，包括自己也一知半解的《论语》等等。总之他们认为，现在能理解多少并非最主要的，而是先要记住，日后总会明白其中的道理，这才是最重要的。另外，才才在家门口用童声发出的琅琅读书声，本身也是一种心灵的极大享受和满足。院子里面其他人家看向才才的眼神，以及他们向他本人打招呼时所称呼的"张老师"一样，都让他的内心深处滋生出一种幸福的感觉。这也是他让才才在家门口、院子里面读唐诗的重要原因之一。当然才才自己还不能了解父母的用心。

才才一脸沮丧地坐在小板凳上面，不知道在心里第几次咒骂了"李白"这个人。这个唐朝的浑蛋诗人，太他×可恶了，写那么多诗干吗，在学校的课本上就已经学过了，手中的这本《唐诗三百首》，他的作品就占了将近三分之一。隔了千百年还要来折磨我。

　　院子里面的住户开始陆陆续续来来往往了。大家都差不多回来了。住在大院最里面的孙阿姨推着自行车进来，车后架上面的小椅子上坐着她的女儿小童。前面的车筐里面放着一个棕红色的老旧的皮书包，还有一个铝质大饭盒，是中午带饭用的。"她可真能吃。"才才心里想。"哟，才才，又念唐诗呢，没和申沉辉子他们出去玩？我刚看见他们在胡同口玩骑马打仗呢。""孙阿姨好，我也想去，无暇分身啊。"才才回答。"真多事儿，还用你告诉我他们在干什么，我光听院子外面传来的声音也猜得出来。"才才在心里老大的不乐意。"哟。哈哈，还无暇分身。好，小童，"孙阿姨转身对后座上的小女儿说，"看见了吗？才才将来是要用书来养活自己的。等你再长大些，也和你才才哥哥一起读书。"车后架上的小童看了一眼坐在面前的才才，想和他说句什么，可又说不出来，最后向他做了一个鬼脸。才才想，让你女儿和我一起读书，也不问问我愿不愿意，他还记得那次他念到半截，放下书本，偷偷跑到外面去玩，就是小童去告的密，结果那天晚上他爸爸狠狠地批评了他。"尔来四万八千岁，不与秦塞通人烟。"才才顺口念出了一句李白的《蜀道难》，他自己并不知道，他死记硬背的那些诗句文章，已经在他的心里生根发芽。

6

又一年的初秋了，申沉家院子里的石榴树上结满了又红又大的石榴。奶奶让申沉搬过一把靠背椅，手拿剪刀，申沉扶着椅子，奶奶站在上面，抬头把一颗一颗大石榴挨个剪下来，递给下面的申沉。这棵石榴树比申沉的年纪还要大很多，在这附近的大杂院里面，有杨树、槐树，还有枣树。可只有申沉家的独门小院里面种着这一棵石榴树。不一会儿，脚下的三个大盆里面就放满了又大又红的可爱的石榴。"去，给街坊们送点去。"奶奶说。申沉费力地端着一个大盆，最先奔的就是家南边的迟立辉家和才才家的那个大院子。每到一家，那家人都十分高兴，"哟。申沉又来了。嗬，看这石榴长得多好啊。谢谢你奶奶啊。""别客气。"申沉从一家出来，扭头又去另一家，有时院子里的一家人一喊"申沉又来替他奶奶送石榴了"，另外几家也就都从家里出来了，申沉把大盆往当院一放，也省得再挨家串了。"唉，真是好啊。每年这个时候，老人都想着让申沉过来，谢谢你奶奶啊，也谢谢你。"送完了这个院子，申沉把空盆拿回家，再端起另一个盆，这次去的是二老虎和姜南他们那个院子，刚才的一幕再次上演，各家的大人领着孩子，各自拿上两三个石榴，笑逐颜开地向申沉和他奶奶道谢。

到二老虎家时，盆里还有五个石榴，申沉全放在他家桌子上了。二老虎正坐在院子里的板凳上吃鱼皮花生。"给你。"二老虎伸出手，里面抓着一把鱼皮花生。申沉也坐在旁边吃起来。"哎，问你个事儿。"申沉说。"什么事儿？"二老虎一下往嘴里放了两颗鱼皮花生豆。"咱们班的李同，我总觉得有点怪怪的。""李同？他怎么怪了，不是挺好的吗，他怎么了？"二老虎又抓出一把递给申沉，"还有呢，还没吃完呢。也没怎么，就是觉得他好像不太爱说话，也不爱和大家一起玩。你看，咱们都上二年级了，大家都认识一年多了。可我好像还和他不太熟。和他说话他也好像说不了几句，老是一个人待着。"申沉说。"他那人就那样，他和咱们几个人不一样，咱们几个都是西廊下这片儿的孩子，他是白塔寺那边胡同的，以前都不认识，他有点儿认生吧。"二老虎说。"不是认生的事儿，都在一起同学一年多了，你看江奶茶，以前和咱们也不熟，现在不是整天混在一起，我刚才还去他家送石榴了呢。我觉得李同好像不愿意和咱们做朋友。""你就是神经病，人家愿不愿意和你做朋友你也瞎琢磨。你的朋友够多了。我、辉子、才才、姜南、江奶茶，这还没算其他人呢，你太贪得无厌了。"二老虎说。"可李同越是这样吧，我就越觉得好奇，他不光对咱们，对其他同学也是冷冰冰的。还记得我给他起的外号吧？石佛。"申沉说。"记得呀，你这个人就爱给别人起外号，江奶茶也是你给起的吧，人家本来叫范志江，你非给人家起名叫江奶茶。你怎么那么缺德呀？"二老虎说。"先别说这个，你知道吗？我给李同起外号叫石佛，就是觉得他整天像块石头一样，又冷又硬。而且他长得也像，挺胖的，比你还胖。所以我叫他石佛。我那天下课时去他前面坐下来，告诉他我给他起的这个名字，以为他会生气，可你知道他听我说完以后怎么对我说的？""他怎么说的？"二老虎睁大眼睛问。"他对我说谢谢你。然后就低头削铅笔去了，还问我要不要削，他帮我削。多奇怪啊。"申沉挠着脑袋说。"这我也不明白，你都不知道原因，我更不知道了。管他呢。"二老虎说。"你中午在不在我们家吃饭？""不吃，我一会儿就走，回家吃饭去。今天我们家吃烩饼。我就喜欢吃爷爷做的烩饼。"申沉说。

"你在这儿呢。"迟立辉走过来了。"你刚走，我就去你们家找你去了，你奶奶说你又去送石榴了，我就知道你肯定在这院儿呢。"迟立辉说着在旁边的小矮桌边坐下。"说什么呢？""丫有病，你和辉子说说，让他给你分析分析。"二老虎说。"怎么回事儿？"迟立辉问。申沉又把刚才的疑问向迟立辉说了一遍。迟立辉听完，鬼鬼祟祟地笑着，"李同嘛，他不爱和咱们说话，可不代表他不和有的人说话。"迟立辉故作神秘地说。"什么意思？"申沉和二老虎同时抬头看迟立辉。"你们没发现，李同和谁都不多说话，但是只愿意和咱们班的一个人说话。""谁呀？""你快说呀。"申沉和二老虎催促道。迟立辉还是没说，笑着向二老虎伸出手，"什么意思呀？你倒是说啊。真他×急人。"二老虎急得冲迟立辉喊。"鱼皮花生豆。你傻啊。"申沉踢了二老虎一脚，二老虎如梦方醒，忙伸出手，"都给你。"迟立辉向嘴里填了一颗鱼皮花生豆，低下头，"吴丹丹。"迟立辉说。"吴丹丹？咱们班那个女生？"两个人好像更不明白了，"为什么会这样呢？为什么会是她呢？""你们都没仔细观察过，李同是不爱和别人说话，吴丹丹有事没事经常主动找李同说话，李同好像也愿意和吴丹丹说话，我注意好久了。"申沉和二老虎直起腰对视着对方，"我×，还有这回事儿。"两个人同时说出口。

"你们两个坏小子在这儿呢。"二老虎爷爷洪亮的声音传来。"爷爷好。"申沉和迟立辉同时打招呼。"你们两个坏小子上回是不是窜腾我们老虎喝酒来着。"老爷子笑着问他们。"没有啊。"申沉和迟立辉同样一脸的无辜。"你们两个人跟老虎说你们喝了半瓶二锅头，结果我们老虎回家就偷着练，喝得跟烤猪一样。""啊？二老虎，你真喝了一瓶儿二锅头？"申沉和迟立辉吓了一大跳。"没有一瓶儿，哪儿喝得了那么多，就半瓶儿二锅头。"二老虎摆摆手，好像这事儿不值得一提。"你们这群小屁孩儿，才多大，就学着大人喝酒，等你们长大了，有的是你们喝酒的时候。"说完，二老虎的爷爷进屋了。

"二老虎,你姐呢?"迟立辉一边儿伸着脖子往屋里看,一边儿问。"我姐,不知道去哪儿了,找同学去了吧。"二老虎说。"行了,你老问人家姐干吗,走吧,回家了。"申沉站起来,脑子里还想着迟立辉刚才说的石佛和吴丹丹的事情。"你们两个等会儿,进来一下再走。"二老虎爷爷在屋里说。申沉和迟立辉进了屋,二老虎的爷爷把放在饭桌上的一个小铝锅掀开,里面是十几个茶鸡蛋。"昨天晚上煮的,泡了一宿,现在正好吃,一人拿走两个。"说着,从里面捞出四个茶鸡蛋,往申沉和迟立辉手里一人塞了两个茶鸡蛋。

7

其实说起来，申沉给李同起的那个叫"石佛"的外号还是比较贴切的。李同长得憨憨的，比较胖，个子也比申沉和迟立辉他们高一些。李同的年纪也比他们大一岁多。不知道是什么原因，李同晚了一年上学。应该是这个班级里面最大的孩子。可他并没有表现得比其他人有优势，相反性格倒显得十分内向。他很少和其他同学一起说笑打闹，就是在课间活动，或是体育课上，也表现得心事重重，一点也不活跃，学习成绩很一般，甚至还有一点吃力的样子。别人在课间玩耍的时候，他总是一个人坐在位子上，不是看课本就是低头削铅笔，申沉注意过他的铅笔盒，那铅笔盒很破旧了，铁质铅笔盒上面的图案早就看不清了，也许是摔到过地上的缘故，铅笔盒坑坑洼洼的。铅笔盒里面更是简陋，几乎可以说是寒酸。里面有一根短短的无法再写字的铅笔头，顶上的橡皮头就当橡皮用了。一根长铅笔用来写字，那是唯一能写字的笔。没有尺子，当要画直线时，李同把短的那根铅笔横过来就当尺子用，如果要是画长一些的线，还要接续着画下去，所以画出的线总不是很直。

自从上回在二老虎家听迟立辉说过那件事情之后，申沉开始刻意去观察石佛。他还是和从前一样，每节课的课间，用刻刀把那支写秃了的铅笔削好，留在下节课用。如果有同学半开玩笑似的让他帮助削铅笔，他会高兴地答应下来。申沉有一次就有意去刁难他。他拿了五支铅笔，下课时走到李同跟前，往桌上一放，对李同说："你不去玩吗？那帮我削削铅笔吧，我去踢球了。""好，我现在就削。"李同圆圆的脸上带着笑，可那笑让申沉觉得和他们这些人的笑不一样。他有些赌气，把笔往桌子上一扔，就和迟立辉、二老虎他们去踢球了。下节课的上课铃打响时，申沉跑回座位，发现他刚才扔给李同的那几支铅笔整齐地放在桌子上面。申沉把每一支铅笔拿起来仔细看，削得可真好啊。铅笔头被削得尖尖的，而且连削口都很光滑整齐，握在手中不会扎手。这可是他用刻刀手工削的，李同没有转笔刀，申沉知道。

　　女生吴丹丹有时的确会主动找李同说话，申沉在教室外面趴在窗户上看到过。总是吴丹丹去找李同，坐在他前面的位子上，李同一边低头削铅笔，一边和她说话，表情好像要轻松很多。每天放学后，李同也不像申沉他们一样，如果凑齐了人就先不回家，而是在操场上踢足球。他总是在下课的一瞬间，急急忙忙收拾好书包，然后急急忙忙走出校门，好像很着急回家的样子。吴丹丹有的时候也会赶紧背起书包，紧跑几步追上李同，和他一起走。只有唯一的情况，李同不会着急走，那就是轮到他值日打扫卫生的时候。每天班上会有一个同学在每节课的课后，还有放学后要负责打扫教室的卫生。墙上贴着的值日表，标记着哪天轮到谁了。班上三十几个同学，差不多一个多月就能轮到一次。当轮到申沉或是迟立辉他们值日打扫卫生的时候，他们几个总是一起留下来，人多了，干活也快，不到二十分钟就全干完了。如果这天他们要踢足球，那么他们就会向女生求助，好话说尽，什么样的漂亮话都能不费吹灰之力地脱口而出。女生基本上也会欣然同意。毕竟孩子的世界是那么单纯友善。

　　有天下午上课时，李同迟到了，差不多已经开始上课二十分钟了，他才来到教室门口，这种情况以前没有发生过。那天讲课的汪老师心情好像也不太好，如果在平时，哪位同学不小心迟到了，在喊完报告以后，老师基本上挥一下手，那同学悄悄走回自己的位子就可以了。可那天老师让李同进入教室以后，没有让他回座位，而是问他去了哪里。能看出李同是一路跑着来的，满头大汗，身上的背心全湿透了，脸也红红的，李同没有说话，低头站在那里。"为什么迟到？去哪里了？"老师又追问了一句。全班同学都抬起头，和老师一样，等待着李同的回答。可李同还是默不作声，仍然一声不响地站在那儿，低头看着自己脚上的破布鞋。汪老师更加生气了，"还不说是吧，那好，这节课你没必要上了，去把你的家长叫来。"汪老师严厉地说。"请家长。"同学们开始四下小声议论，这可是非常严重的事情。申沉、迟立辉和二老虎还有班上的几个同学，都因为被请家长挨过家长的揍。李同像个木头人一样呆立在那儿，一动不动。他把头低得更低了，申沉把脑袋趴在课桌上，从下往上看，李同的眼睛眨了几下，眼圈变红了。"你聋了还是哑巴了？出去，到教室外面去。"李同背着书包转身走了出去，轻轻地把门带上。申沉觉得管他叫"石佛"真是太对了。

这天轮到李同值日。放学后，申沉从教室后边抱起足球，他先来到李同跟前，"走啊，石佛，踢足球去。""我不去了，你们去吧，我要值日。"李同说。"先去玩会儿吧，回来咱们一块儿干，一会儿就完事了。"申沉说。李同看了看申沉怀里抱着的足球，还是没有停下手里的活，"我不去，我没时间。"李同好像是在回答申沉，也好像是在对自己说。"快点儿，申沉，干吗呢？人都齐了。就等你了。"迟立辉在教室外面大声嚷。申沉没再说话，抱着球跑了出去。差不多一个小时以后，申沉他们踢完球，重新回到教室取书包，走进教室，发现整个教室是那么干净整齐，卫生打扫得很彻底，甚至比女生打扫得还干净。申沉扔下皮球，玩命地向校门口跑去。"你干吗去呀，不要书包了？"迟立辉喊他。"你给我拿着，我先有点事儿，待会儿去你们家找你取。"申沉边喊边跑。出了校门，也没有看见李同的影子，申沉稍微犹豫了一下，便下定决心向南面跑去，那是李同回家的方向。跑过了两条街口，在另一条胡同口，申沉弯下腰，呼哧呼哧地大口喘着气。他不能再跑了，他看见了前面有两个身影，是李同和吴丹丹两个人的身影，夕阳把他们两个人背着书包的身影拉得长长的，这到底是怎么回事呢？申沉更好奇了。

8

　　每周二的下午，一、二、三年级的学生是没有课的，所以他们中午放学后就成群结队地回家。只有四到六年级会有一些课时的安排，主要也是以自习为主，内容也主要就是做些习题或是练习卷。三节课结束后，五年级一班的张新雅背着书包走出校门口。张新雅就是二老虎的姐姐，其实二老虎（也就是张伟男）和张新雅的妈妈并不是北京人，她是浙江杭州人，直到现在，二老虎的姥姥、姥爷也还在杭州生活。她们姐弟两个在前年的暑期还去杭州姥姥家里生活了一个月，只是这两年没有回去。这让张新雅有些想念。"暑期的时候送你们姐弟两个人回杭州住一段时间吧，你们姥姥、姥爷岁数越来越大了，你们也应该每年回去看看他们。"前几天在吃晚饭的时候，妈妈曾经对姐弟俩说了这番话，张新雅非常愿意，她从小就对新奇的地方和新奇的事物感兴趣，而且美丽的杭州也是她喜欢的地方。"好啊，放了假就去。让舅舅他们来火车站接我们。"张新雅高兴地说。二老虎没吭声，他可不愿意去。虽然他只去过一次，也许不止一次，可能是以前他更小，还不怎么记事儿的时候，所以没有太多的印象。他觉得杭州那地方太没有意思了。闻名天下的优美风景和名胜古迹他还无从理解，最主要的就是太孤独。虽然除了姥姥、姥爷，还有小舅、舅妈他们一家子，他们的孩子玲玲是个女孩，和姐姐倒是处得不错，可二老虎不愿意和她多说话。杭州怎么能比得上这里呢？这里的一切他都无比熟悉，还有申沉、迟立辉、才才他们一帮小伙伴陪在身边。他不敢再往下想了，他觉得那简直就是他的世界末日。"那好，就这么定了，一放假，你们就去。我过些天就给你们小舅打电话，到时候让他去火车站接你们。"妈妈说。二老虎感觉世界末日提前来了。

　　一方水土养一方人，江浙地区得天独厚的自然环境和深厚渊源的人文历史，一代代沿袭下来。江南之地多才子，江南同样也多美女。江南的姑娘天生来就带着一种不流于俗的美，安静，雅致，温柔，多思。所以新雅对她自己名字里面的那个"雅"字格外喜欢，觉得那是点睛之笔。同样的，虽然只有一半的血脉源于风景秀丽的江南，但新雅还是和北方的姑娘们有些不大一样，这些不一样，从体形、容貌、眉眼，哪怕是从乌黑浓密的长发上也能看出来。迟立辉就是最早发现这一点的人。尽管他还只是个不到9岁的孩子，可他已经觉察出了张新雅与众不同的美丽。如果仔细端详二老虎的脸，同样会发现一种隐约可见的清秀。可二老虎对于自己身上流淌的那一半南方血脉，却非常地不屑一顾，甚至有些抵触，他觉得他应该是那种纯纯正正的，带着"左牵黄，右擎苍，西北望，射天狼"的一身豪气的北方汉子。

　　下午四点的太阳耀武扬威地俯视着大地，阳光还很刺眼。身穿一身花裙的张新雅走出校门口，她用手轻轻地把额角的汗水抹了一下，眯起眼睛，四周望了望，她没有看见二老虎的身影。

　　"新雅姐。"就在张新雅刚刚转过身没走几步，身后传来了喊声。新雅转过头，就看见迟立辉从树荫下跑了过来。"辉子，你怎么会在这儿，你们下午不是没课吗？"可能是刚才阳光太刺眼，而迟立辉又站在树影里，所以新雅一下子没有看见他。迟立辉走到跟前，"是没有课，我是特意来接你的。""接我？"新雅不明白。"当然是接你，要不我来这儿干吗呀？"新雅彻底糊涂了。"老虎呢？他怎么没来，干什么去了？"新雅问。"二老虎有点事儿，正忙着呢。"迟立辉一脸认真地说。新雅扑哧一下笑出了声。"他能有什么事？小孩儿一个。""有事，他是真的忙，可能最近一段时间都不能来接你放学了。不过没关系，我能来。我每天都准时来。"迟立辉诚恳地说。"那倒不用了。我自己又不是不认识家了。""没事儿，我愿意来接你。"迟立辉说得正经极了。新雅仔细看着迟立辉，想从他的脸上找到答案。"新雅姐，你别老这么看着我呀，我都不自然了。"新雅又笑了出来，"那走吧，辉子。"新雅和迟立辉一起往回走，迟立辉不知是有意还是无意，始终走在新雅身体左侧靠后的位置。他觉得这个位置最好，既能看到新雅的侧脸，又能看到新雅的后背和长发。

全家坐在一起吃晚饭的时候，张新雅看见坐在她对面的二老虎狼吞虎咽地扒拉着碗里的饭，想起了下午放学时的事情。"老虎，你今天干什么去了？怎么辉子去学校门口等我去了？""他非要去的。"二老虎头都没抬，又夹了一大口菜。可饭桌上的其他人都停了下来，不解地看着这姐弟俩。二老虎忽然意识到气氛不太对，赶忙解释说："我下午去找才才补习功课了，所以没有时间去，就让辉子替我跑一趟。反正他也没什么事儿。""你去找才才补课了，真的去了？没见你什么时候这么上劲了。你玩儿起来不是一分钟分成五份儿都觉得不够用吗？"新雅笑着说。"谁说的？就是去补课了，才才可是我们班的语文科代表。""那好吧，知道用功就好。你好好跟才才补习功课吧。""嗯，可能还要补一阵子，我可能都没有时间去接你了。快要期末考试了。"二老虎回答。这是他和迟立辉早早商量好的。

星期五一整天，申沉都在和隔壁的一班商量放学后踢足球的事情。下午最后一节课还有五分钟下课的时候，申沉已经偷偷在课桌下面把球鞋换好了。一边换一边冲迟立辉挤眼睛。可迟立辉看着申沉向他挤眼睛，没有任何的反应，好像没到一样。下课铃刚响，老师还没有走出教室，申沉就跑到后面抱起了足球，中午他就早早地给足球打足了气。同学们都开始收拾书包，准备回家。迟立辉也背上了书包，准备往外走。"你干吗去呀，不踢球了？"申沉一把拉住了他。"我今天有点事儿，不能踢球了。你们踢吧。"迟立辉说。"那怎么行啊？都和一班约好了。你不去，咱们就少了一个人，没法踢了。""申沉，今天真有事儿，特别重要的事儿。不去不行。""什么事儿呀？比踢球还重要。一个星期就踢一次，你还要溜。不行。踢完再去。"申沉抓住他不放。"哎呀，求你了，放我走吧，再晚就来不及了。"迟立辉急得脸都红了。申沉放开手，看向二老虎，二老虎是他们的队长，虽然踢球的水平不是最高的，可二老虎个子高，身体壮实，又不怕撞，不怕累，还有一个原因，是他坚持要当这个队长，申沉和迟立辉觉得谁当队长都无所谓，所以就让二老虎当了。"二老虎，他要干吗去？"申沉问。"我……我哪儿知道啊？他也没向我请假啊。他什么时候把我这个队长当回事儿了？"二老虎有些不满。"对不起了，我得赶紧出发了。要不真来不及了。"迟立辉说完，挎起书包，跑出了教室，却没有向校门口跑去，而是向着五年级的方向跑了过去。申沉一脸沮丧，少一个人可怎么办啊？他一抬头看见了远处正瞧着他们的范志江。"江奶茶，别走，和我们一起踢球去。"申沉又向范志江喊。"你们不是不带我玩儿吗？嫌我踢得不好。这会儿想起我来了。"江奶茶同样有不满情绪。"少废话，赶紧走，要不操场该被别人占了。""那我要踢前锋。"江奶茶大声说。"踢屁前锋，跑得那么慢，后面儿待着去。"申沉已经开始往外走了。"赶紧走吧，别愣着了。以后会给你进球的机会的。"二老虎颇有队长风范地语重心长地拍了拍江奶茶的肩膀。"就是嘛，凡事不可操之过急，你还要历练，后卫踢好了，才有机会踢前锋。冰冻三尺，非一日之寒也。"才才跟着起哄。"你不也是后卫吗？还说我。"江奶茶不甘示弱地还嘴。"吾志存于此。"才才骄傲地说。"赶紧走吧，别废话了。"二老虎非常不耐烦，"你们俩都踢前锋，我倒要看看，你们谁能进几个球。"二老虎大声吼了一声。

新雅刚一走出教室，就看见迟立辉站在他们班的门口。新雅一愣，随即明白过来迟立辉是来特意等她放学的。他们一起走出校门。"辉子，你今天怎么不去踢球了,你们班不是放学后要踢足球吗?""不想踢了。"迟立辉说。"怎么会呢,为什么不想踢了,你们以前不是天天讨论踢球的事情吗?而且你还是你们队的绝对主力呢。我听老虎和申沉都说过。""是吗?那我更不能踢了,也要给他们成长锻炼的机会呀。"迟立辉笑着说。"嗬,一夸你,就美上了,一点儿也不谦虚啊。""新雅姐,要是别人夸我,没准我还谦虚一下,你夸我,我就没必要装这些了。我还真是我们队的绝对主力。新雅姐,你懂足球吗?"迟立辉问。"不太懂,可我知道你们队里面进球最多的就是你和申沉。""这倒是,我们两个是中前场,他是前锋,我是中场。申沉那小子速度快,反应也快,眼睛特尖。我传给他的球,如果有10次机会,他能把握住9次,他还真是天生当前锋的料。""那你呢,你是怎么进的那么多球的?"新雅接着问。"我嘛,绝对的中场核心,也是球队的发动机。技术好,体力好,这是中场的要求。与申沉那种影子杀手相比,我当然要更全面了。"迟立辉神气活现地给新雅讲述着球场上有趣的事情。

走着走着,路边有一个老太太推着小车卖冰棍。"辉子,渴不渴?姐给你买冰棍吃。""渴,早就渴了,说了那么多话,嗓子都冒烟了。"迟立辉说。"两根小豆冰棍。"新雅掏出两毛钱,递了过去。"新雅姐,我想吃雪糕,双棒雪糕。""好,两根双棒雪糕。""雪糕是两毛一根。"卖冰棍的老太太说。新雅低头从兜里继续向外掏钱。迟立辉一把把新雅手里的钱抢过去,"就要一根,一根就够了。""辉子,一根怎么吃啊?买两根。"新雅又拿出一块钱递过去。老太太有些糊涂地看着他们俩。"不用了,两个太破费了,一根就足够了。"迟立辉把那两毛钱递过去,老太太还在犹豫接还是不接,新雅也有些不解地望着迟立辉。"一根双棒雪糕。"迟立辉催促着。新雅只得又把那已经拿出来的一块钱放回去。接过一根雪糕,两个人继续往前走,迟立辉剥下雪糕外面的包装纸,两手各握住双棒雪糕的两个木棒,慢慢地从中间掰开,递给新雅一根,"辉子,你可真逗。又不是没钱,非要两个人吃一根。"新雅接了过去,甜甜地吃了一口,迟立辉仍然走在新雅左侧靠后的地方,他看着手中的双棒雪糕，有点舍不得吃了。"这可是新雅姐给我买的雪糕，我和新雅姐同吃一根雪糕，一人一半。"迟立辉的心里像吃了蜜一样甜。手里的雪糕开始化了。

9

　　教数学的汪老师这学期变成了申沉他们班的班主任，这让他们都不太高兴。因为汪老师这个人对学生比较严厉，课后作业也会留得多，更主要的是脾气古怪，对学生们也缺乏尊重和理解。上次李同迟到，就是她抓住不放，屁大的事情还要请家长。那天李同被汪老师逼迫的样子，申沉一直记忆犹新。听女生们说，汪老师的脾气古怪和她一直没有结婚，一直单身有关系。所以汪老师对眼前的这帮孩子来说，并不可爱，也不受欢迎。

　　这天上午的第二节课是汪老师的数学课，汪老师夹着教案，穿着一件还能勉强看出是白色的的确良衬衫，下面是一条军绿色的直筒裙。脚上还是那双早就破旧得不成样子的黑色系带布鞋。汪老师的发型也让申沉和迟立辉他们非常看不起。短发，不成样子，不知是不是因为静电，头顶上还经常翘起几缕头发，如果一直是这样，也就算了，她还时不时别出心裁地把齐耳的短发在脑后梳起来，扎一个小辫子，那就显得更滑稽了，小辫短得就像一个毛笔头，周围的头发全部散下来，又像一个刷墙的排刷，简直就是一个小丑。

　　汪老师站在讲台前，全体同学起立问好之后，申沉扭头看向与他隔着两排的迟立辉。他还在打哈欠，申沉不明白都上午第二节课了，他为什么还困。申沉又扭头看了眼坐在他后面的才才，才才正低着头玩橡皮，把铅笔从橡皮的两面向中间戳，企图钻出一个圆洞。他抬头看见申沉回头看他，白了申沉一眼，继续低头玩橡皮。

"同学们，请打开课本的第二页，上面有一张图，大家先看一下。"随即室内响起一片哗哗哗的翻书的声音。申沉翻到那一页，看着那幅图。那是两把尺子，上面一把是完整的直尺，下面一把是折了一半的半截尺子。这有什么好看的？申沉想。"好，同学们，你们谁能告诉我这幅图上面，哪个尺子长，哪个尺子短？"汪老师提出了问题。申沉好像一下子没听明白，他赶忙又看了一眼那幅图，这不是明摆着的吗？只要眼睛不瞎，谁都能看得出来。申沉忽然觉得不对劲，汪老师不可能问出这种无聊的弱智问题。这里面一定有阴谋。申沉想。全班鸦雀无声。"怎么，没有哪位同学能回答这个简单的问题吗？勇敢一些，答错了也没有关系的，你们都还是学生嘛。"汪老师笑着对下面的同学说。还是没有人主动回答。"还没有人回答，那好，老师可要点名了。"申沉将身子往桌子下面缩了缩。这时，他看见坐在他右侧的一个叫做刘海燕的女同学小心翼翼地把右手举了起来。汪老师立刻注意到了。"好，刘海燕同学，你来回答。"刘海燕个子小小的，紧张地站了起来，她好像在回答问题之前还深深地吸了一口气，然后她声音细细地说："长的长，短的短。"听完这句话，全班同学一副恍然大悟的表情，原来是这样啊，看来很多同学的想法当初和申沉的想法一样，认为这道题绝不是他们想象的那样简单。

汪老师的笑容僵在了脸上，然后全班同学共同目睹了汪老师的表情的变化过程。大家好像看到了冰冻的过程，她的脸最后成了一个冰冻的茄子一般。"这叫什么答案，你难道傻了吗？上面那根尺子长，下面那根短，这不是显而易见的吗？不瞎的人、脑子正常的人全都能认出来。什么长的长，短的短，简直是个弱智。"刘海燕委屈地哭了起来。申沉又扭过头，后面的才才同样一脸茫然地望着他。"这叫什么狗屁问题，这他×是一道智力题，或者是检查视力的题，不应该是一道数学题吧。"申沉小声对才才说。"丫有病。"才才翻着眼睛说，"好险啊。"才才又说道。"什么好险？"申沉不明白，"你想说什么吗？"申沉问才才，才才把头又低下一点，把头往前凑了凑，小声地说："我本来想回答的是尺有所短，寸有所长。""你丫也有病。"申沉又回过头，却看见迟立辉正望着窗户外面发呆，好像刚才发生的一幕全没看到。

10

范志江的家并不是迟立辉或者二老虎家那样的大杂院，也不是申沉家那样的独门小院。他家非常特殊，是在街把角的面朝东方的一栋二层小楼，有些像现在的复式建筑。一层面积比较大，却要黑一些，因为从中午过后，这里再也射不进阳光。范志江的父母住在一层，这里兼具客厅与大卧室的功能。在一层靠里面的地方，有一架固定在那里的很古老的木楼梯，直通二层的阁楼。二层面积要小很多，只有范志江一人住在上面。窗户仍然朝东，由于高了一些，这里的采光明显要好于一层。一张大双人床，挨着窗户摆放。西面贴墙放着一张三屉桌，一把椅子，这就是范志江学习功课的地方。桌子上面乱七八糟地堆放着范志江上学的各种课本。还有水杯。三屉桌，当然有三个抽屉，里面放着范志江的所有宝贝，不外乎是玻璃球、洋画儿、电池，还有一些细铁丝、吸铁石、小改锥之类的小玩意儿。桌子上有一个台灯，打开它，能发出橘红色的灯光。上面有一个旋钮，可以从左到右调节灯光的亮度。这在当时是不多见的。

申沉、迟立辉、才才、二老虎他们最近常来范志江家的阁楼，范志江的父母是双职工，单位离得也比较远，所以这里成了他们聚集玩耍的新天地。他们喜欢来这里不光是没有大人在，少了束缚，还有一个原因，他们最近新发明了一种游戏，并且一直乐此不疲，沉溺于其中。这个游戏其实很有些自欺欺人的味道，因为是一种歼灭假想敌的游戏。他们几个人把鞋脱了，或趴或蹲伏在朝东的窗户下面，手里拿着用简易木头做的枪，或者干脆就是一根竹竿。他们的窗下，正对着一条东西向的街，街上路过的每一个人，都被他们想象成为敌人，身份当然是日本鬼子。从课本中和学校里受到的教育，使得他们所能想象到的，也只能是唯一的敌人，就是日本兵。当然不管街上走过了多少人，对于他们来说，敌人的人数总是一定的，不超过二十个人，是日本鬼子的一个先遣小分队。而他们虽然只有五六个人，可是在他们想象中的实际人数至少有一个集团军。尽管敌我双方人数已经是天壤之别，可这还远远不够，敌人的武器装备也少得可怜，每人最多配发十发子弹，手榴弹也是少之又少。

可申沉和迟立辉他们所在的这个集团军，从武器装备的数量和质量来看，足可以打赢一场大规模的局部战役。不光是手枪、步枪、轻机枪、重机枪、火箭炮、高射炮，乃至飞机、战舰，无所不有，弹药也是不计其数，取之不尽，用之不竭。总之一切都是以他们的绝对胜利为前提的。作为敌方的日本兵，明知眼前面对的是一个装备精良、训练有素的现代化集团军，可仍要以死抗争，直至全军覆没。在这种被事先像程序一样设定好的情景中，在一次又一次百战百胜的战斗中，类似于精神胜利法的东西带给了他们很多快乐和心理上的极大满足。如果从楼下路过，就能听到头顶传来"开炮，快开炮，火箭弹准备，目标，前方30米区域，快，高射炮群准备，栋栋两（002），进行地毯式轰炸"等等一些军事专用术语。如果抬头看一下，你保准会一头雾水，听刚才的话，这场战斗投入的武器可真是不少，但是只能从楼上的窗口看见几个孩子在那里神经病一样大喊大叫。

这一天的战斗仍在激烈进行着，刚刚结束了一场遭遇战，敌人暂且退了回去，不过随时可能发起第二波攻击。申沉仰脸躺在床上，还在回味着刚才的战斗场面。他忽然想到:"迟立辉今天怎么没在?刚才去他家找他,他也不在家,最近好像总是神神秘秘的,经常会一个人发呆,有时还会没有原因地傻笑,他到底是怎么了,唉……估计是神经病犯了。不去想了,反正也想不明白。""敌人又出现了,敌人开始反攻了。"趴在窗子前面监视敌情的姜南大喊一声,吓了申沉一大跳,他一骨碌从床上爬起来,"这么快就反攻了,真他×不叫人省心。"申沉心里想着,马上投入到了枪林弹雨的战斗中。随着一波又一波炮弹的发射,面前的那条街早就已经是战火纷飞,两边所有的房屋也都在摧枯拉朽的炮火中夷为一片废墟。姜南在一旁大声喊叫:"原子弹,给我上原子弹,敌人离咱们就只有50米了。"申沉踹了一脚旁边正要投原子弹的姜南,"投屁原子弹,你傻啊。50米的距离范围内,你扔原子弹,咱们不得都完蛋了,怎么也得100米以外。"申沉不懂装懂地说。"哦,对了,我差点把这事忘了。原子弹威力太大。还是换火箭炮吧。"

申沉眼神非常好,他又向街道中看了一眼,便回头大声喊:"停,停,停,别开炮了。再开炮,连咱们的亲人都他×炸死了。"其他人听了一下子安静了下来,怎么回事?大家都趴在窗子上往外看,慢慢地,那两个人越走越近了,大家才逐渐看清楚,从远处走来的两个人是二老虎的姐姐张新雅和迟立辉。张新雅走在靠前一点的位置,迟立辉陪伴在她的旁边,像大人一般,双手背在身后,腰挺得笔直,不时地对着张新雅傻笑。在金色夕阳的余晖下,走来的两个人变成了小金人儿。"怎么回事啊,老虎?你姐是日本鬼子的女特务吧。"江奶茶问。二老虎用大眼睛瞪着范志江,"江奶茶,你姐才是特务呢。""不是女特务,也是女叛徒。"姜南抢着说。"放屁,我姐是刘胡兰,我姐是女共产党员。"二老虎的嗓门儿更高了。"知人知面不知心啊。"才才叹着气说。"就算你姐是女共产党员,可是辉子确实是叛变了。是不是,申沉?"才才推了背朝着窗口坐在床上发愣的申沉一把。申沉一跃而起,"放原子弹,他×的,把他们都给老子炸死。""我×,你他×疯了,我姐还在呢。"二老虎真急了。

11

那一年的暑假终于来了，二老虎和他姐张新雅背上书包，又带了一些北京的特产，被他爸妈送到北京站坐火车。父母将他们姐弟二人送上火车，又嘱咐列车员一路多照顾，到了杭州，孩子们的舅舅会去站台上接他们。临分别的前一晚，他们一群孩子坐在南墙根摆放的一堆水泥管子上面，二老虎一一与他们握手告别。"兄弟们，战友们，等着我，等着我凯旋。"才才抬头看着天上的大月亮，月亮如此之好，银盘一般高挂在夜空。银晖之下，是他们依依惜别的脸。"风萧萧兮易水寒。"才才说，"二老虎，别难过了，我们等着你。莫愁前路无知己，天下谁人不识君。""你别说了，我他×都想哭了。"二老虎的声音果然有些哽咽了。"你问我爱你有多深，月亮代表我的心。"坐在旁边一言不发的迟立辉哼起了邓丽君的歌。申沉扭头看了他一眼，辉子的眼睛亮闪闪的。

二老虎走后，他们这些人照例成天在一起厮混玩耍。暑假作业，申沉用了三四天的时间就集中赶完了，他觉得这样比较好，后面的时光就可以痛痛快快地玩了。没有了任何后顾之忧。才才除了完成每天的作业，他的爸妈也给他安排了更多的家庭作业，每天要背的唐诗从四首变成了六首。大字也从每天的两页40个字，变成了每天五页100个字。这有什么用啊？才才想，记住了后面的，前面的又忘了。全是无用功。家长这样做，简直就是不人道，泯灭孩子的天性。迟立辉更怪了，对写作文深恶痛绝的他，居然开始自己写日记，还在床头摆了一本日历，每过一天，就在上面画一个叉。申沉有几次去找他，他也是无精打采的，像丢了魂一样。

　　有一天，申沉和迟立辉正躺在辉子家小屋的床上看小人书。迟立辉的奶奶在外面叫他们："辉子，申沉，出来吃西瓜。"他们两个人谁也没动。又过了一会儿，申沉耐不住了。"喂，你奶奶叫咱们吃西瓜呢。""你去，拿进来，我在屋里吃。"迟立辉仍躺在床上，一条腿搭在另一条腿上面。"凭什么我去？我是客人。应该你去。"申沉踢了辉子一脚。"你是客人？你在我们家吃，在我们家住，你什么时候当自己是客人了？你去问问我奶奶，她把你当客人了吗？去，快去。给我拿两块西瓜进来。"申沉翻身起来，趿拉着鞋走到屋外，"辉子呢？"奶奶问。"奶奶，辉子睡着了，先别叫他了，咱们先吃吧。""这孙子。"迟立辉听见申沉这么说，骂了一句，一下子也下了地，走到外面。"才才，才才，来吃西瓜了。"奶奶又向对面喊。才才拿着本书走了出来，和他们围在一起吃西瓜。"喂，辉子，吃完去外面玩儿会儿吧。老在家待着多没意思啊。"申沉说。"不去，没意思。""没意思？玩儿都没意思？"申沉不明白地问。"才才，咱俩去，找姜南他们去。"申沉转向才才说。"那你得等我一会儿，我还没背完诗呢。"才才回答。"不等。我自己去玩儿。"申沉扔下手中的西瓜皮，抹抹嘴，走出了院子。

　　申沉先来到二老虎他们院子，由于二老虎和他姐张新雅去杭州的姥姥家了。他便来到姜南家门口，可门上挂着锁。姜南也没在。申沉有些失望了。正好院里的一户人家出来，看到申沉，对他说："姜南没在，被他妈妈带到单位去了，晚上才回来。"申沉"哦"了一声，真没意思啊，还不如上学呢。他又走出来，低着头，在街上漫无目的地走。午后街上空无一人，只有申沉孤独的身影在路上行走，四周安静极了，安静得让人心慌。他一抬头，竟然走到了江奶茶家的小楼跟前。门上没有锁，申沉敲了敲门，没有人应。申沉又退后两步，向着楼上的窗户大声喊："江奶茶，江奶茶。"叫了好几声，还是没人应。是不是睡着了，没听见啊？申沉想。他拉开江奶茶家的门，整个屋里没有人，他走到那架木楼梯的下面，向上看了看，还是一点动静也没有。他顺着木楼梯爬上二楼。

楼上也没有江奶茶的身影，只有空荡荡的床。申沉走到床前，看着窗外，那窗子前面曾经挤满了人，喊叫声、笑声好像还在这空屋子里面回荡。现在人去楼空了。申沉这样想着。他觉得有些累了，也有些困了。他躺在了床上，不知不觉闭上眼睛睡着了。不知睡了多久，申沉觉得有人在盯着他看，他猛地睁开眼睛，就看见江奶茶一动不动、一脸吃惊地望着他。

12

漫长的暑期还有一个星期就要结束了。二老虎和姐姐张新雅明天就要回到北京了。当从二老虎的妈妈那里听到这个激动人心的消息的时候，申沉和迟立辉高兴得跳了起来。他们两个和二老虎的爸爸约好，第二天下午一起去北京火车站接他们。

晚上洗漱完，迟立辉还不觉得困，虽然下午和申沉、姜南、才才他们一起踢了一下午的球，可仍然觉得浑身还有力气，一点也不累。他躺在自己小屋的床上，拿过床头边摆放的那本台历，看着这一个多月以来在上面画下的40多个叉。我可真不容易啊。迟立辉心想，这就是相思的味道吧。申沉和才才他们还无从体验过，自己却深深地感受到了。这滋味真不好受，可也同样让人充满企盼，满怀希望。他把这一页呼啦一下子撕下来，夹进了自己的日记本里。他觉得自己有点伟大。

周日下午的天气阴得很厉害，没有一丝风。北京站站前广场上，人流来来往往，虽然那时候还没有那么多来自全国各地的外省人涌入北京，却仍然川流不息。大喇叭里面高音播放着广播。申沉和迟立辉站在二老虎爸爸的身边，踮着脚向出站口里面看。在一大拨扛着大包小包的人过去后，走出三个穿着白色跨栏背心，将衬衫搭在胳膊上面，拎着黑色皮包的中年人，在他们身后就出现了二老虎和姐姐张新雅的身影。"来了，出来了。"二老虎的爸爸说。三个人走到跟前，二老虎也发现了他们，抛下身后的姐姐张新雅，一下子冲了过来。三个小伙伴拥在一起，"还是你们好，还来火车站接我。"二老虎高兴地说。迟立辉歪过头，瞟了一眼张新雅，她正瞧着他们笑。怎么那么美呀？迟立辉想。那一刻迟立辉看着新雅的笑容，他觉得天好像裂开了一条口子，一缕阳光，直直地射了下来。

　　二老虎的个头比刚放暑假的时候又长高了一大截，比申沉和迟立辉他们高出了差不多十厘米。皮肤晒得黝黑，也比以前更加壮实了。"喂，二老虎，你比走之前高了不少啊，也更结实了。没少吃好吃的吧。"申沉捏着二老虎的胳膊说。"咳，别提了，可受罪了。练功练的。"二老虎回答。"又练功了？"申沉问。"听他瞎说呢……"张新雅刚张嘴说话，二老虎就回头冲着她姐姐瞪眼，新雅没再接着说下去，有些不好意思地笑了笑。晚饭在二老虎家吃的，申沉和迟立辉也经常在二老虎家吃饭，今天的晚饭显得有些特别，有了为姐弟两个接风的味道。二老虎的小叔还特地从鱼市买了一条大鲤鱼。大人们喝着白酒和啤酒，白酒是二锅头，啤酒是下午回来以后，二老虎的爸爸拿着暖瓶打来的散装啤酒。饭桌上欢声笑语一片，二老虎的小叔拿起暖瓶，笑着看向他们三个男孩子，"怎么样，三个小老爷们儿，喝点啤酒吧。""别闹，他们小孩子，你逗他们喝什么酒啊？"二老虎的妈妈说，同时看向二老虎的爷爷，老爷子笑着没说话。"没事儿，喝点儿就喝点儿，他们三个人，可是连二锅头都喝过的人。别看年纪不大，人小鬼大。"小叔说着，为他们三个人每人倒了一小杯啤酒。三个人有点兴奋，带着感激望着小叔，小叔对这三个男孩子投过来的眼神心领神会，微笑着用下巴冲他们三个人向上挑了一下，又坐下了。

　　三个男孩子把手中的啤酒杯握起来，冰冰的，在夏天的夜晚拿在手上无比清凉。三个人都小小地喝了一口，不辣，有点苦，一种说不上来的味道，反正喝在嘴里感觉很舒服。这是他们三个人第一次在一起喝酒。大家又开始边吃喝边说笑。申沉尤其话多，向二老虎讲述着暑假里发生的事情。迟立辉坐在三个人的最右手边，挨着新雅，两人也是说说笑笑。新雅在给他讲西湖上成片的荷叶和荷花，讲着雷峰塔还有断桥。迟立辉边吃边听，他忽然产生了一种感觉，一种身临其境般的感觉。他觉得这顿家宴是专门为他和新雅准备的。他想到长大以后的他娶了新雅做新娘，和她一起回到这个娘家，家人们坐在一起吃饭，就应该是这个热闹场面，这个气氛。二老虎和申沉也要在场。就像现在一样。他拿起酒杯，趁别人不注意，在新雅的北冰洋汽水瓶上碰了一下，一口气喝干杯中的啤酒。

第二天，所有的小伙伴都聚齐了，他们在南墙根的阴凉地里，一字排开，坐在地上。每人嘴里面叼着一根冰棍。才才把足球滚到二老虎的身边，坐在足球上，拿出嘴里的冰棍，"二老虎，听说上有天堂，下有苏杭，杭州什么样子啊？给我们讲讲。"二老虎没有立刻回答，他稍微顿了一下。"告诉你们一个秘密，其实我根本就没在杭州待几天，我去的是嵩山少林寺，我在少林寺学了一个假期的武术。"二老虎看着他们每一个人。"什么？少林寺？你去少林寺里面当和尚了？"大家简直觉得太不可思议了。"不是当和尚，我只是俗家弟子，只学武功，不是真上山当和尚。"二老虎解释着。"快讲讲，二老虎，这到底是怎么回事。"申沉睁大眼睛，急切地问。

"有一天早上我正和我姐在楼下玩，一个老和尚，可能是云游的和尚看见了我，他问我愿不愿意跟他去嵩山少林寺学武功。他和我小舅谈了好长时间，那老和尚，也就是我的师父，说我骨骼奇俊，天资聪颖，是学武功的好材料，是不可多得的练武奇才。他下山很久了，就是想找个适合练武的人收为弟子，可一直都没见到他要找的人。直到遇见了我。"二老虎清了清嗓子，咬了一大口冰棍，接着说，"我小舅起初不同意，后来我师父跟他说只要一个月，就把我送回来，如果错过了，他可能再也遇不到比我更好的人选了。

就这么着，我和我师父去嵩山少林寺，做了一名俗家弟子，和他学了一个月的武功。"大家都听得目瞪口呆。"那你都学什么武功了？给我们打一套看看。"好几个人说。二老虎站起来，向坐在他旁边的才才摆摆手，"你躲开点，别伤着你。"才才赶忙闪到一边。二老虎站直身子，深吸了一口气，仰头直视着前方。双手慢慢平举，然后"嘿"的一声吼，同时跺了下脚，双臂抡开，拳打脚踢练了起来，整套拳打得虎虎生威。最后的收式也很有力，戛然而止。大家伙都看入迷了。"怎么样？这只是少林拳法最基本的，还有更高深的武功呢，只是时间太短，没有工夫慢慢向我师父学了。"二老虎一脸的骄傲。"那你还学了什么，还有什么高深的武功？"申沉紧接着问。"我临走的前一周，师父又给我讲了两套拳法，一套叫九阴真经，一套叫七伤拳，都是非常厉害的武功，可师父只是告诉了我一些武功心法和技巧，还要慢慢练习。"申沉听得气都快喘不上来了。其他小伙伴们也是兴奋异常，一个个小脸通红，胸口剧烈地起伏着。"二老虎，你师父武功一定很高吧，现在你也是武功高强之人了。"才才问。"嗯，这个嘛，我师父是天下武功第一，我嘛，应该勉强可以算第二。"二老虎挠着头，有些不好意思地说。

"好，太好了，天助我也，报仇的时候到了。"申沉大喊一声，吓了坐在他身边的迟立辉一跳。"疯了吧你。报什么仇？"迟立辉瞪了申沉一眼。申沉一下子站起来，把没吃完的冰棍递给江奶茶，"先给我拿着。辉子，你忘了上回咱们让外校那几个五六年级的学生欺负的事情了？咱们在东边官园那儿的沙子堆上挖胶泥，来了几个人，打咱们来着。""对，我想起来了，那次有你我，还有姜南，才才没去那回，咱们三个人，他们好像也是三四个人，赶咱们走，不让咱们在那儿玩，咱们不乐意，他们就打咱们来着。"迟立辉也记起来了。"对呀，就是那次，我一直记着呢。上回他们人多，也比咱们大，咱们打不过他们，吃了亏，现在不一样了，二老虎回来了，还学了一身的武功，我看不用什么九阴真经、七伤拳之类的特别厉害的武功，就刚才二老虎打的那套拳就能把他们全收拾了。"申沉说得手舞足蹈。迟立辉也双眼放光。

"我的冰棍呢？"申沉问江奶茶，"我给吃完了。"江奶茶说。

"不行，不行，那可不行，"二老虎连连摆手，"我离开少林寺的时候，我师父对我千叮咛万嘱咐，不可随意与别人交手，怕我手重，伤了人家。再说了，出家人以慈悲为怀，哪儿能随便打架啊？""什么慈悲为怀？打坏人就不算，再说也没让你把他们打死，就是教训他们一顿。"申沉说。"就算武功再高强，那二老虎也不能师出无名啊。"才才一脸讨好地对二老虎说。"你他×滚蛋，什么师出无名？你上回是没挨揍。站着说话不腰疼。"辉子推了一把才才。"师父还对我说人不犯我，我不犯人……要是让他老人家知道了，一定会怪我的。"二老虎还是为难。"知道个屁，你师父在少林寺呢，他又不是千里眼、顺风耳，怎么可能知道？什么人不犯我，我不犯人，他们要是犯我……犯我们了呢？"申沉着急地辩解着。"唉，真为难啊。一边是师父，一边是兄弟。等遇到他们再说吧。这样总行了吧。"二老虎说。"这还差不多。"辉子说。

13

晚饭的时候，申沉也没什么胃口，他仔细观察着他爸妈的一举一动。他爸把饭盛好，"来，儿子，过来吃饭。"申沉跑到电视机前面，把电视从动画片频道调到了新闻联播频道。他爸不解地看着他，"你不看动画片了？""不看了，没意思，爸，你看新闻吧。"两口子对视了一眼，这是怎么了？饭吃到一半，申沉又起身从茶缸子里给他爸倒了一杯茶，恭恭敬敬地放在他爸面前。"爸，我想和你商量件事。"申沉笑得像朵花一样。"就知道你小子有事，要不能这么懂事儿了？说。什么事儿？""我想去少林寺学武功。"申沉大声地说。他爸刚喝到嘴里的茶差点把他呛着。"什么？去少林寺学功夫？胡说八道什么？""是真的，二老虎就去了，拜了天下武功第一的老和尚为师，现在武功可高强了，今天还给我们打了一套少林拳呢。"申沉一脸正经。"你要是想学武术也行，少年宫就有武术班，等你明年放暑假，我给你报个班，你去学吧。"申沉他爸对他说。"我不去少年宫，我要去少林寺，那才是武学正宗，天下武功出少林。"两口子彻底糊涂了。申沉于是把二老虎巧遇师父，又随师父去了少林寺，做了俗家弟子学武的事情说了一遍。两口子听完才算明白过来。他爸站起身，喝了一口茶，对申沉说："吃完了吧？出去玩儿吧，以后少看点儿电视就行了。"

虽然父母没同意，申沉自己一点也没放松，晚饭后，他总是叫着才才和迟立辉来到街拐角的大石头旁边。他要开始自己练习。辉子虽然也羡慕二老虎的奇遇，可那毕竟是可遇不可求的。他坐在大石头上面，看申沉练习轻功。申沉站在大石头上，才才手里拿着两根冰棍棍，在申沉从大石头上跳起的一刹那，才才将手里的冰棍棍抛向天空，申沉趁身体腾空之时，两脚乱踢，要用两脚分别去踢中目标。"申沉，这行吗？"迟立辉问。"行……没问题。"申沉累得上气不接下气。路过的人看着有趣，望着申沉一遍遍地跳上跳下，"这小孩，吃饱了撑的。"骑上车走了。申沉听到了那句话，有点不知所措地看向站在地上的才才。"燕雀焉知鸿鹄之志，练你的，我再给你加两根儿棍儿，我这儿多的是。"才才鼓励申沉。

这几天申沉和迟立辉把二老虎夹在中间，好像绑架了二老虎一样，在西廊下这附近的条条街道里面漫无目的地瞎逛。他们两个心中只有一个打算，就是希望早日遇见那伙欺负他们的人，好一雪前耻，可是转悠了好几天，直到开学，也没有遇见那几个人。其实这也不难理解，上次他们之所以遇到那几个人，是在那几个外校的高年级的学生放学回家的路上，暑假期间，他们也都在过着自己的假期生活。

新学期开了学，他们就升入了三年级，张新雅则是六年级，属于毕业班的学生了。课业要比以前重了，老师经常在放学后要拖堂，或者临时加一节课，时间也很不规律。周三的下午，给申沉他们上课的老师生病请假了，其他代课的老师决定，愿意留下来上自习的同学可以留在教室里面上自习，不愿意的同学就可以回家了。申沉他们几个人当然背起书包就走了。路过姜南所在的二年级的窗户根儿时，他们还不忘隔着玻璃窗逗了逗正在上课的姜南。把书包放下，他们四个人就跑到家东面官园附近的沙子堆挖胶泥。这一大堆沙子是前面要盖的那栋楼所需要的，所以量非常之大，就像几个连绵的小沙丘连在一起,他们站在沙丘的顶端,俯视着这一大片沙海,申沉心想,还挺壮观,沙漠不会就是这个样子吧?

　　他又把目光向远方投去,瞬间愣住了,远处有几个人正在向这边走,申沉又眯起眼睛看了一下,他能够确定了,走来的几个人就是以前欺负过他们的那几个外校高年级的学生。真是功夫不负有心人啊。总算等到你们了,算你们倒霉,今天老子好好收拾你们。申沉故意大声在沙堆的顶端大声叫喊,想引起对方的注意,他还把一把把沙子高高扬起,玩得忘乎所以。迟立辉抖了抖落在他头上的沙子,冲申沉喊:"你他×疯了,挖胶泥就挖胶泥,你扬沙子干吗?都扬我头上了。"申沉没说话,笑着冲迟立辉看了看,又扭过头向着远处用下巴一指,迟立辉顺着申沉下巴的方向望过去,瞬间明白了一切。他也开始大喊大叫起来,并和申沉一起扬沙子。上次事件的亲历者是申沉、迟立辉和姜南,二老虎和才才没有在场,所以他们两个也并不认得那几个人,二老虎对才才说:"看见了吧,又疯了一个,挖胶泥都能挖疯了。"才才用力点了点头,"两个都是神经病。要不他们两个是同年同月同日生呢,连神经病都一起发作。"

　　申沉和迟立辉的这种明显带有挑衅性质的呼喊很快被那几个人注意到了。他们也认出了站在沙子堆顶端的那两个人是上次他们揍过的两个人,至于旁边沙堆上蹲着的那两个,他们没有什么印象。几个人对视着笑了一下,像《动物世界》里面发现猎物的鬣狗一样,快速围了过来。随着那几个人的距离与他们逐渐地缩小,申沉和迟立辉简直兴奋到了极点。他们快速走到二老虎和才才身边,对二老虎说:"喂,二老虎,那帮人来了。""谁来了?"二老虎没反应过来。才才也是一脸茫然。"你可真笨,就是上回说的,欺负过我们的那几个人。"申沉说。"哪儿呢?我看看。"才才的情绪明显也被调动了起来,站起来向正在靠近的那几个大孩子张望。只有二老虎没有什么动作,还在低着头刨沙子。果然有大将风度,申沉心里暗暗赞美。高手就应该这样。要能沉得住气。"申沉,辉子,咱们别惹事儿。"二老虎说了这么一句。

"我没想惹事儿,是事儿赶上了,躲也躲不了。"申沉和迟立辉迎了上去。

那几个人正往沙子堆的顶上爬,抬头看见申沉和迟立辉两个人站在上面,笑嘻嘻地看着他们。"喂,你们几个孩子,过来,听见没有?叫你们呢。快过来。"他们说话的口气比以前更大了,更加匪气。申沉和迟立辉动都没动,还在那儿冲他们几个包围上来的人在笑,好像压根没把他们当回事。那几个大孩子快速地把申沉和迟立辉围在了中间,可他们不明白为什么这两个人一点也不害怕,还是那么笑嘻嘻的。"小丫挺的,刚才叫你们没听见啊?又他×找揍呢吧。"申沉看着比他们高了差不多一头的几个人,不紧不慢地说:"你们丫今天算来对了,老子找了你们好长时间了。是不是辉子?"迟立辉嘿嘿冷笑了两声,"今天咱们就把以前的事算清楚了。"才才也走来,他明显有一点紧张,可不完全是害怕,他毕竟没有经历过这种事,他只是看着申沉和迟立辉脸上那副兴高采烈、满不在乎的表情,心里有一点不踏实。"小丫挺的,我他×抽你丫……"其中一个人话还没说完,"啪"的一声清脆的声音在对方的脸上响了起来,申沉没有等他说完第二句话,一个大嘴巴就抽到了那人脸上。但那毕竟是比他们高几个年级的人,个子比申沉他们高了不少,人也比他们多,那人一下子把申沉推倒,申沉还没起身,那个人就骑到了他身上,申沉只看见了两个画面,一个是辉子和才才与其他几个人扭打在一起,另一个画面是沙丘上已经没有了二老虎的身影。

申沉、迟立辉和才才那天还算是走运的,有几个过路的大人见到五六个大孩子在欺负三个小孩子,就把那几个外校的学生轰走了。看着申沉、迟立辉和才才衣衫不整的样子,申沉的脸上被打破了,流了点血,不过不算严重,大人们嘱咐他们赶紧回家吧,别让家里大人担心。他们三个一边拍打着身上各处的沙子和尘土,一边无精打采地往家走。申沉的红领巾还被其中一个人抢走了。申沉想起了临阵脱逃的二老虎,"还天下武功第一呢,呸!"

二老虎被小伙伴们彻底孤立了,他不顾朋友死活,独自一人逃命的丑恶行径使他首次陷入了人生的低谷。无论在学校还是在胡同里,当其他人在一起欢天喜地无忧无虑地玩耍之时，他只能在远处眼巴巴地看着。每当他怀着复杂的心情稍稍走近，那些孩子们就会停止游戏，用眼睛打量着他，好像他们从来也不曾认识他，好像他是一个陌生人，二老虎受不了众人的那种眼神，他觉得那就是好几把飞刀向他飞来。二老虎在学校上课时，觉得时间好慢，他平日里最要好的几个朋友都对他相当冷漠，足球队也好像不再需要他这个队长了，他们最近踢了两次足球也没有要叫他参加的意思。好像是江奶茶，那个最不可能当队长的人当上了队长。上学放学，也只是他一个人默默地走在路上。他知道自己错了，可没想到带来的后果如此可怕，他甚至觉得他的人生就此完蛋了。回到家中长吁短叹的他，再没有练习过一次刀法。只有对门比他们小一岁的姜南，还有更小一岁的叫歪脖的那个南边胡同的小孩儿有时会走到他身边，姜南颇为理解地蹲在二老虎身边说："老虎，别伤心了，你去找申沉和迟立辉说说，你们以前那么好，你上次回来，他们俩还去火车站接你了。他们会原谅你的。"姜南一提起上次二老虎和姐姐张新雅从杭州回来，申沉和迟立辉去北京站接他那回事，二老虎心里就更过意不去了。"我哪儿还有脸去见他们啊？他们这辈子都不会原谅我了。听说那天他们回家，申沉和辉子都挨了家里人的揍。"

这天晚上吃完饭，二老虎坐在院子里照例伤神伤心。姜南从对面家里走出来，本想安慰他几句，又不知道说什么好，于是就又出去找申沉和辉子他们玩了。姐姐新雅走了过来，坐在他旁边的小椅子上。新雅看着眼前这个经受了人生第一次挫折的弟弟，心里有些好笑，因为今天迟立辉去校门口接她放学，路上两个人还说起这件事。"老虎，你老这样也不行啊。你打算就这样失去你那几个好朋友了？"新雅对弟弟二老虎说。"姐，你别说了，我也不想啊，可我有什么办法啊。""首先你不应该吹牛，说什么自己去了少林寺学武功。让申沉和辉子他们都信以为真了，其次你确实不应该抛下你的朋友，还说自己是习武之人呢，找个机会向大伙儿赔礼道歉，他们一定会原谅你的。"新雅拍拍二老虎的头，回屋做功课去了。

对于他们几个人闹别扭这事儿，二老虎的爷爷、爸爸还有小叔早就一清二楚。平日里好得像亲兄弟一样的三个人现在有了矛盾，这是显而易见的。二老虎的爷爷有一次趁他不在家，把对门的姜南叫过来，问清楚了事情的整个经过。不过几个大人还不想这么快去解决这件事情，他们觉得应该让老虎反思几天，这也是成长路上所必须付出的代价。

这一天，爷爷、爸爸还有小叔在晚饭后把二老虎叫到跟前，爷爷对眼前低着头不说话的孙子观望了一阵，感觉差不多了，应该和老虎谈一下了。那天三个家长和一个孩子，祖孙三代人，进行了一次男人间的谈话。他们告诉二老虎，朋友之间要讲信用，讲义气，申沉和迟立辉为什么好得像一对双胞胎兄弟一样，就是因为他们从来没有抛弃过对方。在困难当前的时候，更不应该选择逃避，才才那天表现得就很好，他没有跑掉，虽然也挨了揍，可他用行动证明了朋友这个词的意义。另外一点，犯了错，也不要怕，他们还是孩子，尤其是男孩子，犯了错就要勇敢地面对，勇敢地去承担，男孩子之间是最重情义的，所以他们是一定会原谅老虎的。那天二老虎听完爷爷、爸爸和小叔讲的这番话，伤心地哭了。

14

张新雅补完课，一走出校门，就看见迟立辉从旁边的马路牙子上站起来笑着向她跑过来。新雅是毕业班的学生，经常要补课，所以迟立辉现在并不是每天都来等她了，不过一周总要来一次。

他们并排走在路上，新雅咬了一口雪糕，笑着对迟立辉说："辉子，你们还生老虎的气呢？""哪儿啊。早不生气了，那点儿小事情叫什么事儿啊。你也太小看我了。"迟立辉笑着说。"那申沉呢，他也不生老虎的气了？"新雅接着问。迟立辉咽下一口雪糕，"新雅姐，申沉也不生气了。真的，这是真话。申沉就是太爱面子了，总不能让申沉主动去找二老虎说话吧。你说是不是。"其实迟立辉也就是当时生过二老虎不讲义气的气，后来没几天就好了。他是最不愿意和二老虎闹别扭的，因为有二老虎的姐姐新雅，他总觉得他早晚要和二老虎成为一家人。这可能是他这辈子唯一想做的事情。可他又不能把这个意思告诉申沉，他了解申沉，申沉绝不会记恨二老虎，只不过就是碍于面子。"新雅姐，你们那个暑假都干了什么？二老虎一暑假没见，回来确实是长高了长壮了，也黑了好多，还会打少林拳，所以我们当时对他说的去少林寺拜师学艺的事情才觉得千真万确。"迟立辉问。新雅"咯咯"地笑出声来！"你们呀，我们那个暑假在杭州，小舅给我和老虎报了一个游泳班，每天带我们去游泳，所以老虎才晒得黑了好多，个子倒也长了不少。我也黑了好多啊。老虎打的那套拳，是因为隔壁是一个武术班，每天有好多小孩子在那里练习武术，老虎每天站在外面看，人家在里面打拳，他在外面学着打，天天去，天天看，久而久之的，就记下了一些。至于他给你们讲的什么九阴真经和七伤拳之类的东西，是因为杭州的电视台在那段时间正在放香港拍的武侠片《射雕英雄传》，他全是从那里面听来的。你和申沉都被他骗了。""啊，我说呢，害得我们又挨了一顿打。"新雅笑得肚子都疼了。"辉子，你们也太逗了，老虎那么说，你们就信了，还拉着他去找人家报仇，挨过一次打不过瘾，还要送上门去，让人家再打一回。""唉……这只能怪申沉，他太爱面子。那事我早就忘了，他可没忘，他一直想找那帮人去，想找补回来。这倒好，我和他又挨了一次揍，还把才才给连累了。"

　　他们接着往前走，这是属于迟立辉的幸福时光。他觉得长大了他一定要娶新雅姐，这将是他人生最重要的事情，也将成为他做过的最牛的事情。"辉子，你觉得让老虎去给申沉和才才他们主动道个歉，再请你和申沉还有才才来家里吃顿饭，这样可以了吗？"这次轮到迟立辉笑了。"不用，新雅姐，真不用，告诉你，我们这个周六下午准备去新官园，就是北面那个免费的公园玩，你让二老虎直接来找我们就行了。""那好吧，我代老虎谢谢你们了。"

　　周六的下午，申沉、迟立辉、才才，还有江奶茶一堆人在这个免费的叫做新官园的地方折腾得满头大汗。他们像一帮土匪一样大喊大叫着从土山上冲下来，背后扬起一阵烟尘，坐在树荫下呼哧呼哧大口喘着气。天气已经是秋天了，马上就要到国庆节了，可还是很热。申沉从兜里掏出一块钱，冲大伙说："你们谁去买冰棍？"大家都懒得动，谁也没吭声。这时就看见二老虎低着头像个姑娘一样扭扭捏捏从远处走过来，手里捧着一个灰白色牛皮纸纸盒。他身后跟着姜南还有那个叫歪脖的小孩子。大家觉得二老虎的样子很好笑，也有点可怜，可看申沉还板着脸，也就没敢笑出来。二老虎他们三个人走过来，掀开纸盒的盖子，里面是一堆小豆冰棍，还在丝丝地冒凉气。他红着脸，笑脸相迎地把冰棍分到每个小伙伴的手中，孩子们都又渴又热，也就不再顾忌申沉了，都一一用手接了冰棍，美滋滋地大吃特吃起来。二老虎走到迟立辉面前，像看恩人一样看着辉子。辉子觉得好笑，看来那天新雅姐把今天他们的行动计划告诉了二老虎，他还挺聪明，捧着冰棍出现了，来得正是时候。二老虎最后来到申沉跟前，蹲在他身边，申沉目视前方强忍着不作出任何的反应。二老虎用肩膀使劲撞了一下申沉，申沉没防备，差一点被撞倒。"行了，别这样了，我也难受挺长时间的了。"申沉还在绷着脸没说话。"申沉，你别老这副德行。夫，人之相与，俯仰一世，人非圣贤，孰能无过，知错能改，善莫大焉。汝之不惠，甚矣。"才才在一边劝说。"二老虎，再给我来一根。"才才要求。"唉。唉。好，才才，上次连累你了。对不住了啊。"才才笑了笑没说话，又对着申沉努努嘴，一脸不屑的样子。二老虎又蹲过去，"吃冰棍吧，再不吃可就化了。"他又用肩膀去撞申沉，这次申沉早有防备地躲开了。申沉也快渴得受不了了。他取出一根冰棍，"光吃一根冰棍可不行。得看你的表现。""是，是，我明白。我请你们吃一个礼拜的冰棍。"二老虎赶忙说。"多长时间？"申沉开始趁火打劫。"半个月，半个月。请吃半个月冰棍。""多长时间？"申沉还是不依不饶。二老虎咬了咬牙，"一个月，我请你们吃一个月的冰棍。""这还差不多。"申沉笑着说。二老虎也开心地笑了。"二老虎，后来我想了，现在咱们确实不是他们的对手，不过他们的样子我记清楚了。烧成灰儿我也认得。我也不着急报仇了，过两年，等我上了中学，和他们一样高了，我再找他们报仇去。""对，对，君子报仇，十年不晚。"二老虎表示同意，"下次咱们一起去。""十年，不行，我等不了那么久，上了中学就去，打一次不行，打两次也不行，我咽不下这口气，见他们丫一次打一次，打怕了算。""唉……挨了两次揍,还不长记性,瞧把你能耐的。"迟立辉叹着气说。"少废话,你去不去?"申沉对迟立辉说。"去,一定要去,你去哪儿,我去哪儿。"辉子坚定地说。

15

　　那时的北京城四季分明，沙尘暴还没有见过，像如今的雾霾、重度污染更是闻所未闻。春天万物萌生，一派新绿，迎春花、玉兰花，还有樱花，相继开放，公园里的湖水刚解冰没有多久，就有了一对不知从何处飞来的野鸭悄悄地划开了水面。夏天，街道和胡同里面到处充溢着槐树花的香味，甜甜的，那时候的人们更觉得自己像一只蜜蜂，总想着去吃槐花里面的香蜜。路边的杨树叶子墨绿墨绿的，像一面面巴掌大的镜子，在风里呼呼地转，闪着正午的阳光。秋天的北京应该是最美的，那是北京城最美好的季节，万里晴空，天高云阔，银杏树的叶子黄了，如焰火般一大片，仿佛北京城的童话，或是童话里的北京城，让人分不太清。白云在水面上如挑逗一般恣意变幻它的形态，让湖边不论是抬头看天还是低头望水的人都目瞪口呆。傍晚时分，不论你是不是站在银碇桥边，向西方望，都能看到夕阳西下时的西山。美丽雄伟的燕山山脉。才才出神地望了很久，这就是王勃所写的"落霞与孤鹜齐飞，秋水共长天一色"吧。才才想。"寒衣处处催刀尺"，来自遥远的西伯利亚，强劲有力的西北风，把空中的雪花碾碎，又把本已落在地上积了很厚的雪裹挟起来，旋风般在空中狂舞。天寒地冻，街道里，胡同里的树木枝条披冰挂雪，人们蛰伏在家里，在炉火旁边，只有孩子们的笑声还回荡在安安静静的胡同。他们滑冰车，打雪仗，堆雪人，享受风雪带来的奇妙乐趣。燕京八景里面的"银锭观山，卢沟晓月，西山晴雪，金台夕照"这些景观还没有成为几十年之后的传说，几十年前的人们真真切切地看到过。

　　四季更替，仿佛就是岁月的年轮滚滚向前，将时间清晰地刻录下来。这群西廊下的孩子们，不知不觉当中，连滚带爬，荒草一样地长高。

　　五年级的迟立辉，走在初中二年级的张新雅身旁，迟立辉已经快追上新雅的个头了。他三年前开始来校门口等新雅时，才只到新雅的肩膀上面一点。新雅觉得辉子这个人挺有意思，他和其他人不太一样，他比其他人更加坚持也更有毅力。新雅已经快十五岁了，她小学毕业升入了本校的初中部，她本想考到别的学校上初中，可父母没同意，说她还小，还是在家附近上学比较放心。快要长成大姑娘的她不是不明白辉子的想法，新雅隐隐约约地感到了什么，但新雅没有太多想，她把辉子和申沉他们一样当作是自己的弟弟看待，只不过辉子让她觉得更加特殊一些。辉子像往常一样走在她身体左侧稍稍偏后一点的位置，她问过辉子，为什么不和她并排走，辉子只是笑着说了一句"习惯了"。就没再说什么。路上遇到那个卖冰棍的老太太，辉子跑过去，多年来养成了习惯，他买了一根双棒雪糕，撕掉包装纸，把雪糕从中间掰开，递给新雅一半。

　　同窗了四年多，石佛李同也和他们熟悉了一些，只不过申沉他们对他还不是十分了解，在一起玩耍的时候也并不多。那个叫吴丹丹的长相普通的女同学和李同要好这件事情，他们大概了解清楚了。他们两个同住一个大杂院里，从小就认识，有点像青梅竹马。李同比吴丹丹大一岁多，没有上过幼儿园，入学前都是在家里待着。吴丹丹则是和大多数孩子一样，从幼儿园进入小学。对于李同和吴丹丹要好这件事情，班上所有的同学好像都知道了。就连老师也好像心中有数。同学都能看明白的事情，老师怎么可能不明察秋毫？但是老师好像对此没有什么特别的态度，总感觉像睁一只眼睛，闭一只眼睛。班上有一个特别爱打小报告的同学，曾经在放学后主动跑到老师办公室里，向申沉他们班的班主任汪老师告李同和吴丹丹的状，说他们两个人在早恋，课间休息的时候说悄悄话，下学也是一起回家。这件事的全过程恰好被当时因为在课堂上捣乱而被老师留下，正在办公室内罚站的姜南赶上。他一边罚站一边歪着头看着申沉他们班的那个女生在向汪老师汇报李同和吴丹丹早恋的情况。那个女生可能对比他们小一届的姜南没有什么印象，或许她只把注意力集中到了同学之间早恋的问题，所以并不知道那个一直站在对面办公桌旁边一边歪着头看她，一边罚站的头发乱蓬蓬的男孩子和她班上的那么多人有着密切的关系。

那天汪老师对这件事情表现出来的态度也非常让他们难以理解。当姜南从学校回来，当晚就把这件事情告诉了申沉和迟立辉还有二老虎。申沉他们三个人还都挺为李同担心的。李同因为当年一次偶然的迟到，就被汪老师赶出教室，还要请家长。女生刘海燕回答汪老师提出的那道匪夷所思的弱智问题后被汪老师挖苦得流眼泪，所以从这些事情来看，汪老师对学生并不善解人意，也并不像歌曲里唱的那样，是园丁，把他们当作祖国的花骨朵来照看，而是显得有些冷酷，不近人情。"那汪老师那个女魔头是怎么说的？"他们着急知道答案。"你们老师好像并没有生气。她听那个女生说完，拿起水杯喝了一口水，然后对那个女生说，对于李同和吴丹丹的事情，她知道了。她也了解过一些情况，那不是像她们想象的早恋那样简单。只不过不便向她透露。你们老师还说，要那个女生回去后不要再和其他同学讨论李同的事情，她说李同家的情况有些特殊，如果李同遇到了什么困难，需要大家的帮助，希望同学们都能伸出友爱之手。"

在20世纪80年代，那个物资还比较匮乏的时期，每到夏天，家家户户都要做的一件事情就是做西红柿酱。其实就是在夏天，在西红柿价格最便宜，质量最好的时候，购进一批，洗干净，切成块儿，装入用来输液的大玻璃瓶中，然后密封，加热，贮藏在家里阴凉的角落里面，留到冬天的时候吃，为冬季只有萝卜和白菜的餐桌上，增添一道反季节的美食。

暑假里的一个周日，申沉和迟立辉一起准备去白塔寺逛逛玩儿。二老虎和他姐姐张新雅那个暑期又回杭州了，还没回来。他们两个从西廊下沿着街道和胡同向南走。胡同两边的院里院外，随处可见的是大人带着孩子，一家老小齐上阵一起做西红柿酱的场面。那是当时夏天北京城的一景。就要走到鲁迅博物馆的时候，他们看到了街边上正在大杂院门口一起做西红柿酱的李同和吴丹丹。两个人做得极为认真，他们分坐在一个小矮桌的两边，李同将手边盆里的西红柿一个个拿起来，在菜板上用菜刀切成小块，吴丹丹则把李同切好的西红柿塞进洗干净的输液瓶里面。他们两个边干边聊，干得十分认真，配合得也很默契。那感觉完全就像一对小夫妻的模样。

申沉和迟立辉走过去，李同看到是他们两个，稍显得有些紧张，但还是冲他们笑。吴丹丹则向他们大方地打招呼："呀，是你们两个呀。还真像才才说的那样，焦不离孟，孟不离焦。快来坐。"吴丹丹起身，把自己刚才坐的板凳让给迟立辉，又跑进院子里拿出来两个小凳，递给申沉一个，两个人也一起坐了。""你们俩这是要去哪儿啊？没帮你们家里人做西红柿酱？"吴丹丹问。"做完了，前几天就做完了。我们两个要去白塔寺那边儿转转。"申沉说。李同从盆里拿出两个洗干净的最大最红的西红柿，递到他们两个人手里，"吃西红柿吧，可甜了。"他又拿出两个小一些的，递给吴丹丹一个，自己咬了一个。"辉子，你和申沉真的是同年同月同日生的吗？"吴丹丹笑着问。"是真的。都是4月22号。我们两个人每年都要一起过生日。"迟立辉说。"真好啊。当初听别的同学这么说，我还在想，哪儿可能这么巧呢？从小就一起长大，还是同年同月同日出生，太不可思议了。难怪你们两个那么要好。真叫人羡慕。"吴丹丹笑着说。"也……不是特别好吧。是吧，辉子，有的人现在已经在悄悄地改变了。比如说经常一个人偷偷地开溜。还神神秘秘的。还开始记日记。"申沉歪着头用眼睛眯着瞧迟立辉坏笑着说。"别废话。"辉子也笑着瞪了申沉一眼，对面坐着的李同和吴丹丹听不明白，也只能笑着看他们两个。"其实……我更想和石佛做好朋友。"申沉忽然抛出这句话，然后伸长脖子，用眼睛使劲盯着李同。李同一下子紧张起来，脸也红了，咬了一半的西红柿捧在手里，一副很局促的样子。大家都被申沉这句突如其来的话弄得沉默了。"破铅笔有什么可削的，放了学踢会儿球能死啊？"申沉大声说。吴丹丹看着申沉一脸认真的生气样子，又看了看申沉旁边的辉子一眼，辉子倒是没那么激动，但是也同样在盯着李同看。吴丹丹把手中的西红柿放到桌子上，"我想，你们一定会成为好朋友的。"她小声说了一句。申沉还是隔着桌子，死死盯着坐在他对面的李同看，两只眼睛像刀子一样的锋利，似乎想从他的脸上挖到些什么似的。"申沉，辉子，你们别这样，别逼李同了，他和你们不太一样，总有一天你们会理解的。"吴丹丹近乎在哀求他们两个了。申沉从激动情绪里面缓过神来，"对不起。"他和辉子站起身来走了。李同刚才递给他们两人的最大最红的西红柿，他们带走了。

16

　　这一年，北京的中小学开始大力推行集体舞，每周三放学后要合练，在国庆节的当天，还要进行汇报表演。非常巧合的是，学校将这项任务交给了初三年级和六年级的学生。尽管这两个年级是毕业班，可是小学部和初中部的老师们都觉得这两个年级的学生素质最好，是学生当中的佼佼者。他们一定能很好地完成学校下达的任务。这可让迟立辉兴奋坏了。他觉得这是上天为他特意安排下的。

　　可是他高兴了没几天，烦恼就来了。他们这个学校，从小学到初中，每个年级只有三个班，学校的要求是两个年级相同的班级两两对应。也就是说初三一班，对应的是六年级一班。申沉和迟立辉是六年级二班，自然也就对应初三二班。而张新雅是在初三一班。这个问题可把迟立辉愁坏了。他觉得他必须在开始合练前把这件事情给解决了。

　　这天吃完晚饭，他把对面屋里的才才喊了出来。"才才，有个事情，想请你帮下忙。"他郑重其事地对才才说。"什么事儿？你说吧。"迟立辉把他的烦恼向才才诉说了一遍。"这又怎么了？这样安排不是挺好的吗？我要是老师，我也这么安排。"才才说。他们谁都没有想到的是，才才长大后，就真的成了一名大学教师。当然这是后话了。"一班对一班，二班对二班，多整齐啊，而且好记。"才才强调了一遍。"可我想和初三一班搭配，不想和二班搭配。你能帮我这个忙吗？"迟立辉说。才才非常疑惑地看着辉子，"我又不是校长，我说了又不算数。这个忙我帮不了。""帮帮忙，求你了。""你有病吧，初三二班怎么你了？你不愿意。为什么非要和一班跳？""我就想和一班搭配。好才才，你那么聪明，又是咱们班的语文科代表，你去找老师说说。没准儿有用。"辉子笑脸如花般摇着才才的胳膊说。才才厌恶地把自己的胳膊从辉子两手中抽出来。"你也说了，我是语文科代表，咱们的班主任汪老师是教数学的，你更应该让数学科代表邸芳芳去找老师，或者是班长马永志去。找我，你是找错人了。"才才无可奈何地说。"这么说你是不打算帮我了？"辉子的脸严肃起来，"你急也没用，不是不帮，是根本就帮不了。恕不奉陪，我还得回家背唐诗去呢。"才才说完就要走。"且慢，等会儿再走也不迟。"迟立辉拉住才才，又用胳膊揽住才才的肩膀。皮笑肉不笑地说："我的忙你可以不帮，可你的忙我却一定要帮，还要帮到底。"才才看着迟立辉，他笑得怎么这么阴险呀？

"我有什么忙要你帮的？"才才自认没有，觉得辉子可能是在换一种方式求他。"才才呀。你从小背唐诗，有学问，长大是想当诗人吧。诗人写诗写给谁看呢，以后不知道。现在可以先给邸芳芳写，给邸芳芳看吧。"辉子说完，笑眯眯地望着才才，他很享受才才接下来的反应。才才听完，脸都白了。"你……你说什么，什么邸芳芳，邸芳芳怎么了？"才才还在假装镇定，可他的表情变化和心理变化怎么可能逃得过辉子的眼睛？"才才，你这样就不对了，你是聪明人，可我辉子也不傻，你这样直接否认，是在嘲笑谁呢？咱们从小一起长大，我觉得，咱们彼此还是有所了解的。"辉子用他从电视里面看来听来的成年人的对话向才才施压。"你是怎么知道的？"才才彻底心虚了，也彻底出卖了他自己。"亲眼所见。"辉子大声回答，"你给邸芳芳写诗，传纸条，我见了好几次了。别想抵赖。"其实辉子只是见过才才写纸条，但是他把写着诗的纸条传给了邸芳芳这件事是申沉发现的，然后告诉了辉子。要说申沉这小子眼睛真是尖啊。当听到这件事的时候，迟立辉这么想过。我不会也被他发现什么蛛丝马迹了吧。辉子当时也曾自省过。

"你小点儿声，别嚷嚷啊。"才才回头向他们家看了一眼。他的这一举动，在辉子眼睛里就是才才妥协的开始。他更加胸有成竹了。"按说嘛，对人家邸芳芳有些崇拜啦，有些好感啦，有些喜欢啦，有些爱啦……""不是爱，只是好感。"才才忙打断迟立辉，脸上红红的，又回头向家里看了一眼。辉子压根没理他，继续说着自己的话。"有些爱啦，有些想入非非啦，有些想要流氓啦……"才才一下子捂住辉子的嘴，"你别说了，没有你想的那么肮脏，我是纯洁的。"才才辩解道。"好，你是纯洁的，邸芳芳也是纯洁的，你们都是纯洁的，可我辉子不纯洁。正忙我帮不上多少，倒忙我还是非常乐意去施展一下的。"辉子说完，笑着看了看才才，还佯装着背起手向前面走了几步。他在等待才才进一步的反应。"卑鄙。"才才在辉子背后小声嘟哝了一句。"是卑鄙，卑鄙是卑鄙者的通行证。这句话你没听过吗？"辉子猛然转过身来，他觉得电视里面演得简直是太有用了，没想到现实中和电视里面演的一模一样，而且往往是坏人占据着绝对主动，好人却被一步步逼向悬崖。"你好好考虑一下吧，我等着你的回答。不，时间紧迫，不用回答了，我等着看你的行动。"迟立辉侧过脸来，似笑非笑地看着才才红着脸低头站在那里手足无措的样子。

"二老虎说的一点儿没错，真是王八蛋呀。"才才心里恨恨地说。

"辉子，才才，你们干吗呢？"申沉走进院子。"没干吗，和才才就有些问题交换一下意见和看法。"迟立辉说完，忽然觉得自己都可以演戏了。"你滚蛋，才才，是不是他欺负你了？如果是，告诉我，我收拾他。"申沉拍着才才肩膀说。"这……倒是没有。"才才欲言又止。"我也觉得不会的，辉子那么善良，怎么可能欺负才才呢？是吧，辉子。"申沉也阴险地说。"那当然，我辉子在西廊下这片混得开,就是因为讲义气。还有一股狠劲儿,不达目的,誓不罢休。"他把最后面的八个字,说得格外的重。说完他又用眼睛瞟才才。眼睛里全是笑。"一对儿王八蛋。"才才在心里说了好几遍,低头回屋了。

"唉,你怎么才才了,他怎么怕成那样?"才才刚走,申沉就问迟立辉,他不可能没看出来辉子给才才施加了巨大的压力。"我想找他帮个忙,他不愿意,我也只能用些手段了。"辉子一脸的骄傲。他又把刚才和才才的对话,原原本本向申沉叙述了一遍。"是呀,才才说的没错呀,为什么非要和初三一班搭配呢,你这个要求不合理,也太难为才才了。"申沉说完也不明所以地望着辉子。"你别管了,你不懂,这对我很重要,非常重要。不过我也就是吓吓才才,我怎么可能去害才才呢?我也知道这事不太可能改变了。"迟立辉刚才在才才面前的神气劲儿随风而散了,他叹了口气。"我倒是有一个主意,比这省事多了,还用得着才才去找汪老师?你自己去,直接去找汪老师谈,本来也是你要求换的。"申沉眨着眼睛说。"我去?我自己去找汪老师说,这不行啊,我怎么说呀?没有理由啊。""你不用说,你给她施美人计……哦,不,不对,美男计,你用美男计,这事儿肯定行。"申沉还是一脸诚恳的样子。"我?一个十二三岁的少年,给一个四十多岁的比我妈还大的女人施美男计?"辉子看向申沉,"这叫大爱无疆,真爱无敌。"申沉已经快忍耐不住笑出声来了。"去你大爷的。你丫就坏吧。"辉子也笑了,可到底要用什么理由呢?想到这儿,辉子又笑不出来了。

17

"什么？换班级次序？简直是胡闹。理由呢？你给我一个理由。"汪老师瞪着才才。汪老师今天的心情实在是糟糕透了。早晨临出门时，从院子里推着车出来，骑出几米觉得不对劲儿，才发现自行车的后轮一点气都没有了，轮胎干扁得如同一块烂香蕉皮，只剩了铁圈承受着汪老师的全部重量。气门芯儿不知是哪个淘气的孩子给拔去了。"这帮坏小子，现在的孩子，就得严厉地管教。要不长大以后还不反到天上去。"汪老师边在心里想，边把车推回院子里。胡同口修车的摊子还没有摆出来，只能坐车上班了。她从前面车筐里拿起背包，赶忙向公交车站跑去。

二环路是当时北京最主要的环线干路，三环还没有呢。而44路公交车就是绕二环行驶的一趟重要的公共汽车。等汪老师费劲地挤上车，车厢里的人已经很多了。可是后面还有好几个人没有挤上来，仍然在做着不懈的努力。售票员像吆喝牲口一样，杀猪似的歇斯底里地大声喊叫着："都往里挤挤，再往里点，要不上不来，谁也走不了，耽误了上班，迟到我可不管了。反正我是在工作岗位上。快点，再往里点。"边喊叫着，边在汪老师前面的那个人和汪老师的肩膀上用力向里面扒拉着。汪老师厌恶地想躲开那个肥胖的女售票员伸过来的粗短有如猪蹄一样的手，可车厢里面人实在太多了，转个身都困难。汪老师只能眼睁睁地看着售票员的手离开后，她白衬衫肩膀的位置留下了三个手指印。44路车已经在站台上停了好几分钟，司机也有些不耐烦了，他索性熄灭了汽车的发动机，拉开窗户，点燃一支烟悠闲地吸了起来，显然他也在自己工作岗位上面，所以不怕迟到。

　　发动机熄了火，汽车的车身也停止了规律性的抖动，人们开始有了紧迫感，着急了。"都往里走走吧。要不谁也走不了。""劳驾啊，大家伙儿都再使点儿劲儿，要不耽误的是大家伙儿的时间，""就是，挤挤，再往里挤挤。"人们开始七嘴八舌地叫喊着。车门下的那几个人还是一副不挤上车誓不罢休的样子。汪老师只能把书包抱在胸前，随着人流，缓缓地向前蠕动。

　　车门终于"咔"的一声关上了，全车人同时舒了一口气，司机瞥了一眼，将手中的香烟扔出窗外，重新启动汽车，汽车又慢慢地行驶在了二环路上。虽然已经进入了九月，除了清早起来和傍晚之后，白天的气温还是很高。随着太阳越来越高，车内温度也是直线上升，人与人挤在一起，你挨着我，我贴着你，所有人都是汗如雨下。不光是车厢内的温度在不断变化，车厢里的气味也在变浓。车厢里充斥着所有人身上发出的气味，并且在逐渐发酵和浓缩。"肯定有的人好几天没洗澡了。太不注重个人卫生了。"汪老师想，并尽量将身体运行得缓慢下来，将呼吸调整到最微弱的情况，这样就可以只吸半口气。"啊！"汪老师险些失声尖叫，尽管没有完全发出太大的声音，可前面的两个人还是投来了怨恨的目光。汪老师的屁股不知道被谁摸了一把。她警惕地转头向后面看去，她身后的四周有几个人，其中两个女人正在聊着单位的事情，不可能是她们，那两个女人首先被排除了。还有一个中学生模样的男孩子，也不应该是他。她又向另外两个人看去，一个是中年知识分子模样的男人，戴着眼镜，面无表情地直直盯着窗外，另一个是老头，头发都白了不少，闭着眼，像在打盹。毕竟没有抓到证据，汪老师也不好声张，"臭流氓。以前听别的女老师讲过,在公共汽车上会有男人趁机耍流氓,没有想到今天自己亲身经历了。太恶心了。"她心里想着,只能躲开,用力地向车后面车门的方向挤去,寸步难行的一路上又招来无数人的白眼。

公共汽车一站站地停靠,总算到了车公庄站。汪老师费力地挤下车,像是从地狱里逃脱重见天日一样,长长地出了口气。看了下手表,时间已经到了早上的七点四十五分,她迈开双腿,奋力地向她的工作单位福绥境小学快步走去。当她走进教师办公室的时候,八点钟的上课铃刚好打响。她浑身上下已经全是汗水了。汪老师没来得及在手杯里倒水,只是匆匆忙忙地洗了把脸,就夹着教案走进了六年级二班的教室。

其实汪老师这个人非常守时,工作这么多年,她极少请假,也很少迟到。因为她没有结婚,一个人,没有丈夫和孩子需要照料,所以她基本上都是在七点钟刚过就来到了办公室。平时的她会先在暖壶里面打好开水,沏上一杯茶,边喝茶,边把教案再看一遍,然后在上课铃声响起的时候,挺胸抬头地出现在同学们面前。要不是今早的自行车坏了,她也不至于如此狼狈。

汪老师强打着精神,来为学生上课,可学生们好像并不买账,他们看起来比她还要劳累。有好几个同学在下面打哈欠,还有搞小动作的。仿佛他们才是一路挤公交车艰苦跋涉而来,仿佛他们才是在车上受到流氓骚扰的人。汪老师强忍着一肚子的委屈,学生们还是无法集中注意力听她讲课,在那里开小差。尤其是坐在第三排第二个位子上的叫申沉的学生,更加让人生气,打从她进教室,申沉抬头看了她一眼,然后就煞有介事地把左手抬得高高的,看他手腕上的电子表,好像是在特意提醒她,汪老师,你迟到了五分钟。

汪老师在神经半麻木的情况下把第一节课讲完了,第二节是体育课,办公室里面的其他几位老师都去上课了,就她一个人在,终于可以喘口气了。这一大早上,跟打仗一样。汪老师在茶杯里面刚刚沏好茉莉花茶,茶叶还没有全部沉到杯底,还没来得及喝上一口水,那个叫张云江(也就是他们平时习惯于叫的才才）的学生就出现在了她的面前。向她提出了跳集体舞时，更换班级次序的这个匪夷所思的要求。

其实才才的心情也并不比汪老师好到哪里去。昨天一夜他都没有睡好，从出生到现在，他第一次失眠了。耳边还萦绕着迟立辉说的"喜欢啦、爱啦、想入非非啦"这些刺耳的话语。即便是睡着了，也是噩梦不断。在梦里，迟立辉手握着他传给邸芳芳的上面写着诗句的纸条，在他面前抖动了几下，然后就站到了讲台上面，"同学们，请安静一下，下面我要给大家表演一个诗朗诵。"说着，他向着才才挤眉弄眼。同学们一个个坐得笔直，没有一个人发出声音，连上课时都没有这么安静过。大家全都盯着迟立辉。他吸了一口气，酝酿了一下情绪，张了张嘴，却没有出声。"算了，我看还是让本诗的作者才才来亲自给大家朗读吧。"他冲着下面的才才招手，"来呀，才才，别不好意思啊。诗写得不错。这首爱情诗我看过了，确实非常感人，如果我是一个女生，也一定会动心的。"才才瞬间惊醒，有一种被别人卡住喉咙的感觉。

直到才才站在汪老师面前的时候，他还是没有想出任何的理由，不是他没有去想，他认真思考了整晚，可是直到现在，他也还是觉得这个主意简直太荒谬了。这简直就是不可能完成的任务。所以当汪老师问他有什么理由的时候，才才无言以对。"张云江，老师再问你一次，你为什么想到要调换跳集体舞的班级次序，这可是牵一发而动全身的事情。请你给我一个合理的理由。"汪老师终于喝下了今天早上的第一口水，她觉得整个身心被滋润了。精神头也明显地足了。她看着眼前这个叫才才的学生，一副调侃的样子，他的心里到底在想什么呢？

"还牵一发而动全身，有那么严重吗？"才才对刚才汪老师的比喻十分不满，心想，"我自己都被人逼到了无路可走的境地，已经身处悬崖边上了。""因为二老虎……哦，不是，因为张伟男想和他姐他们班一起搭配跳集体舞。"才才顺口说出了这么一句，他自己都吓了一跳。"张伟男的姐姐？哦，就是那个张新雅吧，我有印象，小学也是上的咱们这个学校，现在是初三的学生了。长得还挺漂亮的女孩子。可这也不是理由啊。"汪老师笑着说。"张伟男必须得和他姐他们班一起搭配，他必须和他姐跳集体舞。"才才低着头回答。他都不知道自己说了什么。"笑话。"汪老师的声调高出了不少。"什么叫他必须得和他姐一起跳集体舞？有这个明文规定吗？如果有，我马上去找校长，如果没有这个规定，就只能按原计划，谁也别想更改。"汪老师明显有些生气了。她简直不明白现在的学生脑子里都在想些什么。"还必须。必须什么？你给我一个必须的理由。"汪老师处处紧逼。才才快要崩溃了。他觉得他的大脑已经超负荷运转了。"因为……因为二老虎缺少母爱。"才才说完这句话，更加吓了自己一跳。他在胡说八道些什么呀？"嗯？"这倒是第一次听说。汪老师觉得事情在往有意思的方向发展了。她调整了一下坐姿，将刚才仰靠在椅背上的坐姿调整成上身前倾的姿态，她又喝了一口水。喉咙里传来"咕"的一声响。"二老虎。哦。不。你说张伟男同学缺少母爱，这是什么意思？"汪老师明显感兴趣起来。"张伟男他爸妈从他很小的时候就离婚了。他爸带着他和他姐一起过，所以他从小缺乏母爱。"才才的声音也开始大起来，他现在说的话已经完全不受他的大脑控制，满嘴胡说八道。"你的意思是张伟男从小缺少母爱，有所谓的恋母情结，他的姐姐又一直对他照顾得很好，所以张伟男才非要和他姐他们班一起跳集体舞？"汪老师起身慢慢地走到窗户边，看着远处操场上奔跑的那几个男孩子，"这倒是个理由。"汪老师的心思飘远了。张伟男的父亲，那个张师傅，开家长会的时候见过几次，倒是有些印象，人长得还挺精神，就是有点儿玩世不恭。也许一切就从此刻开始发生改变了。汪老师不禁微笑了起来。才才看着站在窗前的汪老师久久地发呆出神，不知道发生了什么，好像将他遗忘在这个角落里了。他轻声地唤了一声汪老师。汪老师回过头来，一脸的春风。"好，太好了。"汪老师情不自禁地说。"老师，什么太好了？"才才不明白。"哦，没什么，这样吧，张云江，你赶紧去上体育课吧，顺道把张伟男同学叫来，就说老师找他。"

18

才才跑到操场的时候，二老虎正在大声呵斥江奶茶。原来他们十来个男同学刚才正在玩骑马打仗的游戏。二老虎不愿意当马，强拉过身材瘦弱的"江奶茶"范志江当他的坐骑。可范志江的小身板怎么能承受得住二老虎强壮的身体，所以没跑几步，双方还没开始拼杀，江奶茶就双腿一软，摔到了地上，他背上的二老虎也跟着滚落马下，和他一起摔了下来。"你这个废物，吃的饭都去哪儿了？全都又拉出去了。连这点儿事都不行，我还要你干吗？"二老虎还在发脾气。江奶茶一脸不服气地说："那你当马，你背我。"站在一旁的申沉和迟立辉正一脸幸灾乐祸地看着二老虎。才才走过来说："二老虎，汪老师找你，让你现在去她办公室一趟。""汪老师找我？找我干吗？"二老虎有点糊涂。"不知道，反正让你现在就去。"才才说。二老虎挠挠头，霜打了似的垂头丧气地往办公室走去。

二老虎刚走，迟立辉就凑到才才身边。"怎么样，才才，事情办得怎么样了？"辉子问。"嗯……应该没什么问题了。"才才小声地回答。"好样的，才才，我就知道你绝顶聪明，不会让我失望的。"迟立辉一下子跳到才才身前，主动弯下腰，"上马，才才，我就是你的马。"迟立辉献媚一样对着才才说。"老子都快让你逼疯了。"才才说了一句，翻身上马，又用两腿使劲夹了几下背着他的迟立辉，好像真的是在骑着一匹马，"杀呀。给我冲。"辉子背着才才向对面的敌人冲杀过去。这都是怎么回事呀？一个个神神秘秘的。一边的申沉感到莫名其妙。都疯了吧。申沉忽然背后一沉，范志江趁着申沉发愣的工夫，转到他身后，一下子跃到申沉的背上，"快，冲过去。杀死他们。"江奶茶在申沉背上大喊大叫。

才才走后，汪老师坐下来，眼前又浮现出二老虎爸爸的样子，中等个儿，体态均匀，这几次开家长会，哦对了，还有一次是请家长，他好像都穿着一身半新的灰色西装。皮鞋擦得很亮，头发也整齐，向后梳成背头的样子，就是五官眉眼记不太清楚了，汪老师有点后悔没多看几眼。大概就是一般人的模样，但绝不招人讨厌，何止不招人讨厌，说话还挺幽默的，带有一点儿玩世不恭的味道。挺招人喜欢。这老张……

汪老师正想着，二老虎敲门进来。"汪老师，您找我。""来，快来，张伟男，"汪老师一脸的和蔼，"瞧这小脸儿跑的，红红的，过来先洗把脸。"汪老师向二老虎招手。二老虎一头雾水走过去，在脸盆架上的水盆里洗了脸，里面的水立刻变混浊了。到底是男孩子。汪老师心想。二老虎洗完脸，茫然四顾，汪老师又往自己的茶杯里面添了些水，然后坐下，二老虎走到汪老师跟前。汪老师拉过一把椅子，"来，坐下，张伟男。老师把你找来就是想和你聊聊天儿。"二老虎端坐在汪老师对面，"汪老师，您找我来，就是为了要和我聊聊天儿？"二老虎半信半疑地说。"你不要紧张，没有什么事儿，就是想多了解一些同学们的生活。我当你们班主任已经三年多了。要一直当到你们小学毕业，老师多了解你们一些，也好和你们做好朋友呀。"汪老师此刻露出的绝对是园丁对花骨朵般的笑容。

"哦，原来是这样。"二老虎松了一口气，身体也不再那么紧张了。"张伟男，老师听说你想更换跳集体舞时的班级次序，咱们是二班，理应和初三二班搭配，可你姐姐是一班，所以你想调换一下，和你姐姐他们班搭配跳集体舞是吗？"二老虎有点儿不太明白，跳集体舞和哪个班都无所谓，为什么非要和我姐他们班跳啊？二老虎心想。"我倒是无所谓，哪个班都一样。"二老虎回答。"你放心吧，老师会去找校长谈这个问题，一定想办法帮你解决。""这点儿事情也用得着特意去找校长说？简直多此一举。"二老虎在心里说。"老师最近了解到一些关于你的情况，也是刚刚才了解到。本应该更早一些的，是老师不好，平时对你关心得不够哇。"汪老师说着，眼中流露出如父母般的疼爱。她还动情地轻轻摸了摸二老虎的圆脸。"汪老师，您平时对我们挺好的呀。"二老虎说。"不够，还远远不够。"汪老师有些自责地摇了摇头。"张伟男，平时开家长会，都是你爸爸来参加的吧？""嗯，他有的是工夫。"二老虎干脆地回答。"你要多体谅你爸爸，他一个人又当爹，又当妈，真是怪不容易的。"汪老师说。又当爹又当妈，这又是什么意思？二老虎更加糊涂了。"嗯，他有时的确像个女人，总是婆婆妈妈的。"二老虎说。汪老师听了一笑，这就更对了。一个父亲独自一个人带着两个孩子，得操多少心啊。汪老师在心里开始同情二老虎的爸爸。"那你父亲是做什么工作的？"她接着问。"我爸在一家工厂的劳资科。具体干什么工作我也不太清楚。"二老虎说。"那他平时工作一定很忙吧。""这个我倒是没看出来。他一个月好像最多去半个月，我觉得他挺有时间的。他不去单位的时候，就和我小叔一起做生意。""哦？说来听听。"汪老师产生了浓厚的兴趣。"他和我小叔一起做服装生意，他们在赛特饭店有个长租房，主要是卖皮衣，我去过两次，可好玩了，主要是卖给外国人，具体是哪国人我也不知道。他和我小叔手里拿着计算器，在那上面按数字，和老外讨价还价。他们还参加一些展销会，我知道在北京展览馆就有，他和我小叔从南方进一批服装，拿到展销会卖……"二老虎彻底放松下来，十分生动地为汪老师讲解着他爸和他小叔做生意中的一些有意思的事情。二老虎讲得绘声绘色，不自觉地改变了坐姿，居然在老师面前跷起了二郎腿。汪老师被二老虎逗得前仰后合，完全没有注意到面前这个孩子跷着腿在和她像老朋友一样聊天。二老虎说得口渴，顺手拿起了汪老师的茶杯，刚放到嘴边，忽然意识到这是老师的杯子。汪老师听得正起劲，她哈哈地笑着，"二老虎，再说说，太有意思了。"话刚出口，她意识到作为一个老师，直呼学生的外号有失身份，她也注意到二老虎正举着她的茶杯瞪着大眼睛望着她。"咳，咳。"她干咳了两声，重新坐好，二老虎也赶忙放下水杯，放下一直跷着的二郎腿。"这样吧，张伟男，哪天让你父亲到学校来一趟。"汪老师说。二老虎差点儿从椅子上面掉下来。刚才还聊得好好的，怎么又要请家长啊？"汪老师，我最近挺听话的呀，没犯什么错误，为什么又要请家长？"二老虎紧张地问。"你别害怕，也别紧张，这次不是请家长，主要是想和你父亲沟通一下，你最近表现确实不错，我要向你爸爸表扬你。""汪老师，没有这个必要了吧。您要表扬我，在班级里面表扬就够了，或者您觉得范围小，不够典型，您可以在全校表扬我啊。就不用让我爸来了吧。"二老虎心虚地说。"大人的事情，还是大人们当面沟通比较好，你就请你父亲哪天有时间来一趟学校吧。"汪老师的表情恢复到了从前的模样，她想结束今天的谈话了。

晚饭的时候，二老虎一脸谨慎地对他爸说："爸，我们老师让你明天去一趟。"他爸爸一下瞪起了眼睛，"你最近是不是在学校又调皮捣蛋了？""没有啊，我最近都挺听话的呀，申沉和迟立辉都挨过老师批评了，我可没有，老师说我表现得挺好的，有进步。""那让我去干吗？你们老师闲得没事儿啊。""她今天体育课的时候把我叫到她办公室去了，说要跟你表扬我，还说要跟您聊聊天。我也不知道她为什么非要你去。""嗯？"二老虎他妈抬头看了一眼二老虎他爸。"那好吧，我明天去一趟，你要是敢骗我，看我回来怎么收拾你。"一直没说话的二老虎爷爷瞟了一眼二老虎他爸，"我看你敢。"老爷子在心里说。

汪老师在放学后敲响了校长室的门。"什么？调换集体舞的班级顺序？这是为什么？有这个必要吗？汪老师，这样做很难理解嘛，你能给我一个理由吗？"校长听了一惊，放下手中的茶杯。理由，汪老师在心里冷笑了一声。对理由这个词她感觉非常不屑。哪来的那么多理由，感情需要理由吗？当然，在成年人的世界里面，理由并不难寻找。

集体舞更换班级次序的事情最终定了下来。具体的安排是：初三一班对应六年级二班，初三二班，对应六年级三班，初三三班对应六年级一班。六年级二班的班主任汪老师和体育老师、大队辅导员任这次集体舞任务的总指挥。对于这个更换班级次序的决定，除了迟立辉本人，初三年级和六年级的全体同学和老师都觉得是吃饱了撑的。他们也都知道是汪老师强烈要求的。

为了诚心实意地感谢才才的大力相助，迟立辉特意拉着他来到车公庄地铁站口的卖烤羊肉串的摊位前面，请才才痛痛快快地吃了一顿，才才吃得满嘴流油，他到现在都不知道这件事情发展到最后为什么是汪老师去找校长争取下来的。不过他觉得这样就足够好了，是个圆满的结局。

19

　　这天下午，张景文（也就是二老虎和张新雅的爸爸）来到了汪老师的办公室。当他敲门进去的时候，汪老师正好一个人在办公室，"哎呀，张师傅，您今天就过来了。"张景文还是穿着那身浅灰色的西装，是标准的单排扣西装样式，没有系扣，也没有打领带，里面是一件深灰色的衬衫。脚上的黑色皮鞋依然擦得锃亮。头发整齐地梳向脑后。这个岁数的中年男人出门还如此在乎自己的仪表，真是难能可贵。而且身材还挺好，并没有大腹便便。汪老师不禁在心里又给张景文加了不少分数。"快来，张师傅，您过来坐。"汪老师拉过旁边的一把椅子，放在离自己不远不近的地方。"好，谢谢您。"张景文在坐下的同时，双手揪住敞开的西装的左右两襟向前面拉了一下，坐下后自然地把右腿搭在左腿的膝盖上面，这一连贯的动作，显示出成年男人应有的气质和味道。汪老师有点陶醉其中了。"汪老师，您今天叫我来，是不是我们家老虎又淘气惹老师生气了？我昨天问他，他还不承认。"张景文向汪老师发问。"没有，真的没有，张师傅，请您不要误会，他没有淘气。"我儿子没淘气叫我来干吗？是不是闲得没事干了？一丝不乐意在张景文心里闪过。"张伟男最近的表现非常好，甚至可以说比较突出。相比于以前，有了很大的变化。"汪老师笑着说。听到班主任这么夸赞儿子，还真是很少有啊。张景文心里一乐，把之前那点不快彻底埋葬。"还是老师管教有方。"张景文谦虚地说。"张伟男自从这学期升上了六年级，一下子比以前成熟了很多。上课能够跟着老师的思路走，随时提问，随时回答。也没有再出现不完成作业和抄同学作业的情况，明显知道了学习的重要性。对此，其他科的老师也有相同的反映。"这说的是我儿子吗？张景文有点不好意思地向后捋了一下梳理整齐的头发，二老虎回家后都扔下书包就先跑出去玩，吃完饭如果没有作业，也是一转眼就找不到人影了，没想到在学校这么用功。

"不仅如此，他对于集体的事情也是非常关心，集体荣誉感很强。前段时间学校组织同学们搞'讲卫生，灭害虫，评标兵'的活动，就是希望同学们在课余时间去打苍蝇，然后带到学校来，看谁消灭的苍蝇多。其他同学只是象征性地打了几只给老师看，可张伟男同学不一样，对自己高标准严要求，用家里不用的饭盒装来了整整一饭盒，就因为这个，卫生评比流动小红旗连续两周在我们班，无人能够撼动。这个成绩与张伟男同学的努力是密不可分的。"

张景文听到这里，险些拍桌子站起来，不说这个他还不生气，学校这不是吃饱了撑的吗？要求学生干这个。前段时间二老虎跟中了疯魔一样，放学回家以后，哪儿脏往哪儿钻，连胡同里的公共厕所、垃圾堆都去，弄得每天晚上一身的臭味儿，衣服洗了两遍还有味儿。前些时候他们单位食堂换水管，不能开伙了，他想带饭去单位，却怎么也找不着那个铝饭盒了，原来是二老虎拿去干这个了，回家得赶紧把那个破饭盒扔了，想着都恶心。张景文现在对他眼前这位还在侃侃而谈的中年女教师，乃至全校的老师，都感到一种讨厌。但他还是强忍住了没有发作。"汪老师，您今天在百忙当中亲自接见我，就是为了跟我说这些。"张景文挖苦了一句。汪老师并没有听出其中不友善的味道，还"百忙当中"，还"亲自接见"，汪老师记住了这句话当中的两个词。都说幽默是男人最大的魅力，果然一点儿不错。而这个和她相对而坐的男人就充满了幽默感，真是不可多得。"也不光是这些，主要还是想和家长建立一个长期而且便利的联系方式，便于学校和学生家长及时沟通。如果出现问题，早发现，早解决，在苗头阶段就果断处理掉。另外还可以增进老师与家长间相互的理解，这对我们教师的工作也非常重要。您看，我是数学老师，对于阿拉伯数字也相对敏感，您看能不能给我留下个电话号码，方便我们今后联系。"汪老师自认上面这段话说得滴水不漏，而且非常有水平。闹了半天就是要一个电话号码，净瞎耽误工夫，让二老虎回家跟我说一声不就完了？还让我跑来一趟，我还以为是什么大不了的事情呢。张景文心里已经开始感到不耐烦了。"那好，我给您留个单位电话。不过我不一定每天都在，如果我没有在单位，您有什么事，和同事说也行。"张景文在汪老师递过来的笔记本上面写下了一溜儿数字，还把自己的名字也写了上去。别看在二老虎爷爷和二老虎眼里，他的爸爸和小叔都属于不入流，甚至是不靠谱的那种人，但不可否认的是，张景文和他弟弟（也就是二老虎和张新雅的小叔）张景华，都写了一手漂亮的字。这让汪老师又是眼前一亮，字如其人，汪老师想。"汪老师，那要是没其他的什么事儿，我就先告辞了。有事儿咱们再联系。"说着，张景文放下笔，立刻站了起来。"好，好，张师傅，您忙，知道您时间宝贵，除了工作，还有生意。耽误您时间了，不好意思，咱们哪天见面聊。"汪老师礼貌地说，同时在话里巧妙地埋下了伏笔。张景文倒是没注意这些，只是他对汪老师说他除了工作还有生意这事觉得有点儿奇怪，她连这事儿都知道了。

　　晚饭的时候，二老虎稍显得有些紧张，他很怕汪老师是个两面派，当面说要表扬他，背后在他爸那儿告他的黑状。二老虎的爷爷也时刻准备着，如果他儿子对他孙子有所举动，他这个当老子和当爷爷的，必不能坐视不管。"爸，汪老师都和你说什么了？是表扬我了吗？"二老虎试探着问。"嗯，这倒是真的，说你在学校表现不错，进步很大。"张景文说。二老虎的爷爷脸上也露出了一丝笑意。"爸,我也是这么觉得的。"二老虎放下心来,"以前我年纪太小,有时候管不住自己,上课搞个小动作,说个话,都是正常的。直到现在,申沉和迟立辉还因为上课不专心听讲让老师批评呢。""那就好,要继续努力。"张景文说。二老虎的爷爷笑眯眯地听着这一对父子的对话,他用胳膊捅了一下坐在他右手边的小儿子,二老虎的小叔张景华马上会意,这是老爷子高兴,想喝两杯。其实听了刚才的那些话,他也觉得高兴。他站起来,奔向酒柜拿酒去了。"哦,对了,还有一个事儿,"张景文转头对二老虎说,"你给我赶紧把那个破饭盒扔了,拿它装苍蝇往学校带,你傻呀。""哦……"二老虎的妈妈发出一声干呕,捂着嘴往院子里跑。"怎么了?"张景文伸着脖子在后面喊了一句,"太恶心了,我昨天还用它装了两个西红柿带单位去了。"二老虎他妈的声音从院子里传来,他小叔拿着二锅头的瓶子和三个小酒杯,父子三人你看着我,我看着你。

20

　　集体舞排练是在周三放学后，初三年级和六年级两个年级的学生来到操场上，每个年级各有三个班，分站成三个同心圆。男生先站好一个圆圈，然后女同学再入场，在男同学的圆圈外面围成一个更大的圆。申沉、迟立辉、二老虎和才才四个人挨着站，申沉站在迟立辉和二老虎的中间。初三一班的女同学进场了。她们的圈围拢过来，迟立辉紧紧地盯着张新雅，她慢慢走来，最终站在了申沉的对面。迟立辉一把拉过申沉，"你过来，这是你站的位置吗？"现在迟立辉站在了二老虎和申沉的中间。他的对面就是张新雅。申沉没说话，换到了刚才辉子的位置。他对面是一个张新雅他们班的胖胖的女生，申沉看了她一眼，那个一脸幸福、像个皮球一样胖胖的女生正冲着他笑，笑得十分甜美。申沉又抬眼向天上看去，天空什么都没有。

　　在跟着领操台上的老师认真学习了半个小时的基本动作之后，大家也都掌握了动作要领。操场四个角的喇叭里同时放出了节奏感极强的音乐。同学们兴致高涨，一边和着音乐的节拍，一边看着老师的示范，跳了起来。迟立辉面带微笑地跨上一步，他跳得十分认真卖力，动作标准到位，连张新雅都没有他跳得好。他的胳膊挽住新雅的胳膊，有规律地触碰着，像是一股股电流刺激着迟立辉的心。他觉得这不是在跳集体舞，这是在跳华尔兹，神圣而美丽。对面的张新雅就是迷人的公主。他两旁的申沉和二老虎见他一脸无比享受的样子，都有点吃惊，这可是他们所认识的辉子的脸上从来没有出现过的幸福表情。真有那么开心吗？申沉和二老虎中途交换了几次眼神，没有达成什么共识。集体舞进入了第二个环节，由男女生组成的两个同心圆向左右稍加移动。也就是说张新雅会在某一个时间里面，分别同迟立辉左右两侧的申沉和二老虎跳舞。当队伍左移，二老虎和他姐姐一起搭配旋转的时候，二老虎有意地大声说："姐，辉子可不是什么好东西。你要当心了。"新雅笑着对她弟弟说："我知道。"当然二老虎说的话，清晰地传到了迟立辉的耳朵里面。而当圆圈右移，张新雅和申沉搭配的时候，申沉也故意大声地说："新雅姐，辉子的精神方面可能有些问题，情况也许已经比较严重，你要当心了。""我知道。"新雅还是微笑着说。

半个月之后，集体舞的任务结束了，国庆节当天的汇报表演也圆满成功。两个年级的学生不负学校的重望，整齐划一的动作，热情饱满的表情，让当时在主席台上的所有老师都有一种强烈的自豪感。这种积极的情绪也同时感染了在场的每一个学生。他们说不清楚，但能明显感觉到，在那短短的十分钟里面，他们的心灵和感情得到了升华。

国庆节过后，申沉和二老虎长出了一口气，因为跳集体舞的关系，整整半个月，每周两次的合练，占去了他们所有踢足球的时间。这下好了，他们又能像以前那样在操场上尽情地追逐奔跑了。这天是和一班男生比赛的日子。时间早早地被定了下来，对方的求战欲望也很强烈。申沉觉得他都快等不及了，随时都有可能爆炸一样。下午的课他基本上没有用心听，脑海里想出了一个新的过人动作，准备今天在赛场上实战一下。他还想好了进球后的庆祝动作，要张开双臂，像鸟儿张开翅膀一样飞翔。下午的课终于结束了，他们换好球鞋，快速来到操场上，一班的男生也一个个跃跃欲试。他们几个一边做着准备活动，一边聊天。"今天可得痛痛快快地踢一场，上次就输给他们了。今天得赢回来。"队长二老虎给全队打气，"冰棍外交"使他又毫不费力地把队长的位置从江奶茶手里夺了回来。"嗯，没问题，有我和辉子在，肯定没问题。辉子，我还是压着对方最后一名后卫站，你突破了有机会就传过来。""嗯，我知道。""申沉，要说辉子可真是咱们的主心骨，上次咱们输给一班，就是因为他没来。你进的球里面有一多半是辉子传给你的吧，是他给你创造了那么多机会，你呀，就是一个机会主义者。"才才说。"是，这点我明白，没有辉子在场上，我肯定进不了那么多球，独木难撑。"申沉也同意才才的观点。这次的比赛吸引了很多人来场边观战，体育老师作为裁判将给他们吹哨。四周观众的热情让球场上的队员们充满了斗志。在双方队员入场的时候，二老虎不停地向周围的观众挥手致意，还夸张地做了几个飞吻的动作，惹得好些人笑起来。

　　比赛正式开始了。由于他们是踢小场，不需要守门员，可以双方都是6个人。范志江、才才司职后卫，队长二老虎和班长马永志坐镇双后腰位置，迟立辉是中场组织调度，申沉一个人突前，司职前锋。他幽灵一般游弋在对方的整条后防线前面，等待时机。25分钟的上半场比赛时间结束，双方踢成了一比一平局，趁着中场休息的时候，他们边喝水，边总结了一下上半场的情况。"加油吧，就看下半场了。"二老虎用力地拍手鼓励大家。下半场刚开始，"哎呀。"在一次转身过人的对抗中，迟立辉摔了一跤，捂着脚踝倒在地上，体育老师随即吹停比赛，申沉他们几个围上去，"没事吧，辉子。"大家关心地问。"脚扭伤了，可能踢不了了。"辉子一脸痛苦地说。"那你先去场边休息休息。"班长说。看着辉子一瘸一拐地离场，无奈只得换上了替补队员段凯。比赛继续进行。场上没有了迟立辉，情况急转直下，一班见他们的绝对主力负伤下场，开始大举反攻。球场上没有了辉子，申沉也不再像幽灵一样可怕，反而更像是梦游，他非常不适应迟立辉不在场的情况。整场比赛结束，虽然本队这两个球都是申沉攻进的，可最终他们队以二比四再次输给了一班。"真他×窝火。"申沉一边骂，一边向场边走去，他想赶紧去看看辉子的伤势。可他走到场边，却没有了迟立辉的身影，申沉又四周找了找，哪儿也看不见他。是不是回教室休息了？申沉没顾得上后面的其他几个队员，一溜烟儿跑进了教室。可教室里没有迟立辉的身影，他的书包还在课桌里面放着，看来没有回家，可他去哪儿了呢？

　　申沉又重新回到操场上寻找辉子，他连问了几个人，对方都说没有见到。申沉向更远的地方跑去。中途他拦下了一个和他比较熟的高年级的同学，"看见辉子了吗？"申沉问。"看见了，他在那边和女生跳皮筋儿呢。"对方说完转身走了。"什么？和女生跳皮筋儿呢。"申沉一下子没明白过来，他疯了吧。跳什么皮筋儿啊？申沉向刚才那个男生所指的方向跑过去。当快要跑到操场另一头的时候，申沉停下了脚步。他看到张新雅班上的几个女生在跳皮筋，皮筋的一头拴在场边的一棵大杨树上，另一头拴在辉子的腰上。辉子和对面的杨树一样站得笔直，目不转睛地盯着在他眼前跳来跳去的新雅。脸上丝毫没有刚才扭到脚时那般痛苦的表情，他完全沉浸在幸福当中。辉子漆黑的眼珠里面，有两个张新雅在快乐地跳动。新雅每完成一次有难度的跳跃，都不时抬头向辉子投来含着笑的眼神。申沉望着辉子，那一刻，他好像忽然明白了什么。

21

秋天了，天气渐冷，又到了厂子里面每个季度给职工发放劳保用品的时候。劳资科的几个人正在一起分类装箱。这时办公桌上面的电话响了起来。离电话距离最近的大林顺手抄起了电话，"喂，劳资科，请问找哪位？"他对着电话里面问。其他几个人也从说笑中稍安静了下来。老式电话机的话筒里面传来了一个女人的声音，说的是什么却完全听不清楚。"哦，好，在，在在。他正好在呢，我给您叫去啊。"大林一边对着话筒讲话，一边怪模怪样地看张景文。他把话筒放在嘴边，向着张景文故意大声地喊："张工，张工，有人找。"张景文又好气，又好笑，这间办公室总共也就二十平米大，用得着那么大声吗？而且大林刚才向他做鬼脸他就猜到是找他的，还是个女的。张景文走过去，把手伸向话筒，大林却没有交到他的手上，而是把话筒藏在了身后，故意不给他，并且用比刚才更大的声音喊："张工，电话，该休息一下了，别一直在那里画图纸了，你都已经连续工作快十五个小时了，你要注意自己的身体呀，别累垮了。张工……"屋子里面的其他人都在使劲憋着没笑出声来。他还在装神弄鬼地喊，张景文从大林身后抢过电话，又在他赶忙躲开的屁股上面踢了一脚。

张景文接过电话,"喂,谁呀?"他对着电话里面喊。女人的声音再次响起,别的同事都在立着耳朵听,可还是没有听清楚。"哦。汪老师,您好,您好。嗯,是,是在画图纸,厂里要新扩建厂房,要求实用性与美观性并存,我正在设计。"张景文今天心情不错,便也顺着刚才大林的话开始胡说八道起来,他想反正电话那头的汪老师也看不到现实的情况,就索性逗逗她,同时也逗逗旁边的几位同事,开心一下。他欠身坐在了桌子上,从旁边的烟盒里面抽出一支香烟,点燃深吸了一口,吐出了笔直的烟柱。"嗯,我知道,我会注意身体的,也没有连续工作那么久,对……没有十五个小时,也就是十二个小时吧。"他一边和汪老师信马由缰地胡侃,一边冲着其他人做鬼脸。"没有办法呀,敬爱的汪老师,任务太重,时间又紧,年底前完成图纸设计,春节前论证完毕,明年春天这个项目就正式开工了。"他说完这句话,有两个人实在忍不住了,捂着嘴跑了出去。

"什么,今天中午见个面?"他从桌子上蹿下来,表情也没有先前那么轻松调皮了。"嗯,倒是没有什么太要紧的事情,行,那好吧,就按您说的那个地址,我十二点准时到。"说完,张景文挂掉了电话。旁边的几个人立刻凑了上来,"原来又是你儿子的班主任,好像最近打过几次电话来了。有两次你没在。我还以为是嫂子呢。要知道是那个女老师,我就不逗你了。"大林说。张景文没有完全去听大林的话,"有什么事啊,不能在电话里面说,还要见个面。还约在了饭馆。真够奇怪的。"张景文一边嘟哝着,一边抬头看墙上的表。"让你去,你就去吧。没准人家老师想请你吃顿饭,顺便向你请教一下画图纸的问题。"大林又开始逗。其他人也都笑了起来。"唉,我也是,吃饱了撑的逗她干吗?现在都十点半了,咱们赶紧弄,干完活儿待会儿我好走。"张景文说。电话那头的汪老师没有立刻放下电话,尽管对方已经挂机了。她手中仍然握着话筒。"一个在劳资科工作的人,单位扩建厂房还要求他画设计图纸,看来这个人绝对是个非常聪明的人,在劳资科真是太屈才了。说不定他的数学比我还要好。"汪老师在心里想。

张景文提前了五分钟走进那家饺子馆，他向四周望了一下，却发现汪老师已经早他一步到了，正坐在靠窗的一个位子上面向外看。他快步走了过去。"对不起，对不起，汪老师，让您久等了。"张景文一边向汪老师表达着歉意，一边坐在了她对面的位子上。"啊，张师傅，您来了，没关系，我也刚到。"汪老师笑着说。汪老师今天穿了一件墨绿色的毛衣，下面是什么，他没注意看。她的黑外套搭在了旁边的椅子上面。"汪老师，您今天不忙吗？""哦，我今天下午没课。""哦……哦……"张景文不知道接下来该说些什么了。除了开家长会和被请家长，这是他第一次和汪老师在非办公的环境下见面，还是在个饭馆里，他觉得有点别扭。"张师傅，哦。不，应该叫您张工才对。"汪老师眉眼带笑地说。"坏了，上午真不应该胡说八道，这倒好，对方还真当真了。"张景文心里暗暗叫苦。"张工，您喜欢吃饺子吗？我还可以，星期天我一个人经常包饺子吃。"汪老师向张景文暗示，她是单身。"我都行，我都行。什么都吃。"他显然没有立刻领悟到对方要向他传达的信息。"那咱们就点两种馅吧，一种白菜，一种韭菜的。您再来瓶啤酒吧。"汪老师热情地招呼着张景文。"我都行，我都行，您看您喜欢吧。"张景文应付着。他已经后悔来这里了。

吕宁和同事罗姗从玉石厂出来是十二点整，她们两个人是工艺品厂的描图师，今天是来西四那家玉石厂看样品的。

吕宁和罗姗一上午看了许许多多的样品，又提出了一些意见。玉石厂的领导和他们已经很熟悉了，本来是要留她们一起吃午饭，可吕宁和罗姗谢绝了。她们想在附近随便吃点什么，然后在附近的西四和西单转转。

吕宁和罗姗高矮胖瘦差不多，又都是描画师，具备一定的美术功底，所以平时很谈得来。尽管罗姗比吕宁小七八岁，可两个人在很多方面都有共同的喜好，所以成了一对好姐妹、好朋友。

俩人沿着西四那条街的路向东走，"吕姐，咱们中午吃什么去？"罗姗问吕宁。"吃什么都行,你想吃什么?"吕宁说。"我想吃延吉冷面,前面西四路口往南那儿就有一家。"罗姗说。"天都冷了,你还想吃延吉冷面。""嗯,想吃。""那好吧,就去那儿。"吕宁答应着。罗姗挽住吕宁的胳膊,一直往前面走。吕宁走在里侧,罗姗走在外侧,在经过一家饺子馆的时候,吕宁不自觉地向里面望了一眼,其实她心里是打算来这儿吃饺子的。可罗姗是年轻人,不太喜欢吃饺子,爱吃延吉冷面,所以吕宁就随她了。吕宁只是很随意地向里面望了一眼,就看见了坐在窗前的张景文。他对面坐着一个什么人,没太注意,不过好像是个女的。吕宁一下子惊呆了,心也瞬间被揪紧,浑身发软,步子也不自然起来。又走出二十米,吕宁站住脚,罗姗也停住了。"你怎么了,吕姐,怎么不走了?"罗姗看着她问。"我想起来了,我下午有点事,不能和你一起逛了,不好意思啊。""不能和我一起逛了。"罗姗吃了一惊,脸上浮现出失望的表情。吕宁笑着拍了拍她的胳膊,"上午一直忙没想起来。真有事,你自己去吧,有时间姐再陪你逛街。""啊,那好吧,只能这样了。吕姐,那我先走了。"罗姗向吕宁摆了摆手,低着头走了。吕宁站在原地,看着罗姗走远了,才掉过头,来到刚才那家饺子馆外面,她隔着玻璃窗看着里面的张景文,他没怎么说话,显得有些拘谨。

　　吕宁快步走进去,来到张景文和汪老师坐的桌子旁边。张景文一抬头就看见了她。"吕宁,你怎么来了?"他说着站起来,把里面靠窗的位子让给吕宁坐,自己坐在了外面的椅子上。对面的汪老师也有些疑惑地望着眼前这个女人。"哦,我给你们介绍一下。"张景文说。"我自己来吧。"汪老师说。"我是张工他儿子的班主任老师。我姓汪。"她大方的介绍着自己。"哦,对,这位是汪老师。"张景文指了一下对面的汪老师,他又转头看着吕宁,"这位是……"他还没说完,"我是张工的邻居。"吕宁大声说。"邻居?"张景文彻底糊涂了。"她为什么说是我的邻居?她算我哪门子的邻居?"但他瞬间明白过来了,吕宁肯定是误会了。他刚要张口解释,吕宁扭过头狠狠地瞪了他一眼。他又把话咽了回去。汪老师也有点不高兴,一个邻居,打声招呼就完了，还坐下来不走了，真是莫名其妙。她决定不管眼前这个不懂事的女人。"来，张工，吃饺子。"汪老师夹了一个饺子放在张景文的盘子里面。"还张工，够捧他的，他什么时候成张工了？还给他盘子里夹饺子。"吕宁都要气炸了。"饺子好吃吗？"吕宁笑着问张景文。"还……还凑合吧。"张景文有点儿结巴了，他平时说话油嘴滑舌地从来都不这样。吕宁呼地一下子站了起来，吓了两个人一跳。"那你在这儿吃你的饺子吧。好好吃，咱们回家再说。""吕宁，你听我说啊……"张景文急得直冒汗。"走开。"吕宁使劲推了一把坐在外面的张景文，差点把他从椅子上推倒，然后头也不回地走了。

  坐在对面的汪老师觉得这个女人简直太没有礼貌了，是专门来捣乱的吗？太过分了。她想着。可是她忽然记起那个女人临走时说的那句"咱们回家再说"，再看看对面张景文的表情，汪老师僵在了那里。她怒视着张景文，说不出一句话。"汪老师，实在对不起，刚才是……我爱人，她……"汪老师一下子什么都明白了。她也一下子站了起来。"无耻。"汪老师大吼一声，拿起外套走了出去。

22

　　张景文不去理会周围人的反应，又闷闷地在饺子馆里面独坐了半小时。误会，吕宁肯定是误会了。可这也不能全怪她，换作是哪个女人也许都会这么想。脑子里乱得厉害，他慢慢地把桌上的两瓶啤酒喝完，两盘饺子一个也没再吃。

　　他用了半小时，从西四慢慢地走回家，吕宁还没有回来，她去哪里了呢？她当时不是说咱们回家再说吗？张景文的父亲见儿子下午就回家了，也没觉得奇怪。他经常这样，不到正常的下班时间就从单位走了，所以老爷子也就见惯不怪了。

　　吕宁从饺子馆出来，向前走了几十米，回过头来看了一眼，见张景文并没有追出来找她，心里就更加生气了，"果然是王八吃秤砣，铁了心了要变心。"她恨恨地想，直奔儿子的学校里去。在去学校的路上，吕宁也一直在心里想，也许真的是误会他了，可他为什么没有惊慌失措地追出来呢，这本身就是一种示威行为。还有那个汪老师看张景文的眼神和往他盘子里面夹饺子的举动，任何一个成年人都能看得出来，里面充满了爱慕的味道。她又想起十六年前和张景文刚刚结婚的时候，不可否认，张景文当时还是很帅的。虽然在那个年代大家的生活水平都差不多，全国人民可穿的衣服无非就是司空见惯的那几样，可张景文穿起来和别人还是不太一样。不管衣服新旧，总是干干净净整整齐齐，裤线熨得笔直，头发梳得一丝不苟，在70年代初期，他显得有些与众不同，或者可以说是明目张胆了。所以她才会跟着他从素有人间天堂美誉的杭州不远千里嫁到北京。小二十年过去，女儿马上要考高中了，儿子也要上初中了，四十多岁的张景文虽然外表不再是二十多岁的小伙子，可并不像其他中年人，被生活改变了太多模样，还是显年轻，倒像三十多岁的人。现在他偏爱西装，春秋天的季节，只要是出门，总是换着穿他那两身西装，一身浅灰色，一身藏蓝色。就是到了寒冷的冬天，他也从不像别人那样裹着厚厚的棉大衣，显得笨重臃肿，而是始终穿着当初结婚时，吕宁在杭州给他买的那件毛料长大衣。虽然样子过时了，可张景文穿在身上还很合体，从这一点就不难看出来，这十多年，他的身材没有太大的变化，保持得还很好。吕宁经常对着镜子里面的自己看，眼睛四周有了不少的皱纹，还有脸上，额头上，嘴角边，都有岁月留下的痕迹。可站在她身后，向镜子里面的她坏笑的张景文好像比自己一个女人保养得还要好。看来这些年我是对他太好了，也正因为对他太好了，好得他都不知道姓什么了。他现在的模样仍然不错，说话也风趣幽默，时不时还像小孩子一样诚心逗别人开心。他仍然招人喜欢，所以才和那个汪老师约会。其实这一路上，吕宁也没有刚开始那么生气了，只不过一想到这些，想到这些年自己对张景文的好，她的怒火又被点燃了，她毫不犹豫地推开了校长室的门。

周校长和教导处的李主任认真地听着坐在他们对面的这个女人向他们讲述着她中午的伤心遭遇。虽然事情的经过他们大致了解了，虽然他们也觉得这个事情比较严重，处理起来也会不那么容易，但有一点他们对这个女人还是心存感激的。这种事情在社会上并不鲜见，可这个女人没有歇斯底里地哭闹，或者用说狠话和上吊自杀等一系列不明智的举动来感染或是胁迫对面的两位领导，她甚至没有掉眼泪，只是有些生气地把事情经过讲了一遍。周校长往吕宁的杯子里添了些水，吕宁低头喝了一口，有点出神地坐在那里。周校长起身，他觉得这个事情还是要找汪老师详细地了解一下情况，毕竟她是当事人。可汪老师性格比较强硬，甚至有些执拗，这与她一直单身未婚不无关系。要怎么才能尽可能将这个问题谈清楚，让汪老师意识到破坏他人家庭幸福是不对的，尽早抽身出来，对人对己都有好处，这些问题是得好好考虑一下。

正想着，周校长就看见汪老师垂头丧气地拎着挎包走进了数学组办公室。他回头向教导处的李主任使了一个眼色，向数学组办公室点了下头，李主任马上心领神会，他们两个人同时紧张了起来。刚才眼前的这个女人没有发作，并不代表她见到自己的情敌还会保持克制，现在正是下午的上课时间，如果在学校里面闹起来，当着好几百名学生和老师的面，恐怕难以收场。

周校长又走到吕宁跟前，拿起桌子上的暖瓶，李主任起身接了过去。"您再喝点水吧。"边往吕宁的杯子里面倒水，边对吕宁说。"哦，不了，我不喝了，谢谢。"吕宁说。"那好吧，事情的经过我和李主任也都大概了解了，我们一定会严肃对待的。您先回去，等我们找汪老师谈完，一定要让她认识到自己的错误，然后我们会给您一个全面清楚的交代的。您给我们留下一个电话，方便我们联系您。也请您相信我们校领导一定能处理好这件事情。"周校长说。"那好吧，那麻烦两位领导了，我就先回去了。"吕宁说完，站起身，拿起包，向两位校领导点了下头就走了出去。她在校长室外面四处张望了一下，正是上课时间，走廊里面没有其他学生，她也不想在这里碰到自己的女儿和儿子，便快步走出了学校。一直在后面看着她走出校门消失在视线之外，周校长才赶忙对旁边的李主任说："快去把汪老师叫来，她刚好回来了。"李主任一阵风似的奔了出去。

张景文是天生的乐天派，他在家里沉闷了一会儿，便感觉心头的阴云散去了。他本身问心无愧，没做亏心事，为什么要让自己像个犯了错的罪人一样?他起身走到外面,去二环路边上的报摊买今天的晚报去了,顺便出去散散心。

就在他出去买晚报的时候,吕宁回到了家里。家里没有张景文的身影。"还没有回来,还在和那个女人约会,看来是死不悔改,要反到天上去了。"吕宁心里这叫一个恨。"你也这么早就回来了。"公公边喝着茶边问吕宁。"也这么早就回来?"吕宁心想,难道他回来过了。"爸,景文呢,他回来了吗?"吕宁问,"早就回来了,刚才又出去买晚报了。"公公说。吕宁心里舒服了一些。"今天晚上吃什么呀?"公公问。还在想着晚上吃什么,您儿子都要当陈世美了。吕宁想。她走过去,坐在公公的身边。老爷子看着儿媳妇好像有心事似的一脸伤心地坐在跟前。他放下手里的茶杯,看着吕宁,"怎么了,有什么事儿?看你的情绪不好。说来听听。"老爷子的感觉相当准确。吕宁还没说话,眼泪先掉下来了。"别哭,有事儿慢慢儿说。"老爷子心里也一阵发慌。

张景文买完报纸回来,走到院门口,正赶上二老虎和迟立辉、申沉、才才一起放学回来。二老虎看见他爸,跑了过来,"爸,你遛弯儿去了。"二老虎说。"遛弯儿,有空着肚子遛弯儿的吗?"张景文感觉肚子有些饿了,这一天,还没正经吃东西呢,除了中午喝的两瓶啤酒。"爸,晚上咱们家吃什么呀?我想吃肠儿,你去买几根粉肠儿吧。"二老虎向他爸提要求。"还想吃粉肠儿,以后有得吃就不错了。"张景文笑着在二老虎的头上轻轻打了一下。"爸,什么叫以后有得吃就不错了?我可正长身体呢,需要营养。"二老虎还想着粉肠儿的事。"问你妈去,她要觉得能吃,我就给你买去。她要是不让你吃,我也没办法。"张景文说。"就这点事儿还要让我妈同意,爸,你也太那个了,你们不给我买,我让我小叔给我买去。"二老虎一脸的满不在乎。

看着父子俩有说有笑地走了进来,吕宁起身去做饭了。"爸。""爷爷,我回来了。"父子两个人向老爷子打着招呼。老爷子没吭声,狠狠地瞪了张景文一眼。二老虎扔下书包,就跑到外面玩儿去了,临出门时还对他妈说:

"妈，我想吃粉肠儿了，你让我爸去买点，他说得问你同意不同意。""吃屁。"吕宁说。二老虎心里纳闷儿，没再说什么。他想，我妈今天这是怎么了，这叫什么态度？算了，指望不上他们了，还是等我小叔回来吧。

张景文一看他爸的态度就知道吕宁跟爸说过了。他坐在刚才吕宁坐过的椅子上，笑嘻嘻地对他爸说："爸，吕宁都跟您说了。""哼，吕宁都告诉我了。今天要不是吕宁撞见了，你还得一直瞒下去吧。"他爸没好气地说。"瞒下去？嗯，是呀，本来是不想跟您这么早说的，怕您没个心理准备。既然您都知道了。我也就不多说什么了，总之呢，就是这么一情况。"张景文低着头嘟嘟囔囔地说。"放屁。"老爷子拍了桌子，吼了自己的儿子一句。吓了张景文和在小厨房做饭的吕宁一跳。"什么叫就是这么一个情况？你现在是越来越过分了。你这样下去，老虎都得让你带坏了。""爸，您别生气，我也不想这样啊。可感情来了，谁也挡不住。再说了，那个汪老师人也不错，还是老虎的班主任，我觉得从长远来看，这也不失为一个好的选择。您觉得呢？"张景文满不在乎地故意大声说着刚才的话。吕宁一直立着耳朵听他们父子俩的对话，当听到张景文的那些话时，她再也忍不住了，她两步走到跟前，抹着眼泪，"爸，您也听见他说的话了吧。我没冤枉他，他自己都承认了。您儿子，他变心了。他不要我们母子三人了。"说着吕宁哭了起来。"我他×抽你。"老爷子是真动怒了，扬手要打张景文。张景文一下子站了起来，"别啊，别生气，爸，您可千万别生气，我刚才是胡说八道逗您玩儿呢。根本没有的事儿。"他转身拉了吕宁一把，吕宁甩开了他的手。"你先坐这儿，我跟你们慢慢说。全是误会，根本不是你们想的那样。"张景文又把中午的事情前前后后原原本本地说了一遍，"至于那个汪老师为什么要约我吃饭，还打电话给我，我也不是太清楚。"正说着，二老虎从外面进来了，他没等到他小叔，肚子饿了，就跑回家看晚饭做好了没有。他刚好听见他爸说的那几句话，觉得这可真奇怪啊。"爸，我们汪老师要请你吃饭呀，那你带我去吗？"二老虎一脸天真地问。"带你去，你爸一定带你去，你们汪老师不仅要当你的好老师，以后还要给你当后妈呢。"吕宁转身对儿子说。"啊？这是真的呀。可我不是很喜欢她，她太厉害，而且不漂亮。"二老虎说。"别瞎说了，老虎你来得正好，是不是上次你说你们老师让我去的，说要表扬你，我才去你们学校找的汪老师？"张景文问儿子。"哦，这倒是。是我们老师说让我爸去一趟学校，还说要当面表扬我呢。"二老虎想起来了。"你们看，儿子都说了，我就是那次去的，后来汪老师要了我单位电话。至于后来的事情，我也犯糊涂呢。反正我是清白的。你不是去学校找校长反映过了吗，等着他们怎么说吧。"张景文说。老爷子总算平静下来了，看来真是这样，自己的儿子自己还是了解的。他应该不会做出吕宁说的那种事儿。"爸，妈，你们怎么回事儿啊？怎么又找我们校长了？"二老虎还在问，可没有人搭理他。吕宁心里也大致有数了，看来真是冤枉他了，可他刚才那副玩世不恭完全不当回事儿的嘴脸还是招人恨，"好，我等着校领导给我答复。要是和你们说的不一样，我扒了你们父子两个的皮。说你们汪老师厉害，我可比你们老师厉害多了。"吕宁向着二老虎瞪眼睛说。"凭什么扒我的皮呀？我怎么了？你们大人怎么都这么不讲理啊？"二老虎不服气地说。

23

周校长、李主任在和汪老师谈话之后，算是了解清楚了事情的来龙去脉。周校长也有印象。谈话之后，汪老师也表示不会在除了工作原因之外与张伟男的父亲联系，并对给对方惹来的麻烦深表歉意。

两位校领导也对汪老师充满了同情。这也不能全怪她。她同样也是受害者。汪老师四十多岁了，还没有成家，一直是单身，当得知自己学生的爸爸也是单身时，想要主动交往，这也是人之常情。两位领导劝解了一番，让汪老师回家休息两天。这个打击对汪老师来说不算小，毕竟感情方面的伤害，发生在她的身上，相比于其他人可能更深一些。

在汪老师回家休息的那两天，校领导把吕宁和才才的家长都叫到了学校，三方坐在一起，把这个事情说明白了。才才也承认，是他在跟汪老师的一次谈话中，亲口告诉汪老师张伟男的父母离婚这个虚假消息。他对此的解释是，他当时已经完全不受大脑控制，换句话说，就是在失去理智的情况下说的胡话。

吕宁心里的疙瘩彻底解开了。看来张景文没说瞎话，她又想起了那天张景文在他父亲面前嬉皮笑脸的那副德性，在那种时候，他还有心思开玩笑，这个男人啊，真是让她又爱又恨。路过副食店，吕宁不仅买了二老虎嚷嚷了好几天的粉肠儿，还买了张景文喜欢吃的松仁儿小肚儿。

　　这件事情对汪老师的伤害确实不小。她在家躺了两天，除了自己煮的一点粥，就没有再吃什么。旁边住着的父母以为女儿生病了，过来问过两次，汪老师也都说没事儿，就是工作有些累了，休息一下就好。看着父母担心的眼神，汪老师心里很不是滋味。命运啊。何苦来跟我这个不幸的人开如此大的玩笑？汪老师送走父母，关上门，拉上窗帘，从抽屉里面拿出一盒香烟，这盒烟在这个抽屉里面放了好长时间了。汪老师几年前无师自通学会了吸烟，只不过吸的时候很少，只有一个人实在心烦了，才会抽一两支烟，解解烦。香烟都放干了。汪老师拿出一支，点上，慢慢地吸了一口，味道很干。她觉得鼻子有些发酸，这一场闹剧，既伤害了别人，也伤害了自己，感情，真不是个好东西。她又吸了一口，有一点她还是搞不明白，为什么才才会说张伟男的父母离婚了呢？这个事情看来另有原因，她决定要搞清楚，当然要好好批评一顿才才才行，这种玩笑是随随便便开的吗？

　　在二老虎家里，二老虎边吃饭，边听大人们谈论这件事，他握着拳头，大声说："好你个才才，那天就是你跑过来说汪老师找我，明天老子非扒了你的皮。"与此同时，才才正立正一般站在他爸的面前，他爸已经批评他一个小时了，他连晚饭都还没有吃，肚子早就咕咕叫了。"迟立辉，都是你这个害人精，老子明天扒了你的皮。"才才吼了一声，他爸一头雾水地看着他。

　　汪老师几天之后回到学校上课，人明显瘦了一大圈，几天没见，师生间竟产生了一种久别重逢的感觉。上课时，她眼望着下面的学生，忽然觉得他们一下子长大了不少。她刚刚接手这个班当班主任的时候，他们还只是一群二年级的小孩子，现在他们上六年级了，明年夏天就要考初中，成为中学生了。时间过得好快，一转眼，四年了。四年的岁月，学生们都改变了这么多，那她自己呢？她不敢想下去了。把思绪强拉硬扯地收回来，汪老师继续讲课。

　　下午的第二节课，是六年级二班的体育课。汪老师一个人走到操场边，抬头看了看，树上的叶子快要掉光了。枝条上仅有的几片树叶，也是枯叶，在风里面摇来摆去，一副无精打采的样子。阳光倒是很好，所以显得这个初冬还不算很冷。阳光穿透空气洒下一圈圈的光晕，从树梢间照下来，闪着汪老师的眼睛。她招手叫过在旁边正在丢沙包的一个女生，对她说，你去把张云江给我叫来。那个女生答应了一声，向着远处的男生堆跑过去。汪老师又往前走了走，走到一棵大杨树下面，她轻轻地背靠在杨树的树干上面，觉得还是浑身没有力气。

　　才才听到那个女生说汪老师叫他，知道大事不妙。他低着头，悄悄地走了过去。汪老师正靠在杨树干上闭着眼睛养神，过了一会儿她慢慢地睁开双眼，看见才才正紧张兮兮地望着她。"张云江！"汪老师暴喝一声。"汪老师。"才才声细如蝇。"你……""您……""张云江，你……""汪老师，您……""张云江，你，气死我了。""汪老师，您，饶了我吧。"才才像个罪人忏悔一般向汪老师承认着错误。汪老师听着才才的供述。当她听到才才那天去办公室找她谈调换跳集体舞的班级次序，是迟立辉的主意，是迟立辉非要和初三一班跳集体舞的时候，她的眼睛睁大了。她猜想，迟立辉非要和初三一班的女生跳集体舞，更准确地说是想和初三一班的女生张新雅跳集体舞。哎呀，我怎么那么笨啊？现在才想到这一点。汪老师想。她以前听初三一班的班主任提到过几次，迟立辉经常在放学后等她班上的张新雅一起回家。虽然他们从小就认识，在一条胡同里长大，迟立辉还和张新雅的弟弟张伟男是一起长大的好伙伴，可他们仍然觉得迟立辉这样做让人吃惊不小。他们吃惊于现在的学生如此早熟，在很小的年纪就情窦初开，而且迟立辉等张新雅放学一起走这件事情也已经有将近四年了。他们更吃惊于迟立辉的毅力和坚持。这到底是怎么一回事？是不是像老师们说的那样就是单纯的早恋，而且还是姐弟恋，汪老师决定要搞清楚。

还有半个月就到新年了，北京已经下了好几场雪，天气变得异常寒冷。汪老师主动找到初三一班的班主任侯老师，说今年的新年联欢会，她想六年级二班和初三一班一起开。毕竟两个都是毕业班，都是在学校的最后一年了。明年夏天，这两个年级的学生就要毕业了，虽然六年级的学生有可能一大部分会升入本校的初中部，可初三年级的学生无一例外地将离开学校，各自考入其他中学的高中。侯老师对这个决定举双手赞同，因为在秋天的时候学校组织这两个年级的学生跳集体舞，之后还进行了汇报表演，学生们完成得非常好，并且在那次活动中结下了深厚的友谊。两位班主任一同找到了校领导，校方也同意了两位老师的意见，认为这样做很有意义。打破班级的界限，让同学们更加深入地了解，并能带来很多新鲜感。当两个年级的各位班主任将这一决定分别告诉了自己所在的班级，同学们也很高兴。这在学校的历史上是绝无仅有的体验，以前每年的新年联欢会，各个班级都是自己组织编排节目，这次无疑增添了刺激和新奇的感觉。汪老师这样做的一个主要目的就是想利用这次机会，近距离观察迟立辉和张新雅的表现，看看其中到底隐藏着什么。

当汪老师把这个决定在班会上向全体同学公布的时候，全班同学不出意外地感到兴奋。迟立辉简直要从椅子上跳起来高呼"万岁"了。他认为这是上天再次眷顾了他，给他再一次提供了与新雅同享快乐的机会。同学们欢呼着开始各自去准备新年联欢会了。

迟立辉最近这几日过度兴奋的表现，二老虎和才才非常不以为然。只有申沉心里明白辉子高兴成这样的原因。他没有问过迟立辉是不是很喜欢张新雅，但答案他是肯定的。申沉觉得迟立辉这样做非常让人理解，而且辉子喜欢的是比他们要大了几岁的张新雅，是身边一同长大的好伙伴的姐姐。这本身也让申沉感觉辉子的这份感情与众不同。辉子在这三年多来付出的努力和坚持，让申沉感到佩服和感动。他也想看着辉子和新雅这两个人，到底能发展成什么样子。虽然新雅对他们几个人都是一视同仁，并没有表现出对辉子有什么特别的感情，可是三年多来，每周最少一次地去等新雅一起放学，这一举动，在一个十来岁的孩子眼里，本身就带有了非常了不起的成分。申沉在心里自问过，如果是他遇到了一个比自己年龄大，又是自己很喜欢的人，他会如何去做？是否也能像辉子一样勇敢付出？申沉怎么也不会想到，长大成年后的辉子，竟会为了这份从小产生的感情，经历了非常艰苦更可以说是卓绝的付出。那悠长的痛苦年月将怎么样炙烤着辉子的人生。当然申沉自己也没想到，少年时期的他和辉子两个人，孩子群中的佼佼者，他们无忧无虑的洒满阳光的童年，竟然透支了很大一部分长大之后的快乐。在今后的岁月中，他们将加倍奉还。

　　二老虎又开始练功了，晚饭后虽然天色漆黑，还十分寒冷，可他仍然要到院子里去练习刀法，因为他报的节目就是武术表演。晚饭时他和姐姐张新雅还在互相议论各自班级所要表演的节目。新雅她们四个女生要表演小合唱，才才是诗歌朗诵，申沉没有报节目，他说他不会演，看其他人就好了。迟立辉的节目却一直保持着神秘，他没有向任何人说，他准备在联欢会前一天才将自己的节目报上去，至于排在第几个表演他无所谓，最主要的是神秘，不能提前被其他人知道。其实辉子的节目一点也不够稀奇，他要唱一首歌，一首邓丽君的《月亮代表我的心》。每天的晚饭后，他不再出去找申沉他们玩耍，一个人在小屋里面，对着镜子，旁边的录音机里面放着邓丽君的磁带。他手握着一支手电筒，当作麦克风，无限深情地对着镜子里的自己或是想象中的新雅，唱着自己的心声。

24

一九九〇年十二月三十一日，福绥境学校的各个班级都在召开各班的新年联欢会。不同以往的是，这一次是初三年级与六年级两个毕业班年级的学生一起开联欢会。不同以往，除了新年的欢乐气氛之外，还有一种即将分别的依依惜别之感。初三一班与六年级二班的联欢会也是异常热闹，联欢会进行了一半。

才才的诗朗诵开始了。他走上台前，先向大家深深地鞠了一躬，他的分头梳得整整齐齐，一本正经的样子，让同学们都笑了起来。他清了清嗓子，目视前方，调整了一下情绪，大声地说道："《江畔独步寻花》，杜甫。黄师塔前江水东，春光懒困倚微风。桃花一簇开无主，可爱深红爱浅红。"这是一首描写春天美景的诗，才才的声音清晰洪亮，每一个字都准确无误地传入了同学们的耳中。虽然还是冬天，离下一个春天还有一段漫长的时日，可随着才才的诗句，大家好像漫步在山花烂漫的水边，杂花生树，碧波荡漾，享受着大好春光。在温暖的室内，仿佛春风已经吹到了脸上。大家还沉浸在无限的春色当中，才才又接着念道"《浣溪沙·谁念西风独自凉》，纳兰性德。"才才顿了一下,继续朗声背起,"谁念西风独自凉?萧萧黄叶闭疏窗。沉思往事立残阳。被酒莫惊春睡重,赌书消得泼茶香。当时只道是寻常。"听完才才背的两首诗,初三一班的班主任侯老师也是默默点头。才才刚才背的两首诗,眼前的这些学生们还没有学过。可见才才平时对诗歌的涉猎极广。尤其是第二首纳兰性德的诗,这是一首悼亡之作。上片由问句起,接以黄叶、疏窗、残阳之秋景,触景生情,勾起沉思。下片写沉思中所忆起的寻常往事,借用李清照夫妻和美的生活为喻,说明与亡妻往日的美满恩爱。结句的"寻常"二字更是道出了今日的酸苦,即那些寻常的往事不能再现,亡妻不可复生,心灵之创痛也永无平复之日。其中有怀恋,有追悔,有悲哀,有惆怅,蕴藏了复杂的感情。

虽然只是纳兰性德悼念故人之作,可在这个场合朗诵出来,离别之意更是跃然而出。六年级的学生可能还无从体会,可初三年级,即将在夏天各奔东西的学生们已经从中窃得了难舍的深情之意。教室里安静下来,大家都被这首诗的忧伤哀婉所打动。高年级的几个女同学竟在下面不自觉地紧紧地拉了拉彼此的手。所有人忘记了鼓掌。

侯老师打破了有些沉闷的气氛,她带头鼓起了掌,"感谢张云江同学的精彩表演,他刚才所背的两首诗,一首写春天,一首写深秋,一首借景,一首抒情。古诗词是我们国家的文化瑰宝,文学价值和艺术价值极高,张云江同学,也就是大家常叫的才才,从小就在背古诗词,这是非常难得的事情。这作为一种爱好和修养也是非常值得推崇的。希望同学们也能像他一样,课余时间多读一些古诗词,从中感受艺术的魅力与大师的风采。"侯老师的讲话博得了大家热烈的掌声。"那好吧,我们进行下面的节目。"侯老师对主持人说。

迟立辉的男生独唱是最后一个节目,由于他是最晚一个报的名,别的同学的节目早就经过了练习,预演、串联和彩排。他没有赶上前面所有的环节,所以只能被安排在了最后,可无意中,他的节目就变成了压轴演出。主持人报出"今天的最后一个节目,男声独唱,《月亮代表我的心》。表演者,六年级二班,迟立辉"的时候,教室内响起了雷鸣一样的掌声,这掌声主要来自于他所在的班级,来自于那几个和他不仅是朝夕相处,更是从小一起长大的伙伴。他们希望看到辉子完美的演出。当然,其他同学也同样地期待,初三一班的学生们对他并不陌生,三年来,他们早已习惯辉子每周一次出现在他们的教室外面,等待着他们班的张新雅。大家想看到这个孩子王能有怎么样的表现。虽然节目还没有开始,可大家对此的希望和抱有的热情已经到达沸点。迟立辉心跳得厉害。

　　迟立辉缓步走到教室中央,先是面对着本班的同学,他站在那里,稍停了一会儿,却转过身去,面对着他眼前的一排初三一班的女同学,张新雅就坐在那里。辉子感觉浑身的血液都要凝固了。他朝思暮想的一刻终于来到了。他向旁边放音乐的同学点了下头,那位同学将磁带放入了录音机里面,按下了播放键。当音乐响起的时候,迟立辉不自觉地把右手握成一个空拳,举到了嘴边,可今天手里没有手电筒,更不可能有麦克风,他的这一举动,惹来了同学们大声的欢笑。迟立辉紧张极了,他的两条腿在不自觉地抖动着,不知道放在哪里才好的双手也开始颤抖。前奏过后,他刚一张嘴,只唱了一句,就走调了。虽然里面还有原唱者的伴唱,因为当时的条件还无法将原唱抹去,所以迟立辉的演唱难度应该不大,只需随着原唱一起,只不过把自己的声音放出来,盖过原唱,让大家听清即可。可是他第一句就走调了。他一下子停在了那里,邓丽君还在自顾自地演唱着。申沉一下子跑过去,按下了停止键,音乐戛然而止。大家望向申沉。申沉又按下倒带键,将磁带倒回到前面。他对着辉子大声说:"别想那么多,辉子,我知道你练习很久了,想唱就大声地唱,没有人会笑话你的。这是你唯一的机会了。以后这样的机会再也不会有了。唱吧。大声,唱吧。"教室里面重新安静了下来,所有人的目光又集中到了辉子身上。迟立辉感激地望向申沉,他的心事申沉全懂。这可能就是同年同月同日生带来的所谓的心有灵犀吧。他望向了新雅,新雅也正注视着他,那眼神给了他无比的鼓励。申沉说得对,这样的机会以后不会再有了。当优美的音乐再次响起,辉子闭上了眼睛。他要用他的心去捕捉那音乐的节拍。辉子随着音乐和伴唱,深情地演唱起来。歌声不算动听,声调时高时低,和原唱总是保持着相当的距离。可辉子还是无比认真,无比深情地演唱。他的声音又开始跑调,辉子睁开了紧闭的双眼,两行眼泪从眼睛里夺眶而出。他努力想保持住正常的声音,可是无济于事,更多的眼泪流了下来,他的歌声已经完全不成调了,后一半的歌曲是邓丽君一个人伴着迟立辉的哭声唱完的,在那一刻,迟立辉自己第一个被感动。而在申沉眼中,迟立辉在那天的表现堪称完美。

还有二十分钟,时间就将要跨入一九九一年。汪老师躺在床上,脑海里还在想着今天联欢会上迟立辉和申沉的表现。她能深切地感觉到这两个人中间那种浓烈的亲密之情,虽然他们不是兄弟,但是能够在同一天降生到这个世界,更是多少亲如兄弟的人所无法企及的和无限憧憬的愿望。这群孩子们在汪老师眼中忽然变得可爱起来,他们是那么的单纯和率真,无私而勇敢。他们的世界要比成年人的世界不知道完美了多少倍。迟立辉今天勇敢和大胆直接的表现,也让汪老师觉得有些感慨,谁都能看得出来,那首《月亮代表我的心》,就是迟立辉唱给新雅一个人的歌。她不曾想到这个十二三岁的少年用情如此之深,也许在他尚显年幼的心里还不知道爱为何物,可是她分明看到了这个少年的一颗赤子之心。他尽情淌下的泪水,真的就如蜡烛燃烧之时滴下的烛泪,散发出的光彩虽然还稍显稚嫩,却无比的耀眼,光芒万丈。她不知道这个少年今后的人生将是如何,但她开始有了一丝担忧,越是深情的人,到最后受到的伤害也就越大。汪老师自己没有过多少刻骨铭心的感情经历,这些感触是她在无数个夜里,独自一人在床上辗转反侧之时,在台灯下面,在手中的小说文章里面看到过的,却引发了她心里真实的感动。她开始在内心真诚地祝福这位少年,希望他今后的人生能够尽可能地多些坦途,不要遭受太多的波折和苦难。

25

夕阳里面，六年级的迟立辉走在初三年级的张新雅身体左侧。再有两个月，他们就要各自毕业了。最美人间四月天，四月的天气是温柔的，妩媚的，阳光、湖水、花草、树木，都还是有一点羞涩的样子，好像还没有完全的成熟，绽放出灿烂。一切都是向着更好的方向而去，所以还有一些希望的味道。"新雅姐，你高中真的要考到别的区了是吗？"辉子问新雅。"是呀，我是这么打算的。我想离家远一些，想到一个相对陌生的环境里面感受一下。辉子，你们几个都要直升本校的初中吧。"新雅说。"嗯，我们几个商量好了，还在这所学校念初中，还要在一个班。""我听老虎说过，你们几个人真好啊，从小就是一起玩儿大的，小学六年也是同学，等到上初中了还要在一个班里，这样也好，家里人的担心会少一些。"

前段时间学校召开了六年级毕业班的家长会，六年级的学生会有一部分直接升入本校的初中部是这所学校的惯例，所以学校老师也要做一下调查和统计，有这种计划的学生到底有多少人。其实学校方面还是很欢迎本校的学生直升初中部的，毕竟小学的六年在这里完成，学校和学生之间都比较了解，也会比较有感情。申沉、迟立辉、二老虎和才才四个人都选择了升入本校初中，家长也都愿意，一个原因是离家近，再一个，这几个人在一起，大家都会相互照顾。包括明年夏天毕业的姜南，也做好了同样的打算，用他自己的话说，他要一直跟随着他们的脚步走下去。

"新雅姐，你考远了，我就不能经常去你的学校等你了。"迟立辉说。"没关系的，辉子，你已经接了我快四年了。姐姐马上就是高中生了，完全能够自己照顾自己，没有问题。你的任务也要圆满完成了，姐姐很高兴有你们几个这样的好弟弟。尤其是你，辉子，你和别人不太一样，这我能感觉到。升上了初中，课程要比小学时多了不少，你们几个不能再整天想着玩耍了，也要抓紧学习，记住了吗？别太贪玩儿了。"新雅对迟立辉说。"新雅姐，你就放心吧，我们几个这么聪明的人，学习还能落下？不用为我们担心啊。新雅姐，你到了新学校，新环境，一定要照顾好自己。"迟立辉说。新雅停住脚步，转身平视着辉子，他刚才的话发自内心，新雅完全相信。"嗯，我知道。我能照顾好自己的。你也一样。"新雅说着，抬手去摸了摸辉子的头发。辉子在那一瞬间想去抓住新雅的手，把她的手捧在怀里，握住不放。他的手指勾了勾，却自己握紧了。老老实实贴着自己腿两侧。他的脸蛋儿在落日的余晖中流露出兴奋的色彩，怀着纯洁直率的信念。新雅袅袅婷婷地迈着步子走在前面，窄小的脊背挺得笔直，如芭蕾舞演员，辉子静静地跟在她的身后。

代表着毕业季节的六月很快来到了。张新雅如愿考上了海淀区的一所中学的高中，距离地处西城的西廊下有半个多小时的车程。她早在小学毕业的那个暑假，就学会了骑自行车，当然申沉、迟立辉和才才他们也在那时学会了。他们这些人无论干什么，总是要一起，步调一致。只是那时她离学校近，没有必要骑车上学，家里也就没有给她买。现在她的高中离家远了，家人特意为了她买了一辆26型号的女车。作为她上高中的礼物。新雅看着这辆崭新的红色女式自行车，心里十分喜爱。她觉得那就是她的一双翅膀，是带着她去探索外面的世界第一双翅膀。她每天都要骑上这辆心爱的自行车去附近转转，身穿一身素色白裙的新雅，骑行在每一条熟悉的街道里面，树影和花影散落在新雅的头上和她前方的路上，在那个夏天，成了迟立辉眼中最美的画面。新雅把西廊下附近的胡同转了个遍，像是要有意记住它们的模样，又像是作为告别的一种仪式。

有一天，张新雅突发奇想，要去她即将踏入的高中看看。她向家里人说明了想法，把录取通知书上的地址抄在一张纸条上，家里人嘱咐了几句注意安全之类的话，新雅便推着车出了院门。她刚刚骑过西二环的车公庄，就感觉周围的环境一下子有了一种特殊的味道。虽然也曾来过，但毕竟次数不多，道路两旁整齐林立的杨树，恰到好处地成了遮阳伞，为她投下一片阴凉；又好像一排坚定的士兵，在列队欢迎她，欢迎这个美丽的姑娘，来到这里，途经此地。伴着轻风和鸟语，新雅一路向西骑去。

新雅刚走没一会儿，二老虎就找到了迟立辉，对他说："辉子，我姐一个人骑车去她的新学校了。""去她的新学校了，不是还没开学吗？"辉子不解地问。"是，这我知道。我姐说想去看看，熟悉一下环境。"二老虎说。"你怎么不早说？"辉子着急了。"我不是也刚刚听我妈说的吗？就来给你通风报信了。"二老虎一脸的不高兴，一屁股坐在辉子家的饭桌旁边，把桌子上面倒扣着的纱笼提起来，拿出一块放在里面的西瓜啃了起来。辉子急得抓耳挠腮，跑到院子里看了一眼，他爸的自行车没在家，他又跑回屋里，对二老虎说："别废话了，你姐走了多长时间了？"他边说，边把裤子兜里的零钱掏出来，数了一下，有两块钱。"嗯，足够了。"他自言自语着，没有再理会二老虎。二老虎一边吃西瓜，一边看着他，他跑到里屋，拿出一件干净的背心穿上，然后又把球鞋换在脚上，对一脸茫然看着他的二老虎说，"你老老实实在这儿吃，等我奶奶回来，跟她说我出去一趟。""你干吗去呀？"二老虎问，"有急事。你别走啊，帮我看家。"说完辉子就一溜烟跑了。二老虎抹了一把嘴上的西瓜汁，还真甜。可是他又后悔来告诉迟立辉他姐的去向了。辉子跑了，自己还得留下给他看家。他又拿起一块西瓜，坐在门口的小凳子上，向对面喊了一句:"才才,来吃西瓜。可甜了。机会难得啊,这个家现在我做主。"

迟立辉跑出了家门,就直奔北面马路的26路公交车站而去。他并不是漫无目的地瞎跑,他知道新雅的学校。在新雅拿到录取通知书的时候,新雅给他们几个人看过,辉子只扫了一眼,就记住了那个学校的地址。后来的几天,他开始旁敲侧击地向家里人和周围的人打听那所高中的具体位置。非常巧合的是,他们院子里的一个邻居就在海淀区那边上班,他告诉辉子,那所学校虽属海淀区,却并不很远,只是刚刚过了西城和海淀的交会处,才进入海淀区几公里远。而且还告诉他,那个学校也很好找,如果骑车,就先一路向西,进入海淀区以后,稍向南,在一条叫作增光路的路上。如果是坐公共汽车,也很方便,就坐家门口那条线路,26路公交车,一直坐到总站花园村,然后向南走,就可以找得到。

新雅骑了大约四十分钟,又下车打听了几次,终于来到了那条叫作增光路的马路上,她又向西骑了一会儿,就看到了那所中学的大门。正值暑假期间,校门紧闭,可仍能看到高大宽敞的学校大门,大门两侧是停车棚,新雅想,如果是开学上课的日子,这两个停车棚里面要停下多少辆自行车呢?大门里面,是一座5层高的教学楼,也是人去楼空,后面的操场却是看不见的。教学楼不算高,可相比于她度过了9年学习生活的福绥境学校,还是很不一样,因为福绥境学校的校舍和教室全是平房,班与班之间就是相邻的房屋或是相对的房屋,中间会有院子,院子里有树,给人一种亲切之感。就像是在家里。可眼前显得有些阴森的教学楼让新雅觉得更像是学校,连带着两侧的停车棚和看不到的四百米标准操场,才更像是一所高中。新雅憧憬着她今后三年的高中生活,她出神地看了一会儿,一回头,就看见辉子站在她身后十几米的地方,笑眯眯地看着她。

新雅大吃一惊,"辉子,你怎么来了?"她高兴并且惊讶地问。"我来找你啊。"辉子笑着说。"你可真神了,你是怎么找到的?""我坐车过来,再沿路打听了一下，就找到了。"辉子一脸骄傲地说。其实他没有说出实话，这是他第二次来到这所学校门口了。当他知道了新雅高中的大概位置，有一天下午，辉子就曾自己坐车来过这里。否则他不可能如此顺利而快速地找到。那一次，辉子也像刚才的新雅一样，站在紧闭的校门外，向里面张望，他同样憧憬了新雅今后三年的学生生活。他必须先来一次，因为他以后还要来很多次。

　　辉子走到新雅的身边，和她一起看着这所高中。新雅转过头，看着辉子一脸认真的样子，笑了起来，"辉子，为什么看得那么仔细？""我在看着我未来的母校。"辉子坚定无比地说。"你未来的母校？哈哈哈哈……"新雅笑得很大声，"是我的母校，辉子，你才刚刚上初中。"新雅说。"我知道。新雅姐，我初中毕业也要考这所学校的高中，和你上同一所学校。"辉子还是很肯定地说。"辉子，我们做同学的日子已经结束了，是彻底一去不返了。"新雅看着辉子的样子，觉得他可爱极了。"你想过没有？等你初中毕业，我就高中毕业了。等你考到这所学校，我就该上大学了。"新雅边笑边说。"啊？还真是啊。"辉子恍然大悟。

　　其实二老虎跑来告诉辉子他姐的去向也是有原因的。他也知道了辉子对他姐的感情。要是问他对此事有什么意见，二老虎肯定毫无意见，并且举双手赞成。辉子是和他从小一块儿长大的好朋友，他喜欢自己的姐姐，他感觉非常高兴。可他想不明白，他姐有什么好的，为什么辉子会喜欢上比他大了四岁的张新雅。二老虎其实更羡慕像申沉、辉子和才才还有姜南他们这些独生子女，最起码家里少了一个人管自己。

　　要说起二老虎是如何明白迟立辉喜欢他姐张新雅的，这件事还得归功于申沉。在他们毕业考试结束后，学校决定对两个毕业年级的同学再进行一次爱国主义教育。那天下午，两个年级的学生，共计一百多人，来到了少年儿童活动中心院内，在音乐喷泉旁边的花园里整齐列队站好。在他们前面，是一个汉白玉的小萝卜头的雕塑。因为大家都已经通过了毕业考试，所以纪律性也不自觉地跟着放松了下来,唧唧喳喳地在下面说个没完。大队辅导员好不容易才让大家安静下来,然后又把在课堂上讲过的小萝卜头的英雄事迹仔细复述了一遍。辅导员讲话结束后,是由学生代表初三毕业班大队长赵磊代表全体同学讲话,并向小萝卜头雕塑敬献红领巾。

　　说起赵磊,全校同学没有不认识的,可算是这所学校的名人,集万千宠爱于一身的一名学生。他也是小学和初中连续九年在这个学校度过。从一年级开始一直到初三毕业,他始终顶着"全校学生干部,从一年级到初三年级,连续九年三好学生"的光环。可以说是德、智、体、美、劳全面发展。不仅学习成绩一直名列前茅,还能主动分担老师的很多工作,在各方面给学生做榜样和表率,所以他也一直担任学生干部和学校的旗手。总之,他像一个完人一般,没有任何的缺点展现在大家面前。可对于赵磊这么一个近乎于明星般的品学兼优的好学生,申沉、迟立辉和二老虎他们几个却是非常看不上眼。总觉得他在表演,蒙蔽得了全校的老师和同学,却骗不过他们几个的火眼金睛,他们是这样认为的。赵磊在抑扬顿挫地富有感情地代表全体同学做着报告。他们几个非常不屑地望着他。"虚伪。"才才说。"你说什么?没听清。"二老虎诚心地问。"虚伪,这是一个虚伪的人。"才才大了点声,旁边的几个同学也听到了,向他们投来诧异的目光。"虚伪不虚伪不知道。反正我是从来没捡到过钱,没做过拾金不昧的好事。"申沉说。"拾金不昧一次不难,难的是连续九年一直而且还是经常的拾金不昧。"辉子也开始说怪话。"是呀,每次捡到个一分两分钱的,都还要特意去交给老师,丫有病吧。"申沉说。"也不光是一分两分的,还经常捡到月票和工作证之类的东西,也要马上交给学校。听说他捡的月票和工作证都是他爸的。"辉子有板有眼地说。"啊?这么虚伪,而且还卑鄙。"他们几个人听辉子说完,更不屑地向上面看去。"同学们,我们是21世纪的主人翁,是社会主义接班人……我们要不忘先烈的遗志……好好学习……将来为祖国贡献我们的……"台上的赵磊还在大声地作报告,"瞧丫那傻样,看着我就恶心。"申沉明显说话带气。他忽然转身叫过才才，轻轻地抚摸着才才系着的红领巾，对才才说："才才，你知道吗？你这条红领巾，就是用小萝卜头的鲜血染红的。""什么？你说什么？"才才张大了嘴巴。"这有什么大惊小怪的。才才，你忘了，上课时老师讲过，红领巾是红旗的一角，是用革命烈士的鲜血染红的。"辉子在旁边补充说。才才的眼睛瞪得大大的，转过头去，望着小萝卜头的塑像，有些担心。不知道是被申沉刚才的话吓怕了，还是感动了，竟然"哇"的一声哭了出来。这吓了正在上面慷慨激昂讲话的赵磊和大队辅导员一大跳。老师赶紧走过来，把才才拉到一边，问才才这是怎么了。才才把刚才的话说了一遍，老师也是哭笑不得。上面的赵磊被才才那么一吓，忘记了下面要说的话，只能草草结束，他下台时怒视着还在不停抽泣的才才。

这也能吓得哭出来，申沉十分不解，另外几个人也是莫名其妙地看着才才。申沉转过脸，却看见了远处一个美丽的身影。身材十分苗条，细长的黑发上系着一个淡粉色的蝴蝶结，穿着一身白色的连衣裙。阳光放肆地直射下来，竟穿透了毫不知情的她的衣裙，若隐若现地透出里面迷人的身体。申沉看得有点痴痴的。"哎。去你大爷的，你丫不准看。这是你该看的吗？"辉子使劲推了申沉一把，申沉才明白过来，那美丽动人的身影来自新雅。申沉笑了笑，移开视线。二老虎凑过来，"什么呀，他不能看，我能看吧。"二老虎问。"你滚蛋，你更不能看。"辉子对二老虎说。申沉搂过一脸不服气噘着嘴刚要转身的二老虎的肩膀，把他搂到他和辉子身前，十分严肃地对二老虎说："你以后别管他叫辉子了。""不叫辉子了？那叫他什么？他改名了？"二老虎睁大眼睛问。"你以后管他叫姐夫。"申沉说。"什么？管他叫姐夫？这是什么意思？"申沉光笑不说话。"申沉说得一点儿没错。"辉子笑着对二老虎说。

26

迟立辉骑着新雅的自行车，后座上面坐着新雅，他们背对夕阳朝西廊下的方向慢慢地往回走。那一路的风景很美，道路两旁的杨树在路上投下了排排树影，辉子与新雅的身影也温暖地重合在一起。当然还有自行车的影子，辉子边骑，边低头看，他的身影是完整的，而新雅的影子时隐时现，只有侧面而坐的新雅的两条腿美丽的剪影，随着车身的摇晃，也轻轻摆动着。这是我背后的女人，辉子心里想，有一种要融化在夕阳里的感觉。这条路如果一直走下去，直到世界的尽头该有多好。"新雅姐，如果你害怕，就扶着我的腰吧。"辉子扭头对新雅说。"没关系，你骑得很稳。"新雅说。辉子看到前面的路上有一颗小石子，他故意用前轮压了上去，车身"咯噔"一下产生了晃动，坐在后面的新雅"哎呀"了一声，抓住了辉子的衣角。辉子笑了笑。

张景文回到家里，听吕宁说新雅一个人骑车去了海淀区的学校，心里有一点不放心。他抽了一支烟，又看了一眼墙上的表，问吕宁："她自己一个人去的，走了多长时间了？那么远的路，又没去过，不会有什么事吧？""放心吧，不会有事的。我姐不是一个人，辉子追她去了。"坐在一边的二老虎漫不经心地说。他在辉子家等了快一个小时，迟立辉的奶奶才回来。张景文和吕宁对视了一眼，心里感觉踏实了一些。他们夫妻两个当初知道这辉子经常去学校接新雅放学，他们也只是觉得那是小孩子过家家一般的游戏，没有太过在意。晚饭做好了，家里人想等着新雅回来一起吃，他们便不约而同地来到院门外等待。张景文和吕宁站在院门口，张景文又点上一支烟，慢慢地吸着，二老虎虽然嚷饿，可也想等他姐回来，他和申沉他们几个男孩子坐在大院对面的花坛上，说说笑笑的。申沉已经知道下午辉子赶去了新雅的学校，他非常佩服辉子的勇敢和仔细。他们也在等辉子回来。

　　那一天的傍晚，当辉子骑车带着新雅由大马路拐进街里的时候，他大吃一惊，眼前的亲人们像是在列队欢迎他们，也像是在等待着他们两个人的检阅，二老虎和申沉从花坛上跳下来，新雅的父母也站在院门口注视着他们，还有其他一些街坊，也都停下了脚步，像是定格的电影画面，一齐齐刷刷地望着他们。辉子很不自然地又骑了几米，他觉得脸上在发热。脚再也蹬不动了。他刹住车，车后面的新雅也从车上下来，当她看到众人的眼神，并没有像辉子那般惊慌失措，她接过辉子手中的自行车，径直向自家的大院走去，走到院门口的时候，看见她的父母正含笑望着她，她只说了一句"我回来了，路远"。就低头推着车子进去了。"哦，吃饭了。"二老虎也高兴地跑回家。申沉没有动，还站在花坛边上，微笑着看辉子。辉子慢慢从刚才的紧张中镇静下来，他迎着申沉复杂的笑容走了过去。"怎么样，感觉很棒吧？"申沉笑着问。"什么怎么样？"辉子故意装傻。"别装了，这一路很浪漫吧。是不是终生难忘？"

　　申沉的确说得非常准确，浪漫和终生难忘。"那在夕阳下洒满余晖的一段路程，让我欣喜若狂。我想，当时我的脸一定很红，告辞后凉风拂面的清新感受，我到现在都还记得。"二十多年之后的辉子再回想起那个傍晚，向坐在自己对面的申沉这样说。

　　夏天，是阳光最灿烂耀眼的。夏天还有令人着迷的冷饮和甜甜的大西瓜。

新花生下来了，煮花生成了每家餐桌上面经常出现的一道小吃美食。大人们用它来下酒，孩子们则把它当作零食。买来的新花生泡在水盆里面，申沉用手使劲地搓去厚厚的沾在花生壳表面的泥土，水盆里面的水就变成了一盆泥汤。"可真脏啊，洗起来真够麻烦的。"申沉嘟哝了好几次。在一旁的奶奶听到了，"别嫌麻烦，多洗几次，要不你吃起来有泥沙会牙碜。"申沉足足洗了五六次，才算把花生洗干净。整整一大盆，个大饱满的花生干干净净的样子让申沉觉得很有成就感。他刚要起身出门，奶奶又叫住了他。"先别着急出去疯跑，和奶奶一起给花生捏口儿。""啊？还要挨个捏口，没有必要吧奶奶。直接煮不就行了？"申沉说。"你要是想今天晚上吃，就得捏口儿，要不滋味进不去，你要是不着急吃，那你就不用管了，在盐水里泡上一夜，明天再吃也行。"奶奶笑着对申沉说，等待着他的回答。申沉不情不愿地搬来两把小凳，和奶奶一起坐在院子里，一大盆花生放在他们中间，奶奶对申沉说："申沉，等开了学，你们几个就要上中学了"。"对呀，我们就是中学生了。可这又怎么了？"申沉看着奶奶说。"上了中学，就要认识更多的字了，就更有文化了，奶奶真高兴啊。你看，我和你爷爷都是文盲，连自己的名字都不会写，每次邮递员来送信或是电报什么的，我们都要拿着自己的小图章，在邮递员手中的记事本上面按上自己的名字，人家才给。你们可就不一样了，以后还要上高中，上大学，申沉，你们几个孩子以后可都要上大学，给咱们这条胡同争口气，多出几个大学生。"奶奶语重心长地对他说。"嗯，我知道。放心吧奶奶，我们这么聪明，您老就不用操心了。"屋里的爷爷关上了收音机，意犹未尽地走了出来，他每天下午四点半都要雷都打不动地守在收音机旁边收听里面半个小时的评书连播《三国演义》。爷爷也坐过来，和他们一起捏花生，"爷爷，等我上了中学，认识的字更多了，我去买本《三国演义》来，您什么时候想听了，我给您念，省着每天半小时，您听不过瘾。"申沉说。"好，好，太好了，以后我等着听我孙子给我讲《三国演义》。"一大盆花生在祖孙三人的说笑中捏完了。奶奶在煤气炉上放上一口盛了半锅水的大锅,把花椒、大料,还有两颗晒干的红辣椒掰开扔在里面。拾起小柜门里面的大粒盐,倒了一些进水中。"去,把你爷爷的酒拿来。"申沉转身进屋把那瓶二锅头白酒拿了出来。奶奶拧开瓶盖儿,浓浓的酒精味立刻扑鼻而来。申沉又想起了他小时候偷喝大人白酒的事情。奶奶把二锅头倒在瓶盖里面,再倒进锅里,看了看,又倒了一瓶盖的白酒,才把酒瓶交还给申沉,洗干净捏好口的花生也全部进到锅里,点上火,奶奶对申沉说,去吧,去叫你的朋友吧。"申沉一溜烟地跑出了院子。浓浓的煮花生的香气慢慢弥漫在整个小院子里面。

申沉、迟立辉、二老虎、才才还有姜南、江奶茶他们几个人,抱着一大盆煮好的花生坐在街里的花坛上边吃边说话。剥掉的花生壳洒落在他们的脚下,有时在扔下花生壳的瞬间还要用脚去踢一下,看谁踢得最远或是最高。几个小伙伴边吃边聊,散落的花生壳在他们的四周圈出了一块他们的地盘,还有比这更美妙的傍晚吗?

一个男孩子急匆匆地从他们面前跑过,"歪脖儿。"姜南喊了一声,那个男孩子才急急地停住奔跑的脚步,向他们几个慢慢走来。"瞎跑什么呢?我们几个在这儿都没看见?"姜南对那个孩子说。歪脖儿走到他们跟前,他们几个吓了一跳。这个叫"歪脖儿"的孩子是南边胡同里的,比他们要小几岁,常年都是脏兮兮的,小脸蛋儿上总是像只花猫一样,留下汗水与泥土的痕迹,由于年纪要比申沉和迟立辉他们小,就是连他们这里年龄最小的姜南也比他大几岁,所以平时这个叫歪脖儿的孩子并不经常和他们在一起玩,在他们这几个人里面和姜南算是最熟的了。这个叫歪脖儿的男孩子不知是生来就有一些残疾还是更小的时候受过外伤没有彻底治好,他的脑袋是向右侧歪着的,所以大家才叫他歪脖儿。歪脖儿走过来,两只眼睛眼泪汪汪的,脸蛋上和脖子上有好多道抓痕,泛着血印,身上黑不溜秋的破背心也被撕坏了,前面都裂到了肚子的地方,瘦小肩膀也从背心的领口里露了出来,上面也有伤。歪脖儿浑身上下湿淋淋的沾满尘土,膝盖也搓破了,流下来的血在小腿上凝结了，两根大脚趾也从脚上那双破烂的球鞋里面钻了出来。

"你怎么了，和别人打架了？"姜南把歪脖儿拉到跟前问。"我，我没和别人打架，是那边的傻子欺负我。"歪脖说着用手指向北面。"哪儿的傻子呀？你说清楚点儿。"姜南又接着问。"我……我下午一个人去西直门北面的高粱河捞鱼和蝌蚪，回来的时候碰到那边的傻子了，他拦着我，让我把我捞的小鱼给他，我不肯给，他就用手掰我的脑袋，说要把我的脖子正过来，我疼啊，就踢了他一脚，后来他就和他爷爷一起欺负我，还让我把我捞的蝌蚪喝了，捏着我的嘴往里灌……"歪脖儿边说，边呜呜地委屈地哭起来。"你先别哭了，过来吃花生吧。"申沉把那个男孩子拉到身边，抓了一把花生塞到他手里。

"我知道那个傻子。"江奶茶说。"就在高粱河那边，挺有名的。长得牛高马大，也不完全是傻子，就是爱欺负小孩儿，一般的小孩儿都打不过他。最可恨的是他有一个混蛋爷爷，看着他孙子欺负别的小孩儿也不管，要是有大点的孩子，他爷爷就拉偏手，按着别的孩子的胳膊叫他孙子打。那老头儿还特别能骂大街，他们那边的大人要是谁家孩子受了欺负，去找他们家里人，那老王八蛋就指着人家鼻子骂，骂得可难听了，有几回把大人都给骂哭了。他们那边的人都不敢惹他们。没想到今天让歪脖儿赶上了。"江奶茶气愤地说。"真他×孙子，大人孩子一起欺负人。走，抽丫挺的去。歪脖儿，你别哭了，带我们去。"申沉气得从花坛上跳下来，端起盆就要往家走。迟立辉一把拉住他，"你干吗？"申沉说辉子。"今天不去了。""不去了？就看着歪脖儿这么让他们丫给打了。"申沉冲着辉子说。"不是不去，是今天不去了，明天再去。"辉子坏笑着说。"明天再去揍丫，他跑不了。"

第二天下午，天阴沉沉的。他们几个人来到了西直门北边高粱河附近的那片街道。他们几个让歪脖儿走在最里面，二老虎用身体挡着歪脖儿。路过一个院子门口，一个六十多岁的老头坐在门口的马扎上，旁边放着一个茶壶，一个茶杯，看见他们几个孩子从门口经过，狠狠瞪了他们几眼，然后

"吸溜吸溜"地拿着茶杯喝茶。"是这个老王八蛋吗？"二老虎低声问歪脖儿，歪脖儿探了下头，又点了点头。"他孙子没在边上。"歪脖儿小声地说。他们几个若无其事地从院子门口经过，那老头阴狠的眼睛一直盯着他们几个不放。他们走过去，沿着旁边的一条胡同右转了，走过一段路，左转，再走一段路再左转，转了一圈，在那家院门口的南面的一条胡同口申沉探出身子看了看。后面的辉子拍了一下申沉的后背，"现在知道为什么昨天不来了吧。还跟我急。我辉子是那种看着自己朋友让人欺负不管的人吗？"申沉转过头看着辉子笑了笑，"还是你丫聪明，知道先熟悉一下路线。"然后申沉、二老虎、姜南和才才他们几个按原路又退了回去。迟立辉和江奶茶大摇大摆地朝那个院子走过去。他们快要走近的时候，看见一个个子高高的男孩子站在了那老头旁边，一样不怀好意地瞪着辉子和江奶茶。迟立辉和江奶茶走到那老头和傻子立着的斜对面的胡同口，一人买了一根冰棍，站在那个胡同口边吃边聊。过了一会儿，那老头起身拎起茶壶进院子了，辉子立刻抬头盯着那傻子看，对面的傻子好像也快忍不住要来找他们的麻烦了。"傻×。"辉子向对面的傻子喊了一声，那个牛高马大的傻子立刻瞪着辉子，可没敢立刻过来，他扭过头去，向院子里张望。辉子向江奶茶低声说，"你先走，要不他不过来。"江奶茶听完扭头走进了胡同。"傻×，叫你呢。"辉子把手里的冰棍用力地向对面的傻子扔了过去，傻子闪身躲开，便向辉子冲了过来。辉子也掉头就往胡同里面走，傻子紧跟着追了过来。他刚刚一追进这条胡同，就觉得背后一股很大的力气向他袭来。申沉用昨天被他撕坏的歪脖儿身上的那件破背心，从他的背后向他的脖子狠狠地抽来，并且借着向前冲的强大惯性把傻子扑倒在地。辉子转过身，揪住傻子的衣服，把他往胡同里面拖。傻子一面挣扎，双腿在地上蹬来蹬去，企图挣脱。"别他×愣着了，赶紧打呀。"辉子说。歪脖儿横跨在傻子的身上，当胸给了他两拳，傻子的双手立刻来抓歪脖儿的小腹。"还他×的敢还手。下手还这么黑。"申沉掰过傻子的一条胳膊，按在地上，用脚踩住傻子的手背，"歪脖儿，踢！"歪脖儿和才才还有姜南在傻子身上一通乱踢乱踹。傻子"吼吼"地叫着。"救命啊。救命啊。出人命了。"他想赶紧把他的混蛋爷爷叫来解救他。"这样打不行。"申沉说。他推开身边的几个人,二老虎马上转到傻子的背后,用力握住他的胳膊,辉子仍然一手抓着对方的头发,一手揪着他的衣服,还在往胡同里面拖。申沉把手中的背心折了对折,握在手里,抡圆了向傻子的脸上抽去,发出"啪,啪"的脆响。几下之后,那破背心上就带了血迹。傻子还在不停地大喊大叫,胡同口已经传来了他那个混蛋爷爷的叫骂声。申沉抓住最后的时间仍在傻子的脸上不停地抽打,"你们先跑。"辉子大声地说。才才、姜南他们几个人先按刚才计划好的路线跑,二老虎松开手转到侧面,向傻子的身上猛踢。就在老头儿还有五六米就要追到近前的时候,他们三个人才停手一起向着伙伴的方向追去。老头扶起满脸是血的孙子,向着他们背后追来。他们几个人沿着刚才走过的那段回形路线跑过,绕了一圈又跑到傻子家的门口,申沉转身向那门口跑去,"你干吗去呀?"迟立辉一把没拉住申沉也急忙停了脚步。申沉跑到院子门口,举起老头儿的茶壶,"哗啦"一声摔在地上,"老王八蛋,还喝茶,喝尿吧。"然后他向辉子挥挥手,又一同去追前面的伙伴了。

只要申沉在,再紧张的时刻,再阴森的地方,也会上演让人兴奋的闹剧。辉子边跑边看着他左侧的申沉想。那个夏天的奇妙经历,在他们长大后的无数次回忆中,都像挂在夜空中的星星,闪闪发亮,如此愉悦,如此难忘。

27

九月的开学季到来了，二老虎、申沉、迟立辉和才才升上了初中，他们几个小伙伴还在同一个班级上课。整天还是形影不离。张新雅也已经在新的中学开始了她崭新的高中生活。

这一天是传统的中秋佳节，白天下了一天的雨，大家都在担心今晚的月亮看不成了。雨却善解人意一般在晚饭前忽然停了，天空竟出现了一道绚烂的彩虹。彩虹像一座无穷高的彩桥，连接着大地两端，把美丽的西廊下罩在了它的身下。这景象很少见，街里的大人孩子们都异常兴奋，驻足观望。婴儿被大人抱在怀里，手握着孩子娇嫩的肉乎乎的小手，也指向天边的彩虹。

张景文和吕宁吃过晚饭，从大院子里走出来。呼吸着雨后清新的空气，顺着街道向北面走去。过了那条熟悉的马路，他们依旧沿着灰色的少年儿童活动中心的西墙漫步着。吕宁受到这优美恬静气氛的感染，伸出右臂，挎住了张景文的胳膊。"哎？你这是怎么回事。男女授受不亲的。"张景文故意地说，还象征性地把自己的胳膊从吕宁的臂弯里面向外抽了抽。"什么男女授受不亲，我们是夫妻。就应该这样。"吕宁说。"都老夫老妻的了，女儿都上高中了,还这样腻着,让人家看见,不好。"张景文还在演戏。"看见又怎么了,老夫老妻的更应该这样,这叫浪漫。他们不懂,他们就只知道低头过日子。"吕宁使劲挎紧了张景文的胳膊,身子也贴得更近了。

"哎?我问你,你是怎么想的?"吕宁抬头问张景文。"什么怎么想的?"张景文不明白吕宁指的是什么。"我说的是新雅和辉子。"吕宁说。"哦。"张景文含糊地应了一声,好像没有什么要说的。"半个月前辉子去新雅的学校找她那次,他们两个一起回来,那天我好像看出了一些什么。"当母亲的还是比较细心。"那又怎么了?他们都还年纪小,还都是小孩子,又是一起长大的,这说明不了什么。"张景文回答。"咱们闺女倒是没有什么,可我看辉子当时的样子和表情,好像很喜欢新雅。辉子这几年不是一直都会去学校等新雅一起回来吗?"吕宁说。"这个我也知道。你是怎么想的?"张景文反问道。"我觉得挺好,辉子这孩子虽然才上初中,可也算是有心人,又是咱们从小看着长起来的。我觉得这孩子不错。"吕宁作为一个女人还是比较感性。"辉子那孩子是不错,不过现在他们还太小,看不出什么,也许过了这阵子就淡了,毕竟不在一个学校了,不能整天见到面了。而且三年以后,新雅就要考大学了,考到外地去了也说不定。所以咱们没必要这么早表态,顺其自然吧。"张景文说出了自己的意见。"嗯,这倒也是,现在想这个事情,确实为时过早。只能顺其自然了。"吕宁同意张景文的看法。"可你说,辉子也怪啊。现在的孩子早恋的不少,可辉子偏偏喜欢上了比他自己大四岁的新雅。"吕宁看向张景文。张景文听了这话,眼睛亮了一下,他也偏过头看了一眼靠在他肩膀上的吕宁,"要说这一点,我觉得辉子还是挺有眼光的。这么小,就能看出咱们新雅长大以后一定是个美人儿。"张景文笑着说,笑得有些自负。"那当然了,咱们新雅长相随我,有江南女人的秀丽,她是取了咱俩的优点了。"吕宁高兴地说。听了吕宁的话,张景文笑了笑,吕宁说的一点没错,他当初就是看上了吕宁这个南方姑娘的那种有别于北方女孩的气质,就是现在,他们偶尔吵架,闹别扭的时候,吕宁怒视他的时候,眉宇间那股充灵着江南气息的隽秀，也仍然让他着迷。张景文回忆起了他当初和吕宁谈恋爱时的事情。

20世纪70年代初期，张景文已经是一名大型国有企业，一个规模宏大的工厂里面的优秀技工。他最擅长的是焊工和钳工。历年的磨炼实操，加上他与生俱来的悟性和心灵手巧，使他成为了这个大型工厂里面明星一般的出类拔萃的技术工人。不可否认的是，某些人，在某些方面就是有着常人所无法比拟的天赋。他能够熟练地掌握钳工台上、车床上所有工具的操作使用，那些工具在他眼里不是每天伴于身边的终日不离手的加工工具，而是一些可爱的玩具，能够在他的手里变化出更为奇妙的作用，心到手到，简直就像他身体的一部分，听命自如。张景文的焊工技术更是全厂人所佩服的，他焊过的接口，光滑齐整，用手触摸起来，毫无粗糙之感，就像已经经过了多次打磨。他的焊接技术炉火纯青，连年在厂内及同行业举行的"技术大比武"当中名列前茅。其实张景文是做焊工起家，他后来之所以在钳工包括车工方面都有着出色的技术，这还要感谢他的师父朱欣欣，毫无保留地把自己一身的本领传给了眼前自己最得意的弟子，而且这个弟子完全没有令他失望，只用了短短的七八年时间，就赶上了师父，在某些方面甚至让他这个当师父的也望尘莫及。用青出于蓝这句话来形容张景文在工业技术加工方面的成绩再适合不过。

张景文在十七岁进厂学徒，张景文的师父朱欣欣，那年是四十五岁。朱师傅也是像他这么大进的这家工厂学艺，二十多年在车间和机床边，工具堆里摸爬滚打，使得朱师傅成了这个厂里技工的领军人物，二十多年的岁月变迁，朱欣欣也从徒弟变成了师父，并且带了好几拨徒弟了。随着年纪越来越大，眼力和体力也在不断下降，自己带过的一拨拨弟子，也都能够在各自的岗位上独挑大梁，心中倍感欣慰的朱师傅，在得到厂里通知又来了一批新的学徒工的时候，暗下决心，这将是他带的最后一批徒弟了。因为从学徒到出师，要经过五年的时间，那时朱师傅也就是五十岁的人了。朱师傅自己都没有想到的是，就是他带的这最后一拨徒弟，里面却有一个让他最最得意的关门弟子，也是他作为一个技术工人一生的骄傲。

那天的拜师大会现场照例在一车间的大厂房里面举行，这已经是这个国营大厂的一个惯例。各个工种的师傅们有十来个人，他们面前站着的是一群十七八岁的半大小子，他们站在那里，怀着有些忐忑不安的心情和又有些许期待的眼神望着他们对面穿着一身深蓝色的工作服、年龄在四五十岁的这批老工人们，当然在这些老工人的周围，还有着更多的这些师傅们带过的弟子，也就是他们未来的师兄。空旷的车间里，各种设备停止转动，可见一排排整齐的机床、设备和加工完成或有待加工的零部件，就像战场上的大炮和弹药，整齐划一地列队站在那里。工厂的厂长和领导们站在侧面，把正面的位置让给了这些挑选徒弟的师傅们，在厂长和各位领导的眼中，这些身经百战的老工人师傅们是这个厂里的无价之宝。相应的，他们在厂里的地位也是举足轻重，得到所有人的尊重。

朱欣欣，朱师傅，理所应当的第一个挑选徒弟，这也是这个厂里面默认的一条规矩，工人就要拿技术说话，谁技术最好，谁就是老大，不论从技术还是资历来讲，朱师傅都有着很大的优势。朱师傅，一米七的个头，不算很高，可身体十分结实，几十年与各种机械和工具打交道，使得朱师傅浑身肌肉发达，小臂精壮，当他交叉着双臂时，胳膊上的一条条肌肉好像钢筋一样绷了出来。朱师傅是短发，头发短粗坚硬，直直地向上立着，里面掺杂着许多根灰白的头发。国字形的脸庞，眉毛粗重，而且是连心眉，眼睛并不大，可是眼光非常老辣，就像是一把锉刀，朱师傅长得一脸横肉，凶神恶煞，看起来就像是小说《水浒传》里面描述的屠夫镇关西一样。

朱师傅慢慢踱步到这群十七八岁的半大小子前面，逐一扫过他们的脸孔。这些孩子们无不被眼前这位长相凶蛮的老工人的强大气场震慑住，躲避着他的探照灯一样的眼神，有的甚至低下头去。当朱师傅的眼睛望向张景文的时候，张景文却没有丝毫躲避的意思，他先是与朱师傅对视了两秒钟，然后冲他非常不当回事地翻了个白眼。"他×的,这小子还挺狂。"朱师傅在心里笑骂了一句,他自己的脸上也险些没绷住。他带过的徒弟少说也有五六拨,三十来人了。这些徒弟当初见他第一面的时候,没有一个不像今天在场的其他人一样对他不寒而栗的,唯独今天眼前的这个孩子,拿他完全不当回事。还胆敢冲他翻白眼。"嗯,有点意思,也许是个可造之才。"爱才之心在朱师傅心中骤起。"你,就你了。出来。"朱师傅点了张景文的名。一个天才胜得过一群凡人,朱师傅就是抱着这么一个态度来挑选徒弟的。随后朱师傅无心再精挑细选,随随便便又点了四个人,凑齐五人,任务完成了,其他的师父也开始各自挑选自己的徒弟。

张景文是典型的北京孩子,从他拜师的那天起,他就对他的师父怀着无限的崇拜和爱戴之情。所谓一日为师,终身为父的概念,深植于张景文的心中。他每天到了厂里,都会抢着去打水,他推一辆小平车,上面放上两个大纸箱,里面有七八个暖瓶,到水房,把七八个暖瓶全打满,然后在师父和其他师兄弟来之前,把暖瓶放在他们共同的车间办公室的桌子上面,把大家前一天喝剩的茶根全部倒掉,茶杯也清洗干净,然后笑嘻嘻地等着师父和其他师兄弟的到来。中午吃饭时候,张景文也是抱着师父的饭盒和自己的饭盒从锅炉房回来,把热好的饭盒放在师傅面前,等大家一起吃完饭,他又会主动地把自己和师父的饭盒去洗干净。午休时间,大家不是看报纸,就是闲聊天,而这时的张景文无比活跃,他妙语连珠地和师兄弟们还有师父没大没小地开着玩笑,把气氛搞得异常活跃,大家伙一上午的疲劳也都在张景文给大家带来的笑声里消散得无影无踪。

张景文学东西非常快,别人一个月才能熟练掌握的东西,他最多只要一周时间,就能操作自如,当别人还在继续熟悉强化一项基本功的时候,张景文已经开始向师父学新的东西了。一年,两年,三年,光阴如梭般度过,虽说技术工种靠的是天长日久的反复操练,可张景文的悟性和手感就是那么好,这也让他成为了整个车间里面最能干也是最全面的多面手。朱师傅也很高兴自己的独到眼力,对眼前这个整天在身边转来转去,看似漫不经心,玩世不恭,却也鬼怪精灵,心灵手巧的爱徒宠爱有加。车间里,机床旁,还有各种焊架的周围,都留下了师徒二人形影不离的身影。岁月经年而过,这对师徒也是父子情深一般,加重着各自在对方心里的地位和感情。朱师傅曾不止一次地在休息闲谈时当着车间里面其他师兄弟的面还有其他工人的面说过,"只可惜朱师傅的孩子也是儿子,如果我有个女儿,就是绑,也得把张景文绑做我的女婿。"爱惜之情溢于言表。

张景文的其他师兄们也对这师徒两个的感情深感不解。他们平时对师父的严厉早就习以为常,严师出高徒嘛,所以他们平日里对朱师傅那是百分之百的尊敬,就是偶尔和师父开个玩笑,也是点到即止,从不敢逾越半步。可张景文不是,他和师父开起玩笑来,也是没大没小,甚至编派朱师父,把他的糗事当笑话讲给大家听,众师兄弟里面资历高一些的,轻声地笑几声,资历小,年纪小的,也就是低着头或是别过脸偷笑,却不敢出声,能够无所顾忌地哈哈大笑的只有朱师傅和张景文。朱师傅对张景文的调皮捣蛋从不生气,相反还是越来越适应和喜欢,他看张景文就像看一朵花似的,怎么看,怎么顺眼,怎么看,怎么可心。

他们在工作中,师父经常会在各个机床或是焊架前来回巡视,每走到一个徒弟面前,都要仔细观察,详加指点,可路过张景文工作的地方时,连看都不看上一眼,直接路过,就像没有他这个人,其实是朱师傅心里有数,张景文的活,不会有错。有时张景文见师父从自己身边经过,便会赶紧关上机床,或是放下焊枪,也装模作样地背着手,大摇大摆地装模作样,却是狐假虎威地跟在师父身后迈着四方步在车间里面溜达。起初朱师傅没注意到,当他看着大家惊异的眼神更多地望向他身后的时候,朱师傅猛然回头,却看见张景文正像领导视察一样,向四周的师兄弟们挥手致意,"滚蛋!"朱师傅怒吼一声,可谁都听得出来,这句骂,也是带着感情的。更有时候,当朱师傅来到一个徒弟面前,弯下腰去仔细看着徒弟的操作,或是拿起刚刚加工好的零部件端详之后，张景文也会在一边光张嘴不出声，可手指却在指指点点，有时满意地颔首肯定，有时假装眉头紧皱，面露愠色。他夸张有趣的表演，让本来想发火的朱师傅气也先消了一半。

有一次张景文又在工作时间耍宝，把其他人逗得哈哈大笑。他手舞足蹈正说着，其他人却看见朱师傅走进了车间大门，本来其他人想马上开始干活，可见背对着朱师傅的张景文毫无察觉还在忘情表演，便也想趁此机会整他一下，让事情更加好玩儿有趣，所以大家伙都心照不宣地没有动，继续看着张景文表演。张景文把胸脯拍得十分响亮，大声地说着"要说你们怕老朱，我可不怕，老朱他……"张景文这次没有称师父，而是直呼老朱。他眼睛一扫，从放在他对面的一个加工好的轴承光亮的侧面看到了朱师傅已经悄无声息地走到了他的身后，再看周围其他人的眼神和表情，都有着一种幸灾乐祸的神情。张景文明白了。他没有转头，他脑子快速地转了一下，"要说老朱，我为什么不怕他，那是因为，我并不是仅仅把他当作师父来看待，他是我的亲人，他在我眼里就是神。老朱就是神。"张景文急中生智，话锋急转，"有一次下了班，我和老朱说起车轴承的事情，老朱说他当年干这个活的时候，没少挨师父的打骂，可我呢，进厂之前连车床都没见过，更别说动手做了。是师父他老人家手把手地教我，开始做得不好，师父没说过我一个字，更别提骂了，他老人家真是谆谆教诲，细节一个不放过。你们觉得我技术好，可和老朱比起来，我也才只学了冰山一角。这些年师父他老人家带出了多少高徒，为咱们这个全国知名的大厂，师父他老人家可以说是功勋等身，其他人难望其项背。所以我说，老朱，他就是我心中的一个神。"张景文说完，双手合十，闭上了眼睛，用右手在自己的胸前画了一个标准的十字架，又低头小声地念叨："主啊，仁慈的主啊，请你赐予我同样的力量吧。我师父他太辛苦了，让我早日能够替他老人家分忧解难吧。阿门。"他又画了一个十字架，一脸无限的虔诚。张景文把"老朱，师父，老人家"这几个词巧妙地串联了起来，显得自然亲切。等其他人明白过来，不禁大失所望，他们弄巧成拙地又一次成了张景文拍马屁的亲见者。张景文祈祷完，慢慢地转身，"呀，师父，您老人家什么时候来的？"张景文像个害羞的女孩子，表现出了一种心事被他人窥见的羞愧表情。朱师傅被刚才张景文的表演彻底打动了，呆呆地站在那里，还在回味张景文刚才的话。谁都知道张景文刚才就是即兴说的一套拍马屁的话，可他又是怎么知道朱师傅何时进来的呢，也只有张景文胆敢且有资格在朱师傅面前放言纵情。

朱师傅有一件事情很在意，就是他的名字，朱欣欣。他本人是一条铁打钢铸的男子汉，可名字却像一个女人，而且就字来说，"欣"字本身就是女孩儿多用的，况且他的名字还是叠音，有两个欣字，欣欣念起来，就更像是一个女人的名字。这个事情，厂里面尽人皆知，就是厂长和领导叫起他来，也从来不念名字，而是只叫朱师傅，生怕他听了朱欣欣这个名字心里不舒服。而张景文更是别出心裁，他从进厂的第二年，就很少称师父了，他自创了一个叫法，管朱师父叫"朱老总"。有时更是直接简化成"老总"。朱师傅对这个称号也是喜爱有加，觉得有气势，有分量。与他在厂里的威望相辅相成。

虽然在张景文的父亲眼里，张景文就是一个不着四六，吊儿郎当的人，可是在朱师傅眼里，张景文确实是一个听话懂事，而且生动有趣的徒弟。每到过年过节，张景文都会去师父家里看望师父和师娘，多年来一直如此，就是在朱师傅退休回家之后，张景文的这种举动也从不间断，他把师徒情分看得十分之重。和朱师傅的家人也相处得亲如一家，就连朱师傅的老伴儿，也把他当作半个儿子看待。朱师傅和老伴儿有一个儿子，是个知识分子，倒不是说工人出身的朱师傅看不上知识分子，他们也同样为他们的儿子骄傲。可儿子和儿媳都是学校的老师，整日里不是备课，就是忙着为教研资格升级考试做准备，与他们老两口并无更多的交流。显得客客气气的。倒是张景文，每回来，就像回家一样，随随便便，和老两口唠家常，帮助家里干点力气活，聊天说话也总是把他们逗得前仰后合。在家里，张景文也总是一口一个

"朱老总"地叫，朱师傅的老伴笑得眼泪都流出来了，"他呀，一辈子就是一个工人，一天到晚一身的臭汗。还老总。哈哈……这话要是传出去，不得让人家笑掉大牙。""师娘，这就是你的不对了。此话差矣。"张景文一脸的认真相，"在我们厂里，我师父，那就是名副其实的朱老总了。我张景文长这么大，没佩服过什么人，只有我师父，让我觉得敬重，一身本事全传给了我们，对我们师兄弟也是爱护有加，德艺双馨啊，我的老总。"张景文夸张地探身拍了拍坐在他对面的朱师傅的膝盖，朱师傅的眼睛都笑成一条缝了。

28

这一年的春夏之交，南方浙江杭州的某工厂承接了一组大型工业部件的焊接加工工作。时间要求得很紧，工作量也是相当之大。那个工厂的技术工人紧缺，为了按时保质地完成工作，他们只能寻求别的单位支持。朱师傅和张景文他们的厂子与杭州的这家单位算是兄弟单位，义不容辞地承担了这项支援工作。单位让朱师傅带队，从厂里的各车间挑选了一批技术骨干工人，远赴杭州，去完成这项对口援助工作。张景文也就随队去了杭州。

他们经过近四十个小时的火车长途旅行，于第三天的上午抵达了杭州。那家工厂的人员代表来杭州火车站接站。这里面有一个年近五十的中年人稍显得有些紧张，他在站台上向火车驶来的方向不停地张望。这个中年男人叫吕振东。随着绿皮火车拉着长长的汽笛声，"吭哧，吭哧"地缓缓驶进站台，吕振东的眼睛湿润了。他在等一个人，等一个他二十多年没见面的人，那个人就是他的师弟，朱欣欣。

早在三十年前，吕振东与朱欣欣一同进厂学徒，几年之后，这一班徒弟全部出师了，开始在各自的岗位上挑梁独干。吕振东却因为政策分配的需要，被分配到了杭州的这家工厂。在当年的那一批师兄弟里面，吕振东与朱欣欣关系最好。吕振东比朱欣欣大了近两岁，自然就是朱师傅的师哥。当年一同进厂，一同学徒，春夏秋冬几个寒暑，两个人结下了深厚的友谊。在吕振东他们那一批被分配到杭州的工人即将启程的时候，他和朱欣欣两个人真是难舍难分。原以为在杭州干个几年，最终还会回到北京，却不想一去二十几年，再没有回来。两人后来各自成家，有了孩子，吕振东也在杭州扎下了根，连户口也落在了杭州。一别二十多年，这师兄弟两个人天各一方，再没有见过面。当得知这次来自北京的这个援建队伍是由自己的师弟朱欣欣带队来杭州的时候，吕振东兴奋得好几天没有睡好觉。当初分别的时候，两人还各自是二十出头的小伙子，现在都已经是快五十岁的中年人。

火车慢慢地驶入站台并在站台上停稳，车厢的车门才刚刚打开，朱师傅就像个孩子一样，从门口一下子跳了下来，他又何尝不是度过了好多个不眠之夜。朱师傅跳上站台，一眼就看到了当年的师哥，虽然二十多年不见，两个人都已两鬓斑白被岁月改变了模样，可师哥的样子他还是一眼就认了出来，那天在站台上熙熙攘攘的旅客目睹了一对中年人相拥而泣的温馨感人场面。张景文站在一边，默默地看着两位老人喜极而泣的样子，他也抹了下眼睛。朱师傅擦干眼泪，扭头对张景文说："过来，景文儿，这是你吕师伯。"张景文走上前去，毕恭毕敬地叫了一声"师伯好"。吕振东仔细看了看张景文，"不容易啊，没想到咱们当年一同学徒，你现在竟也带出了那么多的弟子。好。好。"吕振东拍了拍张景文的肩膀，回头对和他一起来接站的人员说，"你们先带他们回厂招待所，我要和我师弟聚聚，二十多年不见了，今天就不回厂里了，明早我们一起到厂里报到。误不了事儿。"随行人员点头称是，把从北京来的二十多个技工都接齐之后，他们一大帮人一起出站，乘坐厂里派来的大轿子车先一步去厂招待所了。吕振东拿起朱欣欣的行李和他带来的北京特产，抚着朱师傅的背，"走，欣欣，和师哥回家。咱们哥俩今天好好喝几杯。"张景文和其他人员一起先行去厂里报到了，厂里也为他们准备了热烈的欢迎宴会。朱师傅与师哥吕振东一起回了家，见了他的妻子和一双儿女，当天师兄弟两人喝得天昏地暗，幸福的美酒一杯接一杯，争先恐后地说着说不完的话，然后两个人开怀大笑。美酒再斟满，直到两个人都醉倒在酒桌上面。

第二天上午，吕振东和朱欣欣来到厂子里面报到。简短的动员会之后，大家便被分配到各个岗位上，与原厂的工人兄弟们热火朝天地干了起来。没出一个星期，张景文的名声就在厂子里面传开了，他干出的活无可挑剔，手艺又快又好，这让同样是这个厂里的技术骨干兼车间主任的吕振东也是暗竖拇指。他找到朱欣欣说："没想到啊，真没想到，现在还有这么有才华的年轻工人。我原以为咱们的技术就已经是登峰造极了，可看到景文干活，才知道这个年轻人的悟性和灵巧绝非你我二人可比的。惭愧啊。真是江山代有才人出，自古英雄出少年。"朱师傅听了师哥对自己的爱徒赞赏有加，也是心里乐开了花，当然他高兴的原因并不仅仅是景文的优异表现得到了兄弟单位的认可，还有一件事，他在心里想了几天了，也许真的能成呢，这可是好上加好的事情。

又一个周日，朱师傅来到师哥吕振东家吃饭，在饭桌上，吕振东对朱师傅说："欣欣，你下次再来，把你的那个徒弟也一同带来。""带他来干吗？咱们聊咱们的，他一个小伙子瞎凑什么热闹。"朱师傅虽然口上这么说，心里却有数了。一抬头，就见吕振东正冲他咧着嘴笑。朱师傅心里更有底了。下一个星期天，来吕振东家里吃饭的时候，朱师傅就真的把张景文带上了。张景文那天穿了一件白色的短袖衬衣，下面是一条绿军裤，脚上是一双布鞋。他们提了些水果，来拜访吕振东一家人。师徒两人一路上有说有笑，朱师傅嘱咐张景文，"景文，你今天一定要好好表现啊。"张景文不明白，"师父，不就是串门吃个饭吗？有什么可表现的？不会是要我做饭给你们吃吧，那我可不去了，现在调头就走，我哪会做饭啊。"张景文说。"不是让你做饭，咱们北方的饭菜，人家南方人还看不上眼呢。"朱师傅说。"那你让我表现什么？"张景文追问道。"先不说，到了你就知道了。"朱师傅还故作神秘。"朱老总，不会是要给你的爱徒介绍对象吧。"张景文说。朱师傅站住脚，看着眼前自己的得意弟子，"好小子，真灵呀，还真让你猜着了。要不说你反应快呢。"朱师傅笑着说。"真的？"张景文险些跳到朱师傅的背上面，"老总，那是谁家的姑娘，您见过吗，长得漂不漂亮？"张景文急着问。朱师傅把张景文拉到跟前，换上一副无比认真的面孔。"景文儿，你听师父说，那个姑娘不是别人，就是你吕师伯的大女儿。人长得很漂亮，比你小两岁，从中专毕业后，一直没找到合适的工作，现在在家里待业。你也知道，吕振东是我的师哥，我和师哥感情一直都非常好，二十多年没见过面了，这次终于有机会见到了，也见到了他的家里人。你吕师伯对你的印象很好，那天在他家喝酒时聊起这事，正好，我们师兄弟两个想到一起去了，你和他女儿要是成了，这可是亲上加亲的好事。"

听自己的师父这么说，张景文还是有些压力了。师父这些年对他像亲儿子差不多，同样难得的是杭州的吕师伯一见他，也就看上他了，还愿意把自己的女儿介绍给他。这本是好事。可让张景文担心的是，如果那姑娘人好，长得也漂亮，那自然是天大的喜事，可如果自己没看上，该怎么办，一定会惹师父不高兴，没准还会影响朱师傅和吕师伯两个人的感情。这么想着，张景文没有了刚才雀跃的心情，步子也沉重起来。他们来到一片宿舍区，这片楼房全部是六层的楼房，是厂子里分给本厂职工的宿舍。吕振东家是在四层，他们敲响房门，屋里立刻传来了吕振东的声音。"来了，来了。"话音刚落，房门打开了，吕师伯一张笑脸映在眼前。他身后站着一个中年妇女，那是吕振东的老伴儿。夫妇俩热情地把他们师徒二人让进屋里。这是一套两室一厅的房子，客厅不算大，兼作饭厅。两间卧室老两口一间屋，女儿一间屋，他们的小儿子平时住学校，如果回来，就只能在客厅里面临时搭个折叠床过夜。

张景文和朱师傅向吕振东和吕师娘打过招呼后在客厅的圆桌边坐好，吕振东扭头对着厨房的方向喊了一声,"吕宁,快出来,客人来了,快把茶端来。""哦,来了。"只见一个二十一二岁的年轻姑娘端着茶盘,上面放着茶壶和茶杯,从厨房走了过来。张景文没敢抬头看,一直低着头。"景文,别拘束,跟到你师父家里一样,我给你介绍一下,这是我女儿,名叫吕宁。吕宁,这是你朱师叔的高徒,张景文。"听到吕振东如此给他们两人介绍,张景文大方地抬起头来,只在吕宁的脸上匆忙扫了一眼,他就发现,这是一个典型的美丽江南女子,张景文的心跳得厉害。那天的做客或者说是相亲十分顺利,在饭桌上,张景文说话十分得体,又不失幽默,吕宁对他也很满意。两颗年轻的心从那一天开始慢慢靠拢。

前一天晚上,吕振东和女儿吕宁聊了很多,把张景文的大致情况向女儿叙述了一下,尤其是张景文的专业技术,更是被一向自负的吕振东说得天花乱坠。吕宁听得有趣,"爸,真有你说的那么神吗?你不是说你在你们厂技术最棒?现在来了一个师弟,你说你师弟的技术很好,你这个师弟又带了一个徒弟来,你现在又讲这个徒弟比你们两个师伯的手段还要高明,你什么时候变得这么谦虚了?"吕宁笑着,眼睛也意味深长地看着自己的丈夫。二十多年来,很少听丈夫说起吕振东和朱欣欣上一次在他家谈起那个叫张景文的年轻人,她也变得好奇。"哈哈……"吕振东大声地笑着。"要说从前,在我们厂里,论技术,我还真没把谁放在眼里,可是天外有天,人外有人啊,那个张景文,别的不说,他手上的技术,就是一个铁饭碗。"吕宁那天也没有睡好,关了灯,姑娘的心里也是充满好奇与渴望,那个张景文真像爸爸说的那么神奇吗?他长什么模样,吕宁从小到大还没有离开过杭州,北京的男子说话是什么样呢,听爸爸说那个人很幽默,是不是很调皮的那种人?与这种人相处应该一点也不会觉得闷吧。难道以后真的要离开美丽的杭州城,嫁到遥远陌生的北京去。吕宁想了整晚,至于是什么时候睡着的,她自己也不清楚。

接下来的一段时间,两人开始约会,美丽的西子湖边,留下了他们一次次并排的脚印,那两双脚印虽然是平行的,可中间的距离却在不知不觉当中逐渐变窄。就在朱师傅和张景文他们离开杭州返回北京的前一晚,迷人的月色下,张景文看着眼前的吕宁,她那娇美的身体和精致的嘴唇中潜藏着浪漫的爱。她看着他,朝他微笑,两只手机械地摩挲着自己的衣角。

29

那天张景文和吕宁一同回忆着甜蜜的往昔，等他们夫妻两人散步回来，已经快晚上九点了。马路上过往的行人和车辆非常少，异常安宁。夜空中密布的星星也好像在微笑着，像是在这个美丽的夜晚打听到了一个美丽动人的爱情故事，星星们也变得开心起来。

他们两人拐进街里，却被眼前一番热闹的景象惊呆了。一盏大瓦数的白炽灯泡把一家的院门口的空地照得亮如白昼，四周围了五六个人，好像在忙着什么，从人群里传来了人们的谈论声还夹杂着着急的叹息声。他们两个走到跟前，白炽灯下摆放着一张钳工台，还有各种型号的扳手、管钳子之类的工具，那些工具在张景文眼里再熟悉不过了，虽然他已经十多年没有碰过它们了。可看到这些曾陪伴他度过学徒和最初七八年工作岁月的老伙伴们，张景文心里还是有些感慨，有些感动。自从吕宁和他结婚，嫁到了北京并在这西廊下扎下了根，张景文就去找厂长和厂领导谈过很多次，一会儿说他的视力急剧下降，一会儿说他有时会神情恍惚，还伴有手抖的情况发生。总之已经不能胜任在车间里面继续在工作台旁边的工作了。请求领导给他调动工作。

其实私下里，张景文对师兄弟们和车间里的其他工友们说过，朱师傅在去年退休回家以后，他就不想再在车间里面干活了，虽然他是本厂最优秀的技术工人，工资水平也比较高，可他还是不愿意再干下去了。他说，师父在的时候，什么都不做，什么都不说，只要站在他的身后，即便没有在身边，只是在厂子里，他心里就踏实，就有主心骨，可现在师父退休回家了，他却没有了那种自信，那种感觉。手上的技术和灵感仿佛也离他而去了。也不知道是真是假，张景文还就真的加工出了一批零部件，虽然是合格品，却与以前的水平相去甚远。厂领导们也是将信将疑，与张景文谈过几次，要调任他为车间主任，可他还是坚决地推辞了，并推举了他的一个师哥，最后厂里实在出于无奈，又经过几次商谈，最终把张景文调到了劳资科，就是他现在工作的这个部门。

张景文看到那张钳工台和旁边各式各样的工具，有点走不动路了。经过打听，原来是拐角的这家人，家里有老人，老人的腿疾又是多年来的毛病。每到冬天犯得更厉害。现在已经是深秋了，过不了两个月，寒冷的冬天就要来了，家里人觉得光是生煤炉不够暖和，所以想改造一个土暖气。家里人有些门路，买到了一批旧水管和铁管，又从朋友的厂里借来了眼前的这一批设备，今天是周六，所以约来了几个朋友想趁着星期六晚上和明天星期天休息日的一天时间，把土暖气改造好。可是那些旧水管和铁管由于时间太久远了，很多地方已经牢牢地锈死了，尤其是拐脖的连接处，起到连接和拐弯作用的拐脖已经和两端的铁管连成了一体，任他们怎么拧来拧去，毫无一丝松口的迹象。不知道是谁出了一个主意，用一个大号的管钳子死死地钳住一根铁管，由两个人按住，在拐脖处的下面垫了一块砖头，另外三个人一起站在另一根翘起来的铁管上，企图用三个人的体重将两根和拐脖锈在一起的铁管弄松动然后拧开。只有这样，接下来的切割和焊接等一系列工作才能进行。张景文双臂交叉在胸前，看着那三个人并排站在一起，手挽着手，口里喊着一二三，然后一齐跳上了那根翘起来的铁管上，然后这边的三个人和另一端的两个人像是在玩翘翘板一样，你上来，我下去，我上来，你下去，可是那两根锈在一起的铁管却是纹丝没动。张景文点燃一支烟，微笑着吸了一口，饶有兴趣地看着眼前的几个人一筹莫展的样子。那几个人全是这条胡同里的人，大家平日关系都不错，所以才来帮忙，可眼前遇到的问题却让他们这些隔行如隔山的人手足无措。就是那家要装土暖气的叫大刚的人，还有帮他找到这些旧水管和工具的那个朋友，也实在想不出更高明的办法，开始在一旁抽闷烟。

这时南院的一个男人，看到了在旁边站着的张景文，更看见了张景文脸上一副胸有成竹的表情，悄悄捅了大刚一下，又向张景文的方向给他使了个眼色。"哎哟喂。"大刚如梦初醒般地叫了一声，"景文儿在这儿呢，我怎么没想起来他呀？"大刚赶紧走到张景文身边，"景文儿，我怎么把你给忘了，要不是刚才辉子他爸捅了我一下，我还想不起来呢。瞧我这记性，这可是你的老本行啊。光想着你这十多年一直在劳资科了，我都忘了你就是干这个起家的，有专家在眼巴前儿，我自己还瞎着急什么呢？"大刚如见到救星一般。刚才提醒他的人就是迟立辉的爸爸，他也是这个晚上来帮忙的。"照你们这么弄，弄到明天早晨也弄不开，而且这些旧水管里面肯定都锈死了，如果里面的铁屑和残渣不弄出来，以后接通了走水也不行，还得把你的那个小锅炉给弄坏了。"众人听了张景文的话，更是眉头紧锁，上一个问题还没解决，这新问题又接踵而来了。大刚有些心灰意冷了。可他看见张景文还是一脸的轻松，他的心里又亮堂了。吕宁看了刚才的情况，又听了张景文的话，也觉得这简直就是无法办到的事情。她扭过头，看着张景文还在悠闲地吸着烟，满不在乎的样子，吕宁心里也开始期待了，这些个难题张景文会如何解决呢？他们结婚以后不久，张景文就哭着喊着找厂里调到了劳资科，她从来没见过张景文在车间里机床旁干活的样子，只是听她的父亲吕振东说得神乎其神，她也想趁这个机会看看，她父亲和朱师傅口中说的当时的青年才俊，在时隔二十年之后，手段又如何。

"来，来，来，景文儿，有真神在，我心里就踏实了。给我们露两手瞧瞧。"大刚对张景文说。张景文脱下穿在身上的西装,抖搂了一下递到吕宁手中,"给我拿着。"吕宁接过张景文的西装,双眼盯着他的一举一动。张景文将白衬衣的袖子挽到小臂上面,他看了看躺在地上的那一组铁管,二十年前和师父一起干活时的情景又一幕幕重返心头。鼻子竟然有一点发酸。张景文蹲下身去,刚才钳住一根旧铁管的老虎钳张景文没有松,他用左手紧紧握住老虎钳,右手拿起了另外一个大号的管钳子,看了看锈住的拐脖的部位,便举起右手,一下又一下朝金属的拐脖处猛烈地敲打下去。寂静的夜空下,空荡荡的胡同里面,回响着金属碰撞敲击的响声。张景文动作精准有力,干净利索,直指要害,没有一丝一毫的拖泥带水。敲击了十几下之后,张景文用右手的管钳子钳住另外一根铁管,双手一用力,朝反方向扭动了一下,两根原本锈得死死的旧铁管就从金属的拐脖的两端轻轻松松地开了,原来是拧在一起的部件,转眼成了三个独立的部分。张景文站起身,用手中的老虎钳提起那两根旧铁管,铁管里面陈年的锈块,尘土和铁屑残渣流沙一般从水管里面倾泻出来。众人都看得目瞪口呆,这简单而直接的方法事半功倍地解决了刚才难倒大家的两个问题。吕宁也出神地望着张景文,她觉得正像他父亲说的那样,张景文干起活来是那般的潇洒自如,那些工具在他手中总能把各自的作用发挥到极致。他就像一名乐队的指挥家,看他干活,能给人一种力与美的享受。她再一次为眼前的这个男人着迷了。

那个月圆之夜,皓月当空,月光温柔地涂抹在大家的身上。大家在张景文的带领下一直干到深夜两点,各自回家休息之后,第二天上午九点又开始忙碌,一直到下午四点,大刚家的土暖气彻底组装完毕。傍晚时分,大刚把自家吃饭的大圆桌抬到了院子门口,从上午开始,大刚的媳妇就开始各种采买准备,忙活了一下午,就是为了晚上这顿晚饭。这是一顿庆功宴,也是答谢宴,劳累了一天半的这伙人,围坐在桌边,推杯换盏,谈笑风生,邻里间的互帮互助之情,像一条无形的锁链,连接着西廊下的一家人和另一家人,张景文在这一天成了这条胡同里的名人,他也又一次重温了劳动的快乐。

30

日历快速地翻过一页又一页。又是一年的春暖花开，学校组织初一年级和初二年级来到颐和园春游。每一个班级为一个集体，由各班的班主任带领，依次而行。姜南已经是初一年级的学生了，他也在小学毕业之后选择了直升本校的初中。进了公园，他便偷偷摸摸地跑到申沉和迟立辉他们班的队尾，因为那几个伙伴也在本班的队尾，几个人凑到一起，说说笑笑的。春光大好，颐和园里面游人如织，他们的队伍走在长廊里面。颐和园的长廊以丰富多彩的壁画而出名，雕梁画栋，每一个廊檐，每一座路过的精美小亭的顶上，都画着数不胜数的精美壁画。壁画内容多出自中国传统的文学典故。《西厢记》《红楼梦》《西游记》《水浒传》《三国演义》《岳飞传》《封神榜》这些享誉世界文坛的作品，以另外的一种优美形态展现在游人面前。外国游客更是被眼前一幅幅精美逼真的壁画惊呆了，他们还无法领略原著作品的伟大光辉，光是眼前的这成百上千幅画卷就足以流芳百世。他们拿出照相机，不停地对着长廊的各处壁画拍照留念。当这一大队学生从他们身边经过时，外国游客也同样举起了照相机，拍下了不少眼前这一队队少年的身影和面孔。二老虎和才才还不时地与身边的外国人亲切地打着招呼。"Hello! How do you do?"外国游客听到这两个中国男孩正用着他们熟悉的母语向他们问好，也报以热情的微笑和回应。

　　一面是苍松翠柏的万寿山和坐落在山顶巍峨的佛香阁，另一面是波光粼粼的昆明湖和姿态优美的十七孔桥，同学们身处画卷当中，也是神采飞扬。才才看着眼前如画的美景，心有所动，口中一直吟诗不断。"昔年曾见此湖图，不信人间有此湖，今日打从湖上过，画工还欠费工夫。""樱花红陌上，杨柳绿池边，燕子声声里，相思又一年。""藤花无次第，万朵一时开，不是周从事，何人唤我来。""东风渐急夕阳斜，一树夭桃数日花，为惜红芳今夜里，不知和月落谁家。"一首首优美的古诗词从才才口中咏出，更为这无边的美色增添了几抹艳丽。同学们都对才才佩服极了。前面带队的伍娟老师听得有趣，回过头来叫才才，"才才，过来，到老师身边来，你背的诗真好。"现在的班主任也习惯了叫张云江的小名才才。才才得意地刚要往前走去，申沉一把拉住了他的胳膊："你丫别臭来劲啊。"申沉瞪着他说。"你让他去，你让他去。大文豪呀。"一旁的迟立辉满脸坏笑。才才高涨的情绪一下子被打击了一大半。他低着头走到了前面。

　　才才走到了前面，却没有机会吟诗了。他们班的于勇正在那里吹牛。于勇是初一的时候才考入这所学校的，与申沉、迟立辉他们这些人以前并不认识。于勇的家境不错，家里有些权势，所以经常在同学面前显摆吹牛。此刻他正在向周围的同学和老师炫耀上周他的父母带他去游泳的事情。"可现在的水还是很冷吧，怎么可能下水游泳呢。"旁边一位同学提出了疑问。"你可真老土，谁说在外面游了，我们是去五星级酒店游泳，五洲大酒店，听说过吗？一看你就没去过，里面的水池可暖和了。哎……真想再去游一次啊。"于勇说完，露出一副无限回味的样子。其他同学都闭口不言了。才才忽然灵光一闪，大声说了句："这就叫春江水暖鸭（丫）先知。"才才说完这句话，其他同学还没反应过来，后面的申沉和迟立辉他们便发出了大声的哄笑，"对，对，没错，就是春江水暖鸭（丫）先知。"他们几个人一起哄，其他同学也听明白了才才刚才这句话里面一语双关的歧义，也跟着笑了起来。伍娟老师听了，不禁皱起了眉头。"才才，你回到后面去。"伍老师对才才说。于勇也听明白了才才刚才话里有话，脸红脖子粗地瞪着才才。才才笑着往回走，"这就对了嘛。"二老虎热情地伸出双臂拥抱才才。

申沉向本班的队伍前前后后打量了一遍，他对迟立辉说："辉子，石佛李同怎么没来？吴丹丹好像也没来。"迟立辉也转头看了一遍，"嗯，是呀，他们两个都没在，今天早上集合上车的时候，好像就没有他们两个。"迟立辉说。"连春游都不来？"申沉嘟哝着。他不甘心，向前面挤了挤，挤到几个女生的面前，向平时和吴丹丹比较要好的几个女生打听为什么李同和吴丹丹没随大家一起来参加春游。这时于勇插话了，"这都不明白，这次春游不是每人要交十元钱，作为车费和门票吗？家里穷，交不起呗，只能在家待着了。"于勇又一次找到了把自己的快乐建立在别人痛苦之上的机会。"你丫有病吧。"申沉一下子火了，两只眼睛死死盯着于勇。旁边的几个女同学吓坏了。"申沉。"伍娟老师喝止了申沉。转头又对于勇说："李同和吴丹丹家里有些事情，没能参加这次春游，你不可以这样随便地说自己的同学。"申沉回到了队尾，他开始想李同和吴丹丹的事情。

下午三点半，满载着学生的几辆大轿车停在了少年儿童活动中心门前的马路边，同学们陆续下车，就地解散。三三两两结伴回家。"走，看看去。"申沉对迟立辉说。两个人心有灵犀一样朝南面鲁迅故居的方向走去，后面下车的二老虎和才才看着他们早已经远去的背影，不知道他们两个干什么去了。

申沉和迟立辉走到白塔寺附近的靠近鲁迅故居的那条胡同，来到以前他们曾到过的石佛李同和吴丹丹家所在的那个大杂院门口。上回他们只是在院子门口遇见了李同和吴丹丹，并没有进院子。他们两人走进院子，这所大杂院也很大，穿过前院的几户人家，他们拐进了后院，右手边的一户人家门口在两根铁柱上拴了一条长长的铁丝，铁丝上面挂着刚刚洗好的床单，遮住了视线，床单还在往下滴着水，汇成的几条水流流到了他们两人的脚边。床单后面有一张凳子，凳子上站着一个人，正在上面晾衣服。申沉和迟立辉悄悄地走到床单后面，站在小凳子上晾衣服的吴丹丹看到了他们两个人，不禁"啊"了一声，坐在一旁的李同也抬头看见了申沉和迟立辉。李同坐在一张小板凳上，身前放着一个大铝盆，里面的洗衣粉泡沫高高地耸起，李同正俯身在洗衣板上搓洗衣服。他身边还有一个大盆，里面盛着刚刚洗过的衣服。石佛李同看见申沉和迟立辉竟出现在他们的面前，大吃一惊，他停下手里的活，两手和胳膊上沾满泡沫，他抬起胳膊擦了一下头上的汗水，竟然一时无语。虽然已经是春天了，可天气还凉，水也比较冷，李同的两只手和胳膊被冻得红红的。

"你们怎么来了，不是去春游了吗？"吴丹丹走过来，笑着问他们。"回来了。"申沉说。"好玩吗？"吴丹丹问。"还行吧，就那样。"申沉说完，和迟立辉走到李同跟前，蹲在旁边，申沉用手掂了掂李同身旁盛着衣服的大盆，很沉。他又回头看了看晾在铁丝上的那两张大床单和几件裤子，"都是你自己洗的？你可真能干。"申沉对李同笑着说。李同有些不好意思地笑了笑，没有说话。"那你们怎么想起来这里了？"吴丹丹问他们。"没什么，春游你们两个人没去，我们来看看。"辉子说。

"丹丹，谁来了？"屋子里传来一个老太太苍老的声音。"是同学来了。"吴丹丹冲着屋里说。"是同学来了，快，快让人家进屋坐。"那个苍老的声音说。吴丹丹笑着对他们说："进屋吧。进屋喝口水。"申沉和迟立辉随吴丹丹起身，李同也赶紧站起来，到水管边冲掉了手上胳膊上的泡沫，跑进屋里。

刚一进屋，申沉和迟立辉一下子没有适应屋里面的黑暗，屋子里面还充斥着一种难闻的味道，像一股霉味。除了门口放着的一张旧方桌，其他什么也没看清楚。他们转头寻找刚刚那说话声的来源。过了几秒钟，他们的视力逐渐适应了这屋里的阴暗的光线，才发现，在墙角一张旧木床上，靠着被子坐着一个老太太，身上搭着一条褥子，老太太正笑着看他们两个人，刚才的说话声就是从那里传来的。"这是我奶奶。"身后的李同说。"奶奶好。"申沉和迟立辉向老人问好。"好，好孩子，快坐。"老人慈祥地看着他们说。他们两个人坐在桌边的椅子上。"丹丹，快给你们的同学倒水。"老人说。桌上放着一个很有年代感的白色瓷壶，很显眼，白色的壶身由于年代久远已经泛黄，壶盖也有了缺口，显然是以前不小心磕碰掉的。后来为了预防瓷壶的壶盖不小心再次掉下或是发生损坏，一条皮绳缠在了壶盖顶端桃子形的小钮上，皮绳的另一端系在壶身的把手上面。那条皮绳随着年月的变迁，早已看不出原来的颜色，只是黑得发亮。吴丹丹抱起那个白瓷壶，又拿出倒扣在铁茶盘里的两个杯子，给申沉和迟立辉一人倒了一杯水。申沉和迟立辉还真是走得口渴了，他们拿起杯子，把里面的水一口气喝完。吴丹丹要再给他们倒水，迟立辉先抢过了瓷壶，把他和申沉的两个杯子倒满。石佛李同坐在他们身边，也拿起两个杯子，迟立辉又把那两个杯子倒满水，李同起身走到床边，"奶奶，喝水。"他把一杯水递到奶奶手里，另一个杯子交给了倚坐在床沿上的吴丹丹。申沉环视着这个家，这是一间不到二十平米的屋子，屋子朝东，再加上外面铁丝上晾晒的床单和衣服遮挡了一些光线，所以这屋子显得很黑暗。这个外屋除了墙角的那张床还有他们现在所围坐的这张木桌和四把椅子外，还有一个很老旧的大衣柜，大衣柜门上的镜子已经碎了一半，下面的部分被好几道橡皮膏固定住。柜子的门也是坏的，不能彻底关上，微微向外敞着口。他们的右侧连通着一间更小的小屋，也就是十几平米，里面是一张双人床，此外还有一张小桌子和一把椅子。

31

当申沉和迟立辉的视线转回来，发现床上的老人正注视着他们，好像一直在等待他们，等待了很久。老人笑着对他们说："来，孩子，过来一些，我眼睛不好了，看不清楚，离奶奶近些，让我好好看看你们。"申沉和迟立辉对望了一眼，搬起椅子来到床边，看着眼前这位苍老的老人。老人在他们的脸上上上下下地打量了一番，然后将目光停留在两个人的身上。"你们就是同年同月同日生的那两个好伙伴？"老人问。申沉和迟立辉听了，大吃一惊，没想到老人竟能猜到他们两个人的身份。他们同样满心疑惑地望着老人。老人喝了一口杯子里的水，把水杯握在手中，"从你们一进屋我就想到了。我之所以能猜到是你们两个，是因为李同和丹丹在家里说起过你们两个人。孩子，你们是第一个来到我们这个家的李同和丹丹的同学。前些年你们一起上小学时，你们当时的班主任汪老师也来过一次，那都是好多年前的事情了。"申沉和迟立辉听说汪老师也来过李同家，心下暗暗吃惊，他们谁都没有说话，继续听着老人讲下去。

"李同是个苦孩子，可也是个懂事的孩子。一岁的时候，他妈妈就离开我们这个家了,是离家出走的。走了就没再回来过。所以李同根本记不起他妈妈的模样。就是我,也记不太清了。他爸爸在铁路上工作,整天跟着跑火车,十天左右才回来一次,回来也是换换衣服,留下一些生活费,在家短短地待一天就又去单位了。所以李同自小和我这个老太太相依为命。李同从上小学的时候,就会做饭和洗衣服了。在他上五年级的时候,我的腿就彻底下不了床了,你们刚才进屋时也许已经闻到了一股难闻的气味,那都是我带来的。我们这个家啊。"老人叹了一口气,接着说,"李同可以说从小就是没人管的孩子,他没上过幼儿园,平时在家里也没有人能辅导他做功课,就只能全靠他一个人了。李同脑子笨,希望你们还能在学习上面多帮助他。我下不了床,这个家所有的家务都是他来做了,一天三顿饭,买米买面,买菜做饭,换煤气,冬天买煤生火,洗衣服,我是帮不上任何忙了。只能是他的累赘。还有丹丹,真是个好孩子啊。"老人无限慈爱地拉过吴丹丹的手,"丹丹从小也是在这个院子里长大,和李同一起长大的,丹丹一直在帮李同或者说在帮我们这个特殊的家庭做事,除了和李同一起学习,还要帮助他干这些沉重的家务,照顾我这个废物老太太。丹丹的父母都是大好人啊,他们了解我们家的情况,却从来没有阻止丹丹和我们这个家来往,大好人啊。天大的好人。丹丹是个懂事的孩子,穷人的孩子早当家,这话一点不差,如果没有丹丹,光是我们祖孙两个人,这日子还不知道要过成什么样子。你们今天学校组织春游,我听两个孩子说了,我让他们去,两个孩子也想去,可他们还是没报名,没有去春游,就是因为舍不得交那十块钱啊。不怕你们笑话我们,丹丹是我认准了的孙媳妇,你们汪老师来家里那回我也是这么说的,就是不知道我这老太婆在有生之年,还有没有这个福分了。"听完这些,申沉和迟立辉终于明白了为什么这么多年李同沉默寡言却只和班上的吴丹丹要好,这么多年从来没有和他们一起在放学后留在学校踢足球。申沉为这个事情还和李同发过脾气。"奶奶,以后家里有什么需要帮忙干的,让李同告诉我和申沉一声。"辉子说。申沉转过身看李同,李同早已经伏在桌子上泣不成声。

从石佛李同家出来，申沉和迟立辉谁也没有说话。他们觉得有一片天幕般大的阴云，笼罩住他们原本一直阳光灿烂的童年。一种说不清的压抑，压在他们两个人的心头。让他们感到呼吸困难。他们好像明白了一些什么，是一些他们从来没有接触过的生活中的一些事情，那事情离他们很远，却也同样带来了一些改变。到底改变的是什么呢，他们还说不清楚。原来生活并不是永远充满欢乐和美好，还有更多的是辛酸和无奈，生活这个如影随形、无坚不摧的巨人，才刚刚向他们张开了可以吞噬一切的血盆大口。

一个季节从门口离开，又一个季节推门进来。转眼之间，几度春秋，申沉和迟立辉他们都已经是初三年级的学生了。还有几个月，他们就要初中毕业考高中了。

这天放了学，迟立辉没有回家，他直接坐车去了新雅的学校。新雅是高三毕业班的学生了，经常要补课到很晚，迟立辉现在差不多半个月来一次，接新雅放学。这一天，辉子照样在学校外面等了将近两个小时，直到快晚上七点，新雅才推着车从学校里走出来。新雅看到辉子背着书包站在那里，笑着走过来。"辉子，你们也快毕业了，学习那么紧张，你就别一趟趟往这儿跑了。""不要紧，这影响不了什么。"辉子满不在乎地说。他接过新雅沉重的书包，和自己的书包一起放在了前面的车筐里面，然后辉子骑上车，新雅坐在后座上面，身边经过的几个新雅的同学笑着对新雅说："张新雅，你的好弟弟又来接你了。你可真幸福。""嗯，就是我的好弟弟，你们没有吧。我有好几个弟弟呢，等毕业那天全叫来，让你们看看。"新雅高兴地说。"看把你美的，新雅，等你考到了外地上大学，看你这个弟弟还怎么去接你。"众人嬉笑着超过他们骑远了。听了刚才那几个人的对话，新雅和辉子一下子沉默了，一路上几乎没有说话。快到家的时候，他们从车上下来，推着车向前走。"新雅姐，你真的要考外地的大学了吗？"辉子问，刚才那几个人正说出了辉子的担心。"是的，辉子，姐姐把高考志愿填了浙江财经大学，在杭州。"新雅说。"哦，是这样。"辉子低着头推车，情绪不高。"可你去了杭州，就没有人照顾你了。"辉子向新雅说。"辉子，姐姐已经是大人了，能照顾好自己。而且我小舅他们不就在杭州吗，我在那儿还有亲人呢，放心吧，不要担心姐姐。"他们没有再说什么话，直到在家门口分开。

很快申沉和迟立辉他们也要开始填报中考志愿了，已经开过了一次家长动员会。才才的学习成绩优秀，他准备报考一所本区的重点高中，二老虎和申沉就成绩一般了，所以只能填报普通的高中。这天吃过晚饭，迟立辉把申沉叫了出来，他们来到了少年儿童活动中心的南墙外，多年以前，这里放着很多的水泥管，他们在这里捉迷藏，吃冰棍，这里是他们这些人的乐园。现在水泥管早已经不知道去向，取而代之的是成排的水泥预制板。申沉和辉子两个人坐在上面，"辉子，想好报哪个学校了吗？还和我报一个高中吧。"申沉对辉子说。"申沉，我不想上高中了。""什么？你不想考高中了。"申沉有些不相信辉子说出的话。"为什么呀？"申沉着急地问。"我想上职高，只要三年，就能毕业工作了，我想早点挣钱。"辉子眼望前方说。"你想早点工作挣钱？这是什么意思？"申沉还是没明白。辉子叹了口气，对申沉说："申沉，我的学习成绩一般，我不太爱念书，上完高中能不能考上大学还不知道。就算勉强考上个大专什么的，将来也不一定有好出路。而且还有一个原因。"辉子看了下四周，"还有一个原因，新雅姐报了杭州的大学，她可能到九月份就要去杭州上大学了。""她去杭州上大学，和你上不上高中有什么关系啊。"申沉问辉子。"你怎么不明白啊？她去了杭州，我有时间就要去杭州看她，当然需要钱了。"辉子转头看着申沉，申沉听明白了，他没有说话，把头抵在膝盖上面，"新雅姐去了杭州，我要赶的路就更多了。我想早点挣钱，我将来要娶新雅。"辉子坚定地说。申沉没有说话，他拍了拍身边辉子的肩膀，他的眼睛亮晶晶的。

中考和高考相继结束了，新雅如愿以偿考入了浙江财经大学。才才也考上了心仪的重点高中，二老虎和申沉倒是没有分开，两人进入了同一所高中，还在同一个班。辉子按照自己的想法，家里大人也同意了，他考入了一所职高，学计算机专业。他们几个人有一次在一起玩，二老虎拍着申沉的肩膀说："看看，申沉，到最后，一直陪伴你的还是我二老虎吧。从小学就和你一个班，从来没有和你分开过。辉子怎么样，还不是上职高去了，把咱们给甩了。"二老虎说完，歪着身子对着迟立辉，一条腿还一跳一跳的。辉子没有说话，只是苦笑着摇了摇头。

二老虎虽然嘴上这么说，回家还是和他姐发了脾气。"姐，我就不明白了，你为什么非要考外地的大学。你考那所大学的分也不低啊，北京一样能考上。"吃晚饭时，二老虎对他姐张新雅说。"我就想去外地上大学，我就喜欢杭州，不想在北京上大学。"张新雅对二老虎说。"那辉子怎么办？"二老虎问他姐。张景文和吕宁听了，抬头看了一眼新雅。"辉子上他的职高，我上我的大学，这又怎么了？"张新雅说。"辉子喜欢了你这么多年，连我都佩服他。周围的人也都知道。你现在去外地上学了，这对辉子不公平。"二老虎说话的语气强横了起来。"没有什么公平不公平的，辉子喜欢我，我说过喜欢他吗？他比我小四岁，这根本就是不可能的事情。我的生活，我自己做主。"新雅也生气了。"你会后悔的。"二老虎冲着新雅大声说。"我不后悔。"张新雅说完，起身离开饭桌，去她自己的小屋了。"神经病。"二老虎冲着他姐的后背喊了一声。张景文和吕宁把他们姐弟俩的对话全听在了耳朵里，他们也叹了口气，没有心思再吃下去了。

二老虎没有把那晚和他姐的对话告诉迟立辉，是怕他伤心。后来张景文和吕宁对二老虎说："你姐是大姑娘了，辉子人是不错，你们是好朋友，我们都理解。可有些事情不是能勉强的，你要尊重你姐的选择。只有这样，她将来才不会怪咱们。"

夜晚的南墙根，有两个红色的亮点在忽明忽暗。"申沉，我们以后真的要分开了。"辉子对申沉说。"是呀，十六年了，我们还没有分开过呢。"申沉看着辉子笑了笑。"其实也不是分开，就是不在一个学校上学了，放学回来，我们还不是在一起。"辉子安慰着自己也安慰着申沉。"辉子，就你一个人了，我担心你受别人欺负，听说职高的那些孩子都挺野的。""哈哈……这你就放心吧，这是不会发生的事情。我辉子还不知道去欺负谁呢。再说了，真要有人那样做，我就回来找你们搬救兵。"辉子在强颜欢笑，申沉看得出来。

　　暑假还没结束，新雅就打点行装踏上了南下杭州的列车。那天他们一起去北京火车站送新雅。在站台上，张景文和吕宁对独自一人出门在外的女儿千叮咛万嘱咐。二老虎也不再生他姐的气了，他和新雅道别后，和申沉一起退到了旁边，把最后的时间留给了辉子。辉子走到新雅跟前，开心地笑着望着新雅，好像并不太伤心难过。新雅拍了拍已经超过她个头的辉子的肩膀，"辉子，长这么高了，再长高一些，和老虎、申沉他们一起，快快长大，长成雄鹰，去看看外面的世界。""嗯，放心吧，下次见面时，一定会吓你一跳的。"辉子还是在笑。"新雅姐，我有时间去杭州看你。""好，辉子，欢迎你来杭州。"列车拉响了汽笛，新雅上了车，跑到她的座位上，隔着窗子与亲人们挥泪告别。车外的张景文和吕宁还有二老虎都哭了。车轮滚动的一刹那，辉子的心骤然缩紧。他悄然走到申沉身边，他看见申沉的眼睛也红红的，辉子没哭，他望着远去的列车对申沉说："申沉，你不会离开我吧。如果哪天你也离开我了，我就去死。"申沉扭过脸，看着他身边的辉子，"怎么可能，死也要在一块儿。"申沉还是没忍住，让眼泪流了下来。他搞不清楚这眼泪是为自己而流还是为了辉子。

　　又过了半个月，普通高中也提前开学了，申沉和二老虎随学校的新生一起去参加军训了。辉子的职高还没有开学，这几天只有姜南跟在他的身边。这天傍晚，辉子一个人来到了南墙根，独自坐在六层高的水泥板上抽烟。他又想起了新雅，这个时候她在干吗呢，是正在食堂打饭，还是在宿舍里面看书和室友聊天，也许是一个人正在安静的校园里散步。他不敢再想下去，他浑身肌肉发紧，像要生病前的那种感觉。杭州，那座他从来没有去过的美丽的城市到底是什么样子呢？辉子觉得他要走的路是如此漫长。落日的余晖映红了整个西边的天空，夕阳正在缓缓西沉，将温暖的光芒洒向大地，天空飘浮着几朵轮廓清晰的云,每朵云都镶有金边。西山也变成了金山。辉子的嘴角似笑非笑地向上扬起一点,在落日时分,这种表情,很有点嘲笑夕阳的味道。

很感谢你能来

中部

32

课桌上面覆盖的白得耀眼的沾满圆珠笔油的腈纶布在午后的阳光里微微发烫。高一年级的姜南侧过头看了看远端的叶子。叶子还在一丝不苟地做着习题。时不时抬起左手,将垂下的短发梳理到耳朵后面。右手中的红色圆珠笔在指间不时地快速旋转。"她一定又困扰在了哪一道化学题上面,她每次思考的时候都是这个样子,手中的笔就会不自觉地在指间来回转动。"姜南想。他也学着叶子的样子把笔在手上转了一下,"啪"的一声,姜南的笔掉到了地上,在无比安静的教室里大声地回响。

终于等到了下午放学,姜南快速地收拾起书包,走到叶子跟前,"走吧。我们一起走。"班里的同学们吵吵嚷嚷地涌出教室。叶子将书本放入书包,又检查了一下有没有落下什么,然后和姜南一起离开。他们走到校门口,两旁的车棚里面堆满了嬉笑打闹的学生,车棚的出口挤得水泄不通。刚才还一个个急着奔出来的学生们,在车棚里和校门口说笑停留,他们在充分享受这放学之后与回家前和同学相伴的快乐时光。姜南和叶子没有着急挤进去取车,因为就算费劲挤进去,也无非是换一个地方待着。他们两个人在校门口说着话，姜南看着叶子，虽然是面对面，可叶子的眼睛却在姜南身后的四周扫视着。"看那儿，"叶子兴奋地拍了一下姜南的肩膀，"你那个朋友又来了。"姜南顺着叶子的目光指引回头望去，在熙熙攘攘的人群后面，辉子一人独坐在远方，正望着面前的人流发呆。眼神却是空洞无比。"是辉子。"姜南高兴地叫起来，他们两人正要走过去，后面传来了喊话声，"叶子，叶子。"两个人回过头，是化学老师在向叶子喊。见他们回头，老师说："叶子，不着急走吧，帮我拿点东西，去办公室一趟。"叶子对姜南说："你先去和你的朋友聊会儿，我去趟老师办公室，一会儿就来，你就在校门口等我。""好，一会儿见。"姜南向辉子跑过去。

姜南悄悄绕到辉子身后，猛地拍了一下迟立辉的后背，他所希望看到的辉子吓一跳的情形没有出现。辉子冲他笑了笑，"放学了，够早的。"姜南挨着辉子坐在他旁边，他扭过头看着辉子，笑着说："又来故地重游，感怀心事了。"辉子用力地拨弄了一下姜南的脑袋，"你懂个屁。这叫怀恋，这是加深情感的一种途径。""是，是，你说得对，可你应该去杭州加深情感不是更好吗？这里毕竟也是人去楼空了。除非你是借着来看新雅姐当年的故地这个借口，其实是来接我的，是吧，辉子，我这么理解没有问题吧。哈哈……""放屁，我来接你，你一个小伙子，我有什么可接的。你这个说法完全是错误的，大错特错，你赶紧死了这条心吧。别耽误了自己。"辉子揶揄道。"唉……"姜南佯装着深深地叹了口气，"辉子，我要是个女孩子，就喜欢你这样的，多专情啊，我真的非常佩服你，辉子，我觉得你一定会成功的，你一定能娶到新雅姐。""说得好，这话我爱听。"辉子双手使劲击了一下掌。像是给自己打气鼓劲。"别老说我，你和你们班那个女孩子发展到什么情况了，人家同意了吗？"迟立辉问姜南。"还没有正式向她表白呢，我这个人含蓄。"姜南不好意思地说。

"你等我一下，我取车去。"姜南起身向车棚走去。他看见叶子已经从车棚里面推着自行车出来了，正在向他们这边张望。他刚走了几步，看见两个不认识的男的骑着车横在了叶子的车前面。"你们躲开点,别挡着路。"叶子面有愠色地向那两个人说。"没挡路啊,旁边不是有路吗?就想说会儿话,别那么着急走啊。"两个人无耻地纠缠着。叶子将车向旁边推去,其中的一人马上把自己的车子向那个方向挡过去。"你们这样,我就去叫老师了。"叶子显然被惹生气了。"你们干吗呢?"姜南走到跟前,一把按住一个人的车把,盯着那个拦路的人。"你是干吗的?赶紧滚蛋,别找撞。"骑在车上的人向前蹬了一下车轮,自行车向姜南的腿撞了一下。姜南双手死死地按着对方的车把,瞪着那两个人。"姜南,别理他们,咱们先回学校去。"叶子来拉姜南的胳膊。姜南刚刚松开一只胳膊,那人便用力地将车子向前蹬,前车轮向着姜南的两腿间撞来。

"哗啦"一声响,姜南和叶子还没明白怎么回事,骑车撞姜南的那个人连人带车被踹倒在了地上,他还没来得及爬起来,辉子已经一手扯着那人的衣领一手揪着那个人的头发,将他的脸死死按在地上。旁边的同伙刚想下车帮忙,姜南迎了上去。辉子扭头对那个人说:"你最好别动,要不你也舒服不了。他就更惨了。"辉子狼一样凶狠的眼神让那人呆立在原地,扶着车胆怯地看着他的同伙被人脸朝下按在地上。地上的人刚要挣扎去拉扯辉子,辉子便将他的脸向地面撞去,瞬间那个人的嘴里流出了血,可能是与地面相碰牙齿硌破了嘴唇的缘故。叶子吓得有些发抖,她拉了拉姜南的手,让他去劝劝辉子,学校门口已经聚集了不少人在看热闹。姜南走过去,拍了拍辉子,辉子明白姜南的意思,他也不想给姜南惹是生非,他用不易察觉的动作将手下面的那个人的脸又向地面使劲磕了一下,那个人的鼻孔里也开始流血。躺在地上的人哼哼着求饶。旁边围观的人越来越多,辉子低下头,小声对他说:"你记住了,别欺负我的兄弟。用车轮往人腿中间撞,你太下作了。"辉子起身,拍了拍手,对姜南说:"取车去,咱们回家。"姜南跑进车棚取自行车,叶子呆呆地带有几分恐惧地看着迟立辉。辉子转身去推自己的车。从地上爬起来的人快速地扶起车,与同伙骑远,却在马路对面很远的距离停住,大声喊道:"小丫挺的，你等着，找不着你，你的朋友跑不了，看他今后还怎么上学。"说完那两个人扬长而去。

  他们三个人骑行在路上，姜南问辉子，"你刚才出手打那个小流氓的时候，下手真狠啊。以前没见过你打架这么凶。"辉子说，"你们普通高中还好点，像我们职高门口，天天这样，总有一堆小痞子聚集在校门口，要么劫钱，要么劫女生，校门口也是天天打架，这一年多看得太多了。"骑在最左侧的叶子看了一眼他们两人，"姜南，他们不会真的来报复你吧。""没事儿，我不怕。他们也未必敢。""还是小心些好。全是因为我，连累你了。"叶子有些过意不去。"叶子，这不关你的事，错在他们，挨打也活该。是吧，辉子。"姜南说。辉子笑了笑，"不用着急，有我们呢，就算离开了西廊下，也不能让我们的兄弟姜南吃亏。"他满不在乎地说。骑到百万庄路口，叶子向右拐，与他们两人挥手告别，辉子和姜南两个人并肩继续向东，朝西廊下的方向骑去。

  第二天是周五，刚一放学，叶子就走到姜南身边，她对姜南说："姜南，你先别着急出去，我先到外面看看，有没有昨天那几个人在，如果他们没在，我再回来叫你。""叶子，不用了，哪用得着那么紧张，我的朋友应该已经在外面了。我得赶紧出去找他们。不要为我担心什么。倒是你，如果一会儿真的打起来了，你离得远远的，或者赶紧回家吧。我得走了。"姜南说完，拎起书包，一马当先地跑了出去。

  校门口依然是放学后学生们流连的场所，热闹非凡。他刚一走出校门，"姜南。"随着一声喊，才才就扑了过来，一下子搂住他的肩膀。"你怎么来了？"姜南高兴地问。"我来看看你的未来女朋友啊。"才才说着，在姜南身后左顾右盼。"你别瞎嚷嚷，让人家听见，我还没对那女孩子表白呢。"姜南着急地说。"明白，明白。时机还不成熟。够沉得住气的，喜欢人家半年多了，还没敢让人家知道。心有猛虎，细嗅蔷薇。也对，也对。"才才笑着说。他们两个人并肩向外走。马路斜对面的土坡下，有六七个人也发现了他们。

其中有两个就是昨天劫叶子和姜南的那两个人，他们两个人召集了四五个比他们大一些的人，早早等在了那里。其中一个人用手指着远处慢腾腾走着还在和身边人快乐说笑的姜南，"就是那小子，今天要狠狠地揍他。"就在那几个人刚要伺机而动的时候，他们忽然感觉周围的情况有些不对劲。其中两个人觉得车上一沉，他们转过头去，两个从没有见过面的陌生人坐在了他们的车后架上，其中长得又高又壮的那个人麻利地弯腰锁上了他坐的那辆车的锁，迅速地把钥匙拔下来，装在自己的衣服兜里，然后一脸不怀好意地笑嘻嘻地看着他们。其他几个人则发现对面走来了五六个长头发，嘴里面叼着烟，衣着打扮一看就是不良青年的人，挡在了他们前面，其中一个人就是昨天那个叫辉子的。右侧也来了两个人，和坐在他们车后面的两个人打着招呼。他们已经被眼前这帮人牢牢围在了中间。才才和姜南也慢慢地走到跟前，姜南看了看被他们围在当中的几个人，笑着对他们说："还真来了，也好，我的朋友们没白跑一趟。"坐在对方车后架上的一个人站起来，骂了一句："这他×破车，坐着硌屁股。你，把你的车挪过来，我坐会儿。"说话的是申沉，被指到的那个人，机械地把自己的自行车挪了过来，后面有一个海绵垫，申沉大摇大摆地坐在上面。申沉指了指他右侧的几个人，"辉子、才才、姜南，这是我的两个哥们儿，这是涛涛，这是我老大。"辉子他们几个人与那两个人打过招呼，当和申沉口中说的那个叫"老大"的人打招呼的时候，辉子觉得有点勉强，他看了看坐在申沉旁边另一辆车上的二老虎。二老虎有点不自然地说："那是申沉的老大。是他自己认的。"他们几个人先是这么无所谓地聊着天，中间被围困的几个人吓得不知所措地看着听着。辉子从自行车上跳下来，"不说了，回头再聊，该办正经事了。"他走过来，一把扯过里面个子最高的那个人，他身后的几个人也一下子聚过来，揪住里面不同的人的头发，开始拳打脚踢。昨天挨过打的那个人，马上大声地向他们求饶，不停地道歉。其他几个人在挨过几个嘴巴后也不约而同地求饶。辉子忽然觉得他们这么多人欺负中间这些个人没什么意思了。他拉过昨天被他打的那个人，搂着他的肩膀向边上的居民楼里走去,那人战战兢兢地随辉子一面走,一面无助地回头看向他的同伙,可他的同伙没有谁能给他任何的帮助,哪怕一个眼神的帮助都没有。辉子走了几步,回过头来对申沉说:"申沉,看好了,一个都别跑了,要是没谈通,回来一起打。"申沉不耐烦地摆了摆手,然后继续和二老虎他们聊天。

  过了一会儿,辉子他们回来了,旁边的人一身的尘土却不敢用手去拍打。他不时地讨好般地和身边的辉子说着什么,辉子只是一个劲地笑。他们两个人走过来,辉子对申沉和二老虎说:"让他们走吧。"申沉和二老虎不情不愿地站起身来,二老虎从兜里掏出车钥匙,扔还给那个人,那帮人如丧家狗一样骑了车跑了。辉子转过身对和他一起来的那几个人说:"今天没事了,你们也先回去吧。"那几个地痞模样的人和申沉、二老虎他们打过招呼后,也转身离开了。姜南对辉子说:"你带那么多人来干吗?让人瞧着多不好。""我还不是怕你以后受欺负,如果今天真打起来了,就得一次把他们打怕了,免除后患。你想想,你还得在这儿上两年学呢。"姜南抬头看到在校门口的右侧推着车子一直向他们这里张望的叶子,姜南说:"你们等我一下,我去去就来。"说着跑向了叶子。申沉的两个同学也走了,现在就剩下他们几个人还留在那里。才才问辉子:"刚才那一帮全是你的同学?""嗯,有两个比我们大一点,开始实习了。平时在学校关系都不错。""你可别和他们一样,看着就不像好人。"才才对辉子说。"我知道。我心里有数,他们这几个人好事干不了几件,打架却是一门儿灵,所以今天才叫他们一起来。"辉子说。二老虎重重地哼了一声,没说话,看着申沉。申沉笑着拍了拍二老虎说:"怎么了,二老虎,不高兴了?人家辉子就是这样的人,喜欢结交四海朋友,到了新环境就得有新朋友,你还是早点接受这个现实吧。别伤心啊。还有我呢。"申沉虽然是假装在向二老虎说话,可话锋全都指向迟立辉。"废什么话呀?"辉子笑着踢了申沉和二老虎一人一脚,"你刚才介绍那是你的老大,我都不知道该怎么打招呼,难道要我也跟着你叫他老大呀,你太过分了。"说完,辉子又瞪着二老虎看。"你别老瞪着我啊,我刚才不是说了吗?那是他认的老大,是他自己认的,和我没关系,我只认咱们这几个朋友。"二老虎急着向面前的几个小伙伴表忠心。

姜南跑过来,对他们说咱们走吧。他们几个人都使劲地向对面张望,"姜南,你怎么回事?也不叫你的女朋友过来和大家认识一下。"申沉对姜南说。"现在还不是呢,叫过来不合适,也不知道人家愿不愿意。"姜南解释着说。"肯定愿意,这么长时间,人家也没走,一直在对面等着你,还能不愿意?看着你挺聪明,其实你就是傻。"申沉对姜南说。"你女朋友叫什么名字?"申沉接着问。"叶子。"姜南听申沉一口一个"你女朋友"的,心里也高兴得不得了。"叶子!"申沉忽然大声向对面喊,并使劲地向叶子招手。"我×,你他×疯了。"姜南想阻止申沉已经来不及了,叶子听到了申沉喊她的名字,也看见申沉在向她挥手,她稍稍迟疑了一下,推着自行车慢吞吞地走了过来。

叶子走到他们几个人跟前,有一点点害羞的样子。姜南高兴地说:"叶子,我来介绍一下,这是申沉,这是二老虎,这是才才,我们这里面学习最好也是最有文化的人。"才才向着叶子绅士一样微笑点头,他稍稍向前倾了一点身体,"百闻不如一见,今日得以认识叶子女士,荣幸之至。"才才这句酸溜溜的话把在场的人都逗乐了。叶子也放松下来高兴地笑着。"经常听姜南说起你们,很高兴认识你们。""这是辉子,昨天见过了。"姜南继续介绍。"我知道你是辉子,在我们学校门口见过几次了。"叶子笑着说,大胆的目光迎向辉子。"嗯?"申沉和二老虎听叶子说在这里见过几回辉子了,他们两人同时抬头不解地望向辉子。"你们两个人怎么那么不解风情啊?去年今日此门中,人面桃花相映红。人面不知何处去,桃花依旧笑春风。"才才自作聪明地作着解释。身边的几个人才一脸"原来如此"的表情。"走吧,回家吧。"姜南说,他们一起骑车上路。道路两旁的银杏树金黄得无比灿烂,骑在后面的四个人看着在他们前面并肩缓缓骑行的叶子和姜南,在街上阳光树影间叮咚而过。"真可谓十里桃花,两人一马。"才才望着他们的背影感叹道。辉子赶忙靠近说:"才才,你刚才那句话说得真好啊。十里桃花,两人一马,真美。"夕阳刚好,微风不燥,晚风把他们的衣服吹得鼓鼓的。

他们回到西廊下的路口的时候,迟立辉停下脚步说:"一起抽根烟再回家吧。"才才和姜南先走了,剩下他们三个人来到了南墙根,辉子问申沉和二老虎,"你那个老大是怎么回事。说来听听。"申沉说,"是我和二老虎的同班同学,年纪比咱们大一岁,和二老虎差不多吧。人很老实忠厚,平时对我们很关心照顾,像个大哥哥一样。人不错,所以我就习惯称他为老大了。就这么回事。"二老虎说:"申沉说得没错,人确实很好,像申沉这么不懂事的人,动不动还耍小孩子脾气,他的老大平时挺让着他的。只要是申沉的事,人家都当成自己的事情办。"申沉推了一把二老虎,"谁不懂事了?别瞎说。"辉子听了,放心地说:"那就好,我也觉得那人挺憨厚的,有点像咱们班以前的石佛李同。"辉子说起石佛,申沉和他都没有再说话,自从毕业以后,好久都没有了石佛李同的消息,连吴丹丹也没有再见过面。他们又想起了那年去石佛李同家的事情。二老虎站起来,拍拍屁股,"你们还不走,我可走了,早就饿了,回家吃饭去。""就知道吃,猪啊你。"申沉骂了一句。二老虎没有搭理申沉,掀起衣服,背向他俩展示了一下粗壮发达的胳膊上的肌肉,挺胸抬头地走了。

"哎,问你个事。"申沉转头对辉子说。"说吧。""今天听叶子说,她已经在她和姜南的学校门口见过你几次了,你经常一个人去那里?"申沉问。"嗯,是的,去了几次了。"辉子沉默下来,"没办法啊,一个人的时候,总是想起新雅姐,就去她以前的学校门口坐会儿,总是感觉她还在那里,总是想起以前去那里接她放学的情景。"辉子低沉着声音说。申沉拍了拍辉子的肩,"真够难为你的。"日薄西山,气温下降得很快,晚秋的风给身上带了无限的凉意,"走吧,回去吧。"辉子拉起身边的申沉,"好在再有两个多月就要放寒假了,新雅姐也就要回北京过年了。"天色还没有黑尽,他们抬头看见了天空中闪亮的那颗北极星。

33

　　屋子里好冷，辉子在夜里醒来。他扭过头看了一眼旁边小桌上的闹钟，那个小闹钟带有夜明功能，在黑暗里，发出微微的莹莹绿光的时针清楚地指向了四点半。辉子很快适应了屋里的光线，小屋里也比平时亮了好多。辉子从被窝里爬出来，拉开窗帘，被眼前的景色惊呆了。从昨天早上就开始落下，已经下了一天一夜的雪还没有停，好像更大了呢。难怪屋子里面会这么冷。这已经是今年的第二场雪了，今年冬天的雪比往年来得早也来得猛。辉子拉过被子，披在身上，把被窝里面残留的温度盖在了肩膀和后背上。他用手掌在玻璃窗户上擦了一块一尺大的地方出来，趴在窗台上，向外面雪的世界望去。鹅毛大雪还在不知疲倦地继续飞旋飘散，玻璃窗外面已经堆积起厚厚的一层雪。整个院子里面一片洁白，深夜中无比的明亮和安静。雪很厚，家门口贴墙而立的自行车已经完全披上了雪的外衣，成了一辆雪车，车轮的下半部深埋在积雪里。院子的地上没有一个脚印，昨天往来的人们踩出的脚印和车辙，被大雪重新抹去和覆盖了，整个院子里像被多事又好心的人趁着黑夜偷偷地铺了一大片雪白的羊绒地毯。辉子趴在那里出神地望了许久。他转过身，没有拉亮电灯，借着雪的反光，他穿好衣服，又蹑手蹑脚地轻轻地拉开房门，房门打开的一刹那，一股冷峻又带有丝丝甜味的空气一下子钻了进来，同时涌入了他的鼻腔和胸腔。"咔哧"脚下传来了踏雪的声音，像是这个冰雪世界向他道出的早安。现在还早，现在还早。"咔哧，咔哧。"辉子又迈出了几步，他立足回身望去，他身后留下了足有三四公分厚的深深的足印。院中的枣树和槐树的枯枝被化了炫丽的妆容，脱去了干枯无味的外衣，换上了雪装，火树银花般看起来圣洁年轻了不少。鹅毛一般的雪片纷纷扬扬地落在了辉子的身上，他轻步走到院子中间，先向前院和后院张望了一下，毫无动静，此时此刻只有他孤身一人立在这美妙纯白的天地之中。一大片雪花落在了他的眼睫毛上面，辉子激灵了一下，雪片瞬间化成了水滴。凉丝丝的。辉子吐出的气，白雾一般将前方的雪花吹散，在这深夜里清晰可见。辉子仰起头，无数片冰雪的羽毛落在了他的脸上，雪片打得他张不开眼睛。辉子索性闭上了眼睛，张开嘴巴，贪婪地把舌头伸了出来，顿时冰雪轻落在他的口中的那一刻化作人世间最纯洁的圣水，滋润着他干渴焦躁的躯体和心灵。那素有天堂之称的杭州城是什么样子呢？那里会下雪吗？杭州一定不会有北京城美，他们那里怎么可能有这么可爱的大雪呢？这大雪只为北京城而下，是上天对北京城的恩赐，对西廊下的恩赐。新雅姐，你此刻在做什么呢？你一定很久没有见到北京城的雪了吧，西廊下的雪景你还记得多少呢？你此时此刻一定在那南国的寂静的夜里沉睡着吧。可我辉子却在北国的雪夜里与雪姑娘共舞了。你会生气吗？会不高兴吗？哈哈……你要生气就生吧，你要不高兴就不高兴吧。反正此刻我是高兴的，满心填满喜悦，整个世界还在睡着，还没有醒来，他们太懒了，错过了这无限的美好景致。可我辉子没有错过，我享受到了，并且是独享的，这天地之际只有我辉子一人体会到了冰雪温柔的一面，她简直太温柔了，我的心都要被她融化了。辉子的头发已经彻底湿尽，脸上也是水汽一片，雪水顺着眼角和脸颊流注而下，里面是否还伴有泪水呢？辉子分不清了，他失去了一切知觉。

那一年北京的雪特别多，接连下了好几场。气温也骤降到了零下。

张新雅并没有在放假的日子回到北京，这让迟立辉感到无比的遗憾和失望。他拿过自己床头的日历，看着每一月上面自己做的密密麻麻的标记，心里很不是滋味。明明到了放寒假的日子，新雅姐为什么没有着急回来呢？他等得好苦啊。

春节越来越近了，家里开始在年前购进了第二批冬储大白菜和蜂窝煤。辉子白天帮家里买好了五百斤大白菜，这是南面的菜站在春节放假前进的最后一批大白菜。下午又去煤站买了两车煤，辉子把蜂窝煤整齐地码放在墙根，摘下手上的破毛线手套，抹去了额头上冒出来的汗水。进屋喝了一口水，晚饭还没有做好，今天家里做的是白菜馅的馅饼。奶奶拿出一条破旧的棉被，"辉子，去给院子里的大白菜盖上，天太冷，别都冻了。"奶奶说。辉子扣上他那顶雷锋帽，用旧棉被把大白菜盖严，又找来几块砖头把底角压严实。天已经彻底黑了下来，前些天下过的雪残留在墙角，早就是黑漆漆的一片，还有黄色的，那是从烟囱里滴下的油烟染成的，早冻成了冰疙瘩。看起来那么让人恶心。辉子站在院子当中，呼出一大口白烟，环顾着今天一天的劳动成果，北京冬天的长度是用大白菜的重量和蜂窝煤的数量来衡量的，我的冬天又有多长？辉子问自己。

张新雅回来的那天是过年前的第五天，已经是腊月二十五了。二老虎把这个消息第一时间告诉了辉子。申沉不满地对二老虎说："你姐回来你得好好批评批评你姐，放假了不赶紧回家，在南方那边儿耗个什么劲？她不知道家里头有人得病了，一病好多年，一点儿没见好。"申沉说着瞟了一眼旁边的辉子。"看把我们辉子折磨得，都瘦了，我看着都心疼。"申沉说着装模作样地伸出手在迟立辉的脸颊上轻轻抚摸了一下。"我×，你丫别这样。"辉子笑着把脸躲到一边儿，"我他×可真受不了。这比我干等着还难受。""你丫就这样吧啊，我关心你，你还不领情，活该你受这份罪。"申沉说。辉子转头对二老虎说："二老虎，你到底知道不知道你姐为什么放假不着急回来？有什么原因吗？""我是真不知道。我要是知道能不告诉你吗？我姐就那样儿，从小就喜欢杭州，你忘了，小时候放暑假我妈送我们俩去杭州过暑假，哪回我姐不是欢天喜地的。"二老虎挠着头说。申沉唉的一声叹了口气。"姑娘长大了，心野了，这还有什么不明白的。二老虎，你姐，你亲爱的姐姐，张新雅，心变野了。不惦记咱们这西廊下了。"申沉用一种哀怨的语气说道。"申沉说得对。"二老虎随声附和着。"我姐就是心变野了。这我早就看出来了。不过没关系，我二老虎的心不会变，我二老虎生是西廊下的人，死是西廊下的鬼，我就守着这一亩三分地儿，哪儿都不去。行了吧，有我呢，我陪着你们俩。""有你管个屁用。我要娶的是你姐。"辉子斩钉截铁地说。"对了，二老虎，你姐不会在大学找男朋友了吧？"辉子用担忧的眼神望着二老虎。"对，很有这个可能，是不是你姐交男朋友了，所以才不着急回来。那男的怎么样，有咱们辉子好吗？"申沉也摆出一副急不可待的样子问二老虎。"你滚蛋，别气我啊。听你这么说，我都快气吐血了。"辉子给了申沉一拳。"应该不会吧，我一点儿没听说啊。应该不会。你放心吧。"二老虎回答。"没有最好，如果你姐在大学里真的交了男朋友，你又知情不报，二老虎，你要做西廊下的鬼的理想可能在不远的将来就要实现了。""不敢，不敢。我二老虎也不是那种对不起朋友的人啊。我今天说句掏心窝子的话，除了辉子你，谁当我姐夫我都不乐意。我都跟他和不来。我就得跟他捣乱。你还比我小一岁呢，将来却要当我姐夫，真他×奇怪。我可把话先放在前面，将来你就是当了我姐夫，我也不会那么叫你，我叫着别扭，还跟以前一样，只能叫你辉子。""好，这话我爱听，咱们论咱们的。还叫我辉子。"迟立辉和他们几个胡扯了一通，心情好了起来。

腊月二十五这天，从早上天空就阴云密布。张新雅乘坐的火车是晚上七点半到北京站。她提前打来电话，不要家里人去接。说是天太冷了，心疼家里人。她都是大学生了，也是大人了，北京站有地铁，坐地铁二号线，直接到车公庄也就到家了。行李也不多，所以谁也不必去。在家里等她就是了。

辉子本来想自己跑去北京火车站接张新雅，可申沉和二老虎阻止了他去的决心。"大冷天的，火车站又那么多人，你一个人看不过来，万一错过了，白跑一趟。还是踏踏实实等着吧。"申沉劝迟立辉。二老虎也同意申沉的说法，"辉子，你就别去了，我爸我妈都不去，都在家等着。你就别折腾了。我爸说了，明天晚上在我家给我姐接风，你们两个都要来。"

从午后天空开始飘雪，起初是小雪，傍晚时分加大，并刮起了西北风。辉子从屋里看着街上的路灯的光晕下面翻滚的雪花被风裹挟着卷起四散而飞。他抬头看了眼表，七点二十了，他穿好衣服，扣好帽子，来到了街上，他要在街上迎接新雅姐的到来。辉子走到街上，没有一个行人，大家都躲在温暖的屋里看着电视或者聊天。风比刚才小了一些，雪也小了一些，街道上白茫茫一片。安静极了。除了辉子呼出的白气，街道上没有任何东西处于动态。没有人，甚至没有声音。唯独鞋底踏雪之声犹如混合成的效果音响一般近乎不自然地大声回荡在房屋的墙壁之间。一阵风吹过，雪地带有美丽的风纹。

申沉缩着身子，拎着两袋垃圾出来扔。他看见了路灯下面踱步的那个他熟悉的身影。"谁在那儿？"申沉喊了一声。"我。"辉子答应着。"我知道，看出来了，还没回来呢。""别废话了，过来陪我，暖和暖和。"辉子对他喊。"等着，我回去把大衣穿上，冷死了。"申沉跑回家，一会儿又裹着大衣跑了过来，"你等多长时间了，都八点多了，应该到了呀。""等了快一个小时了。冻死了。"辉子说。"你在大雪地里都等了一个小时了。我×，你可真能行。"辉子往手里哈着气。"陪我聊会儿天。多安静啊。"他们两个在那盏路灯下面，不停地哈气，跺脚，从他们口中呼出的白色雾气，在路灯昏黄的光束下面围绕着两个人升腾起，充满了舞台般的效果。两个人在路灯下面说笑打闹着，一如他们五六岁时的样子。街道里面也唯有申沉和辉子的声音。这一对男人的声音这条街道再熟悉不过。这电线杆，这路灯再熟悉不过。

申沉的眼光随后落在远处。他发现了远处有一个身影走来。"那个人是不是?"他没等辉子回答紧接着说,"是新雅姐,就是她。"申沉的眼神极好,他看出了那个走来的人影就是张新雅。他回头看了辉子一眼,一溜烟地跑回家。辉子站定在原地,看着那人影渐渐走来,他相信申沉绝不可能看错,那人影离他还很远,辉子就迎了上去,"风雪夜归人。"辉子心里想着。

那走过来的人停住脚,放下两只手中的行李,长长地吁了一口白气。向头顶推了一下乳黄色的毛线帽,红色大衣的外面系着一条与帽子同色的围脖。她打量着背向着路灯正向她慢慢走来的那个人。"是辉子吗?"张新雅虽然没有完全认出,可她觉得如果那个人是在特意等她,肯定就是辉子。"新雅姐,你回来了。"辉子发现自己的声音有些发颤。他快步走到新雅跟前,现在的新雅要稍稍抬起头来看辉子了。"都长这么高了,已经超过姐姐好多了。"新雅高兴地说。"辉子,你在这儿等多长时间了?""没多长时间。就一会儿。""还说没多长时间,看你脸冻的,红红的,帽子上面全是雪。"新雅伸手轻轻地拍去辉子肩膀上和头顶的雪,辉子再一次想伸出手去握住那一双温柔无限的双手。他的眼睛在黑夜里面像天上的星星闪亮闪亮的。

34

大年初七的早上,姜南拨通了叶子家的电话。电话响过了好几声,正当姜南以为没有人听电话要挂断的时候,电话听筒里面传来了叶子懒洋洋的声音。"你还没有起床吗?"姜南问。"醒是早就醒了,可起来没什么事情做,就还在床上赖着。刚才电话响的时候真是不想起来接。"叶子说。"喂,叶子,你的寒假过得怎么样?""没什么意思,基本就是在家里待着。天也太冷,不想动。年前和初中同学聚了一次,也是几个关系不错的小聚了一下。春节过得也很累,那几天一直都在串亲戚,这家串完那家串,除了吃还是吃。没意思极了。还不如上学呢,我都盼着开学了。"叶子抱怨着说。"你呢,姜南,寒假过得如何,一定不错吧,听你说话的口气就能听得出来。""真让你说对了,我的寒假真是无比的开心。整天和我的那些朋友们在一起,成天除了玩儿就是乐。不过嘛,我也有点想开学了,那样就能见到你了。"姜南说完这句话,心跳得厉害,不知叶子听了会是什么感受。"哎,真是的呀,你们有那么多朋友成天在一起玩儿,真叫人羡慕死了。"叶子好像对姜南最后的那句话没有太在意。"那你也可以来找我们玩儿啊,别整天窝在家里了。"姜南对叶子说。"呀,真是的,我怎么没想过呢。可是,我和你的那些朋友们不是很熟悉,多不好意思啊。""你想多了,那有什么呀,大家不是都认识了,他们几个还有几次说起你了,说叫你来找我们玩儿。""真的吗?都谁说起我了?"叶子问姜南,此刻叶子的心跳也加快了。"嗯,这个嘛,好像他们都说起过。"姜南的声音变小了一些。其实他说的都是实话,那几个人都提起过叶子,他们总是催姜南,让他早点向叶子表白,也好"名正言顺"地和他们一起玩儿。"哦,对了,今天下午我们几个约好了去紫竹院滑冰车,你也一起来吧。"姜南向叶子发出了邀请。这是他们几个人昨天就商量好的,今天要一起去紫竹院公园滑冰车。"太好了,我一定去。什么时间呢?""下午两点,天气会更暖和一些。咱们在紫竹院公园门口见,是南门啊,别走岔了。"姜南心里高兴极了,毕竟快一个月没有见到叶子了,他也很想念她。"好,知道了。下午两点,公园门口见。"叶子高兴地挂断了电话。

　　吃过了早饭,父母就出去了。今天天气不错,虽然气温还很低,可是阳光充足。美冬把这些天积攒下来的自己和父母的衣服洗干净。晾在了阳台上。阳台面积本来就不大,现在更是显得地方狭小。春节期间喝过的啤酒罐、饮料罐,还有一些旧纸盒包装箱都堆在了阳台上面。美冬推开窗子向外面探头看了一下,平日里在楼下收废品的那一对夫妻回老家过年还没有回来,的确不可能这么早就回到北京。才刚刚过完年没几天。人家也要合家多团聚几日才对。美冬把那些纸箱和纸盒一个一个拆解掉,压在一起,找来一根塑料绳牢牢地捆好。又把那些个易拉罐挨个用脚踩扁,放在一个大口袋里面。美冬看了下墙上的挂钟,已经上午十点半了,中午吃什么呢?干了一上午的活,肚子有些饿了,对了,前天吃的饺子还剩下一些,用油煎着吃。这时电话响了起来。"喂?请问哪位。"美冬接起电话,"美冬,是我。你干吗呢?"电话的话筒里面传来了叶子响亮的声音。"刚刚干完活,正要休息一下,然后去做午饭。"美冬说。"中午给自己做什么好吃的?你那么会做饭,是不是正准备给自己做一大桌子好吃的呢?"叶子在电话那头嬉笑着说。"哪有什么好吃的,我准备把前天的剩饺子热一下吃就可以了。晚饭我再做新的,等着爸妈一起回来吃。""你可真是个孝顺懂事的女儿,将来谁要是娶了你,可真是幸福死了。""那当然了,就不知道将来谁会有这大的福气。嘻嘻。""喂,跟你说件事,你下午有没有时间?一定要有,不许说没有。"叶子没等美冬回答,就把唯一的答案说了出来。"有什么事情呀?前几天咱们几个好朋友不是刚刚聚过一次,又要见面啊。我还真是不想去。想待在家里。"美冬在电话里面无奈地说。"不是咱们几个,是去紫竹院公园滑冰车。""就咱们两个人去滑冰车?"美冬问叶子。叶子说:"当然不是咱们两个人了,刚才姜南打电话来,说他和他的那几个朋友下午去紫竹院公园玩,邀请我一起。所以我想叫上你和我一起去。""你说的那个姜南,就是我上次去你们学校找你,和你一道放学回家的那个男孩子吧。他邀请你去公园玩儿,我就不去了,你和他是不是已经开始谈恋爱了?""别胡说八道,我和姜南只是好朋友。根本不是你想的那么回事。"叶子忙解释说。"既然是这样,那你也可以不去啊,姜南不是你的男朋友,你完全可以不答应啊。和不是自己男朋友的人约会,不是很奇怪的事情吗?""可是我还是想去,想去看一个人,哦,不,不是一个人,是两个人。一男一女。""什么一男一女,我都让你彻底说糊涂了。你不是只和那个叫姜南的男孩子是同班同学吗?他的朋友你也不熟悉,我就更不认识了。不去,我劝你也别去了。大家都不认识,多别扭啊。"美冬想要叶子同样打消这个念头。"不,美冬,你听我说,我非常想去,你一定要陪我去。你不知道他们那些人是多么有意思。我都快羡慕死他们了。咳,电话里面一句话两句话也说不清楚,你现在赶紧去做饭,吃完饭来我家找我,咱们见面聊。我好好讲给你听。记着啊。快点来找我。"还没等美冬再说话,叶子已经在那头挂掉了电话。这一头的美冬举着电话愣了几秒。

　　申沉、迟立辉、二老虎、张新雅还有姜南和才才到达紫竹院公园门口的时候还不到两点。他们把自行车支好。辉子抬头看了下天,"天气真好啊,蓝天白云的。也不那么冷了。正好出来玩儿。"辉子高兴地说。"喂，姜南。你女朋友什么时候到？"申沉拍了一下姜南的肩膀冲着他笑。"小伙儿今天穿得够精神的，还系了一条白围脖儿。""应该快到了吧。"姜南向远处望了一眼。"今天一定要表白，听到没有，天气这么好，天公作美，老天都给你特意安排下了如此良机。你一定要抓住。"申沉对姜南说。"我，我看看情况吧。"姜南回答。"看个屁情况，告诉你，姜南，待会儿你女朋友到了，咱们进去以后，你别老跟在我们旁边了，你去和人家叶子多相处一会儿，咱们各玩各的，听见没有。"申沉板起脸非常认真地说。"没这个必要吧。"姜南还是有些不好意思。"太有必要了，你现在主要的任务不是玩儿，而是向叶子表白，知道吗？所以待会儿别再围着我们了。你和你的女朋友叶子一组，新雅姐和辉子一组，我呢，我和才才一组。就这么定了。""那我呢？我和谁一组啊？"二老虎着急地问申沉。"你滚蛋，你自己一个人一组。"申沉对二老虎说。逗得大家都笑起来。"凭什么呀？你要是这么分组，我和姜南他们一组去。行不行，姜南？""没问题，二老虎，他们不要你，我要你。咱们三个人一组。"姜南说。"还是姜南好，小兄弟就是小兄弟。不像某些人。""瞧你们两个那没出息的样儿。"申沉对他们两个人说。"唉，对了，才才，你女朋友怎么不叫来一起玩儿，我们大伙儿还没有见过呢。"申沉又转头问才才。"她报了一个英语班儿，下午去上课了。""嚯，比你还用功，那你可得多努力了，要是哪天成绩掉下来，跟不上人家了，没准儿人家就把你甩了。"申沉又开始一脸认真地替才才担心起来。"不足虑，不足虑。短暂的分离才是爱情的一剂调味料。"才才满不在乎地挥挥手。辉子和新雅对视一笑，辉子噘着嘴用下巴指了指才才。辉子的这一动作没想到让才才看到了。"辉子，你还别这样儿，你当年为了跳集体舞的事儿，威胁逼迫我去找汪老师那档子事儿我一辈子都忘不了。"才才对辉子说。"对，没错儿，我也忘不了，就因为你，我爸妈差点离了婚。姐，辉子最不是个东西，你少搭理他。"二老虎又和才才结成了同盟。

"姜南,是不是来了?你来看看,怎么是两个人?"申沉向远处看了一眼对姜南说。姜南赶紧扭过头,"好像是。叶子。叶子。"姜南大声地喊了一声,远处骑来的两个人其中一个人向这边挥了挥手。"是呀,为什么会是两个人啊?"姜南嘟哝了一句。

两个女孩子到跟前下了车,推着自行车走过来。叶子今天穿了一件红色的羽绒服,显得脸颊更加白皙,阳光下非常好看。叶子旁边的穿着黑色羽绒服的女孩子有些不好意思地停在了靠后面一点的位置,新雅他们赶紧走上前去。姜南站在中间,"这是新雅姐。只有她你还不认识,其他人你都见过了。这是叶子。"姜南高兴得手舞足蹈。"你好,叶子,很高兴认识你。"张新雅礼貌热情地和叶子打过招呼。张新雅也穿了红色的大衣,戴着一顶毛线帽,帽子的两侧各垂下一个毛线球,显得俏皮可爱。"你好新雅姐。你真漂亮。"叶子说完,把新雅上上下下地仔细打量了一番。这让比他们这些人都大了几岁的新雅感觉有些局促。叶子看完新雅,又看了一眼站在新雅身边的辉子。叶子转过头,"这是我的好朋友,美冬,我们是初中一个学校的同学。和你们一样大,也是高三了。她可是我最好的朋友。"见叶子向大家伙儿介绍自己,美冬走到跟前。"大家好,我是美冬,请多关照。"她温柔地笑着向大家问好。"美冬,这名字起得可真好听。美丽的冬天,或是美好的冬天。"才才感叹着说。"以前我觉得咱们这些人里面,申沉这个名字特别好听,现在又有了美冬。这起名字太重要了。太有诗意了。"美冬听着才才的话,她也觉得申沉这个名字非常美。美冬抬头向那个叫申沉的人望过去。她一瞬间被申沉也正望向她的黑亮耀眼的眼睛震慑住了,那是一双怎样的眼睛啊,她以前从没有见过这样一双眼睛,仿佛可以把一切看穿。

湖的北岸边,开了一个冰场,很多人穿着冰鞋在冰面上快速地往来穿梭。其中不乏高手,一个穿牛仔裤,白色毛衣的男人身形如燕子一般轻盈矫健,像一道白色的闪电优美地从眼前掠过。申沉在一旁望得出神,"滑得太棒了。"申沉心里充满敬佩与羡慕。"快别看了,赶紧拉啊。又想借故偷懒是不是？"身后传来了二老虎不满的催促声音。申沉把眼光从冰场上收回来，低头看见了圈在自己腰上的那条橡胶绳，回头看了一眼端坐在身后冰车上面，就像"巴依老爷"一样对自己吹胡子瞪眼的二老虎。申沉在心里骂了一句，俯身向前拉去。"快。再快。太好了。再快一点。哈哈哈哈……"二老虎在后面大声地笑着。对面驶来了辉子拉着的冰车，上面坐着张新雅，在两辆冰车的距离越来越近，交错的一刹那，辉子向申沉投来了无限心疼愧疚与感激的目光。申沉却早于辉子向另外一侧扭过头去，没与有辉子的目光相接，他还夸张地有意抬起手在眼角做了一个抹去泪水的动作。坐在辉子后面的新雅看见申沉的举动被逗得哈哈大笑起来，她伸手出去想拍打申沉一下，被申沉躲过了。新雅说："哎哟，看把我们申沉委屈的。老虎，你太不像话了啊。"与新雅擦身而过的二老虎满不在乎地说："什么？这就委屈了，老爷我哪儿亏待你了？嗯？才跑了两圈儿就嚷累，刚才还休息了半天，你平时不是挺能跑的吗？快点儿，别再装蒜了，加速，再加速，让老爷我好好过过瘾，痛快痛快。"

他们租好冰车，刚刚下到冰面的时候，叶子与美冬自觉地拉着一辆冰车走在了一起，也许是两个人与眼前的这帮人还不太熟悉，尤其是美冬，才第一次与大家见面认识，还有生疏感，不太好意思和大家一起说说笑笑的。所以两个女孩子就先聚在了一起。姜南和才才一人乘一辆冰车，快速地向远处滑去。新雅对二老虎说："老虎，你来拉我。""我不拉。""你敢？"新雅瞪着二老虎。"刚才不是说好的吗？你和辉子一组。干吗又让我拉？"二老虎极不乐意。"少废话，让你拉就拉，快点儿过来，拉着我。"二老虎不情愿地走过去，将皮绳套在自己的腰上，"就一圈儿啊。说好了。"然后奋力地向远处跑去。剩下的申沉和辉子没有要去玩儿冰车的意思，他们两个人停在冰面上，辉子坐在车上，申沉站在冰车的小椅子后面，趴在小椅背上。"看来今天姜南是表白不了了。"申沉摇着头说。辉子说："我觉得也是，突然来了一个美冬，那两个女孩子在一起，你看，就在那儿呢，两个人玩得还挺开心，姜南是没有机会说这事儿了。""不过这也不能怪叶子，本来也是，她和咱们这些人也不熟悉，一个人来了多少有点那个，如果咱们再冷落了人家，心里肯定不舒服，那样的话，对姜南也不好，是不是，所以找个女伴儿来挺好的，一个是热闹，一个是有个做伴儿的。""不着急，这也不是着急的事儿，姜南再找机会吧。反正他们是同学，机会有的是。"辉子说。二老虎拉着新雅从远处跑了过来，辉子抬起头恶狠狠地盯着二老虎。"姐，他瞪我。"二老虎向新雅告了辉子的状。然后在离他们十米的地方掉头，又向前跑去。"他×的，还拉上瘾了，知道老子这儿着急，还诚心不给我腾地儿。"辉子看着二老虎的背影恨恨地说。"你也真是，你让他拉去，有他累的时候，谁不愿意坐车啊，拉车这苦差事谁愿意干？""我，我就愿意。""那你拉着我跑两圈儿。""那不行，我得保存体力。待会儿还得拉新雅姐呢。""呸。"

二老虎拉着张新雅跑了过来，停在了他们跟前。申沉明显看出二老虎有点累了，也有点烦了。他向辉子使了个眼色。"二老虎，你累了吧，过来，歇会儿，我来拉新雅姐。"辉子走上前去。"不，我不累，我接着拉我姐，你们俩继续在这儿玩儿吧。"二老虎没同意。辉子一下没了主意，他没想到二老虎会这么说。"你歇会儿，你和申沉在这儿待会儿。"辉子一副讨好的样子。二老虎道："想和我交换也行，得让申沉拉着我，我才换。""什么？"申沉一下子从冰车上站了起来，"二老虎，你休想，我办不到的事情绝对办不到。"申沉说完笑着看二老虎，意思是看你能把我怎么样。二老虎根本不太在意申沉的态度，他继续说："那好吧，我继续拉我姐玩儿。辉子，你也休想。办不到的事情我也办不到。"二老虎大声地说。"坏了。"申沉心里一沉，他刚想扭过身滑着自己的冰车逃开，可是已经来不及了，辉子企求的目光已经完完全全笼罩在了他的脸上。辉子的眼神里有千言万语、百般情感化在其中。申沉的铁石心肠被迫化为绕指柔。让申沉心里再不乐意也无法说出口。"他×的，上了丫的当了。有苦难言就是这种感觉吧。"申沉无可奈何地拾起那辆冰车的皮绳，慢慢地套在自己的腰上，唉声叹气地向二老虎走过去。

"不准有情绪。"二老虎又补充了一句。

　　不远处的两个女孩子看着他们的一举一动,"咯咯"地笑得弯下了腰。"好玩儿吧,他们这些人可有意思了。"叶子对美冬说。"我觉得那个叫申沉的人最聪明。"美冬对叶子说。"咦?为什么,你为什么会这么觉得呢?"叶子问。"不知道。反正就是感觉他在这些人里面最聪明。"美冬也不知道自己为什么会有这种感觉。"叶子,现在拉着新雅姐的那个男孩子就是你说的辉子吧?""嗯,对呀。""就是你说的那个一直喜欢新雅姐,还时常去你们学校门口发呆的那个人。"美冬问。"对呀,就是他,新雅姐以前也是我们这个学校毕业的,她在这儿念的高中。现在在杭州上大学。辉子经常来我们学校门口,一个人在那儿发呆。我听姜南说,辉子喜欢那个新雅姐好多好多年了,从上小学的时候就喜欢她。还天天接新雅姐放学呢。""是吗?那可真够了不起的。""了不起吧,这样的男孩子太少见了。我可真羡慕那个新雅姐。""确实是,新雅姐比他大几岁?""新雅姐好像比辉子大四岁,比我大五岁,有意思吧。""是挺有意思的。"美冬说。"还有更有意思的呢,你知道吗,你说的那个申沉和辉子两个人竟然是同年同月同日出生。""啊,"美冬吃惊地捂住了嘴。"这简直太不可思议了。还有这么巧的事情。""我当时听姜南说起的时候也是你这个感觉。难怪他们这些人会那么好。让人羡慕死了。"美冬将眼神投到了远处走走停停的申沉身上,看着他在冰面上拉冰车出工不出力的好玩儿的样子,"申沉",美冬在心里又念了一次这个名字,多好听的名字啊,像自己的名字一样好听。美冬不明白自己今天为什么总是把注意力集中到他的身上,看来今天是来对了,能认识这个人也挺好。美冬想着,自己有些不好意思了。"喂,叶子。"姜南和才才从远处向她们两个滑过来。叶子举起手冲他们使劲地挥了挥手。

35

　　下午四点钟,天将要黑了。他们走出紫竹院公园,在公园门口各自取了车。叶子与美冬走到大家前面,"很高兴和你们一起玩儿,今天很开心。"姜南走到叶子旁边,在和叶子说着什么。申沉推着车走过去,对美冬说:"大家都认识了,以后和叶子常来一起找我们玩儿吧。"美冬有些害羞,她对申沉说:"嗯,会的。今天很高兴认识你们这些朋友。很高兴认识你。只不过现在是高三了,最后半学期会非常紧张,可能不太会有时间再出来玩儿了。""嗯,对呀,六月份我们就要参加高考了。""你打算考哪所学校?"美冬问申沉。"还没有想好,我的成绩很一般,也许就考个大专吧。""不能这么说,你千万别泄气啊,还有半年,抓紧复习,你那么聪明,一定没有问题的。""从哪儿看出我聪明?"申沉趴在车把上嬉皮笑脸地问美冬,他的一双黑亮的眼睛近距离地望着美冬。这让美冬觉得脸上热得发烫,更加不好意思,不敢直视申沉的眼睛。"没什么……就是觉得你这个人很聪明,很有趣。"美冬的声音很小,她甚至有些担心申沉能否听清她说的话。"好,祝你高考考出好成绩,考入自己理想的大学。"申沉向美冬送出自己的祝福。"嗯,你也是。

继续努力。""那我们走了。拜拜。"申沉说完向他的伙伴们走过去,然后大家挥手告别。美冬看着他们那群人远去的背影,突然有一种莫名的失落感落在了心里,她竟然觉得有些难过。

　　过完了正月十五,新雅便返回了杭州。高三的学业一下子进入了冲刺阶段。申沉和二老虎还有才才同样面对着这一年夏天七月的高考。迟立辉也繁忙了起来,他们这批三年级的职高生已经进入了实习期。辉子对他们几个说:咱们的情况不太一样,你们要面对的高考可是人生当中最重要的时刻,你们几个一定要努把力,我是没希望上大学了,你们一定要给咱们西廊下争口气,争取一下子考出三个大学生。我下月就要去实习单位实习了,也会比较忙,咱们就先少玩一阵子,等你们高考结束,我的实习期也过了,咱们再在一起尽情地玩耍。"才才自不必说,本来就学习成绩优秀,自小又爱学习,他所面临的问题是考上一所自己心目中理想的大学。申沉和二老虎的情况差不多,以他们现有的成绩只能考上一个大专,离本科还有一定的距离。他们两人也都收了玩儿心,比以往更加的努力,希望用最后的一学期做最后的冲刺,考入一所本科学校。这期间,叶子来找过他们一回,是她一个人来的,美冬没有随她一起来。她给申沉和二老虎带来了几份他们学校的高考模拟习题试卷,是美冬她们的毕业班用过的,说是里面的很多题目都很有代表性,让申沉和二老虎好好对照着做一下。

　　三月底的时候,迟立辉和班上的几名同学被学校派送到了一家杂志社实习。实习期为半年,如果能够顺利通过在这家杂志社的实习期就很有可能被这家单位留下聘用。辉子和那几个同学都非常高兴,他一直盼望着早日步入社会,早日用自己劳动换得自己的经济收入。他们同班的三男三女一共六个学生,被分配到了这家杂志社的打字室。其实工作性质和内容非常简单,就是把各个编室编辑校对好的稿子录入电脑里面对应的板块,然后再下厂印刷,装订成册,最后送往各个售卖点面对读者。说起来并不困难,可是工作量却是难以想象的大。他们六个学生几乎每天都要加班,从早上一直干到晚上九十点钟早已经是家常便饭。在每周一天的休息日加班也是常有发生。因为后面的印厂在等着他们的工作完成后好进入后面的出片印制环节。他们这些还是十八岁的孩子被强大的工作负荷压得几乎喘不过气来。每天从早上进入打字室，从上午八点钟一直要忙碌到中午十二点。别的部门在十一点就都已经陆陆续续地进入午休时间，可他们六个人只有到了中午十二点，别的部门的同事都开始午睡或是去逛街散步的时候才能离开座位去食堂吃饭。食堂里面也只有剩下的不多的饭菜。他们吃完饭以后，三个男孩子在楼下吸一支烟稍微地休息一下，便又开始了下午的录入工作。他们经常在不经意的时候从电脑的显示屏前面抬起头，眼前竟然一片发黑，在短暂的一阵眩晕之后，眼睛才能逐渐看清周围的事物。下午四点半的时候，当别人开始整理各自的东西做着结束一天的工作准备回家的时候，对于他们这几个孩子来讲没有任何意义。他们没有一天在五点钟的下班时间正点离开过单位。

尽管十分辛苦，可这几个孩子都在咬紧牙努力坚持着。他们共同的愿望就是能够顺利通过实习期和试用期，留下来在这个单位工作。在他们合力赶完一项工作之后，这天的晚上八点钟，他们比平时早了很多下班了。辉子推过自行车，感到一阵头重脚轻，身上没有一点力气。和另外几个人告别之后，辉子缓缓地骑行在路上。他无比怀念在学校里面的日子。肚子早就饿坏了，他在路边的一家卖包子的小摊上买了三个包子，狼吞虎咽地吃进肚子，感觉身上有了些力气。迟立辉拍了拍自己的肚子，"嗯，好多了，刚才快要饿死了。"他骑上车，摇摇晃晃地向西廊下骑去。

辉子刚刚拐进家门口的那条街，就看见了坐在胡同里面花坛上的申沉和二老虎。他们两个学习累了，出来透口气。辉子把车骑到他们两个跟前，申沉和二老虎吃了一惊。辉子比前些时候他们见面时消瘦了好多，脸颊向下面缩起，一双眼睛毫无神采，一副无精打采的样子。"辉子，你是不是病了？"申沉问他。"没生病，就是最近太忙了，累的。"辉子说话的声音都不大。申沉挪开一块地方，让辉子坐在他们中间："来，辉子，先歇口气儿。"辉子点燃香烟，深深地吸了一口，"真他×香啊，这是我今天抽的第三根烟。忙得连上厕所的时间都快没有了。""你吃饭了吗？"二老虎问他。"还没呢，回来的路上买了几个包子吃。刚才在路上饿得直心慌。""啊？这都晚上九点了，你还没吃饭呢。你喘口气赶紧回家吃饭去吧。你比我们要高考的还辛苦。"二老虎说。"你悠着点，别太玩儿命了。看你脸色不好看，比上次见你瘦了不少。"申沉关切地说。"嗯，我知道。最近这段时间是太忙了。可我们同去的一个女同学，前些天累病了，都不敢请假，就在家里休息了半天，下午就来了，还是带着药来的。我一个大老爷们儿没他×那么娇气。""这么玩命是为什么呀？"申沉问辉子。"还不是为了能留在这个单位呀。这还用说。等忙过这阵子也许就会轻松一些了。"申沉看了他一眼，没有再说话。辉子吸完手中的烟，站起来，"不说我了，你们俩复习得怎么样了，还有不到三个月就要考试了。有没有把握？""还可以，这段时间学得挺苦的，不过还是有成效，上一回的模拟我和申沉的分数都涨了不少。"二老虎高兴地说。"那就好，还有三个月，再咬咬牙，挺过去，考上好大学，别给自己的人生留遗憾。"辉子说完，在申沉和二老虎的肩膀上用力拍了几下。"回家了，回家吃饭去。今天得早点睡觉。累死我了。"辉子推着自行车步子缓慢地进了院子。

　　进入六月，天气一下子炎热起来，气温达到了三十度以上。周一的早晨，迟立辉刚刚走入打字室的办公室，就看见打字室的主任和杂志社的副社长坐在里面，两位领导见迟立辉进来，稍稍点了一下头，没有说什么话。过了几分钟，最后一个同学也准时来到了单位。主任立刻站起来，从身后的皮包里面拿出一摞厚厚的稿件，环视了一下他们几个人，"各位同学，最近辛苦你们了。我们单位刚刚接到了一个重要任务，非常重要。这期杂志要在下月初面市，时间还有半个月，可这次有别于以往的任务，这次是政治任务，时间紧，任务重。必须要保证这一期杂志在七月初准时上市面对大众。你们几个最近的表现都很不错，单位里的同事都有目共睹。所以这次的重任才敢交到你们这些还是实习生的同学手上。当然，我也会在这段期间与你们共同加班加点地来完成这项任务。从今天开始，打消休息日的观念，没有休息日，我们共同的目标就是按时保质保量地完成任务。这批稿子，是今明两天的工作量，其余的文稿会陆续从其他各编室转过来。你们要保持高度的准确率，就像以往一样，杂志社的领导非常清楚你们六个人的工作表现，能否顺利完成这个重要的政治任务，对你们是不是能通过实习期和试用期至关重要。所以，各位同学们，让我们共同努力吧。让领导放心。保证完成任务。"六个学生各自的脸上带着无比激动和兴奋的表情，"没问题，主任，我们一定能完成好这项工作。请领导们放心。"

此后的半个月时间，他们六个孩子没有白天黑夜地加班加点地赶工作，既要保证进度，还要保证质量。到后来，他们三个男孩子干脆就睡在了办公室里，让三个女孩子晚上回家休息。几张椅子一拼就是一张简单的床。好在是夏天了，夜里面也不会冷，带的衣服也不多，只是简单的几件换洗衣服。工作到深夜，实在困得坚持不住了，就躺在椅子上面小睡一会儿。醒来了，洗把脸，吃点东西就又坐到了电脑前面。就这样在苦干了半个月之后，任务的稿子按时下厂开机印刷了。当七月初样书拿到他们手上的时候，几个孩子激动得想要落泪。对于这次出色地完成了上面交达的工作任务，杂志社的领导决定给他们这六个孩子难得地放了三天假。在他们每月三百元的实习工资的基础之上，额外发放了每人两百元的奖金。这六个孩子兴高采烈，浑身上下充满了成就感。只是他们不知道的是其他人的奖金是他们的几十倍甚至上百倍。

辉子在家里足足睡了两天，睡得昏天黑地。他太累了。每次睁开眼睛，看一眼时间，也不知道是上午还是下午，只能简单地分辨白天还是黑夜。每次起来简单地吃点东西就又沉沉地睡去了。

七月九号，又是一个星期一，也是高考的最后一天。迟立辉他们几个学生准时到了杂志社，可是当他们刚刚踏入单位的办公楼，就感觉气氛不同以往的压抑。没有了同事间轻松的说笑。所有人的面孔上没有了往日的轻松，都紧绷着脸，像木头人一样没有一丝表情。他们走进办公室，就看见主任早已经等在了那里。主任看他们到齐了，便转身关上了办公室的门，一脸严肃的表情审视着眼前这几个孩子。这让他们几个人紧张得心惊肉跳。主任调整了一下情绪，低声地对他们几个人说："同学们，告诉你们一个不好的消息。四月份我们出过一期杂志，现在发现了重大的问题，里面的一些内容涉及了部分国家机密，也就是说，我们泄密了。这是非常严重的事情，从市里面一直查了下来，我们的打字室要负很大的责任。当然这也不能全怪你们，可主要责任还是要负的。这两天我和社领导都没有休息好，一直在开会，我也一直在试图挽留住你们。可是不行啊，处理意见已经下来了，无法改变，同学们，作为你们的部门主任我尽力了。可还是不得不遗憾地通知你们，你们的实习期到此结束了。这是你们六个人的实习报告，当然，这次事故不会在你们实习报告中出现，报告中写的全是你们的优秀表现。杂志社的领导还是很痛心的，也是很通人情的。决定给你们每一个人按这个月的全额实习工资发放。也就是说，今天才是七月九号，你们从明天开始不用再来上班了，却领到了这个月的全额实习工资，这在杂志社的历史上还是从来没有过的。"

　　几个孩子傻子一样呆坐在那里，面面相觑。他们不明白，事情怎么会急转直下突然变成这个样子，才刚刚在三天前，他们废寝忘食地忙了半个月，为此还受到表扬，可短短的三天之后，情况急转而下。这现实太残酷了。残酷得让他们一时不知所措。下午，他们六个人推着各自的自行车走出杂志社大门的时候，三名女同学伤心地哭了起来。另外两个男同学也是一副失魂落魄的表情。辉子停住脚，咧着嘴冲他们笑了笑，他们几个木然地看着他，"迟立辉，我们失业了，你还能笑得出来。我们原本想留在这里的希望彻底破灭了，以后只能自谋生路了。"其中一个男同学伤心地对辉子说。"我为什么不能笑？"迟立辉看着那几个人说，"其实结果是一样的，今天不是这样，难保以后也不是这个结果。你们几个人动动脑筋好好想一想，这次事故是我们的责任吗？文稿从收集，组稿，到编辑，校对，审读，这些环节都不用我们参与。我们只是机械地把成稿录入进去。如果真的泄密了，是我们泄的吗？既然事情出了，单位总要解决，怎么解决，就是找替罪羊。那么，很不幸，我们六个人就是这次事件的替罪羊。"辉子把憋在胸口的一番话讲完，觉得轻松了一些。"这可能就是所谓的社会吧，这也是社会给我们这几个人上的第一课。"辉子说完，骑上车头也不回地走了。他在高考结束的这一天，也结束了自己的第一份工作。

辉子没有回家，他直接去了新雅以前的学校。高考在下午四点已经全部结束了，校门口喧闹的人群早已散去，地面上散落着无数的纸片。辉子在路边坐下来，出神地看着地上的碎纸片，这些纸片像是从天而降的写满噩耗的咒符，残忍地讥笑着他。辉子静静地坐在那里，像被时间风化了的一块铁，全神贯注，整个人强劲而深邃。漆黑的眼睛直直地望着前方，眼睛里面有丝绸般鲜亮的光泽，有坚强，也有泪光。他低下头，把脸深深地埋在双手之中。

36

辉子那天很晚才回到西廊下，已然星光满天。他刚刚拐进街里，就看见申沉和二老虎他们坐在花坛上等他。申沉接过辉子手中的自行车，靠在一边，他对辉子说："你怎么才回来？我们等你一晚上了。""今天高考结束了，你们考得怎么样？"辉子问。"现在不知道呢，结果要半个月以后才出来，反正不管怎么样，考完了，不去想那么多了。辉子，你没事儿吧。看你精神太差了。"二老虎把手搭在辉子的后背上，努力地想从他的脸上寻找答案。"我没什么。对了，今天我发工资了，走，我请你们喝酒去。"辉子说。"好啊，喝酒去，边喝边聊吧。"申沉说。他们几个人来到南面胡同里的一家小酒馆，老板把桌子支在了外面，他们搬过椅子，围坐在桌旁，边吃边聊。申沉习惯性地坐在辉子的左手边，他拿起酒杯，和辉子放在桌上的酒杯碰了一下，兀自仰头喝干杯中的啤酒。"说吧，辉子，到底怎么了？不可能什么事情都没有。"申沉说完，紧紧地盯着辉子的眼睛。

辉子也喝干自己杯中的啤酒，这不是他们第一次喝酒了，可滋味仍然很苦，这可能就是成年人的味道吧。辉子想。他把今天发生的事情向身边的几个人叙述了一遍。几个人谁都没有插话,一直安静地听完。辉子说完,又开启了一瓶啤酒,把几个人面前的小塑料杯倒满。申沉转过头看着辉子笑。其他几个人不明白申沉的意思,都用眼睛盯着他们两个人。申沉开口道:"辉子,你说的我全听明白了,你理解得完全正确,就是这么回事儿。你们就是替罪羊。出了事情,总要解决,领导不想担责任,底下的人也不愿意,也不可能让领导去担责任。那么要想解决问题,就要找人来当替罪羊。很不幸,你们几个人就是。可你想过没有,这也许是件好事,就像你分析的那样,即便今天不是这样,以后也难保不会如此。为了保全他们的利益,你们始终都会是出了问题时的他们随时抛弃的弃子。可是我觉得你不应该为此而烦恼,你就算勉强留在了这个单位,也不会有任何前途,离开了,你面前还有很多的可能。辉子,这只是你遭受的第一次坎坷,后面的人生道路也不可能是一帆风顺的。你,我,二老虎,才才,我们都一样,所以除了面对,别无他法。这就是我们每一个人成长道路上必然会遇到也只能去面对的事情。这可能就是成长。"辉子听完申沉说的这番话,心中像透进了一丝光亮,感觉好受多了。他满怀感激地看着申沉。"申沉,还记得那年新雅姐第一次去杭州上学,我们去火车站送她的时候,她在站台上面对我说'希望我们几个快快地长大,长成雄鹰,去外面的世界飞翔',你说,我还飞得起来吗?""飞得起来,应该飞得起来。辉子,不管你遇到什么困难,至少还有我在你身边,至少还有我们几个陪在你的身边。"申沉坚定地说。

  这一个暑假新雅没有回北京。她给家里打来电话,告诉家里人,大三的学业已经结束了,最后一个年度的学习主要是做毕业论文和毕业设计,最后一学期要开始实习。她要利用这个暑期,在学校里参加一些活动,还要联系一下明年的实习单位。所以暑期就不回北京了。吕宁接完电话,有些失落地转身对旁边的张景文和二老虎说了这个消息和新雅自己的计划。"什么?我姐不回来过暑期了。杭州有什么好啊,连放假都不回家。"二老虎有些生气。"爸,你说,有她这样的吗?""唉。"张景文叹了口气,"也不能全怪你姐,大学眼看还有一年就要毕业了，现在的工作不好找，与我们当年确实不太一样了，你姐想留在杭州也有她的道理。"张景文也是神情低落。"哼，我看她就是变了，什么忙事情，都是借口。妈，你给她打电话，回来一个礼拜也应该啊。"二老虎生气地说。"老虎，别难为你姐了，北京杭州，路上那么远，来回折腾也怪不容易的。你姐有她自己的打算，我们做家长的只能理解。"吕宁说完，摸了摸二老虎的头，回自己的屋里去了。

　　七月的北京骄阳似火，不光是气温高，北京城的人和车也在这几年迅猛地增加。许许多多陌生的面孔，说着陌生方言的人们从全国各地一拨又一拨地涌进了北京。地铁里面，公交车上，马路上，餐馆里面，来自全国各地的人们，操着各自家乡话的人们，都来到这里寻求梦想或只是简单地讨生活。就连西廊下这块宁静的土地，往来穿梭的车辆和人们也比以前多了很多。这让申沉他们感到很不适应。

　　辉子在七月中的一天回到学校领毕业证。学生的实习报告早在半个月前就交回到了学校。职高的毕业证在月中发了下来。辉子来到学校的那天，同时也有几个关系不错的同学一起来了，其中有好几位同学已经找到了工作单位，这让迟立辉羡慕不已。他们领过各自的毕业证书，又和带了他们三年的各科代课老师寒暄了一会儿，便相互告辞了。辉子没着急走，他来到了学校的操场上面，想在这个度过了三年学习时光的校园里再多待一会儿。他找了一个有树荫的地方坐下，看着远处的几个人在操场上踢球。他又想起了他们那些人在小学和初中时每周踢足球的情景，一起跳集体舞的情景，那时他们还是那么小的孩子，转眼就已经长大成人步入社会。

　　"辉子。"听到有人在喊自己的名字。辉子循声望去，那个叫关海洋的人笑着向他快步走来。"海洋。"辉子向他招了招手。关海洋要比迟立辉大三届，是辉子刚入学时认识的，也是在足球场上一起踢球熟识起来的。那时辉子刚上职高一年级，可关海洋已经开始上班了。只是关海洋有时候会回到学校和操场上面的学生一起踢会儿球，用他自己的话说就是，他没能成为职业的足球运动员是他终生的遗憾，这是他唯一的爱好。辉子球踢得很好，所以就自然而然地认识了关海洋。而且两个人的关系一直还不错。

"辉子，你今天怎么来学校了？"关海洋坐到了辉子身边，"来领毕业证儿。"辉子说。"怎么样，找到工作单位了吗？"关海洋问。"还没呢，慢慢找吧。你呢，今天干什么来了？不会是专门来踢球的吧？你穿的衣服也不行啊，球鞋都没穿，还踢个屁。"辉子笑着说。"我不是来踢球的，踢球就不穿这身衣服了。"关海洋笑了笑，把束在西裤里面的白衬衫拉了出来。又掏出一盒烟，抽出一支递给辉子。"呀，大中华呀。真是好烟，看来你在烟草总公司那边混得不错。都升职了吧。"辉子对关海洋说。"不干了，待遇是不错，只不过我不喜欢，干了两年多我就辞职了，没意思。"关海洋说。辉子转过头看着他，"那你今天干什么来了？学校都放假了。"关海洋笑着看辉子，"我特意来找老师的。""你来找老师，是不是在烟草总公司觉得以前学的知识不够用了，才辞职的。今天特意来找老师趁着暑期给你开个班，再给你补习补习啊。哈哈哈哈。"辉子笑话起关海洋。"不是，你胡说八道什么呀。说真的，辉子，今天在这里遇见你真是巧，省得我专门再去找你了。本来我也想这几天去找你一趟。""专门找我干吗？还这么正经的。"辉子不解地问。"当然是好事儿了。你不是还没找到工作单位吗，你要是找到了，我还真不知道该不该跟你说了。正好，你的工作问题哥哥我给你解决了。""你别他×扯淡了。"辉子完全没把关海洋的话当成一回事儿。"辉子，我是认真地在和你说。我今天来，就是找老师，看看有没有合适的毕业生给我推荐一两个。"关海洋也认真起来。"辉子，你知道现在什么特别流行吗，特别赚钱吗？"关海洋笑着问辉子。辉子想了想，又摇了摇头，"我不知道。"关海洋又从烟盒里面抽出两支烟，递给辉子一根，"亏你还是学计算机的，这都不知道。现在最流行，最赚钱的就是家用电脑。知道吗？"

关海洋说得一点儿没错，从一九九五年开始，家用电脑不再是工作单位和公司里面专属的办公用品，也不再是老百姓可望而不可即的奢侈品。家用电脑正逐步进入普通人家的生活，而且来势汹汹。人们热切地想要拥有这个原本陌生，却有着超乎想象能力的代表着高科技的时代产物。电脑不光是用来在各行各业的办公领域大显身手，更为人们提供了空前的娱乐空间。它是信息化的产物，是历史的必然。可是相比于价格不菲的品牌产品，去组装一台家用电脑成了普通老百姓的不二之选。"怎么样，辉子？和我一起干吧，非常有前途，而且前途非常光明。"关海洋对辉子说。辉子低头吸着烟没有回答他。关海洋等了一阵子，"跟你这么说吧，辉子，虽然你入学时我都开始实习工作了，咱们也只是在球场上面认识的，可我觉得和你投脾气，我也信得过你。今天跟你说了这事，我也就不用再麻烦老师给我物色人选了。你就来和我一起干吧。我在中关村电脑城租了一个柜台，生意真是太火了，我一个人根本忙不过来，所以才想起给老师打了一个电话，想让他帮我物色一两名毕业班的学生。你和我都是这个学校里毕业的，我们又学的都是计算机专业，没有比你更合适的人选了。来吧，辉子，跟着我一起干，绝不会错的。""你得让我考虑一下。"辉子对关海洋说。"那没问题，考虑是你的权利。你也别考虑太长时间了，我真的等不及。你今天取完毕业证不是也没什么事情了吗？那你就和我一起去趟中关村，去看看现在的电脑市场有多么的火爆。"

　　傍晚六点，关海洋搂着辉子的肩膀从中关村电脑城里面出来，街面上仍然是人流如织熙熙攘攘。面包车，平板三轮车，手推车，大批的相关从业人员还在忙碌着上货。看着眼前的繁忙景象，关海洋对辉子说："怎么样，辉子，我没有说错吧。现在的家用电脑市场就是这样，人人都来这里淘金，远了不敢说，现在是一九九六年，从现在开始，今后的十年到十五年，绝对是组装家用电脑的黄金时期。咱们一起干，吃点苦，受点累，这都不算什么，关键是我们两个专业人士一定会从中得到我们想要的。"辉子也确实被眼前人头攒动的一派繁忙打动了，刚才电脑城里面的景象他看到了，各家商户都在忙着进货，忙着为客户组装电脑，这的确是一个很有前途的工作。"那好吧，海洋，我决定和你一起干了。"辉子下定决心。"太好了，有你来帮我，我就更有信心了。组装机器这种工作对于你我来说太小儿科了，你先和我一起干着，我再慢慢教你有关进货渠道的一些事情。这样以后我们就可以分开行动了，一个人去进货，一个人看柜台，生意不会受影响。我也不用再从别家进配件了。利润会高很多。""嗯，好吧。"辉子答应下来。"那好，明天就来上班吧。怎么样？我这里真的是忙得不可开交了。你越早来越好。"关海洋见辉子答应下来，高兴极了。"对了，海洋，我还得和你说件事。我是答应了你，可我明天就来上班却不太可能。刚才在你的柜台里面我也看见了，你确实很忙，可我有我的事情要做。非常重要，非做不可。所以我得和你先请一段时间的假。然后才能来。""哦，是这样啊。"关海洋稍显得有些为难。"那你先忙你的事儿，需要几天时间，三天够不够。"关海洋也很诚恳。辉子听完笑了笑，"三天时间肯定不够，差不多十天吧。海洋，我们是朋友，我不想骗你，我真的有重要的事情要去做。十天，你给我十天时间，足够了，如果你等不及，也没关系，你就找别人吧。我不想因为我耽误你做生意。"辉子也诚恳地说。关海洋听了辉子的话，显出了更加为难的表情。"十天，十天啊，时间有点太长了。你要干什么事情啊？"关海洋问辉子。"海洋，我还是那句话，我必须要有十天的时间，才能差不多办完。你也别为难，真的，你的好意我心领了，我不想耽误你。我只能这么说了。你看行不行？"关海洋低头沉思了一会儿，"好吧，辉子，我答应你，十天，反正我一个人也挺了这么长时间了，也不差这十天。""那好，就这么说定了，十天之后我肯定来你这儿上班。谢谢你，海洋。"辉子向关海洋伸出了手。关海洋握住辉子的手，"别客气，我们是朋友，我信得过你，才非要找你来帮我。可是辉子，你能告诉我你要这十天的时间到底要去做什么吗？"关海洋问。辉子向脑后拢了拢头发，目光越过眼前的车流和人海向南方望去。"我要去一趟杭州。"

37

这一天早上，二老虎的爷爷很早醒来，他感觉有些不舒服，就比往常在床上多躺了半小时。听着家里人都慢慢起来，二老虎也端着小锅出去买早饭了。"是该起来了，不能一把年纪还在床上赖着。"老人来到院子里面洗漱。院子里面的街坊见老爷子走过来气色不如以往。"怎么了老爷子？昨儿夜里没休息好？看您这精神头儿可不如平时。""是不是夜里头太热了？您把电扇对着墙吹，这样风打在墙上再弹回来，就没那么硬了。您老不是怕吹着吗？这样就好多了。""北京这天儿啊，太热了。一大早起来，什么都没干，就先出一身汗。现在是二伏了吧。还早着呢，这热且过不去呢。您还真得注意点儿，天儿热就少出去。"邻居们七嘴八舌地关心着老人。"没事儿，没事儿，昨儿睡得还行，可能就是天儿太闷了，有点儿难受。"老人洗漱完，正好二老虎端着早点进院儿。"爷爷，吃早饭吧。"二老虎说着进了屋。姜叔看了一眼牛高马大长得壮壮实实的二老虎，"嘿，要说快也真快。二老虎刚开始给家里人买早点的时候还没上小学呢，才不点儿大，看看现在，大小伙子了。转眼就是大学生了。就连我们家姜南现在个头儿也赶上我了。真快呀。孩子们一拨拨地长大了,我们也就老了。"姜叔感叹着。"要说孩子们长大了是真的,不过你可一点不显老,这么多年,在我眼里头没变化,以前什么样儿现在还什么样儿。"张景文从屋里走出来笑着对姜叔说。"景文儿,又气我是不是。论岁数儿你比我还大几岁,可咱俩要是站在一块儿,别人指定说你比我年轻。姑娘都快大学毕业了,儿子也要上大学了,可你看起来还是像四十出头儿的样儿。你就幸福去吧。"姜叔对张景文儿说。"老点儿没事儿,男人不怕老,你现在这样儿挺好,你又不打算再娶个年轻的,这么在意岁数干吗?"张景文说。"再娶一个,我还真想过,哈哈……"姜叔和张景文逗趣地说,"这点儿老哥你得给我好好传授传授经验。哎……景文儿,我听说当年老虎他们那个班主任……"姜叔话音刚到这儿,马上闭住了嘴,他看见吕宁正从屋里走出来。张景文没回头,光看姜叔的表情就知道怎么回事儿。他瞪了一眼姜叔,"别胡说八道。吕宁在家呢。"这句话是张景文用眼神传递过去的。"都不吃早饭在这儿站着干吗呢?"吕宁说了一句,"闺女这暑假没回来?"姜叔赶紧转换了话题。"没回来,说是学校有事情,明年马上就该实习了,所以这个假期不回来了,留在杭州。"吕宁说。"走,爸,回屋吃早饭去吧。"张景文向姜叔眨了下眼睛,对老爷子说。"你们先吃吧,我再歇会儿。让老虎把我的茶端出来。"老爷子在家门口的椅子上坐下。

二老虎端着刚刚沏好的茶从屋里走出来,把茶杯放在小木桌上面,"爷爷,你哪儿不舒服?""没什么大事儿,就是觉得头晕,有点儿胸闷。"老爷子喝了口茶,"走,回屋吃早饭去。"老人伸出胳膊,二老虎把老人从椅子上扶起来走入家中。张景文和吕宁已经吃完了,"爸,吃完饭我带您去医院看看吧。"张景文说。"不用,没什么大不了的,吃完走你们的,该上班上班去,我待会儿吃片降压药就行了。再说,还有老虎在家陪着我呢。放心忙你们的去。"老人吃完早饭,又吃了一片降压药,就靠在床上休息。二老虎在一边儿抱着一本小说看。院子里面的人家都陆续去上班了,整个院子里安静了下来,显得街上的嘈杂声更加刺耳,不时有听不清楚的大声说话的声音,还有汽车经过时的响动声传进来。"唉。"老人叹了口气,"现在是越来越吵了,以前的日子,过了早上八点,西廊下这胡同里多安静啊。除了树上的知了叫,再没有别的声音了。"二老虎闻声抬头看着爷爷。"爷爷,您要是嫌吵,我把门和窗户关上。""没事儿,别关了。都关上更闷得慌。到底还是老了。""爷爷,您别这么想,您平时身体不是挺棒的吗?"二老虎放下书,又往爷爷的水杯里面添了些水,送到床边。"老虎,怎么有些日子没见到辉子了。我有两次在街上看见申沉,也只有他一个人。来家里找你的你那些个朋友,我也没见着辉子。""爷爷,既然您问起来了,现在家里就我和您两个人,那我就告诉您,辉子去杭州了。""辉子去杭州了?""嗯,走了五六天了。估计再过几天该回来了。他去杭州看我姐了。"老爷子听完半天没说话,出神地看着竹门帘外面的院子。"他一个人去的?"老爷子问。"他一个人去的,走之前我把我小舅家的地址和电话告诉他了,万一有什么事情,就让辉子给我小舅家打电话。这事儿我没和我爸我妈说。""真是怪难为这孩子的。"老人说。"我也觉得辉子怪不容易的。我姐,太不懂事儿。""来,老虎,扶我到院儿里待会儿去。"二老虎把爷爷扶到院子里面,又返身回到屋里把茶杯拿了出去。老爷子伸伸腰,又喝了两大口水。"嗯,比刚才舒服多了。"老爷子把茶杯放在小木桌上面,走了几步,来到院里那棵枣树下面,抬头看看天,两三只鸽子孤独地从上空飞过。"嗯哼。哼哼。"老人清了清嗓子,挺胸抬头唱了起来。"常言民为国之本,本固方能保家邦。君叫臣死臣当死,臣子欺君罪非常。我本是忠言奏本章,分明桃园欺君王。赵家辈辈是忠良将,欺君枉上你霸朝纲。""啪啪啪"二老虎在旁边使劲儿地拍巴掌,"爷爷,你唱得真好听。咱们这片儿,除了下象棋您最棒,唱京剧也没人能比得了您。""那正是。"老爷子高兴得拉着长音喊了一嗓子,精气神十足,他端起茶杯,把里面的茶水一口气喝干,"孙子,把爷爷的鸟笼子摘过来,下棋去也。"

　　辉子背着背包,从二号线地铁北京站上来。还没有出地铁站,就听见了广场上面传来的"当,当,当当当"大钟的报时声音。每到一个整点,报时的大钟都会奏出东方红的音乐。"中国出了个毛泽东……"身边手提肩背大包小包行李的陌生人不时从辉子身边挤过，他们身上的大小行李顺次撞击拍打着辉子的肩膀。辉子来到站前广场上，看了眼时间，下午四点钟整。离开车还有一个小时。太阳明晃晃的亮得刺眼，气温很高，身上的衬衫都湿透了。"住店吗？有宾馆有酒店，前门，大栅栏，崇文门，去哪儿，住店吗？"身边一个脏兮兮的中年人凑过来说。辉子没有理他，继续向前走去。"来，来，来，吃饭里面请，米饭炒菜，啤酒凉菜，肉丝面，牛肉面，炸酱面。"在小饭馆的门口，一名中年妇女穿着一件勉强还能看出是白色的，上面沾满油渍的白上衣，大声地向路过的旅客招呼着。"北京烤鸭，糖炒栗子，住宿吗？""真他×烦。"辉子在心里面骂了一句。又向前走，走到了离进站口不远的一个阴凉地儿，辉子把肩上的背包拿过来，放在脚边，抽出一支香烟，点燃，冷冷地看着广场上面如蚁群一样慢慢移动的人群。"希望广大旅客提高自我保护意识，在此我们向您提醒，一，购票，检票，进站上车时，请自觉排队，不要拥挤，看管好自己的物品和财物。防止不法分子乘机行窃。二，不要从陌生人手中购买和交换车票，以防止上当受骗。"广场上的录音广播，没有一丝情感，完全是事务性的。"真想给申沉打个电话，和他说几句话。他这时候也不知道在不在家。"辉子想着，向公用电话亭走去，那里已经排了长长的队伍。辉子等了几分钟，连最前面的人也没有打完电话。这是辉子第一次一个人出远门，他有些紧张，就是想在上火车之前和申沉说几句话。他看了眼表，还有时间，辉子又点上一支烟。"由上海开来的T104次列车就要进站了，列车停靠4站台，请接客的旅客做好准备。"辉子用脚捻灭香烟，拿起背包头也不回地向进站口走去。

又一辆44路公共汽车缓慢地从远处驶来，能看得出它已经疲惫不堪，摇摇晃晃的，好像随时都会晕倒。等车的人群随着公共汽车的临近而不安起来，呈现出了无比兴奋躁动的样子。"咔咔，咔。"汽车发出了两短一长的刺耳的刹车片摩擦的声音。等车的人群一窝蜂拥上去，紧贴着车身跟着它一起往前奔跑,并根据刹车片发出声响的锐度和长度判断汽车还能滑行多远及时调整自己奔跑的速度和线路以便能在变化复杂的队列里面占据有利位置,最好能在车门打开的一刹那第一个蹿上去抢到座位。就在公共汽车马上要停下来时,性子急的人已经扒上了车门,脚踩在车门外窄窄的一条边儿上,像挂在车身外的一块破布随车滑行,公共汽车的司机又踩了脚油门,汽车加速向前驶去,人群纷纷躲闪叫骂着,挂在车外的那个机灵鬼因甩开了众人的纠缠和从中的脱颖而出显得亢奋异常,不住地回头耻笑地上的人群。汽车终于在二十多米的前方停稳了。叫骂声也随之停止了,一大群贪婪的有如吸附在了公共汽车上一样的人们开始认真地,十分努力地从三个车门挤上去。最先上去的人因为坐到了座位,脸上浮现出像中了大奖一样的精彩兴奋的表情。车外的人们还在你拉我扯地向上攀爬。司机笑着从后视镜里面像在看一个功夫片或是特技表演一样。

申沉看着车站前那一大堆的人还是没有起身。"挤死你们丫。"一辆黑色的小轿车从自行车道驶来,前挡风玻璃反射出的强光晃痛了申沉的眼睛,他赶紧低下头躲开。"现在的街上怎么这么多人啊。成天跟打仗似的。看着都闹心得慌。"冰棍,小豆冰棍,奶油冰棍。"旁边传来了卖冰棍的叫卖声。申沉走过去,"来根小豆冰棍,要两根吧。"申沉拿着两根冰棍又走回他刚才坐的地方,一片树荫下面的石阶。

"嘿,是你吗?"申沉的右肩上被人轻轻地拍了一下。他扭过头,一个戴着黑色太阳镜的女孩子站在他旁边。申沉抬头看着这个女孩子,有种似曾相识的感觉。女孩子笑着看他,"怎么,认不出来我了。"女孩子把太阳镜从眼睛上推到了头顶。"美冬。""申沉。刚才我老远看见你,觉得像,还不太确定,走近了才认出就是你。"美冬说着坐在了申沉旁边。"吃冰棍吧。"申沉把手里的冰棍递给美冬一根。"谢谢。"美冬接过冰棍,咬了一口,"你怎么会在这里?"美冬问。"我怎么就不能在这里。"申沉回答。他扭头看着坐在他身边的美冬。美冬把长长的头发在脑后盘成了一个髻,用一根粉色的像小木筷一样的木棍轻巧别住。她穿了一身淡蓝色的连衣裙，脚上踩着一双白色的塑料凉鞋。美冬的皮肤很白，细长的眉毛，精致的鼻子和柔软的嘴唇。"给你，擦擦汗吧。"美冬递给申沉一条白色的手帕。"啊？现在还有人用手绢儿，太少见了。"申沉接过美冬的手绢儿仔细地看了看。"我一直都用的，这有什么可奇怪的。"美冬笑着说。"赶紧擦擦吧，看你头上全是汗。"申沉看着手中漂亮的白手帕，拿到鼻子前面轻轻闻了一下，有一股淡淡的清香。然后抬起胳膊在额头上面抹了一把，"还给你。"申沉把手里的手绢儿递还给美冬，"这么漂亮的手绢儿我哪儿舍得用啊。"美冬咯咯地笑着接过手帕。"你可真逗。你还没告诉我你怎么会在这里。""你可真逗。你还没告诉我你怎么会在这里。"申沉学着美冬说话。"咯咯咯，讨厌。""咯咯咯，讨厌。""你怎么那么坏呀。""你怎么那么坏呀。"美冬瞪了申沉一眼，站起来，"你不说我走了。"申沉一下子拉住美冬的胳膊，又马上松开，"别走，别走，我这就告诉你。全告诉你。"美冬又重新坐在申沉的旁边，比刚才还要靠近一些。"我来我姑姑家了，这不是放暑假了吗？她家就住在象来街。吃完饭我想回去了，就在这儿等车。""象来街，不是叫长椿街吗？"美冬歪着头问申沉。"对，是长椿街，也叫象来街，我们这么叫习惯了。亏你还是北京人，连这都不知道。""我还是第一次听说。""那你呢，来这儿干吗来了？""我来对面的国华商场了。"美冬说。"哎，对了，辉子呢，你那个和你形影不离的同年同月同日生的辉子呢？""这你都知道。""当然知道了。你的好多事我都知道呢。""你是特务吧？""你才是特务。""辉子去杭州了，去找他心爱的新雅姐去了，不过也快回来了。""他真的特别喜欢新雅姐吗？""你这句话问得就有问题，当然是真的，这还能有假的。我们今年十九岁了，辉子从七岁就喜欢新雅姐。整整十二年了。我说当年他怎么老拉着我坐在新雅姐她们院子门口的花坛上，还一阵一阵地发呆。"申沉回忆起小时候的事情，真好玩儿啊。"那辉子将来会娶新雅姐吗？"美冬问。"那还用说，一定会娶的。辉子说他这辈子只想娶新雅姐。""哦。原来这样啊。"美冬小声地嘟哝了一句，

"那样的话，有人会伤心了。"声音更小。"什么，谁会伤心？""没什么。申沉，能给我多讲讲你们小时候的事情吗？""我能抽支烟吗？"申沉拿出香烟晃了一下。"当然可以，我爸爸也抽烟，而且我喜欢闻香烟的味道。""我喜欢闻香烟的味道。"申沉又学着美冬说话。

申沉手舞足蹈连说带比画地给美冬讲着他们的快乐童年。旁边的美冬入神地听着看着，不时低下头咯咯咯地笑，银铃般的笑声。申沉觉得。他的胳膊不时地会接触到美冬柔软的胳膊，起初申沉是无意的，后来他变得慢慢有意起来。他边说边仔细体会着这美妙的感觉。他把所有的敏感神经全部调动到了手臂上面，感觉着美冬手臂上面软软的茸毛。他侧过头，看着美冬，美冬的眼睛和别人不太一样，不是很大，是标准的杏核眼，眼角尖尖的，总给别人一种笑笑的甜蜜感觉。

"对了，你们几个高考考得怎么样？""这可是我们几个的秘密。""看来考得不错嘛。申沉咱们走走吧，别老在这儿坐着。""我也不想坐车了，你陪我走到西廊下，我就告诉你。""那好吧，反正我今天也没什么事情。就陪你走到西廊下。""那你送我回家。"申沉得寸进尺。美冬的脸一下子红了，"好，我送你回家。""哎哟，腿都坐麻了，起不来了，你拉我起来。"申沉把手伸给美冬。

38

"张新雅，楼下有人找你。"刚刚走进宿舍的刘丽对新雅说。新雅正在忙着收拾东西。放暑假了，学校的学生集体宿舍是不对学生开放住宿的，这所大学却有一个惯例，为即将毕业的毕业班的学生单开辟出了一座在学校东北角的小楼，环境清幽，十分安静，供将要毕业离开学校却需要在暑期里面留宿的学生使用。新雅她们同班的女生有的已经回各自的家乡了，市里的孩子也回家了，只有少数人在假期选择留在学校。她们昨天下午才刚刚搬来这座砖红色的小楼。"是素强吗？还不到十点呢，他这么早就来了。"新雅问。"不是素强，不认识的一个人。""男的女的？""你自己下楼看不就知道了。"刘丽笑着说。新雅趴在窗台向楼下左右张望了一下，没有看到任何人。她继续整理着桌子上的书籍。"喂，你怎么还不下去？真的有人在楼下等你呢。"刘丽又催促了一遍新雅。新雅这才停下手里的活，她洗了洗脸，又对着镜子把头发梳整齐，起身下楼。

新雅快步走出楼门口，迎面扑来了桂花的香气，这幢砖红色的小楼是这所学校里面历史悠久的一幢建筑，建于60年代。楼前面有一排桂花树，阳光透过桂花树的叶片,将花影洒在了新雅身上。新雅向周围看了看,没有什么人,"这刘丽,又拿我开玩笑。"新雅跺脚转身刚要回去,忽然看见远处树影里坐着一个人,新雅谨慎地向前走了几步,就看见辉子坐在那里看着她痴痴地笑。

"啊!辉子,你怎么来了。"新雅高兴得大叫着跑过去。辉子站起来,已经比新雅高出了许多。"新雅姐。"辉子叫了一声。"你什么时候到的杭州?""昨天晚上八点多到的。""就你一个人来的?老虎呢,他没和你一起来。""没有,就我一个人来的。专门来看你的。""那你怎么找到这里的,很难找吧。我们昨天刚刚换了宿舍。""是不好找,一路打听着找过来的。学校放假了,校园里面见不到几个人,还是刚才遇见一个你们后勤部的老师,才告诉我要到这里找。""走,辉子,先跟姐姐上楼。"两人来到三楼的宿舍门口,刘丽正在往床上挂蚊帐。"回来了,我没骗你吧。"她转过头,见新雅领着刚才那个在楼下向她打听新雅的男孩子走了进来。"这是刘丽,我的同学,也是好朋友。这是辉子,我的弟弟。"新雅向他们两个人介绍着对方。"你好,辉子。从北京来的?"刘丽停下手里的活,和辉子打招呼。"你好,刘丽姐。我昨天晚上到的。""来,快坐,辉子,姐给你倒杯水。"新雅拉过一把椅子,让辉子坐。"昨天晚上到的,昨天晚上怎么没过来啊。也没给新雅打个电话。""太晚了,不方便,我第一次来杭州,也不认识路。所以今天早上一路找过来的。对了,刚才多谢你了,刘丽姐。""不用谢。这点小事算什么。"刘丽坐在她的床上笑着摆了摆手。"哎。不对呀,你不是张新雅的弟弟吗?你们家不是在杭州有亲戚,你怎么可能是第一次来呢,听你姐说你们以前来过的呀。"听刘丽这么问,新雅和辉子都笑了起来。"他不是我亲弟弟,是我认的弟弟。你看你,人家刚来,你就问这问那的,警察呀你是。"新雅推了刘丽一把。辉子站起来,"新雅姐,我去洗把脸。""去吧,瞧这一头汗出的。右拐,走到头儿,就是水房。"辉子往外走,"拿着毛巾。"新雅走过去,把自己的毛巾递给辉子。她转过头,就看见刘丽已经从床上站起来,靠在书桌上，冲着她坏笑。"干吗你，神经兮兮的。"新雅笑着走过去。"认的弟弟，你的弟弟对你够好的，大老远的从北京跑到杭州来看你。""那又怎么了。我有好几个弟弟呢。"新雅骄傲地说。"哎。我问你，不只是弟弟那么简单吧，我看他看你的眼神可不是弟弟看姐姐的眼神。""别胡说八道了。""说真的，是不是？要是对你没感情，干吗人生地不熟地跑这么老远？你亲弟弟都没有来看你。""辉子人特别好，从小对我就好。来杭州看我，也很正常啊。""可你已经有了素强，要不把你这个弟弟让给我吧。既然你说他人好，我觉得也不错，就介绍给我吧。"刘丽笑着说。"别瞎说，你可真不害臊。辉子比咱们小四岁呢。怎么介绍给你？""小四岁又怎么了。我就想有个弟弟这么对我。我可是个好姐姐……"正说着，辉子走了进来，刘丽停住了刚才的话头。"辉子，赶紧过来歇会儿。"新雅从辉子手中接过毛巾，"住哪儿了？""离这儿不太远，四五站地吧，一个招待所。""昨天累坏了吧。""嗯，坐了28个小时的硬座，下车的时候身体都快散架了。""那太辛苦了，你在这儿歇着，姐出去给你买点水果去。""我自己去吧。""你不认识路，我去吧。你就在这儿等着，这是我的床，你就在这儿睡会儿，我一会儿就回来。"新雅说完，向刘丽使了个眼色，拉着刘丽一起出去了。

两个年轻的姑娘一边嬉笑着，一边往回走。"新雅，你说的都是真的呀。""当然是真的了。你是我的好朋友，又看在你这个假期留在学校陪我的分儿上才告诉你这些。""哎呀，新雅，你可真不简单啊。"刘丽向一边跨出两步，夸张地看着张新雅。"怎么了，为什么这种表情？""我是替辉子担心。""担心什么？""素强啊。你怎么和辉子说呢。""我一直把辉子当作自己的弟弟看。""问题是辉子是这么看的吗？他不可能只把你单纯地作为姐姐来对待的。""我知道，我会找个机会向他解释一下的，我想他应该能够理解我。"新雅的心沉重了起来。"但愿如此吧，你注意点说话的方法，人家大老远地来了，别伤他心。"刘丽说。"放心吧。哦，对了，我下午准备带辉子去西湖玩儿，如果素强来找我，告诉他，老地方见。"

新雅和刘丽刚刚走进宿舍，辉子就醒了，他猛地从床上坐起来。"再睡会儿吧，看把你累的。"新雅坐在床边的椅子上。"不睡了，睡了一会儿，好多了。""那吃荔枝吧。说是早上刚刚摘的，可新鲜了，在北京可是吃不着。"新雅把一袋荔枝放在桌上，"刘丽，吃荔枝。"三个人边吃边聊，窗外的天气渐渐阴沉了起来。"是不是要下雨了？"新雅望了一眼窗外，"天气预报说今天阵雨。"刘丽说。新雅低头看了一眼手表，"也快十二点了。辉子，中午想吃什么，姐请你吃好吃的。""我随便，吃什么都行。""可不能随便啊。你大老远地来了，怎么也得让你姐请你吃好的。"刘丽在一旁说。"那是当然了，我还能亏待了我弟弟。刘丽，一起去吧。""我不去了，你和辉子去吧。""去吧，刘丽姐，咱们一起去吃饭。"辉子诚心诚意地向刘丽发出邀请。通过这一上午的接触，他觉得刘丽人很热情，给他留下了很好的印象。"不了，辉子，我不去了，你不是还要在这儿待几天吗？有的是机会。""就待三天，后天就走。还要回去上班。""呀，你都上班了。真了不起。""没什么，和一个朋友一起，在中关村电脑城。""那好，辉子，你们先去吧，等你走之前，我请你吃饭。"辉子没说什么，起身和新雅一起走出门。

一下子起了风，雨点也开始飘落下来。新雅和辉子一路小跑，跑进了一家叫做"望湖楼"的酒楼。酒楼分三层，一楼还有些空位，"走，辉子，咱们上楼去，楼上风景好。"新雅领着辉子一直上到三层，"哎呀，太好了，看，那里还有一张临窗的位子。"两个人赶紧走过去，相对坐下，长长地出了一口气。辉子凭窗向外望，路边的柳树枝条正随风摇摆，风里夹杂着泥土气味。街上的行人都加快了行进的脚步。天上的乌云堆积得越来越厚，眼看着一场大雨即将来临。

服务员递上菜单，"辉子，你先看看，想吃什么。"新雅对辉子说。"我不看了，新雅姐，你点吧。你点什么我都爱吃。"辉子高兴地说。"那好，你也搞不清楚点哪些好，我来吧。"新雅翻开菜单，招呼服务员点菜。辉子坐在对面，喝了一口杯中的水，他看着新雅，眼睛里全是笑，此时激动的心情才慢慢平复下来。"好，先这些吧。辉子，你喝什么？""喝啤酒吧。""嗯，好，两瓶千岛湖啤酒，你尝一下这里当地的啤酒。"啤酒先端了上来，辉子拿过自己和新雅的杯子，倒满两杯酒。"来辉子，姐姐敬你一杯，欢迎你来杭州玩儿。"新雅向辉子举杯，酒杯相撞后，新雅喝了一口，辉子将杯中的啤酒一饮而尽。"你没喝完。"他指着新雅的酒杯笑着说。"哈哈。我不太能喝酒，你喝你的，我慢慢喝。"辉子又往自己的杯倒满啤酒。他端起杯，目视着眼前的新雅，"新雅姐，这杯酒我敬你。""谢谢你，辉子，谢谢你一直对我都这么好。有你这个弟弟，姐姐很开心。"辉子又一次仰头喝光。这时，新雅点的菜陆续端上来了，"西湖醋鱼""东坡肉""油焖笋"还有"青团"四样菜满满地摆了一桌。"新雅姐，你点得太多了，咱们两个人吃不了。""吃不了也没关系，你每样都多吃点，晚上姐姐请你吃龙井虾仁和鳝面。"外面的天阴沉得更加厉害。中午一点的时间，酒楼里开了灯，窗外的风也更大了，天空里传来了"隆隆"的雷声。辉子起身把窗户关小了一些。"没关系，只是阵雨，下一阵就过去了。辉子，你的工作找好了？刚才听你说回北京就要去上班了。"辉子把在杂志社实习和后来关海洋找到他一起在中关村电脑城工作的事情向新雅说了一遍。"好呀。没想到咱们这些人里面你是第一个工作的，好好干吧，闯出自己的一片天地来。"新雅鼓励着辉子。辉子第三次举起酒杯，"新雅姐，这杯酒敬申沉，二老虎和才才，祝他们考入理想的大学。""好。"新雅也举杯和辉子碰杯。辉子一边抬头喝光杯里的啤酒，一边用一根手指指着新雅，笑着看新雅喝光。"喏，喝完了。"新雅笑着向辉子晃晃手中的玻璃杯。

"新雅姐，你明年夏天毕业了，就回北京了吧。"辉子问。"我不是特别想回北京，想留在杭州，看看找工作的情况吧。"新雅说。迟立辉听了感觉有些失落。"那……那我要是想你了怎么办。"新雅听了辉子这句话却没有接下去，"来，辉子，多吃点鱼。"她又往辉子的盘子里面夹了一大块鱼肉。辉子笑着摇了摇头，低头去吃菜。外面大雨如注，天地间一片白茫茫。天空不时闪出一道闪电紧接着传来滚滚的雷声。新雅拿起啤酒，给辉子和自己的酒杯里倒满啤酒。"辉子，姐姐想跟你说件事儿。""嗯，新雅姐，你说吧。"辉子没有抬头。"辉子，其实，姐姐已经有……""轰隆"一声突然响起的炸雷震得整个楼都在颤动，旁边桌的女人发出了尖叫声。窗户也随着哗哗作响，辉子扭头看着窗外。新雅没有说完的那句话被这雷声掩盖了，"新雅姐，你刚才说什么，没听清。""没什么，先不说了，来辉子，喝酒吧。"

大雨停歇了，阳光从云缝中透射下来，显得如此美好。食客们纷纷推开窗户，大雨过后混杂着泥土和花草芬芳的空气沁人心脾，连空气都美好。街上又传来了游人们的说笑声。雨后的新世界。辉子拍了拍肚子，"吃得好饱啊。"他对新雅说。"吃好了，咱们下午去西湖玩儿。""太好了，从你来杭州上学的那天，我就在想天下闻名的西湖到底是个什么样子。"

西湖边垂柳依依，婀娜多姿的柳条，似姑娘长长的秀发，雨后在柳叶上凝成的水滴，点点晶莹，滴滴清凉，一滴一滴敲打着心窗。耸入云天的水杉，树冠宽大的樟树下，是游客纳凉的好去处。太阳照耀着湖面金光闪闪。七月，正值栀子花开，栀子花有些昏黄的样子着实可爱。碧绿的湖水泛出层层涟漪，远处的山青中带紫，如同凝住了一段云霞般的美丽。山色空蒙雨亦奇，西湖的水悠悠荡荡，一阵风吹过，大片大片密布湖面的荷叶层层叠叠，在荷叶间，含苞乍开的荷花高高挺立，空气泛着甜润的味道。笼罩着国色天香的美貌容颜。西湖之美，让人不知不觉沉醉其中，到处是美景，到处是美画，人总是羡慕别人是画中之物，其不知自己已是画中之人。此刻的心情平静得什么都可以想，什么都可以不想。

前面的一大群游人正在争相拍照。新雅和辉子走到近前，扶柳掩映之下，是一块石碑。人们都站在那石碑旁边留影。"辉子，你去看看那石碑，非常有名。"辉子挤进人群，那石碑上刻着两个字"虫二"。辉子仔细看了良久，仍不解其意。他又挤出人群，"新雅姐，这石碑上的'虫二'两个字到底是什么意思。你给我讲讲。"新雅笑了笑，"辉子，这'虫二'两个字可是大有来头。那是乾隆皇帝的御笔。乾隆皇帝一生文治武功，却独爱江南。曾七下江南游历。有一年他来到西湖游历，当地的官员和随行的大臣们知道乾隆帝游览名胜每到一处，作书纪胜，御书刻石，便求他为西湖题词。乾隆帝望着眼前西湖的如画美景，也想在此留下自己的墨宝。可是历朝历代文人墨客已经在此为西湖留下了无数的优美诗句，乾隆帝不想流俗，他想了一下，就御笔书下了'虫二'两个字。大臣和官员们凝视良久，也不明白乾隆皇帝的意思，百思不得其解，又不敢直接向皇帝发问，乾隆帝看着大臣们想问又不敢问的样子，觉得好笑，也有心要考考众位大臣，便下旨如谁猜出这两个字的含义必有重赏。大臣们交头接耳，议论纷纷。最终其中一个非常聪明的近臣解出了其中的含义。原来乾隆皇帝和大家做了一个文字游戏。虫二两个字，是他把古字风月二字的边框去掉了，意喻西湖美景，风月无边。"

39

下午六点钟，正是人们下班回家的时刻，各家各户的人们忙完了一天的工作在此时陆续回来了。人们只有踏上这块土地，才会觉得身心得到了彻彻底底的放松，这可能就是回家的感觉吧。申沉和美冬走在这熟悉而美丽的街上，"申沉，我还是第一次来这里，这里好漂亮啊。"美冬看着两旁的平房院落和胡同里面高大的槐树和枣树，不禁感叹着，"这比住楼房有意思多了。楼房太压抑了。""当然了，这可是一块福地，别的不说，这几条胡同里面的长寿老人就有好几位。就连养花、养鱼，也比楼房强多了。接地气嘛。"申沉骄傲地说。"真好啊，让我想起了我小时候住的那个小院子。爸爸在院子里种了小松树，还有石子铺成的小路，屋前还有一块绿色的草坪。""啊，你家以前也是住院子啊。""嗯，很久以前的事情了。还是小时候。"美冬流露出无限怀念地表情。走到家门口，申沉对美冬说"到我家了，敢不敢和我进去坐会儿。""嗯，没有什么不敢的，就是会不太好意思。"申沉没有等待美冬的反应，推开门走进去。"爷爷，奶奶，我回来了。"申沉大声嚷嚷着。

"总算回来了，怎么去了一整天，以前叫你去一趟你姑姑家，比什么都费劲。"申沉的奶奶从屋里走出来。她随即愣住了。她看到申沉的身后,还跟着一个从来没有见过的稍显害羞的姑娘。"奶奶,这是我的一个朋友,叫美冬。这是我奶奶。"申沉作着介绍。"奶奶好。我是美冬,打扰了。"美冬稍向前弯了下腰又抬起头大方地向申沉的奶奶问好。"好,闺女,快屋里坐。瞧这闺女,长得多俊啊。""说你长得好看。"申沉后仰着身体把嘴凑向美冬的耳边故意解释了一下刚刚奶奶说的那句话。进了屋,申沉的爷爷正坐在电视机前面看田连元播的评书。"你快别看了,家里来客人了,是申沉的朋友。"奶奶随着进了屋。申沉的爷爷忙关了电视机,回头慈祥地笑着。"来,快坐会儿。申沉,水池子里面泡着西瓜呢,赶紧拿进来切了。"申沉起身去院子里抱西瓜。"奶奶,今天有人来找我吗?"申沉在院子里面喊。"有,二老虎都来过两次了。"申沉把西瓜抱进屋里,用刀切好。美冬拿起两块,送到申沉爷爷和奶奶面前,"爷爷,奶奶,您吃西瓜吧。""好,你吃,你吃,千万别客气啊。就跟到自己家一样。这闺女,多懂事儿啊。"申沉的爷爷奶奶高兴得合不拢嘴。"申沉,让你的朋友在咱们家吃晚饭吧。我这就做饭去,你爸你妈也快回来了。""不了,我们一会儿出去吃吧。"申沉说。"出去吃有什么好的,在家里吃饭多好。"申沉的奶奶虽然是初次见到美冬,但老人觉得和美冬很投缘,看着就喜欢,所以想多留美冬一会儿。"我们去吃拉面,去小王宁家的拉面馆吃拉面。""你这孩子……"申沉把手里的西瓜啃完,去院子里去洗手。美冬也跟了出来,两个人在水龙头洗好手,美冬又掏出那块白色的手帕,递给申沉。"你用吧,我有毛巾呢。"申沉没有接,扬手从铁丝上摘下晾着的毛巾,擦了擦嘴。"奶奶,我们走了啊。"申沉向屋里的爷爷奶奶打招呼。老两口赶紧走出屋,"就坐这么一会儿就走了,也不多待会儿。"老人们有些惋惜。"那么,爷爷奶奶,我先告辞了。不好意思,打扰了。"美冬向两位老人道别。"爷爷奶奶,那我也告辞了,不好意思,打扰了。"申沉学着美冬的话对他的爷爷奶奶说。"净会耍贫嘴。闺女,有时间就来家里玩儿啊。"

刚刚转过身，申沉就和闯进院来的二老虎撞了个满怀。"你干吗去了这一天，都找你两趟了，你……美冬。"二老虎的大嗓门儿一下子低了下来。"你好，"美冬有点不知所措地和二老虎打招呼。"你好，你好，"二老虎有点莫明其妙地说着。"申沉，你去找美冬了？"二老虎问。"没有，在象来街凑巧碰上的。"申沉搂着二老虎的肩膀从自家院子里出来。"凑巧碰上的，怎么会那么巧呢，北京那么大，我怎么没和美冬碰上啊。"二老虎鬼鬼地笑着说。"别他妈废话了。"申沉推着二老虎赶紧走。"你们两个现在这是要去哪儿啊？""当然是吃饭去。""我也去。""去屁。""我就去，你们去哪儿我就去哪儿。"现在换成二老虎搂着申沉的肩膀了。"你干吗去啊，我们两个去吃饭，你不嫌碍事儿吗？"申沉诚心逗二老虎。"哎哟，这就嫌我碍事儿了。行，你们去吧，我不去了，我去你们家吃饭去，我晚上和爷爷奶奶还有你爸你妈好好聊聊，聊聊你的情况。"二老虎说完，掉头就往回走。"别，别，别，跟你逗着玩儿呢，当然得一块去了。"申沉拉住二老虎的胳膊往回拽。"那是你请我去的。"二老虎还在装腔作势。"我请你去的，我请你去的。你是贵宾。"申沉聪明地给二老虎搭好梯子，让他舒舒服服地就着梯子下来。美冬站在一旁边，看着他俩乐得都直不起腰了。"二老虎，把才才和姜南也一起叫上吧，大家一块热闹热闹。""好，我去叫他们去。"二老虎向南面的院子跑去。"你们可真有意思。""好玩儿吧。就是辉子没在，要是辉子也在就更好了。对了，你用不用给家里打个电话？"申沉对美冬说。"不用的，我一个人出来，爸妈都很放心的。"不一会儿，才才和姜南也来了。"美冬！"姜南兴奋地大声地叫着跑过来，"就你一个人来的，叶子没和你一起来吗？"姜南边问边四处张望。"嗯，我一个人来的。中午在长椿街遇到了申沉，就和他一起来你们这儿找你们玩儿。""真是稀客呀，美冬你一来，我觉得整个西廊下都比以前变漂亮了。"才才对美冬说。"申沉咱们吃什么去呀？"二老虎问，"去小王宁家吃拉面吧。""啊，就吃拉面啊。人家美冬好不容易来一趟，你就请人家吃拉面。"二老虎不太乐意。"没关系的，我喜欢吃拉面。以前也经常吃。和你们在一起吃什么都开心。"美冬说。"你瞧人家美冬。"才才冲二老虎撇嘴。"你少废话，我也是吃什么都开心。"一群人说说笑笑地向小王宁家的拉面馆走去。

　　清新的空气，泥土的芬芳，每一段水路，每一个景点都让人陶醉。太阳开始落下，但丰盈的绿色还是跃然眼前。四周的空气里飘浮着树木浓郁的香气。苏堤上仍然人流穿行。辉子坐在水边的石栏上，新雅在他的身边趴在石栏边，出神地望着水面，不知在想些什么。辉子看着身边的新雅和水中的新雅，高兴得不知所以。"你在这儿，找了你半天了。"一个男子从新雅的身后拢住了新雅，把身体整个罩在了新雅的身上。辉子噌的一下子从石栏上跳下来。"辉子，辉子。"张新雅连忙转过身冲辉子招手，把辉子叫到跟前。"这是……我的，男朋友，管素强。素强，这是我的弟弟，辉子，从北京特意来杭州玩儿的。"新雅介绍完，看了一眼她的男朋友，又扭过头看着辉子。辉子面无表情地站在那里。"你好，辉子，我是管素强，新雅的男朋友，欢迎你来杭州玩儿。"管素强拿下放在新雅肩上的右手，侧着身子向辉子伸来。辉子没有任何举动，"我不是来玩儿的，我是特地来看新雅姐的。""哦。好。好。欢迎你。"管素强把悬在半空的手缩了回去。"看来你的弟弟对你还真不错。"管素强又把手搭在了新雅的肩膀上面。辉子的心紧紧地抽痛起来，他的眼神黯淡了下来。他觉得那简直是无比肮脏的一双手，却无所顾忌地扶在新雅姐的身上。新雅看着辉子的眼睛，觉得有些心疼，向辉子走近了一步，管素强的手也就从新雅的肩上滑落下来。"辉子，饿了吧，一会儿咱们去吃饭。"新雅对辉子说。"我还不饿。""对，咱们先去吃饭，辉子，你想吃什么，你刚来杭州，我晚上请你吃饭。"管素强走到两个人身边。"你不用请我吃饭，新雅姐请我吃什么都好。"辉子的话冷冰冰的。管素强笑了笑没再说什么。新雅拽了一下辉子的衣角，"走吧，先去吃饭，然后我们再接着玩儿。"

　　三个人在一家餐厅的桌边坐下，新雅拿过菜单，点了几样菜，"素强，你和辉子喝啤酒吧。""嗯，好。就喝啤酒。"管素强拿过菜单，又点了一个菜。"辉子，觉得杭州怎么样，好玩儿吗？""一般般吧。没有北京好。"辉子说。"你这样觉得，我可是非常喜欢杭州，觉得这里非常美。景美，人也美。"管素强说着看了新雅一眼，两人相视一笑。辉子别过脸去，看着窗外。酒菜上来了，辉子没什么胃口，没怎么动筷子，一直在喝啤酒。管素强举起酒杯，"来，辉子，我比新雅大两届，算是她的学长，比你大几岁我也就不问了，咱们两个碰一杯。"辉子起先没有动，他看见了新雅望向他的眼睛，里面有些请求的味道，他不情愿地拿起酒杯，和管素强碰了一下，小小地喝了一口，就放下了酒杯。"怎么，北方人喝酒这么不豪爽？告诉你，我也不是杭州人，我也是北方人，说起来我们还是近邻呢，我是天津人。""哦，是吗？一点儿都没听出来啊。你把天津人的口音掩盖得够好的。看来没少下功夫吧。天津人。"辉子的话充满呛人的火药味儿。"辉子，吃菜，看你半天都没怎么吃了。"新雅往辉子的盘子里面夹了一大块鱼，她又往管素强的盘子里夹了些菜，自己却放下了筷子。坐在两个男人之间，她感觉左右为难。三个人别别扭扭地总算吃完了这餐饭，食不知味就是这种滋味吧，新雅和辉子同时体会到了。

　　管素强的心情明显好了许多，一路和新雅不停地说笑，讲着他所在的那家建筑单位的一些事情。三个人又来到西湖景区，天黑了，当西湖美丽的暮色渐渐掩去时，湖对岸的灯光突然亮了起来。令人仿佛进入仙境一般。起初辉子只是默默地走在他们后面，心烦意乱地看着他们两人的背影。后来新雅两次停下来等辉子，辉子也就不再磨蹭，和他们并肩而行。从对面相向而来的人群在辉子眼里如同毫无生命力与感情的一张张人形剪影，他麻木地迈着沉重的脚步，还是走在新雅左侧靠后半个身位的地方。当管素强再次伸出手去拉新雅的手的时候，辉子一下子拨开管素强的手，"你怎么还不走，为什么还要待在这里。"辉子非常没有礼貌地说。"辉子。"新雅轻声地呵斥了一句。管素强转过头，盯着辉子，"你这样对我说话，不会觉得很过分吗？我哪里得罪你了吗？""我觉得没什么过分的，这样对你说话我觉得已经很客气了。我这个人比较直接，对自己不喜欢的人怎么也喜欢不起来。所以希望你能明白，我想和新雅姐单独走走。"管素强恼怒地看着辉子，辉子一副无所谓的表情，管素强扭过头看着新雅，"你的弟弟就这么和我说话。"他大声地对新雅说。"素强，你别生气，辉子，他，他不是那个意思。""我就是这个意思，你在这里对我来说太败坏我的心情了。""你听听，你听听，这可是他说的话。"管素强提高了音量对新雅喊道。"你他×别冲她喊。"辉子推了一把管素强，"你要干什么，别得寸进尺，太过分了。"管素强揪住辉子的衣领。辉子看着他笑了起来。"别这样，你们两个干吗呀？刚才不是好好的吗？为什么非要这样呢。"新雅拦在他们两个人中间。"刚才也没好好的。"辉子的嘴角仍然挂着笑。"辉子，放手，听姐姐的，你先放手。好吗？""好，新雅姐，我听你的。"辉子放开手。"素强，你也松手。啊。求你了，你松手。"新雅用力地掰开扯着辉子衣领的管素强的手。"这就是你的好弟弟，好，我先走。"管素强说完，狠狠地甩了下手，"素强，素强，你先别走，你听我说。"新雅追出去几步，管素强还是头也不回地走了。

新雅转过身，看着立在原地的辉子，"辉子，你要是这样，你就走吧。"新雅冲辉子说出了狠话。辉子站在原地没有动。他痴痴地望着新雅，这个他小时候就认识的姐姐，此时陌生地站在他的对面。这种陌生感击碎了辉子的心。"新雅姐，你赶我走？"辉子的眼泪夺眶而出。新雅快步走到辉子身边，"辉子，对不起，姐姐不是这个意思，是姐姐不好。"新雅的声音有些哽咽。"辉子，你这次来杭州看我，我非常高兴。真的。是打心眼里高兴。可是姐姐也有些担心，你对我的感情我明白，从小时候我就知道。辉子，我很感动，也很感激。可我有自己的生活，我不知道该怎么对你说。"新雅拉着辉子走到路边一处安静的长椅上坐下。

新雅拉着辉子的手，静静地诉说着多年来的生活与感情。她那粉嫩的双手似乎有一种魔力，令人倾倒。两颊艳如桃李，好像晚上刚刚洗过冷水浴的儿童的脸上露出的那种动人的绯红。一双含着泪的水汪汪的大眼睛晶莹清澈，脸上未施过脂粉，完全是天然本色。曼妙的体态仍透露着些许少女的特征，发育成熟，但稚嫩的露珠在她身上尚未落尽。新雅成了辉子心上一道永恒的月光，再也没有黯淡过。

"新雅姐，为什么不牵我的手？"辉子含泪盯着眼前的新雅，"我多想有一条属于我们的剧情。"新雅没有说话，低头垂泪。辉子深吸了一口气，"新雅姐，别赶我走。只要你不赶我走，我就会一直陪着你。我会一直等下去。""辉子，别等姐姐了。"辉子笑了笑，"我要等，这是我的事情。""辉子，你太任性了。""任性就任性吧。反正人生不是在此处失败，就是在彼处失败，失败者才不管别的有多么重要，任性一回，不然一辈子都会后悔。"湖水倒映着流光溢彩的夜灯，时间如水晶般朦胧而透彻，时光如箭般穿梭。新雅和辉子默默地静坐在湖边，新雅觉得很对不起辉子，辉子炽热的感情折射出的光热让新雅觉得焰火般温暖却灼心。然而走进迟立辉的世界待一会儿，却是一次特别的经历。你会有一种感觉，相信他专为你着想。他很快就能博得人们的好感，因为他为别人考虑得总是那么细致。仿佛那是一种本能。他毫无戒备地向新雅敞开大门，让新雅进入他的世界，他总是要全心全意地使她快乐。辉子十分的自信，十分的坚强。他能看到他认为自己值得骄傲的命运。尽管早已沉埋于绵绵岁月。南方火热而温柔的灼人魅力，已经全部都转移到了他们身上。夜色凄美，夜色温柔。

辉子背着背包，疲惫地走向杭州火车站。昨天晚上他和新雅分开的时候，新雅要来送辉子，可辉子拒绝了。他没有同意。"新雅姐，不用送我了。我这么大人了，没有问题的。""那好吧，你路上多注意安全。到了给我个消息。就打宿舍下面的值班室电话就行。我会下来接的。""好，我知道了。""辉子，这次时间太紧了，欢迎你再来杭州玩儿。"辉子苦笑着摇了摇头，"不来了，我对杭州没好感。""对不起……辉子。""没有对不起，新雅姐，只是我的话你不要忘记了。""嗯，姐姐记住了。"刚好这时刘丽也回来了，

"辉子，你明天就走了？不多玩儿几天？""不了，明天上午的火车，回去要赶紧上班了。朋友一直等着我呢。""那我明天去送你吧。和你新雅姐一起。""不用麻烦了，刘丽姐。非常感谢。有时间来北京玩儿吧。""嗯，会的。我和新雅一起去。"辉子见时间不早了，于是起身告辞。他走到宿舍楼下，在楼前的桂花树下面点起一支烟，又抬头望了一眼楼上亮灯的窗口。年轻的身影单薄而坚定。神圣的月光穿透他纯洁的心灵，新鲜的疼痛让他有了持久的震颤。

"杭州特产，杭州特产。走亲访友，馈赠佳品。小伙子，来看看吧，杭州藕粉。"一个女售货员在特产店门口向辉子招呼。辉子走过去，拿起来看了看。"五块钱一盒，二十块钱五盒。带几盒回去吧。""要十盒。"辉子递过钱去。

40

　　"小王宁，再来一盘酱牛肉，一盘松花蛋，再来五瓶啤酒。"二老虎回过身大声地招呼。"桌上的啤酒还没喝完呢，你又要五瓶，谁喝呀。"申沉对二老虎说。"咱们喝谁喝。申沉你说你啊，平时喝酒你可不是这个样子，今天怎么了这是，今天有美冬在，你就不好意思了，是吧，就开始装文静了，是吧。我就讨厌你这个样子。扭扭捏捏的，像个大姑娘似的。"二老虎把申沉说得有些脸红，姜南和才才也在一旁看着乐。"二老虎说得没错儿，申沉你今天确实不对劲儿啊。平时你喝酒不是挺急的吗，今天老是小口抿，又不是喝红酒，真是此一时彼一时。"美冬听完笑着看向坐在她身边的申沉，"是这样吗？你今天和以往不一样了。""你别听他们瞎说，我平时也很文静的。和他们这几个莽撞人不一样。""我×，你还说我们是莽撞人，行，今天当着美冬的面我们不揭穿你。来，咱们三个人喝。"二老虎举杯和才才还有姜南碰杯。"申沉，你平时是什么样子呢，平时喜欢做些什么呢？"美冬继续问。"我呀，我平时吧，就喜欢看看书啊，听听音乐啊。还喜欢写写诗啊。哈哈。"申沉说完看着才才，自己都忍不住笑了出来。"一听就是假的。你说的肯定是才才。"美冬说。"你怎么这么了解我?"才才赶紧问。"我猜的。"美冬狡黠地笑着。"噗。你居然就这么自然地说了出来。居然都不脸红。"二老虎用手指着申沉说。"我为什么要脸红,你们只知道才才会写诗,我申沉一样会。只是你们不知道罢了。""好,太好了,这可是你自己说的。那给我们朗诵一首吧,机会难得。"众人鼓掌,连美冬也使劲拍手,一脸兴奋地看着他。申沉喝光杯中的酒,站了起来,大家都抬头看着他。"在遥远得不能再远的远方。"申沉朗诵了一句,大家都十分认真地倾听着。这第一句还真的有几分诗意。"在遥远得不能再远的远方,有着我的牵挂。他不是一个人,他们是一群男人。德国队,加油。"二老虎急忙扭过头笑得把嘴里的酒都喷了出来,美冬也"咯咯"笑出了声。"小王宁,再来五瓶啤酒。"申沉不想再装文静了,原形毕露。

"这个……我喜欢吃。""嗯?"申沉见美冬指向桌上那盘快要吃完的肉皮冻,"你喜欢吃这个?""嗯,很香。以前没吃过。""啊,你连肉皮冻都没吃过,你还是北京人吗?"申沉笑着问美冬。"喜欢吃这个好办,申沉的爷爷做得可好吃了,以后你再来的时候,提前说,让申沉提前准备好,让你吃个够。"二老虎替申沉开始张罗。

"对了,辉子快回来了吧?"姜南问。"快了,后天到北京吧。走了一个星期了。也不知道辉子这趟杭州之行如何。你姐给你打电话了吗?"申沉问二老虎。"没打,估计是玩得太开心了,都想不起来了。"二老虎说。"姜南,你也抓紧时间跟叶子表白,下次让叶子和美冬一起来咱们这儿玩儿多好。"申沉对姜南说。"就是,就是,申沉说得对。你别老犹豫了。勇敢点儿。来,祝你成功。"才才提议举杯,大家举杯碰了一下,姜南当着美冬的面儿有些不好意思。美冬悄悄看了一眼姜南,笑了一下,没说什么。

晚上九点钟,他们才从小王宁家的拉面馆出来。"你怎么走?"申沉和美冬走在他们几个人的后面。"我坐地铁就好了。很方便。""那好吧,我送你去地铁站。"申沉和美冬向车公庄地铁站走去。"美冬,你和叶子是好朋友,你觉得如果姜南向叶子表白，结果会怎么样。把握大吗？"申沉问。美冬沉默了一下，"我也觉得姜南人很好，和叶子很合适，不过到底结果如何，还要叶子自己来决定。""嗯，这倒也是。"走到地铁站入口，申沉止住脚步。"美冬，我就送到这儿了，你路上注意安全。""嗯，我会注意的。请放心。""这是我家的电话号码，你到家了，如果方便给我打个电话。""好，那我走了。"美冬笑着对申沉说，然后转过身开始走下台阶。"一，二，三，四。"美冬边走，边一下下在心里数着数，"喂，美冬。"身后果然传来了申沉的声音。"怎么了？"美冬回过头，"你还没告诉我你家的电话号码呢。"申沉大声地喊。"一会儿到家打给你。"美冬说完，扭头跑下了地铁站。申沉望着美冬的背影，心里有些失落。"一会儿到家打给你。"申沉想起了美冬的话，他的心情又好了起来。

　　一个季节从门口离开，另一个季节推门进来。风掀动树冠，提前枯黄的槐树叶闪着金光，旋转着，簌簌落下。"叶子，这已经是你第二次要我带你来我们的小学了，能告诉我为什么吗？""因为喜欢这里。"走在姜南前面的叶子跳着转过身，笑着对姜南说。"喜欢这里？""是呀，觉得这里很美。""这里的确很美。尤其是现在，周六，学校放假了，校园里多清静啊。可是你的大学校园不是一样很漂亮吗？"姜南笑着问叶子。"没有这里漂亮。我就是想多来看看，看看你们几个人小时候一起度过的学校。看看你们当年的教室，想想你们当年的样子。"叶子边笑边跑到了挂着六年级二班的木牌的教室门口。那个写着班级号的白色木牌早已经漆面斑驳，显出岁月的味道。"这就是辉子他们当年的教室？""是呀，上次我们来的时候我告诉过你的。这就是申沉和辉子他们当年的教室。"叶子趴在玻璃窗外面，"快来，姜南，给我指指他们当时的座位。""你可真有意思。"姜南走过去，在叶子身边也趴在窗户外面，"喏，那个是申沉的座位，他后面是才才。隔一行的第三个座位就是辉子的。二老虎个子高，坐在最后一排。"姜南边说边指着几个座位给叶子讲。"叶子，对面的那排平房，就是我们的教室，我也给你指指我当年的座位。"叶子没有反应，出神地望着空荡荡的教室里面。

"走，姜南，再去操场看看。"叶子和姜南来到操场，儿时觉得宽广无比的操场现在看起来变得小了许多。所有的建筑和操场上的体育设施都显出了年久失修和使用过度的老旧。"小时候我们经常在放学后来这个操场上面踢球，那时觉得这个操场挺大的，现在看起来真是好小。是因为我们都是大人了吗？"姜南自言自语。"这应该只是一个两百米的操场。作为一个在胡同里面存在的平房院落结构的学校来说，有这样一个操场真的很难得了。和大学里面的带看台的标准四百米操场肯定没法比。"叶子和姜南漫步到球门边，姜南轻轻地踮了一下脚，伸手就摸到了球门的横梁。他歪着头看叶子。"对了，你们去年来我们学校踢球的那次我还记得，辉子踢得可真好。后来我们学校足球队的几个人还说起过，虽然申沉那天进的球最多，可踢得最好的还是辉子。他在球场上可真迷人。你说是不是。"叶子对姜南说。姜南没有回答。"其实我比辉子踢得一点也不差，我还在北京市少年宫专门学过踢球呢。"姜南没有说出来，把这句话在心里对自己说了一遍。

"辉子现在比以前好些了吗？过了一年多了，他还没有走出来？"叶子问。"谁也没问过。也没再聊过这事情。和他去年夏天从杭州回来的时候比应该好些了吧。他现在一天到晚忙着工作，前些时候又去深圳进货了，走了一个多星期。好像和他那个朋友生意做得还不错。反正我们在一起的时候辉子还是说说笑笑的，可就是不能提新雅姐。我们谁都不敢提，连二老虎都不提，一不小心提起来，辉子就跟变了个人似的，整个人会变得很虚弱。我们看着都不舒服。"听了姜南的话，叶子的心里引起一种痉挛般的酸楚和几乎啜泣的感动。她忽然有一种想紧紧地抱着辉子的冲动，还是没有，有也只是灵魂深处一闪念，叶子没敢想下去。"下次约他们几个一起来吧，我再带上照相机，给你们几个人一起拍些照片。"叶子的声音忽然之间显出了像是要极力压抑住什么就要喷涌而出的情绪却反而适得其反的不自然的高声。"姜南，再给我讲讲辉子的事情吧。"

辉子推着自行车，缓缓走到新雅曾经的高中门口。地面上覆盖着大片树木和建筑物的投影。切割光与影的线条正在变斜变长，阳光与阴影的温差一天比一天大，这会儿已经差了一个季节。缓缓退缩的阳光下仍有夏天的热辣，宽大的阴影里却已然拂动着深秋的寒意。辉子穿行在这时冷时热的空气里，看着秋风抖落槐树细小的黄叶，像一撮撮闪烁的金粉簌簌飘洒。"新雅姐，如果我能少喜欢你一点，你会发现我是个特别好的人。"辉子的两手慢慢离开了车把，张开双臂，感受着指尖滑过的风。他仰起头，望向天空，用整个身体拥抱着风。指尖滑过的是新雅的指尖，胸口里拥抱的是新雅满满的身体。他慢慢地闭上了眼睛。

"看，你的脸都红成这样了。还说不是吗？"叶子笑着搂住一个沙发靠垫仰靠在美冬家的沙发里面。离她一米远坐在沙发另一端的美冬的脸红红的。"反正就是这样，我全都告诉你了。"美冬说。"没有任何隐瞒了吗？"叶子一脸不依不饶的样子。"对你有什么可隐瞒的。真的就是这些了。"美冬说。叶子端起桌上的饮料喝下一小口，"那天姜南对我说你和申沉一起回西廊下，晚上还和他们一起吃了晚饭，我当时真是大吃一惊。心想这怎么可能呢，你才只是和他们仅仅见了一面，就和申沉回了他家。这简直太不可思议了。""是挺好玩儿的，你说得一点没错，他们那些人真有意思。""那你送我回西廊下，我的腿麻了，站不起来，你拉我起来。"美冬又想起申沉把手伸给她时那一脸调皮的样子。美冬低着头回忆着。她抬眼看了坐在身旁的叶子，叶子正用细长的手指把脸旁的短发捋到耳后，这是叶子标志性的动作。她坐在那里出神。"你怎么了，为什么发呆？"美冬欠了欠身，凑近叶子用夸张的表情看着她看。"我在想……我在想一件事，不知道可不可以实现，啊呀，这简直就是一个梦，一个太大的美梦。"叶子的眼神还没有从她编织的梦境中走出来。"什么美梦，说出来听听，这个梦里面有我吗？""当然有你。""真是这样的吗？快讲讲，让我也去你的美梦里看一看。""我在想，美冬，我们两人是最好的朋友，申沉和辉子也是好朋友，现在你和申沉好了，如果我哪天成了辉子的女朋友,那该是多好的一件事情啊。""哈哈哈……"美冬笑了起来,"你这个美梦也太大了一些。辉子有喜欢的人,那个新雅姐,我们都见过的。虽然她毕业了没有回到北京,一直在杭州,而且听说新雅姐已经有了男朋友,可是辉子的心里好像只有他的新雅姐一个人。我和申沉聊天时听申沉经常说起。而且,你说我和申沉已经好了,真是这样吗?我们只是才开始交往几个月,他也没有说过他喜欢我啊。""原来你在纠结这件事情。申沉那么聪明的人,怎么可能不明白呢?你忘了,当年我们这些人一起去紫竹院滑冰,你第一次见到申沉就说他是里面最聪明的一个人,他又怎么可能不明白你的想法呢。当然,你这样想也不是完全没有道理,谈恋爱嘛,总要男孩子主动一些才对。"叶子对美冬说。"叶子,我们是好朋友,我想我明白你的想法,你对辉子的感情。作为好朋友我支持你的想法,可是那样会对有些人造成伤害。他们这些人,是紧紧的一个整体,彼此之间的感情绝对不是一般朋友那样的,如果造成伤害,很有可能不是对一个人的伤害。""我明白你的意思,你说的是姜南。我想我对姜南的感情他非常清楚,他是我的一个好朋友,从高中到现在一直都是。其实我暗示过他几次。我想姜南心里应该有数。至于你说到的伤害,的确如此。我很喜欢辉子,其实有时候我也很矛盾,我希望他幸福,能和他的新雅姐走在一起,可是我又不甘心。到底怎么好呢,我心里一点也不知道。每当我想起这件事,心里就乱极了,根本想不明白,所以就干脆不去想。但我还是要争取。""好,叶子,我支持你。希望你能有一天美梦成真。"美冬拿起桌上的饮料和叶子碰了一下。"哦,对了,美冬,那件事情你向申沉说过吗?""哪件事情?"叶子用手指了指美冬,然后胳膊在空中划出一条大大的弧线指向远处,又沿着弧线把胳膊挥了回来。"还没有对他说。有机会再告诉他吧。"美冬的声音低了下去。

41

　　"你说的这个原因我们都听了很多遍了,每次都是这样。不是上课,就是学生会,要不就是有事情。哪有那么巧啊。"二老虎气哼哼地说。才才用指尖挠了挠眉梢,"你说得也有道理。我他×也觉得有点儿过分了。""本来就是,今天是你过生日,我×,最好的朋友都在这里了,可你女朋友不来,这也太不应该了。咱们明年都该上大三了,这女朋友从上高中开始交,也交了五六年了,可我们大家伙儿一次也没有见过。喂,才才,你跟我们说实话,是真有这么个人吗?还是你凭空杜撰出来这么一个人,一直哄我们呢?"二老虎搂着才才的肩膀歪着头一脸认真的样子。"去你大爷的,我他×有病啊,编出这么一个人来,逗你们玩儿。你丫什么脑子啊?"才才用力推开斜赖在他身上的二老虎。二老虎被推直了身子,一脸的无可奈何。坐在对面的申沉和辉子笑个不停。"二老虎,不来就不来吧。人家有事儿就忙事儿去。你别惹才才不痛快了啊。今天可是才才过生日,大家都高高兴兴的。"辉子对二老虎说。"我这不也是为了才才好吗。""你别老说人家,你什么时候也交个女朋友,带过来给咱们大家伙儿见见。""对呀,你不是老说你在你们大学校园里异常威猛吗，尤其是在足球场上，对你痴迷的女同学无数，哪天带个漂亮的来。"申沉接着辉子刚才的话对二老虎说。"你们两个别将我，等我过生日的时候，一定带着女朋友来。"二老虎吸了一口烟接着说，"要说咱们这些人里面吧，就丫申沉命好，轻轻松松抱得美人归。""别胡说八道，谁抱得美人归了？"申沉反驳道。"装，你接着装。你就别不承认了，你和那个美冬是不是经常见面约会。她还去过你们学校几次等你放学。我就不明白了，别人谈恋爱都是男的主动，到你这儿反过来了，你丫就是身在福中不知福。哪儿像我们几个人，一个比一个命苦。不是没女朋友，就是喜欢的人得不到。"二老虎说完这句话忽然觉得自己说错话了，他看了一眼坐在对面的辉子，辉子的眼神刀子一样地瞪着他。"别胡说八道了，一会儿人家就来了。姜南去地铁站接叶子和美冬了，应该也快到了。"申沉忙接过话茬儿。

辉子转身从包里拿出一个盒子，"才才，送你的22岁生日礼物。""还有礼物，这可是我第一次收到你们各位的礼物。""当然了，22岁的生日礼物，当然要送了。二老虎过22岁生日我们大家也都送礼物了。""什么呀，看着还挺贵重的。我×，手机啊。"才才打开盒子，里面是一个爱立信的手机。"这太贵重了。辉子。""不算贵重，是二手的。中关村电脑城那边儿有好多卖二手手机的。你别嫌弃，就拿着用吧。以后要换新的，就你自己去换吧。"辉子说。"行啊，辉子，这两年没少挣钱啊。生意越做越大了。"申沉接过手机看了看。"钱倒是还行，和海洋这两年是没少挣。让我们赶上好时候了。咱们这五个人，以后谁过生日，我都送一个手机。这样大家以后联系起来就更方便了。""那我要最新的。我喜欢诺基亚的。"二老虎边说，边把手里的手机递还给才才。"就没你丫的。"辉子对二老虎说。"凭什么呀，为什么就没有我的？"二老虎说完就要往辉子旁边凑，"去，去，去，你还挨着才才坐去，我这儿是给姜南留着的地儿。"

"我们来了，等着急了吧。"姜南一脸欢笑地和叶子还有美冬到了。正值十月，两个高挑、身材匀称的女孩子都穿了牛仔裤。叶子还是漂亮的短发，上面是一件浅灰色的西服式小夹克。美冬在蓝色的T恤外面套着轻薄的白色罩衫，牛仔裤很合体，双腿修长。"哎呀，才才，祝你生日快乐。"叶子把一个大蛋糕放在了桌子上。"谢谢叶子，我最爱吃生日蛋糕了。"美冬扶着叶子的肩膀走过去，拿出一个精致的淡粉色的长方形的礼盒，稍稍向才才欠了一下身子，"才才，22岁生日快乐。"美冬将手上的礼盒递给才才。"好精美啊。呀，是领带，真漂亮啊。MADE IN JAPAN，还是日本货，太感谢了。"才才举着那条深蓝色领带的盒子向大家展示了一下，大家都是赞不绝口，的确非常漂亮。"美冬，为什么要送我领带啊？""因为觉得才才最有学者风度，系上领带会非常英俊潇洒。"美冬回答。"听听，你们都听听，最懂得欣赏我的其实是美冬。知音难求。人生得一知己，足矣。"才才向大家炫耀着。

美冬踱步到申沉旁边的空椅子后面，双手扶着椅背，犹豫着当着这么多人的面该不该直接坐下去，她觉得如果是那样直接坐在申沉的旁边会有一些不好意思。可眼前的这些人商量好了似的谁也不说话，像要故意给她难堪，大家就那么笑着看着她。申沉还坐在椅子上，他把左胳膊伸出搭在身旁的那把椅子的椅背上，申沉半转过头，微仰着头对美冬说，"是应该说好久不见呢，还是应该说又见面了。"他的一句话把大家都逗笑了。"讨厌，你这个家伙太坏了。"美冬顺势坐在了申沉的身边。叶子紧挨着美冬坐下来。"来，姜南，坐这儿。"辉子拍了拍他右手边的空位。

大家依次向才才敬酒，说出心里的祝福。才才作为今晚的主角，坐在主位上，他此刻感觉幸福极了。其实他的女朋友今天没有出席，他多少觉得在这帮最好的朋友面前有些没面子，所以心里有点不痛快。不过这浓浓的友情驱散了心中的阴云，使他暂时忘却了心中的不悦。他望着坐在他身边的憨直的二老虎，坐在他对面的申沉、迟立辉，还有姜南，他右手边的两位漂亮姑娘，"人生有此，夫复何求。"才才心中生起这样的感慨。当他看到对面的申沉和美冬望向彼此眼神交汇的一刻，他还是想念起他的女朋友。

叶子向身边的才才敬完酒，端起自己的酒杯，绕了半个桌子，来到辉子身边，姜南见叶子走过来，主动站起来，把他的座位让给了叶子。叶子轻拍了一下辉子的胳膊，辉子扭头看着她。"来，辉子，我敬你一杯。""嗯？叶子，你该多敬才才几杯才对，他是今天的寿星佬。我和申沉的生日要明年才到。"辉子举起杯，和叶子轻碰了一下把杯子举到嘴边，刚刚要喝，叶子拉了一下他的胳膊，"稍等一下，我有几句话要说。"坐在辉子另一侧的申沉把头从美冬的方向扭过来，看着他们。"辉子，其实我和姜南要比你们小一岁，按说应该叫辉子哥才对。可我不愿意那么叫，就像姜南，我也没有听见他管你叫辉子哥，也只是叫辉子，我也觉得这样最好，叫起来才觉着亲。"叶子举酒杯的手有些颤抖，她把那只手搭在了桌沿上，酒杯却还是握在手中。另一只手很不自然地托着那只发抖的手，像是要起到固定作用似的，不过效果并不大，申沉发现，她杯中的酒还是在晃动着。叶子非常紧张。"我……我非常高兴能够走到你们身边来，能和你们成为朋友，这是我以前从来没有想过的。和你们大家在一起，我觉得……觉得很……幸福。其实……我想说……我想说的是……"叶子的话开始断断续续，语无伦次，说话的语调也高低不齐带出了微微一丝的哽咽。申沉转头看着美冬，美冬的两眼一眨不眨正紧紧地盯着叶子，她的呼吸也有一些急促，美冬的两只手用力地抓着自己的椅角，手指关节泛出了白色。大家都把目光投向了叶子，"其实，我想说的是，希望我们大家都能够幸福，都比现在更加幸福，幸福一百倍，一千倍，一万倍……辉子，谢谢你。"辉子微笑着听完叶子的话，"叶子，我们也很高兴你和美冬能够走入我们的生活。你最应该感谢的是姜南，是姜南把你们领入了我们的生活。我们更应该敬你和姜南一杯，你说得对，我们都要幸福，比现在幸福一万倍。"大家都举了手中的酒杯，向叶子和姜南致谢。姜南幸福得一片天真烂漫，叶子的笑有一些苦涩伴着无奈。

叶子回到自己的座位，美冬一下子拉住了她的手，"叶子，你刚才吓死我了。"美冬把头和叶子挨得近近的，在叶子耳边低语。"我都快紧张死了，我还以为你要向辉子表白呢，你要是真那样做的话，真不知道该怎么办了。"

叶子侧过脸，把嘴贴在美冬的脸颊上，"其实我刚才真就是那么想的，可最终还是没有勇气。"叶子说完，低头看着自己酒杯中的酒，右手握着酒杯，在桌上机械地画着圈。她的眼睛变红了。

二老虎把第三颗干炸肉丸夹到自己盘子里面，又去夹第四颗，他边伸出筷子边说："你知道吗？才才，为什么叫四喜丸子，我的理解就是，要把这个干炸小肉丸四个一组的这样吃才叫四喜丸子。"他把第四颗小肉丸放在盘里，刚要往嘴里塞，"我×，不对呀。怎么还是三个，刚才不就是三个了，现在应该是四个呀。"二老虎自言自语完，又张开筷子去夹了一个肉丸，等他再把新夹的肉丸放在盘里，低头一数，"才才，见鬼了嘿，又他×少了一个。"才才没有出声，却有沉重的呼吸声传来。二老虎侧脸看去，才才是没法说话了，他的两腮像仓鼠一样被撑得圆圆的，嘴里已经没有任何空隙，才才正看着二老虎呼哧呼哧地笑不出声。"你他×的，竟敢虎口夺食，快给我吐出来。"二老虎扳着才才的脑袋使劲摇晃，"噗"两颗完整的肉丸从才才的嘴里喷吐到地上。

两个人嘻嘻哈哈地笑闹了一阵子，二老虎一抬头看见坐在对面的辉子拿两只眼睛瞪着他。二老虎冲辉子笑了一下，"还瞪我。"二老虎又翻了个白眼儿，低头吃菜。不行，还是觉得不对劲，觉得别扭。菜吃了一半儿，二老虎又抬头，见辉子还瞪着他。"我×。"二老虎嘟哝了一句，起身走过去，"往那边儿挪挪。"他往姜南身上挤了挤，姜南让开了一点位置，两个人坐在一张椅子上。"辉子，让不让人吃饭了。""你吃吧，我又没让你吃。""可你他×老瞪着我，我怎么吃啊？""不瞪着你干吗？我还哄着你啊？"二老虎从桌上的烟盒里抽出一支烟，叼在嘴上，"给我点上。"他也瞪着迟立辉。辉子笑了一下，"行，我给你点上。"辉子给二老虎点上烟，自己也点了一根。"喂，二老虎，你姐最近有什么消息吗？"辉子问他。"你不是一直和我姐有联系吗，你不是这两年一直给她写信吗？我姐的情况你应该比我清楚啊。"二老虎觉得辉子的这个问题有点儿可笑。"是，我是和新雅姐一直有邮件往来，可我想知道一些她和你们联系的情况。""我姐很少往家打电话,就是打也是我妈接,她也不会找我。有两次她和我妈说完,我妈让我接电话,也就是简单问问彼此的情况。""你姐要去深圳生活了你知道吗?要和她的男朋友一起去深圳了,那男的准备在深圳开一家工厂。""我×,我从来也没听说过。你还问我我姐的情况,我以后应该问你才对。""那男的把建筑公司的工作辞了,你姐也准备辞职了,他们要一起去深圳,开一家铜艺加工的工厂,好像是。上次新雅姐在邮件里是这么说的。一个月以前吧。""我还真是一点儿都不知道。我回家问问我妈去吧。又要去深圳了,她可真够能折腾的。唉。辉子,那男的真像你说的那样,不怎么样?""就是一傻逼。不过我觉得那男的心机挺深的,我老觉得那个人不怎么样,也挺替你姐担心的。""丫就是一傻逼,虽然我没见过他,不过任何人跟你辉子比,谁也比不了你。""那他妈有个屁用。你姐还不是选他做了男朋友。""唉……我姐真是的,怎么想的?不过辉子你别灰心,他们不是还没结婚吗?你还有机会,努力啊,我永远都站在你这一边儿,都无条件地支持你。"二老虎语重心长地对辉子说。"滚蛋吧,回去接着吃去吧。"

叶子一直仔细地听着辉子和二老虎的对话。失落的神情没有逃过坐在她对面的姜南的眼睛。姜南无奈地摇了摇头,喝下自己杯里的半杯啤酒。"姜南,今天话怎么那么少?别老一个人喝酒,多吃点儿菜。"辉子拍了拍姜南的肩膀。"辉子,你还记得小时候咱们三个人去偷向日葵时的事情吗?"姜南抬起头问辉子。"当然记得了。"申沉这时也扭过头来听他们说话。姜南所说的还是他们上小学时候的事情。在他们家的西面,有一个大院子,院子里种满了大片大片茁壮的向日葵。也许是为了防止外面的人来偷,那院子的大门永远都是从里面锁着的。园子里有一个负责看管的老头儿,非常厉害。不知道是谁,在东面墙角下面挖了一个大坑,真的就像一个狗钻进钻出的洞。那天下午,申沉和迟立辉还有姜南三个人就像狗一样从那个大坑里钻进了那个大院子。他们三个人趴在地上,躲在向日葵丛里,等着看园子的老头儿进屋。辉子对旁边的姜南小声说:"姜南,待会儿老头儿进屋了,你就在这儿趴着别动,帮我们看着那老头儿的动静。我和申沉去摘向日葵,如果老头儿发现了,你就先从那个洞钻出去。""那你们两个呢?"姜南问。"我和申沉先拖住老头儿,你先跑,然后我们再跑,那个洞同时钻三个人根本不可能,你比我们小,你先跑。"其实那天非常顺利,老头儿一直没有出来,他们三个人抱着六个又大又圆的向日葵花盘回到了家。上面结满了个儿大饱满的葵花籽。"你当时说的那句:你比我们小,你先跑。我一直都忘不了。"辉子的思绪随着姜南的讲述回到了他们儿时的世界,他边听边笑,却忽视了姜南眼中的那一缕忧伤。

　　那天晚上的月亮真好,明晃晃地照耀着大地,照耀着他们各自的心事。叶子和美冬两个姑娘走在最后,窃窃私语。申沉和辉子还有才才走在一起,步履凌乱,谁也没有说话。二老虎咿咿呀呀的不知道在嘴里哼唱着什么京剧。姜南独自走在一旁,眼神温柔如水。夜晚的秋风吹起他们这些人的衣襟,心事随着衣角随着秋风此起彼伏。这温柔的月光也许知晓更多的秘密,只不过她是那么的沉默无言。她遥远安静地挂在深蓝的夜空,透过在她身边流去的白云缺失的一角注视着下面这几个年轻人。月亮女神是有可能先知晓了一些事情的,可她是不忍心告诉他们,还是要刻意地去拷量他们,谁又说得清呢?

42

电话响了好几声没有人接听,就在二老虎要挂断的时候,话筒里传来一个男人的声音。"喂,请问哪位?""你哪位?""请问你找谁?""找我姐。""你是谁呀?""你他×谁呀?"二老虎一下子急了。坐在旁边的张景文冲二老虎摆了一下手,"有话好好说,别急。"吕宁也在旁边小声地提醒二老虎。"我的……我的……喂,老虎。"电话那头传来了张新雅的声音。"姐,刚才那谁呀,问这问那的,有病吧他。""老虎。"张新雅的声音明显小了一些,二老虎能想象出此刻他姐很有可能正在用手捂着手机说话。其实新雅如果怕对方听到自己的声音,她把说话声放小没有任何作用,放低声音的应该是自己这一头。二老虎觉得他姐张新雅真是好笑。"我刚刚在那屋收拾东西呢,手机放这屋了,没听到,刚才是素强,是他接的电话。""你的手机他就不应该接。这属于个人隐私问题。再说了,那你手机里肯定有咱们家的电话号码啊,来电话时,手机上会有来电显示,他看不出来啊,还问这问那的。"二老虎还是不依不饶的。"行了,行了,这点小事儿,别没完没了的。说吧,大晚上的找姐干吗?"说完这句话,新雅和二老虎心里都有一点别扭。其实就是旁边的张景文和吕宁听到刚才的那些对话，心里也不舒服。

"姐，你要去深圳了。是真的吗？""当然是了。我现在就在深圳了，前天到的。要不为什么这么晚了还在收拾东西。""你把杭州的工作辞了？""辞了一个月了，我和素强一起来深圳了。他比我早半年辞职的，也早半年过来深圳了。注册了一个公司，是搞工程的。我们以后要自己当老板了。""什么公司啊？干什么的？""主要是做铜艺，比如大门、廊檐、扶手、灯饰什么的。素强以前在杭州的工程公司就主要做这一块的业务。前景很不错的。""办公地址什么的都找好了？""找好了，素强这半年可是忙坏了，在深圳的郊区租了一块地，盖了厂房，这就是以后的生产车间了。然后在离工厂远一些的地方，不过还是不到市中心，租了两间写字楼，就是办公室了，我们住的地方也是才找好的，虽然离工厂和公司办公的地点远一些，不过周围的生活设施很方便。""听你说的这三个地方离得都比较远，这样安排太辛苦了吧，姐。""没办法啊，深圳的租金太高了，所以只能把工厂放在郊区，公司也要远一些，至于生活的地方只要能满足生活需要就行了，毕竟我们也是刚刚开始创业嘛。等住所弄利落了，我就去学车，素强买了一辆二手车，这样以后就方便多了，远点儿也无所谓了。"能听得出来，新雅对即将开始的新生活充满了希望。"老虎，爸妈和爷爷身体好吗？""好，都好。""你怎么样，再有一年多就要大学毕业了。准备找什么工作？""没想好，到时候再说吧。"二老虎显然没有心情谈这个问题。"要不那时来深圳发展吧。""不去。我哪儿都不去。我就在北京，深圳我这辈子都不会去。"二老虎一下子提高了嗓音并挂掉了电话，他本来想问新雅到底准不准备回北京的，这句话他到底没有问出口。

张景文和吕宁也把刚才姐弟俩电话中的对话听了个大概齐。他们理解二老虎生气而挂掉电话时的心情。张景文叹了口气，披上外套走到了院子里。他坐在家门口，掏出烟来点上，吕宁随后也从家里出来了，默默地站在张景文边上，怜爱地用手轻轻地抓了几下张景文的头发。"也许当初就真的不应该答应她考外地的大学。"吕宁低声说。"考外地的大学没有什么,出去锻炼锻炼也好,只是没想到大学念完了,离咱们越来越远了。"张景文回答。"行了,别难受了,姑娘大了,自己的路自己奔去。上个月给我打电话时说只是打算要去深圳,没想到这么快就过去了。真是的。""是呀,杭州再怎么说也还熟悉点儿,路程也近点儿,深圳就完全陌生了。""那还有那么多出国的呢,要是哪天新雅和咱们说她也要出国了,你能怎么着?你还能跟过去?"吕宁笑着安慰张景文,她的手指一直在张景文的头发里面轻柔地摩挲着。

二老虎也穿着外套从屋里出来,他没有坐下,直直地站在那里吸着烟。三个人谁也没再说话,静静地待在那里。吕宁疼爱地看着她面前身高体壮的二老虎,个子比景文都要高了许多。已经完全是成年人了。她望着安静的院子,想起了二老虎小时候每天在院子里练习武功时的情景,那么卖力气,那么一丝不苟,一晃十多年过去了。当年那把木头刀在哪儿呢?明天要找找去。

凌晨的三点二十二分,辉子已经不是第一次在这个时刻醒来了。他还是看了眼表,再次确认了一下时间。他知道接下来他很难再继续睡去了。辉子起身,把昨天剩在杯里的半杯水喝光,打开电脑,登录了他的邮箱。在写信那一栏,他点开了张新雅的邮箱地址。"这是第二十四封信了。"辉子在心里默默地说。

"新雅姐,近来可好。又是在你熟睡的时候给你写信,你一定会感到奇怪吧。其实连我自己都觉得不可思议。这个时间点好像是在我的身体里设定好的时间一样。也许白天我真的太忙了,除了中午挤出时间吃个午饭,有时候就连吃午饭这半小时的休息时间也还是不固定。因为不是在忙着给别人装机器,就是在给客户送机器的路上。你上一封回信里面说让我多注意身体,按时吃饭,这可是很难保证的。不过我的身体没有任何问题。请你尽管放心。得知你工厂的生意正慢慢地走向正轨,真的为你高兴。我不再去深圳进货了,开始去过几次,现在不需要再那么远的路途来回奔波了。和提供配件的供货商成了朋友，对了，其实说是朋友也不完全正确，那个供应商其实就是关海洋的表哥，当初也是他提议关海洋辞去烟草公司的工作，自己出来单干的。为什么当初海洋没有告诉我这些呢，我当年还自己跑了几趟深圳去进货，我想他可能是在考验我吧。哈哈。我是这么认为的，好在我辉子为人正直，对朋友够忠诚，所以他的考验估计后来在他自己看来都有些多余了。反正我是没有让我的这位朋友失望，也没有辜负他的信任。现在简单多了，我们只要把定期需要的电脑配件列成采购单，用邮件发过去。对方就会按照我们所需要的把货发过来，现在物流也方便多了，每天都会有很多的货车来到中关村电脑城这里送货。我们收到货后再到银行给对方付款。生意也很不错。

"瞧我一下子说了这么多，你不会嫌烦吧？还有两个月就要过春节了，今年春节你回家吗？去年的春节你没有回来，算起来也有两年没回北京了。我们上次见面还是我那年去深圳进货时，临走的下午我们在电子市场附近匆匆见了一面，我记得当时你是开车来的，你说是一辆二手的马自达轿车，当时看见你从车里面出来，我真是吃了一惊，你可真是了不起，你说你开得还不太熟悉，所以路上用的时间多了一些，可我还是很高兴你能来。然后你开车把我送到火车站，虽然我们没有时间一起吃饭了，可坐在你的身边看着你小心翼翼地驾驶汽车的样子，既有趣也美丽。我和申沉去年夏天一起考取了驾照，遇到有大客户采购大批量的电脑，我或者海洋就会开车把电脑送上门去。我们买的是一辆金杯汽车。不知道你的驾驶技术现在如何了，我的技术可是我们这一层楼里面最好的，你要是不信，等你回来的时候，我去接你。

"你那可爱的弟弟，我那可爱的兄弟二老虎已经谈恋爱了，他应该告诉你了吧。我们见过几次，那姑娘很可爱，人也好，申沉问过她，喜欢二老虎什么，那姑娘回答说喜欢二老虎身上那股纯正的男子汉的味道。听说在二老虎他们学校里，追求二老虎的姑娘还真是不少，这姑娘是最主动，也是追得最紧的一个。可能是她的热情和执着率先打动了二老虎，现在二老虎整天被幸福包围着，都快乐成一朵花儿了。那气色，比那姑娘都好。我们几个也都好。

"新雅姐，过年回来吧。就这么一句话，很想你。不多说了，你也多保重身体。想你的辉子。2000年11月14日夜。"

辉子关上电脑，外面还是漆黑一片，能清楚地听到北风刮过窗户的声音。他的头脑无比清醒。他低头想着，他今年23岁了，新雅比他大四岁，也就是27岁了，那么也许很快新雅姐就要结婚了……他不敢再想下去了，心里一阵钻心的痛。虽然至今为止的道路并非一片坦途，但想到正是因为爱着才有机会感受到痛楚，他就能鼓起勇气，克服重重困难。

夕阳贴着地面将衰草打成金黄。深秋也有深秋的韵味。申沉和辉子两个人从香山顶上走下来，站在那个不大的人工湖旁边。残阳如血，枫叶如血，却带不来温度的感觉。地上有一颗圆圆的石子，辉子用脚"叭"地向前一踢，小腿摆动发力的速度很快，地上的小石子子弹般飞出，射入湖面，辉子站在那湖边，看涟漪生成，荡开，消失，湖面重归平静。申沉后来一直都记得辉子伫立夕阳的样子，没有表情，却满是表情。

这一年的冬天可真是冷啊。才才抬头望了眼窗子外面随着西北风狂摆的光秃的杨树，一阵一阵"呜呜"的像是鬼哭狼嚎一样的声音从宿舍窗子的缝隙里挤了进来，更加放大了音响效果。才才把烫得发红的双脚从热水盆里拿出来，上身立刻哆嗦了一下，哎，真舒服啊。烫脚引发了全身的血流加速，从头到脚都是暖暖的，脑门儿上还微微出了些汗。才才趿拉着拖鞋，披上大衣，端起水盆冲向了楼道的水房，刚刚走到门口，一大股强劲的冷风险些将才才肩上的大衣吹掉，"他×的，那块碎掉的玻璃窗还没有配上。"才才心里骂了一句，他一手揪着肩上大衣的衣角，一手端着水盆，向着两米外的黑暗中的水池子"哗"的一下子把水泼了出去。然后转身跑回了自己的宿舍。

这间宿舍原本是6个人，可现在只有才才一个人在。因为过了春节就要开始毕业实习了，同学们都已经开始紧张地寻找实习单位，或者是准备去学校推荐的单位。所以大家都在分头忙着为将来的就业做准备。难得大家在宿舍里聚齐了，肯定要出去喝酒，同窗同屋生活了四年，大家的感情早已经亲如兄弟。今天也不例外，他们几个人在外面吃涮羊肉，吃到晚上九点，才才先回宿舍了，其他几个人还在把酒言欢。今天喝的二锅头真是有点急，才才洗漱之后感觉好多了，头也不像刚才那么晕了。他拿过暖壶，给自己沏了一杯茶，吹开飘浮于水面的茶叶，吸溜着喝了一小口，坐在床沿上，冲桌上立着的小镜子里面的自己做了一个鬼脸，他拿过烟，为自己点上，悠长地从嘴里吐出烟柱。哎呀，心里好高兴啊。才才仰靠在了身后的被子上。

前天，系领导和校领导分别找才才谈了话，对于毕业后留校当老师这件事，学校的意见和才才的想法非常一致。明年夏天毕业后，才才就将成为一名实习教师。这本身也是才才对自己将来的规划。他喜欢学校这个大环境，喜欢书本，而教师这个行业恰到好处地保证了才才今后仍然将在校园中和书本的知识中愉快地度过。

才才又深吸了一口烟，他想起了他的女朋友，在另外一所大学的女朋友。他们是高中的同班同学，感情平稳，也有了将近七年时间的交往。虽然后来没有踏入同一所大学，可他的女朋友处在北二环外面的那所大学，与才才本人的这所地处北京西三环的大学，在地理位置上有一些距离，两个人因为忙于学业，更多数的原因是才才的女朋友更加忙一些，所以两人基本上保持着半个月见一次面的情况。不过尽管如此，更像一段小小的异地恋，可是才才觉得他还是"修成正果"了。想到这里，才才的身体有了一些反应，好在宿舍里面没有第二个人，他低下头，可脸还是有些发热，他看向自己有所反应的那个部位，嘻嘻地笑出了声。"修成正果"了。才才心中所谓的"修成正果"的时间并不遥远，就是上个周六。那简直是可以载入他生命史册的一天。经过才才多年苦口婆心的央求和软磨硬泡，他的女朋友终于答应了他。上周六的下午，才才怀着无比激动的心情时不时看着走在他身边的娇小的女朋友一眼，她显得没有才才那么兴奋，好像沉着得多。才才走到酒店的前台拿出身份证去登记开房间的时候，他的呼吸都加速了不少。以至于和前台服务员说话的声音都有些颤抖，在确认单上签名也是写得七扭八歪，完全不像他这么一个从小练习书法的人写出来的字。才才紧张得两只手心都是汗，在服务员办理手续的过程中，他把手伸进怀里，捏了捏衣服内兜里的那个小小的方形的小口袋，那是一只杜蕾丝保险套。漫长的等待，好像过去了一个世纪那么久，入住手续终于办完了。才才从服务员手中接过房卡，扭头向旁边坐在沙发里若无其事翻看着杂志的女朋友瞟了一眼，便低头快步向电梯方向走去，仿佛做了多少亏心事，他的女朋友随后镇定自若地跟了过来。

　　关上房门的一刹那，才才再也忍受不住了，他一下子把他的女朋友扑倒在床上。女孩子笑着推开他，指了指还拉开的窗帘，才才恍然大悟，自己太心急了，有大把的时间来享受，应该更从容一些才好。

　　才才的第一次性爱经历在他自己后来的描述中，意义大于内容。他说，不管过程如何，他在那天从一个男孩子转变成了一个真正的男人。第二天晚上，申沉和辉子还有二老虎把他从家里叫出来，逼着才才讲这件极度隐私的事情。虽然这一大堆的理论知识，他们几个人早在这些年的录像带上见识过了，可是对于亲自实践，才才是他们中的第一人。"快说说，才才，说得越详细越好。"二老虎催促着。"放屁，我连脱衣服也告诉你们啊？我女朋友愿意我还不愿意呢。"才才推了二老虎一把，可他脸上仍然浮动着骄傲自豪的表情。在才才眼里，在才才这个男人眼里，其他三个人还只是纸上谈兵的大男孩儿，他与他们已经有了本质上的区别。"只有经历了，才算了解啊。"才才轻吁着一口气。"才才，真的是像书里和录像带里那样吗？欲仙欲死，飘飘然的吗？"申沉也快等不及了。"说不好，有一些吧，不过没有那么夸张。""才才，你学问最大，也最会说话，你给我们好好形容形容，那到底是怎么样一种感觉。"申沉接着问。在他看来，才才自从昨天之后，整个人有了根本的蜕变，身体上的，心智上的，气质上的，总之就是和以前都不一样了，在男人方面，才才更有发言权。"既然是你们三个人，我也就不吹嘘了，就实话实说了，把我的真情实感讲给你们听。对你们以后各自会有帮助，毕竟我是过来人了嘛。"才才用一种过来人的口吻向他们几个人说。"那是，那是，你是前辈，你比我们领先了一大块儿，至少在人生的道路上面。"辉子也一个劲儿恭维才才。"你他×先别着急拍马屁了，先让他说。"二老虎简直都要爆发了。"其实吧，也没什么特别的感觉，没感到有什么不可思议的舒服的感觉。要让我来形容，就像……这么说吧，我自己就是现在想起来，也觉得就像是猪八戒吃人参果的那种感觉。""这话是什么意思啊？我们不明白啊。好才才，别再逗我们了，讲清楚点。也让我们对将来有个心理准备。"辉子说。"偷吃人参果的动画片咱们小时候都看过吧。这话的意思就是说那感觉就像是《西游记》里面猪八戒第一次吃人参果，还没尝出是什么滋味，是酸是甜，还不知道，就一下子咽到肚子里了。""这到底是什么意思？还没明白啊。"其他三个人一脸迷惑。"这话的意思就是说我还没来得及仔细体会那种神秘感觉，就结束了。这回知道了吧。"才才大声说还带着点儿气。"那后来呢？"二老虎还在问。"后来我就睡着了。""你睡着了？你有大把的时间，时间那么充裕，你就没再做一次，再好好感受一次？"申沉显得比才才更不甘心。"没再做，那天我只带了一个保险套。""你丫就是一个傻×，一个大傻×。"三个人同时抬起头来，失望的表情溢于言表。"你，就是一个傻×。"二老虎又重复了一遍。

想到这里，才才自己也笑了出来。"他们说得没错，我真的就是一个傻×。"才才从靠躺的被子上坐起身来，他先向镜子中看了一眼，脸有些红。他拢了拢自己的发型，拿出手机，给他的女朋友发了一条短信，"很想你。特别想。哪儿都想。哪儿都特别想。"信息发出，才才又躺下了，他焦急地等待着。过了大约半小时，这期间，才才喝了一杯茶，又抽了一根烟，又对着镜子拢了一次头发。就在他以为今天收不到回信的时候，手机响起了

"啵"的一声短信提示音。才才慵懒地拿起手机,点了一下手机屏幕,眼前出现了一行字:"我们不要再联系了,我有新男朋友了。"才才呼地一下子坐了起来。

43

平安夜的晚上，申沉的情绪有些悻悻的。走在他旁边的美冬看着他的样子觉得好可爱。因为在他们交往的日子里面，申沉还从来没有表现出这种带有无奈和失落感的样子，他永远都是那么充满活力，有趣的、让人应接不暇的好主意或是坏点子总是层出不穷，眼神也永远那么锐利，让美冬为之心跳。现在他的眼神，失去了光芒和力量。

今年的圣诞节因为是20世纪的最后一个圣诞节而显得非常不同。不光是在大学校园里面，社会上所有的年轻人，年轻的情侣，包括上了岁数的人们都觉得这个圣诞节会与以往有很大的不同。申沉当然也不例外。他和美冬的原计划是先去看电影，再去吃一顿浪漫的平安夜大餐，然后找个安静的地方两个人坐下来好好聊聊天。也许他可以在这个浪漫的夜晚再次亲吻美冬柔软的嘴唇，也许还可以得到更多一些的温柔。当然这部分是他自己的计划了。

华灯初上，当申沉与美冬相会后走上街头，却发现他们一系列的活动好像都不太可能成为现实了。电影院的场次全部爆满，接连下面几场都已经没有票了。而吃饭的地方，稍微适合情侣约会的场所也都挤满了人。看着北京街头和商区密密麻麻的人群，申沉从心底里感到厌烦。北京什么时候有了这么多的人了。申沉是个很情绪化的人，他的心情也随之受到了很大的影响。美冬倒是显得很开心，当他们坐进南礼士路路口的一家叫做半亩园的快餐店的时候，这里倒是还有几个空位。他们临窗而坐，美冬笑嘻嘻地看着无精打采的申沉，"喂，申沉，这可不是你平时的样子。赶紧给我打起精神来。"也许是美冬的情绪带动了申沉，申沉眼中那丝绸般的光亮复活了。

"真扫兴啊，美冬。哪儿都是人。""我觉得还好，只许你出来过节，别人都不能出来庆祝，全要给咱们让路？你也太霸道了。""你说得对，我就是一个普通老百姓，和其他人没有什么两样。可我看着街上那么多人还是心烦。""可是看见别人快乐的样子，自己不是也会同样感到幸福吗？"美冬歪着头还是笑嘻嘻地说。"我可没有那么高的境界。"申沉呷了一口玻璃杯中的啤酒。"连电影都没有看成。""我们以前也不是没有一起看过电影，以后也还有的是机会，只不过今天没去成，不过也没有什么关系吧。以后再补上。""美冬，你真是个特别的人。""的确是吧，是和身边人不太一样。"美冬狡黠地笑着说。"来，干杯吧，圣诞节快乐。"美冬向申沉举起酒杯。两人轻轻地相碰之后，申沉一口气把杯中的啤酒喝干。"喂，申沉，看你们几个人一起喝酒真是过瘾。你最喜欢喝什么酒，啤酒、白酒，还是红酒？""红酒很少喝，我们喝得最多的还是啤酒和白酒。""那你喜欢喝啤酒还是白酒。"美冬问。"嗯……我想想，都还可以吧。可能啤酒喝的时候多一些。白酒嘛，我们喝得最多的就是二锅头。好像没喝过其他白酒，哦，对了，喝过一回泸州老窖。还不错。""那茅台酒你喝过吗？""茅台，那可是中国最好最贵的白酒，还真没有喝过，别说喝过，我除了在商场里面见过，连酒瓶都没有摸过呢。""原来是这样啊。我明白了，那30年的茅台你一定就更没有喝过了。"申沉一下子瞪大眼睛，"你诚心气我是不是？30年的茅台，买都买不到。你喝过吗？""哈哈哈……"美冬大笑着，"我其实也没喝过。不过申沉你别生气，我请你喝，请你喝茅台，请你喝30年的茅台。"申沉吃惊地大大地睁着眼睛，"那不太可能吧。你真的有。""当然有,也不是我的,是我爸爸的。在家里放了好多好多年。从来没有人去喝。我请你喝吧。""那简直太好了。"申沉高兴地把一晚上的郁闷全抛在九霄云外了。"不过这酒太珍贵了,咱们不能随随便便地就把它喝了,要等一个节日或是一个重要的日子,咱们再把它喝了。"申沉说。"不用那样吧,想喝就随时把它喝了。等明年你和辉子一起过生日的时候咱们把它喝了吧。""嗯,这倒是个不错的主意。"申沉也看着窗外的夜色,"对了,美冬,你刚才说看见别人快乐的样子,自己也会感到幸福,这话太让人感动了。我想知道你理解的幸福是什么呢?"申沉问。"好难回答的题目啊。让我想一想。嗯……"美冬扭头望着窗外的灯火和人流想了好一阵,"我理解的幸福就是,看电影时你在,吃饭时你也在。"美冬说完,脸红红地低下头去小口地喝着啤酒。

"走吧,申沉,虽然你今天所有的想法都没有实现,可你还有最后一个任务是可以完成的。""最后一个任务?"申沉一下激动起来。"送我回家。""哦。"显然美冬说的最后一个计划和申沉所想的不一样。美冬挽着申沉的胳膊走进了夜色里。

他们一起走到美冬家楼下,美冬指着上面四楼亮着灯的房间说:"那就是我家。你不上来坐坐吗?""家里有人?""对呀,爸妈都在家。""那我就不上去了。"申沉摇了摇头。美冬笑着说:"父母在,也可以上来坐坐啊。""算了,还是下次吧。太晚了,不方便,再说,我也没有心理准备,会紧张。""那好吧,改天一定邀请你来,对了,申沉,平安夜就要过去了,明天中午我请你吃饭吧,请你吃真正的圣诞大餐怎么样?""好啊。明天什么时候?""中午吧。中午我们去。地点我来订。你不是说辉子明天晚上要请大家唱歌吗?所以只能是中午。""哦,对了,你不说我都忘了这事儿了。"美冬站在申沉的对面,还没有马上就上楼回家的意思。这时街上安静极了,也不再觉得寒冷,一个过往的行人都没有,美冬在黑暗中望着申沉,好像同样在等待什么。申沉拉起美冬的手,走到拐角处,这里更加僻静,申沉把美冬搂进怀里，美冬热烈的嘴唇迎了上来。醉人的亲吻，申沉与美冬像是要融化在那里。他忘情地亲吻着美冬，右手不自觉地悄悄地攀上了美冬的胸部，虽然隔着厚厚的羽绒服，但他仍然感觉到那份让人心醉神迷的柔软。美冬握住申沉那只手，喘息着离开申沉的嘴唇，轻轻地咬了一下申沉的耳垂，在他的耳边轻声地说"坏蛋，现在不可以"，然后转身跑进了楼道。

申沉在那里站了几分钟，他还没有从刚才的令人迷醉的温柔中挣脱出来。"坏蛋，现在不可以。"美冬这句甜言蜜语还在耳边回响着。刚才那软软的感觉，申沉在回家的路上一直在回味。

第二天中午，申沉和美冬来到东三环附近一家叫做"出云"的日本料理店。走到店门口，申沉停住脚步，木质的大门紧闭着，上面的木牌上印有毛笔书法一般的"出云"二字。美冬推开大门，和申沉一起走进去。屋里很暖和，和外面寒冷的天气形成鲜明的对比。右手边是一个石砌的小水池，水面浮动着几片荷叶，荷叶下面有两条非常漂亮的锦鲤往来游动。旁边来了一位女孩子，在温暖的屋内穿着一身素色的连衣裙，袖子是七分袖的长度，刚刚过了肘部。她微笑着向申沉和美冬打招呼。那女孩子稍向前俯身，双手整齐地并在身前，说："依拉瞎依麻塞。"申沉听不懂日语，但知道那应该是问好之类的话。"请问两位吗？"那个女孩子用标准的中文问道。"哦，原来是中国人。"申沉小声地在美冬旁边说。两个人跟着服务员向里面走，经过前台的时候，里面的一个中年妇女看到美冬，热情地说："美冬，你来了。"美冬笑着向对方点了点头。申沉转头看向她，"你经常来这里吗？刚才那个人跟你很熟。""偶尔会来。"走在前面的服务员半转身问美冬，"请问是椅座还是榻榻米？""申沉你想坐哪里好呢？"美冬问申沉。"榻榻米吧，还没坐过呢。"申沉想都没想地说。"我们想坐十四号的位置。"美冬向前面领路的服务员说。服务员听了，眼睛不自觉地睁大了一些，十四号位置的榻榻米是他们这家日式料理店最好的位子，这是只有不多数的人才知道的。

服务员把他们带到十四号包间的门口，门口挂着一幅深蓝色的布帘，上面写着申沉不认识的日文。两人在门口脱掉鞋,踏上榻榻米,把身上的羽绒服和围巾脱下,放在一边,相对而坐。房间里面的陈设简单而雅致,两边各是一把带木靠背的坐椅,其实并不是日常所见的椅子,因为没有椅腿,在桌子下面,是一块凹下去的空地,腿正好可以放在下面。木桌的上方挂着一盏像是纸质的样式简单的吊灯,桌上面放着四副筷子还有四个小巧漂亮的浅黄色的小盘子。服务员递上菜单的同时,撤去了两副餐具。"申沉,看看,你想吃什么?"美冬笑着说。申沉翻开菜单,菜单上印着各式精美的菜式,可是申沉从来没有吃过日式料理,他翻看了好几页,也没有决定点些什么菜好。申沉把菜单递给美冬,"你来点吧,我没吃过,真不知道点什么好。"美冬接过菜单,快速地翻过几页,熟练地向服务员交代着。点好菜之后,美冬又问申沉,"喝什么酒,啤酒还是清酒,还有梅子酒?""清酒吧。"申沉还是连想都没想地说。"没喝过清酒,尝一下什么味道。""好,两壶清酒。"美冬微笑着礼貌地将菜单还给服务员,"先这么多吧,不够再要。""好的,请稍等。"服务员转身离去了。

　　申沉大大地伸了一个懒腰,他拿起桌上的那副精美的竹筷,用手比画了一下,"美冬,你对这里很熟悉吧。""嗯,来过几次,和爸爸一起来的,爸爸的工作和这里有关系。"美冬回答。"我说呢。听说日式料理价格很贵的。"申沉小声地对美冬说。"不用担心,你今天感受一下,喜欢吃就好。我爸爸和这里的老板是老熟人,会有折扣的。"美冬对申沉说。服务员把茶水端了上来,申沉端起白色的小瓷杯,喝了一小口,"真舒服啊。这是什么茶?味道好怪啊。"美冬也端起杯喝了一口,"是大麦茶。对了,申沉,你先坐一下,我去和前面的老板打个招呼。""好,你去吧。"美冬起身穿鞋,"我一会儿就回来。"

　　美冬点的菜陆续端了上来,先是一小碟煮毛豆,然后是一个大大的盘子,下面垫着冰块,冰块上面是几片绿色的大叶子,不知道是什么植物的叶子,四周码放着几种叫不上来名字的各色的肉片,像是鱼肉和海鲜一类的东西。

申沉今天早上起晚了，没有吃早饭，现在早就饿坏了。这个时候只想吃肉，煮毛豆根本不是他的选择。他拿起筷子，夹了一小片鱼片一样的东西放进嘴里，细细地咀嚼着。凉凉的，口感很好，可是没有任何味道。申沉有些纳闷儿。他又注意到了那个大盘子的边缘部位放着一小堆绿色的像是膏体一样的东西，看来这就是调料了吧。应该像北京的涮羊肉一样，是蘸这个吃的。"我真是太聪明了。"他又夹起一小块，在那堆绿色的调料上面反复地蘸着，直到鱼片上面裹满了调料，他一下子丢进嘴里。那一瞬间，申沉仿佛遭受到了雷击一样，那股无法忍受的强烈的刺鼻感直冲大脑神经。他觉得他头顶的天灵盖都要被掀起来了。吐又吐不出来，只能强忍着把口中的鱼片一口吞了下去，鼻腔、喉咙和耳朵疼得要命，眼泪无法抑制地喷涌而出。

　　这时他听到了美冬的讲话声和越来越近的脚步声，他不想让美冬看到他的窘态，可又无处藏身，事实上他感觉自己已经处于麻醉状态，他只能顺势趴在了桌子上面，把头深深地埋在臂弯里。美冬踏上榻榻米，看到申沉趴伏在那里，吓了一跳。"喂，申沉，你怎么了？"申沉没有任何反应，还是趴在那里一动不动。美冬有些担心，去拉申沉的胳膊，"申沉，你到底怎么了，哪里不舒服？"申沉抬起右手，无力地摆了摆手，"没什么，我趴一会儿。"浓重的鼻音里面明显带着哭腔。美冬扭头看到了申沉用过的筷子还有盘子里面被人动过的芥末，瞬间明白了发生的一切，美冬"咯咯"地笑着在申沉身旁坐了下来，用手搂过申沉的脖子，抚弄着他的长发，"申沉，你偷吃了芥末，你也太有意思了。"

　　两排瘦瘦高高的白杨直立在河岸两边。油亮的叶子哗啦啦转得飞快。北方的风铃树，闪着一团团的光。辉子向后仰起脸，天空湛蓝无云。阳光刺痛了他的眼睛。风从对岸空旷的田野吹过来，越过河面，掀起一蓬蓬的沙。喉咙像着了火一般，火烧的感觉，疼得说不出话来。辉子累极了，他没有力气再挪动一下脚步，他想走到五米外的那棵树下，靠在树干上休息一会儿，可他无论如何走不过去了。有声音传来，辉子把所剩下的全部的力气集中调动到眼睛上面，极力地向传来说话声的方向望过去。人们的说话声。声音由远及近被风裹挟着送到耳中。更近了一些，远处已经模模糊糊地能看到人影晃动。辉子笑了起来，那是他熟悉的声音。走在最前面的两个人是才才和姜南，他们在激烈地讨论着什么，辉子看着他们争得脸红的样子，觉得十分好笑。辉子笑着看着他们，他们走到了辉子面前，离他只有一米的距离了。可是仍没有看见他。两人继续争论着。辉子张开嘴，却发不出任何声音。辉子又大声地试了试，没有用，连一点声音都发不出。只能自己听见从喉咙里面涌出的"哈哈哈"的大声的喘气声。才才和姜南快步从他面前走过去了。辉子低下头，失神地望着自己的双脚。又传来了说话声。辉子举头望过去，是新雅姐，她旁边走着二老虎，新雅姐一如学生时代的样子，二老虎走在新雅姐的旁边，怀里抱着一个五六岁的小女孩儿。"新雅……新雅姐……"辉子大叫着，可还是一样，只有他自己可以听到这比蚊子发出的声音还要弱小的气息。辉子向他们使劲地挥手，二老虎和新雅姐没有说话，只是目光平视着前方，大步流星地往前赶路。辉子拼了命地向他们招手，二老虎怀里的那个小女孩儿好像注意到了他，在他们经过他之后，仍然回过头来看着他，直至他们也走远了。辉子的眼泪流到了嘴里，那么苦涩腥咸。他浑身颤抖着，就像风里的树枝，他觉得他快要站不住了，就要摔倒了。还有一个人，他对自己说，还有一个人，申沉，申沉还没有走过来。他抹了一把脸上的泪水，向着刚才他们走来的方向张望。望了很久，前面过去的人早已经没有了踪影，申沉才在远处出现。他走得很慢，边走边东张西望，像是在找什么人。一脸焦急的样子。一定是在找我。辉子大声地呼喊："申沉，申沉！"两只手臂上下挥动着。慢慢地，申沉走近了，离他有几米的距离，仔细地看着他。"申沉，申沉！"辉子的声音简直要冲破喉咙，他的双手用力地撕扯着自己的衣服，把脖子上抓出一道道血印。申沉走过来，"辉子，你也在这里。"申沉对他说。辉子号啕大哭，申沉仍是向四周看，"辉子你怎么也在这里呀？"辉子紧紧地搂住申沉的肩膀，"带我回家。带我回家。"辉子的鼻涕眼泪沾湿了申沉的肩膀,申沉没有注意到,还在左看右看。"我扶你到树底下歇会儿吧。"申沉扶着辉子,一步一挪地走到那棵树下,辉子靠在树干上面,大口地喘着气。"你先坐会儿,我还有事儿,我先走了。"申沉松开扶着辉子的手,又向四周看了看,摇了摇头。"申沉,我是辉子,别走,别离开我,你们都怎么了?都不认识我了吗?"辉子抓住申沉的手,向他大叫着,这时他的声音已经能够发出来了,撕心裂肺的喊声回荡在荒凉的河面上。"我还有事儿,我得赶紧走了。"申沉推开他的手,向前面走去。"别走……先别走……申沉。"辉子大叫着,发出一声可怕的低吼。他一下子睁开眼睛,四周一片漆黑,他向自己的脸上摸去,一脸的泪水,原来是场梦,心里一下子踏实了,并带来一种起死回生的感觉。他坐起来,头枕在窗台上,大口地喘息着,有什么冰冷的东西顺着鼻翼又流了下来,无比的真实。

44

　　2000年12月31日。真正的千禧年就要到来了。过了今天，眼前的这个纷杂的世界就将要跨入新世纪。人们心中都有一种说不出的味道。申沉走在路上，看着路上往来的行人，这天可能大多数单位都提前放假了，才下午四点，街上的行人已经不少。人们或是在赶往家中的路上，或是和朋友们一起准备聚会，以庆祝这个千载难逢的时刻。申沉的心情也有一些复杂，有兴奋，同时也伴着些许的失落。他手中握着一束百合花，这是送给美冬的，美冬说她喜欢百合花。这束花是他刚刚在街角的那家花店买的。手执美丽百合花的申沉吸引了路上一些人的目光，毕竟在这个特殊的日子里，一个年轻的男子手执一束鲜花，有了一些特殊的意义。

　　前一天美冬和申沉商量如何庆祝这个千禧年之夜。"来我家吧，申沉，来我家找我。""去你家？"申沉有一些犹豫，"我们还是去外面吧。""我知道你在担心什么，放心吧，我的父母不在家，他们出去玩儿了。就我一个人。""哦，原来是这样啊。"申沉坏笑起来，"那好吧。""瞧你那一脸的坏样儿，申沉。这才是你最真实的样子吧。"美冬取笑申沉。申沉严肃起来，"不许胡说，其实我还是觉得挺遗憾的，没有机会拜会一下叔叔阿姨。""你真是这样想？""当然了，我早就想见见叔叔阿姨了。""那好办，我给他们打电话，让他们明天赶回来。""不必了。"申沉发觉自己竟着急了。"这样不太好吧。还是让叔叔阿姨忙正事儿吧。至于我，什么时候都可以见面的。""你就是口不对心。"美冬看透了申沉的心思。"你不许胡说。"

"那明天晚上你想吃什么？"美冬问申沉。"什么都好。你想吃什么？""那我明天先去采购，晚上烧几样菜给你尝尝。""那样啊，会不会太麻烦了。要不我们吃火锅吧？"申沉说。"火锅？好啊。我也喜欢吃。那就吃火锅。我明天去采购，你下午来就好了。你找得到吧？""没问题，一定能找到。"

虽然送过几次美冬回家，可申沉还是第一次踏入这个小区。美冬家是那种比较新式的公寓楼，每一层只有两家住户。虽然这栋公寓楼只有六层，美冬家住在四楼，可仍然安装了电梯。在申沉走进这个不大的小区的一刻，他就感到这里与北京其他的小区还是有所不同。首先这里的住户并不是很多，显得不那么拥挤。公寓的每一家住户的玻璃窗都很干净明亮。楼下整齐地停放着几辆小轿车。走进楼内，四壁和地板上都贴了灰白色瓷砖，这也和平时申沉走进过的那些住宅楼有很大不同。那些住宅楼显得是那么狭窄而拥挤，楼道内堆满杂物和自行车，走过的时候人们总要东躲西藏地蛇行前进。这里的楼道显得宽敞而整洁。"叮"的一声，电梯在四楼停下，申沉走出来，来到美冬家的门口，他将手轻轻地按在门铃上，心情还是有一些紧张。

房门轻轻地打开了一条缝，小心翼翼地，好像屋里的人比外面的人还要紧张。申沉正在纳闷儿，房门彻底打开了，向申沉完全敞开。橘红色的夕阳从身后的玻璃窗倾泻过来，迷住了申沉的眼睛。他把眼睛眯起来，慢慢适应了一下，柔和的阳光中站着一个似曾相识的姑娘。"啊，依拉瞎依麻塞。"美冬笑着向申沉鞠躬行礼。申沉呆站着没动。"快进来啊，发什么呆？"美冬一手接过花，一手将申沉拉进门里。申沉还是吃惊得说不出话来。眼前的美丽姑娘变得让他有些不认识了。美冬将平日里的长发盘了起来，在脑后盘成一个髻，上面插了一支小巧的竹筷样式的发簪，边上垂下了一串紫色的像槐花一样的吊坠。美冬穿了一身雪白色的和服，上面印有一团团的粉色点点的花纹，还有一些小小的飞鸟的图案，腰上围着一条大红色的宽宽的腰带。雪白的袜子外面穿着一双厚底的拖鞋，华丽而不失典雅。"好看吗，申沉？""好看，非常好看。可是，美冬，你为什么要穿一身和服呢。"申沉还没有完全地清醒过来。"来，进来再说。"申沉在门口脱下鞋子，木质的地板很干净，他没有穿拖鞋，随美冬走进屋里。客厅很大，有一圈皮质的沙发。在一张很大的方形的木质茶几下面，铺着乳白色的地毯。地毯很厚，脚踩在上面软软的，申沉低下头，发现地毯上的绒线已经完全淹没了脚趾，连脚面也覆盖上了一半。屋里的暖气充足，充分浸在了毛毯里面，一股暖意从脚底传遍全身，舒服极了。

申沉站在那里环视四周，客厅里面陈设简单大方，正对着那一圈沙发的是一组电视柜，在电视机的旁边放着一个肚量很大，从颈部向上变细颀长的青色的瓷瓶，里面插着一枝干花，是蜡梅，梅枝远远地伸出瓶外，造型雅致，有一种萧瑟的美感。白墙上挂着两幅书法，上面却是日文，申沉不可能认得了，只是觉得很好看。

美冬端着一个茶盘，里面放着一只茶壶和两只茶盏走过来，"快坐呀，申沉，站着干什么。"美冬将茶具放在茶几上，申沉在一只单人沙发上坐下来，美冬没有立刻坐下，她蹲在桌旁，轻轻地向茶盏里倒好茶，双手慢慢举到申沉的身前，"请用茶。"申沉用双手接过美冬递过来的茶杯，有些疑惑地看着美冬，慢慢倒入口中，温暖清香的茶液滑过喉咙。他仔细欣赏手中的带有漂亮小鱼条纹图案的小瓷茶杯。杯底有烧制的三个汉字，"有田烧"。申沉又向周围打量了一下，四周的陈设无不有一种异国情调。接过他手中茶杯的美冬腼腆地笑了一下，在他身边坐下来。他心里有很多疑问，但是他也感觉自己好像猜测到并接近了一些什么。

"美冬，你难道是……""是的，申沉，你猜对了，我是日本人。"美冬紧紧握住申沉的手，尽管房间里面很暖和，可美冬的手有一些凉意。"我是日本人，我的本名叫做笠间美冬。"申沉睁大眼睛没有说话，静静地等待美冬继续讲下去。美冬又斟满两杯茶，递给申沉一杯，自己饮下一杯，她慢慢地开始说。"我的父母都是日本人，爸爸叫笠间久人，妈妈叫明子。我还有一个哥哥，比我大五岁，叫笠间浩介，我叫笠间美冬。我们是京都人，后来一家人来到了东京生活，那是我还很小的时候，1983年，在要升上小学的时候，我们一家人来到北京生活。因为爸爸是做日本料理原料供应生意的。北京的很多酒店还有专门的日本料理店都和爸爸有生意往来。我和哥哥在国际小学上学，是寄宿制的学校。爸爸和妈妈则要经常两头奔波，辗转于北京和东京之间。哥哥在上完小学后回国了，他回到东京去读中学和大学，和爷爷奶奶一起生活，我则留在了这里，因为我喜欢北京，喜欢这里。只是每年的寒暑假会回国住上一段时间。圣诞节过后，父母就回国了，回东京去过新年。我一个人留了下来。因为我想和你一起过这个新年。"美冬将申沉的一只手拿起，放在自己的脸颊上轻轻地摩挲着。温柔无限。"叶子知道吗？""知道。我小学毕业以后就升入了普通中学，在中学时认识了叶子，我们成了非常要好的朋友。只不过是我刻意让她帮我隐瞒了我的身份的事情，我觉得不能够太早让你知道，我也不知道该如何告诉你。我在等，一直在等，想等一个合适的机会，一个特殊的日子再告诉你真相。今天是千禧年之夜，我决定在今天告诉你这一切。对不起，申沉，我不是有意要骗你，我怕你过早地知道了真相，会不愿意和我继续交往。"美冬讲完，轻轻地低下头，申沉看见笠间美冬细白的牙齿咬着紧闭的嘴唇。

申沉站起身，走到窗边，半轮初升的下弦月，火红，孤悬在东方灯火之外的黑暗中。"美冬，你真可爱，也真傻。"申沉又重新坐在了那只柔软的皮质沙发里，这次坐下去的感觉和刚才第一次的感觉不太一样了，尽管仍是将整个身体陷在优质皮革的包围之中，好像还能闻到皮子特别的香味，带来的舒适感却明显不同了。"不论是高级时装还是高级轿车，只要花钱，都可以手到擒来。而买好沙发，则需要相应的见识、经验和哲学。"申沉的心中生起了这样的感慨。

美冬的卧室里面床头柜上点着一盏台灯，藕荷色的灯罩下面坠着一圈乳白色的流苏，洒下柔和的灯光。正面墙上的画框里面有一幅油画，一个白衣少女面朝大海站在海边，海浪的褶皱处在云层间阳光的照射下闪着银光，呈现出灰色的金属光泽与质感。更远处的海平面上，有几点小小的船的影子。还有几只鸥鸟在海上乘风而行。海风舞动少女的裙裾和长发，虽然看不到少女的面容，却仍然让人感到无限的心事付与大海。"美吗？""很美。""感觉到什么？""很美的画面，却能让人感觉到一种忧伤和寂寞。你知道吗？美冬，我看着这幅画的时候想起了辉子。"申沉叹了口气，转过身，坐在美冬身边的地毯上面，半边身子和美冬一样倚在旁边的一只小小的沙发上面。美冬单手托腮，抬头望着墙上挂的那幅油画，"我想我能体会你说的那种心情。"申沉看着美冬笑了起来，"申沉，你笑什么？""我在想，我交的第一个女朋友，竟然是一个日本姑娘，这太不可思议了。""你不喜欢我，不喜欢日本女孩子？""不，当然不是，只是还是觉得很不真实。美冬，你也没想到过会找一个中国男孩子做男朋友吧。""我当然想到过，我一直喜欢中国的男孩子，我从小在北京长大，除了国籍和血缘，我就是一个北京姑娘。不过我只在北京待过，也只和北京的男孩子接触过，我很喜欢北京男孩子身上的那种感觉，那种感觉在你们几个人身上都能有所体现，我能清楚地感觉到，你、辉子、二老虎，你们身上都有，会不自觉地散发出来，非常吸引我。""这么说你不喜欢日本男孩子了？""当然不是了，日本男孩子和北京男孩子相比，同样有一种非常自信的感觉，只是不像北京的男孩子那样随性一些，而且幽默感也强，日本的男孩子更加严肃，拘谨一些，也相对认真，相比北京的男孩子，他们的自律性要更强，更懂得努力拼搏的道理。""说得倒是头头是道啊，美冬。看来我小看你了。"申沉笑嘻嘻地说，把手轻轻地放在了美冬的腿上。"当然了，你不能小看我。我的哥哥浩介，从很小的时候就开始练习剑道。他回国后，在中学里面继续学习剑道，参加了学校的剑道社，浩介还拿过区里剑道比赛的冠军。当然那是高中生组的比赛，不过也相当了不起了。哥哥上了大学，也依然是剑道社的主力成员。""那么了不起啊。""当然了，所以你不许欺负我，要不我哥哥是不会饶了你的。""那么厉害，他在东京，我在北京，我怕他什么。"申沉满不在乎地说。"浩介也可以来北京的呀，再说了，你以后也一定会和我去日本看看的。所以你们早晚都会见面的。申沉，你要好好对我啊。"

"美冬，你今天穿和服可真漂亮，你们是经常穿吗？"申沉问。"也不是，只有在一些特殊的日子和场合才会穿。比如毕业典礼、成人礼、婚礼，还有葬礼，包括去看文艺演出和庆祝传统节日的时候，日本人都会穿上端庄的和服去参加。日本女人的和服喜欢以四季为主题随季节更换服装。日本人将自己民族对艺术的感觉淋漓尽致地体现在和服上面。在和服纹样中，春天的梅，夏天的菖蒲，秋天的枫，冬天的松与日本人的季节感直接相关。和服种类也很多，无论花色和质地还有样式，千余年来变化万千。"申沉听得十分认真，"原来还有这么多讲究啊。""当然是，和服是我们民族最重要，也是最具特色的服装。今天是特意穿给你看的。""谢谢，真的很美丽。"美冬笑着，将身体靠近申沉，申沉又闻到了美冬身上那种淡淡的香气，是体香，还是什么。申沉轻轻地揽住美冬的身体，由轻到重，美冬的脸颊有些发热，热度从申沉的脸上传递过来。他在美冬的耳唇和脖子上亲吻着，美冬轻轻地仰着头，迎合着他。申沉更加抱紧了一些，美冬柔软的胸部抵在申沉的胸口，申沉意乱情迷。他把手伸到美冬的胸前，轻轻地扯了扯美冬腰上系着的红色宽腰带，却发现出人意料的紧，他又把手转到美冬身后，去摸索探寻解开衣带的方法，仍是一无所获。看着申沉焦急的样子，美冬轻声笑了出来。她离开申沉的怀抱，站起身来，脸红红地看着坐在地毯上面注视着她的申沉。美冬轻轻地把手背到衣服后面，申沉目不转睛地看着她，温馨的柔光里面，一朵娇美的樱花在申沉眼前慢慢绽开。

当申沉抱紧美冬火热的身体吻下去的时候，他的余光又看了一眼墙上挂着的那幅油画，然后他闭上了眼睛。弥漫着海藻气息的风中，一只蝴蝶翩然飞舞，仅仅一瞬间，他感觉到蝴蝶的翅膀碰到了自己干涩的嘴唇，可是蹭在他唇上的蝴蝶的翅粉，数年后依然闪闪发光。美冬的双手绞入申沉的长发，两人的汗水融为一体。"申沉，如果有一天我走了，你会像发疯一样找我吗？""会啊。""会一直找吗？""会啊。""会一直找到死吗？""会啊。""你骗人。"美冬的声音化作轻声细语。开始飘雪了，雪花像白色的羽毛在夜空中盘旋。窗外的月亮是一抹粉笔画过的朦胧。

45

　　关海洋从远处走回来，两只胳膊甩来甩去的，脸上抑制不住地笑。辉子在心里骂了一句。关海洋走到柜台外面，趴在玻璃柜台上，对着坐在辉子对面的一位四十多岁，戴眼镜，面相老实巴交的男人说，"没问题，支票入进去了。让您久等了，李主任，这是您的发票，您收好了。"男子从关海洋手里接过发票，整齐地折好，放进身后的背包里。李主任把纸杯里的茶水喝光，然后起身，从椅子靠背上拿起土黄色的羽绒服。关海洋趁着这机会用眉毛向辉子挑了一下，辉子把转椅转了个身，从柜子的抽屉里面抽出一个牛皮纸信封，揣进了怀里。辉子站起身，帮李主任穿好羽绒服，又帮他把背包背好。李主任面带微笑地向辉子和关海洋伸出手，"两位老板，那我就先走了，两位真是年轻有为啊。还有一周就要过春节了，先在这里给二位提前拜个早年。春节愉快。""谢谢，谢谢，李主任，也祝您和您全家春节快乐。"两个人先后和李主任握了手，异口同声地说。"好，那我就告辞了，祝你们来年生意兴隆。"李主任说完，又转头看了一眼辉子，辉子对关海洋说："你待着，我送送李主任。""送送，送送。李主任您慢走，就让辉子送您下去。"

李主任又朝关海洋挥了挥手，"再见，再见。"辉子揽着李主任的肩膀，向电梯处走去。

走出去大约二十米，辉子从怀里掏出那个牛皮纸信封，递给李主任，"唉？辉子，这可使不得。"李主任用手挡了一下辉子的手。"李主任，您别客气，这是应该的。""真不是客气，我帮公家办事，这是应该应份的。你们可千万别这样。"李主任又挡了一下辉子的手，辉子能感觉到，李主任挡过来的手掌十分柔软，简直像女人的手。"这也是我们应该应份的。您这么照顾我们生意。这是我们哥儿俩的一点儿心意。您笑纳。"辉子说完，不由分说地有点强硬地把那个信封塞进了李主任的羽绒服口袋里。李主任是一家事业单位的办公室主任，随着春节临近，很多单位要搞一些年会联欢会之类的活动，当然礼品也会集中采购一批，作为会上发给员工的礼品和福利。李主任第一次来他们这儿，是新年之前，为单位买了两台电脑，上周又来了一次，采购了一批移动硬盘和MP3播放器作为单位新年联欢会的礼品，两次一共花费了三万多块钱。一回生，二回熟，关海洋和辉子也就和李主任成了熟客。前天他们把李主任要的货全都送了过去，当天并没有付货款，李主任今天是特意来交支票顺便取发票的。关海洋和辉子商量把这两次货款的10%作为回扣送给李主任，这样才能和他保持一个相对轻松愉快的客户关系。刚刚辉子塞给李主任的信封里面就是他们事先准备好的三千块钱。

"你们呀，可真是的。"李主任还在不依不饶的。两个人继续向电梯的方向走，眼看就要走到电梯口了，"咦？这是新出的吗？"李主任在一家专门卖手机的柜台前停下了脚步，柜台里面放着三排诺基亚手机，最上面的一层，应该是诺基亚最新出的产品系列。李主任俯身在柜台上面，指着最上排的一个蓝色的手机问："这个多少钱？"柜台里面的老板起身拉开玻璃拉门，取出那只漂亮的手机，"这是诺基亚最新的手机，8250，刚刚到货两天，现在是4580元。""这么贵，难怪这么漂亮呢。四千多块啊。"李主任在手上反复欣赏把玩着那款手机，爱不释手。辉子在一旁看着李主任有些娇羞又透着贪婪的眼神，把手伸进自己的裤袋里面，里面是一只同款的诺基亚8250手机，是辉子前两天刚花了四千多买的。"哎呀，真好，真好，可价钱也好啊。买不起，谢谢啊，老板，您收起来吧。"李主任把手机递还给老板，恋恋不舍地直起腰。辉子看着他，笑了笑，他拉着李主任的胳膊走到一边，"来，李主任。"辉子从口袋里面掏出自己那只崭新的才用了两天的8250手机，快速地掀开后盖，抠出电池，然后把自己的电话卡取了出来，再把电池和后盖装好，"来，李主任，您拿着。""这可不行，这怎么能行呢，辉子，你误会了。"李主任的眼睛好像被辉子的举动彻底惊呆了，大大地睁着，嘴也大大地张着。"李主任，我这是前天刚刚买的，您别嫌弃，您拿去用。"辉子没再等他继续推让和客气，反正结果都是一样的，他再一次带有强硬性质地不容分说地把自己的手机塞给了李主任。"李主任，天快黑了，您路上慢点儿，我没穿大衣，就送到这儿了。"辉子说完，按在李主任肩上的双手稍稍用力，将他轻轻地推向了电梯。"那好，好。辉子，就先这样儿，咱们后会有期。"李主任倒转着身子站在下行的扶梯上，满脸堆笑地朝辉子不停地挥着手，他的目光从辉子的脸上，肩上，腰部，双腿，直到眼睛与辉子的双脚平行，直到什么都看不见了。他才转过身，如果这时候你凑巧与李主任面对面而来，你就会在他的脸上找到幸福这个词的含义。

　　关海洋正在和后排卖电脑耗材那家的叫王娟的女孩子聊天。见辉子走回来，王娟用大大的眼睛狠狠地翻了他一眼，却并没有从椅子站起来，继续和关海洋说话，辉子只能靠在柜台上。"给他了？"关海洋问。"嗯，给了。""收了就行，刚才在电梯那儿你们两个推来推去干吗呢？""演戏呗。""谁演戏，演给谁看？""当然是演给我看了。不过说实在的，演得真不错。"辉子边说，边把自己的那张电话卡从兜里掏出来。"我×，你真给他了。""给了，人家看上的是这个，当然，钱也收了。"辉子说。关海洋从上衣内侧的兜里掏出一个和辉子一样的手机，"前天刚买的，还没焐热乎呢，就这么让人要走了。"辉子听了，没说话，笑着摇了摇头。旁边的王娟接过关海洋手中的手机,"嚯,最新款的,8250,辉子你可真够大方的啊。"关海洋看着王娟,"我就特别欣赏辉子这点,遇事果断大气。"王娟又仔细地盯着辉子看了一会儿,把手机还给了海洋。"怎么样,辉子,还没决定呢?你什么时候能想好了?"王娟儿盯着辉子问,眼睛里有两团火一样的东西在闪。"什么还没决定?"辉子笑着说。"你就装傻吧。"王娟冲辉子瞪起了眼睛。旁边的海洋一下子明白了。咧着嘴光笑不出声。"哦,那事儿啊。"辉子明白过来了。"娟儿,你就别跟我这儿瞎耽误工夫了。还是那句话,我心有所属。""呸。"王娟啐了一口。"辉子,咱们在这个大楼里一起有三年多了吧。我娟儿要个儿有个儿,要模样有模样,这你得承认吧。""那是,咱们这楼里,别的层我不熟,就拿咱们这二层来说,娟儿你绝对是个漂亮姑娘。""咱们这层里面,长得好看的,长得一般的,有点儿钱的,没有钱的,没少有男的跟我这儿勾搭吧,你看我理过谁?我还就相中你辉子了,可你怎么会是铁石心肠呢?""我不是铁石心肠,我的心可柔软了。这点海洋知道。再说了,娟儿,咱们认识三年多了,你每天都过来找我们待会儿,还给我们哥儿俩带饭,带这带那的。我们两人可感动了。你别老盯着我看,把眼界放开一些,你看看海洋,他人也不错。你考虑一下吧。"辉子说完,用眼睛瞟着王娟,又向她挤眼睛。王娟像是压根儿没看见一样,"海洋啊,他和你不一样,别看你们都是北京的,又是哥们儿,可我看得出来,海洋心大着呢,辉子你和他不一样,你让人觉得踏实,我就喜欢你这样的。"王娟说完这些话丝毫没有不好意思的劲儿。"娟儿,你说你,当着海洋的面儿这么夸我,这多不合适啊,待会儿海洋该不高兴了。""他爱高兴不高兴,我就这么说。真的,辉子,你说我一个女孩子家家的,一天到晚跟和你这儿起腻,我都觉得我贱。"王娟说得有些激动,眼睛有点红了。一下子三个人都有点不知道说什么好了。辉子转过身去,趴伏在柜台上面,摇了摇头。"这他×都是命。"关海洋也觉得气氛不太对了,他赶紧岔开话题对王娟说:"你们今天也收了吧,还有一个礼拜就过春节了,大厦明天就不开门了。这楼里,外地的都走了一多半儿了,你看这一层,人少了不少了。""收,一会儿就收。""怎么样,去年这一年买卖还可以吧?""钱还可以,挣得不少,就是心里不痛快。"王娟还没忘了刚才的话茬儿。"辉子,你是77年的吧,今年23了,我比你小两岁,你说,让我等多久,你能死了心,你给个痛快话儿,让我娟儿心里有个盼头。"王娟还是很执着的样子。"等多久。"辉子背着身体低头嘟哝了一遍这句话,"我是被判了无期徒刑的人。"他低声地说出一句话,不知是对王娟还是对他自己说的。王娟忽地一下子从椅子上站起来,"起开。"她吼着用力推了一把还趴在柜台上的辉子,辉子毫无准备,险些被王娟从柜台里面推倒到外面,用力抠住了柜台的边缘才没有摔倒。看着辉子狼狈的样子,王娟笑了出来。"行,辉子,这是你说的,我倒要看着你怎么把这牢底坐穿了。"王娟说完气呼呼地走了。

辉子重新走进柜台里面,仰靠在刚才王娟坐的那把椅子上,把两只脚搭在柜台上面,双手交叉着枕在脑后。"辉子,娟儿这姑娘真不错,北京姑娘的典型代表。人漂亮,又聪明能干,还没那么多事儿。你说你刚才说的叫什么话,还无期徒刑,让人家姑娘听了心里多不是滋味儿。"辉子姿势没变,扭过头看了一眼关海洋,"你丫也这么说。"关海洋把身体凑过来,小声儿地问,"最近怎么样,和你那个新雅姐有进展了吗?""她要订婚了,这次春节回来,双方家里都见见,把婚订了,明年春天可能就该办婚礼了。""人家都要谈婚论嫁了,你还不死心。""这可能就是刚才娟儿说的,其实她说得一点儿没错儿,人啊,就是他×的贱。我他×就是这命,贱命一条。我认命了。"辉子的心一阵抽痛。人这一辈子,有多少真心话是以玩笑的方式说了出去。

"哎,辉子,先不说这些了。"关海洋彻底把椅子拉到辉子跟前,他从他随身背的黑色皮包里面拿出一张银行卡,"给,拿着。这是今年的分红,你那份儿,我给你存卡里了。二十万,比去年多了些。密码还是以前你给我的那个。"辉子接过那张银行卡,用食指和中指夹起在右手上熟练地转了两圈,"好,我收下了。"辉子没有客气,把卡装到自己的钱夹里。关海洋拍了拍辉子的后背,"既然你还是决定对那个快要结婚的女人一直等下去,我也没什么可说的。我想告诉你的是,女人的问题我也不太明白,所以我到现在眼看就三十了还没有结婚。在感情没有弄明白之前,那么就先努力赚钱。抓住这几年的好时候,这个市场不可能永远这么好下去,总有饱和的那一天,也许都不会太久,那么现在趁着时机对,多赚几年钱,把我们的第一桶金赚牢,以后总会用得着的。"辉子拿出两支烟,看了下周围,没有多少商户了,很多家都已经打烊了,准备明年再战。他把桌上的纸杯拿过一个,里面有些剩茶,辉子和关海洋各自点燃香烟,"真快啊,要不是刚才娟儿那句话,真没想到我们在这儿都三年多了。""那还不快,时间啊,最不经用。""我的那几个好兄弟,明年都要大学毕业了,然后开始各自找工作,前途未卜啊。""现在大学毕业生找工作比以前困难多了。包分配的情况越来越少,真正能从事自己所学专业,能找到一份自己喜欢的工作的人真是少之又少。""当年初中毕业的时候,我决定不上高中了,而去读职高,想早点就业,早点挣钱踏入社会。我们那些人里面,只有我没有去考大学,当时心里真的很失落,很痛苦。我这么说,你能明白吗?""辉子,你说的这些我都明白,虽然你没有去读大学,这可能是你毕生的一个遗憾,不过你走的路也许也是一条正确的路。""所以,海洋,我很感激三年半以前的那个暑假你在学校的操场上找到了我。""这可能就是我们两个人的缘分吧。"关海洋在纸杯中熄灭香烟,他用力地拍了拍辉子的肩头,"来,赶紧收拾收拾,不干了,今年到此为止,不干了,明年再干。""对,歇了,不干了。明年再干。""快点收拾,收拾完了,咱们喝酒去。"

　　电脑城各个楼层的灯光次第熄灭了,辉子和海洋从大门口走出。远处已经零零星星地听到了鞭炮声。"北京的冬天真冷啊。"辉子口中呼着白色气雾。凛冽的空气从鼻腔毫不讲理地直直地浸入,让人精神为之一振。繁忙的中关村大街此时也是人烟寥寥,平日里叫卖摆摊的摊贩都没有了踪迹,耳边也不再听到嘈杂吵闹的车声,人声。路口的红绿灯兀自变换着属于自己的三种颜色，与灰色的过街天桥默默对望着，可现在看来却显得那么多余。这份宁静让辉子想起了小时候的西廊下，北京又回来了。

46

"什么，美冬是日本人？"坐在他们对面的二老虎的声音大得出奇。"你丫小点声儿，一惊一乍的，再吓着人家。"一旁的才才不满地瞪了二老虎一眼，却也难掩心中的兴奋之情。"日本人怎么了，我觉得这样才好，将来是跨国婚姻，多了不起啊。咱们想有还没有这机会呢。""对不起大家了，这么久都没有告诉大家实情，真是不好意思。"二老虎还是圆睁着一双大眼睛一脸不敢相信的样子。"这有什么呀，日本女人更好，贤惠，美丽，美冬，哦对了，你叫笠间美冬，笠间美冬小姐，如果你身边有和你一样的漂亮的女孩子，想着给我介绍一个啊。"才才表现得兴高采烈的。"没有问题，才才这么有文化，一定很招女孩子喜欢的。你们还是叫我美冬吧，就像以前一样。""申沉，你可以啊，你将来可以做中日亲善的大使了。"才才对着申沉挤眉弄眼地说。"别废话了，我们只限于民间交往。是中日两国人民之间的相亲相爱，与政治无关。""我今天是来向大家道别的，明天我要回东京去过年。谢谢大家这么久以来对我的照顾。"美冬说着，向大家轻轻地鞠了一个躬。"你们看，你们看，标准的日式礼仪。多优雅啊。"才才简直陶醉于其中了，"申沉，哥们儿快羡慕死你了。"申沉转头看向坐在他旁边的辉子，辉子冲着才才努努嘴，一脸的坏笑。

晚上快十点，申沉穿好大衣从美冬家出来，在门边，美冬帮申沉把围巾系好。"美冬，明天我就不去机场送你了，祝你一路平安。""好的，放心吧，我明天和我的一位叔叔一起走，他上午会来接我。""那我就放心了。你的那位叔叔也是日本人嘛？""是的，他在中日交流中心工作，是爸爸的朋友，和家人都很熟，马上要过年了嘛，也要放假了，明天就是和他一道回东京去。"美冬说。"那好，Sayonara。"申沉用日语向美冬道别。美冬"噗"的一声笑了出来，"申沉，你说得不对。""不对？怎么可能呢。Sayonara不是再见的意思吗？""是再见的意思，不过你用的场合不对。Sayonara这个说法太过正式了，里面带有一种很难再见，或是再不相见的意思。亲人，朋友，还有恋人之间是不这么讲的。""那应该怎么说呢？""Janei。""Janei？"申沉重复了一遍。"对，就是再见，回头见的意思，表示不久就会再次相见。""哦，原来是这样啊，我明白了。""那么，申沉，Janei。"美冬歪着头调皮地对申沉微笑道别。

春节如约来到，整个北京城，整条街上都充满欢乐祥和的节日气氛。热热闹闹吃过年夜饭，全家人坐在一起守岁，看电视，打麻将，乐在其中。辉子却很难集中注意力，他无心和家人一起看一年一度的春节联欢晚会，打牌时也总是心不在焉，以至于他连点了好几把炮。离午夜十二点还有十多分钟，街里的鞭炮声已经沸腾起来。辉子披上大衣，跑到外屋抱起墙角里堆放的一箱长鞭跑到了外面。整条街上火树银花，鞭炮声震耳欲聋，一簇簇礼花在夜空中绽放，如伞如幕，照亮整个夜空。远处的申沉也在燃放着手中的鞭炮，他向辉子喊了几句什么，可他的声音完全淹没在了这喜庆的炮声之中。二老虎从对面的大院子里面抱着一大盘礼花炮出来了，他走到街中央，看了看头顶的电线位置，他把那个大得很壮观的花盘放在地上，掏出一支香烟，向他周围的邻居使劲摆手，"都躲远点儿啊，躲远点儿，我这个威力大。"众人向四周散去，给他腾出了一块空地。他弯下腰，红色的烟头在他嘴边一下子明亮了起来,然后那红点移到了导火线旁边,"嗞嗞"的声音响起,导火线喷射着火舌快速燃烧下去。二老虎转身跑到了站在院门口的张景文和吕宁的身边。"咚"的一声巨响,大地都随之震颤了起来,一枚礼花弹高高地射向夜空,接着又是一声巨响,"哗"的一下子,礼花弹在高空炸开,像无数的繁星,地上的人们爆发出一阵叫好声。紧接着又是"咚"的一声,第二枚礼花弹腾空而起,第一朵撒下的火花还没有散尽,第二枚也已炸开,人们的欢呼声一阵高过一阵。

"辉子,看,二老虎今年放的花可是咱们这条街里最棒的,今天就看他的了。"申沉跑了过来。"是呀,真他妈过瘾。连着这几年,每年除夕夜二老虎都是这条街上最让人期盼的人。他的花炮最精彩。""辉子,给你这个。我用完了。"申沉将手中的竹竿递给辉子,竹竿的顶端有一个铁丝弯成的铁钩。他俩从纸箱中取出长长的一挂鞭,"嚆,一万响的,辉子,你可真成啊。"申沉把鞭炮的一端在竹竿的顶端固定好,"你站花坛上面去。"申沉对辉子说。辉子举着竹竿站在了花坛上面,申沉拿着烟,"我要点了啊,做好准备。"说完,申沉点燃了一万响的长鞭的引线,他刚刚捂住耳朵转过身去,鞭炮声便急不可待在他身边炸响,一万响的鞭炮如一条火蛇,迅速地向上燃去,无数的鞭炮在他四周围炸响。辉子没有一丝的胆怯,他没有转头,只是双手把竹竿挑得高高的,目视着火蛇向他逼近。"咚"的一声,二老虎点燃了第二盘礼花弹,礼花弹冲天而起,在辉子的上空绽开,申沉抬头看着他上方的辉子,一张如此坚强英俊的脸庞,在花火的照耀之下,如舞台上的明星,演出正处在高潮,漫天的火花,把天地之间的大幕照亮,中间站着辉子,这简直是人间的一场盛世。礼花弹在辉子头顶的夜空次第绽放,炸开的火球如同散落的菊花,火花像虚无飘渺的流星一样四散滑落。辉子手中的长鞭燃尽了,他仍高高地站在花坛上面,他抬起头,望向夜空里的天女散花。"我就是我,是不一样的烟火。"辉子心中响起了这句话,"夜空的花,散落在你身后,幸福了我很久,值得去等候。于是我心狂奔,从黄昏到清晨,情愿坠落在你手中，羽化成黑夜的彩虹。"站在他身前的申沉看得目瞪口呆，看着这世上独一无二的辉子，凝固了。许多人被那场景震惊了，靠在张景文和吕宁身边的新雅用手拂去了一行流下来的热泪。

新雅在大年初六的下午离开北京回深圳去了。对于这几天新雅订婚的事情辉子全都了解。新雅在春节前回到北京，管素强的家里人也在大年初三这一天来到了北京，双方的亲属和家长见了面，两家人坐在一起吃了饭，商量了一下为结婚需要准备的一切事宜，新雅和管素强的婚礼订在了来年的五一劳动节。大年初三的下午管素强就随家人一起赶回天津去了。新雅又在家中逗留了几日，她买好了初六下午回深圳的火车票。

大年初三那一天，张景文和吕宁夫妇老早起来准备，其实从前一天的下午就已经开始忙活了。毕竟是男方的家长要来了，毕竟是女儿要结婚的大事，他们两个人都有些紧张。二老虎从这天下午就没怎么在家待着，他对他父母向他发出的指令感到厌烦极了，新雅显得兴奋和高兴，她把酒柜里面那套精美的瓷质茶具拿出来清洗，这套茶具在他们家中已经有了好久的历史，可一次都没有拿出来用过。二老虎坐在桌旁，面无表情地看着他姐姐张新雅站在小厨房里面，认真地洗茶杯，明天，那个叫管素强的男人和他的家长将从天津一起来拜访他们的家人，然后就是坐在一起聊天，吃饭，当然这一切的目的只有一个，他姐姐张新雅的婚事。时间过得好快啊。二老虎环视了一下家中，二十多年就这么过去了呀。姐姐明年就要出嫁了，二老虎心里也很舍不得。可他一想到辉子，心里又腾起一股无名火，这无名之火既烧向了姐姐新雅，更多的则是烧向了那未曾谋过面的天津一家人。要不是他，姐姐就不会远远地离开家去深圳生活，辉子也一定有机会的，如果那样该有多好。身边的一切都不会有什么变化，姐姐还会一直生活在这里，辉子将成为他们大家庭中的一员，大家在一起相亲相爱，该是多么圆满美好的结局。可现在，这一切都即将成为泡影了。

"别老在这儿傻坐着了。干点活去。"爸爸张景文从后面拍了一下二老虎的后背，二老虎懒懒地扭过头去，张景文把一个用纸绳捆好的上面印有张一元字样的白色的茶叶包递给二老虎，这是春节前就买好的，张一元特级茉莉花茶，"去，把这包茶叶倒到茶叶桶里去。别倒错了啊，别和以前的混在一起，用那个红色的新的铁皮茶叶桶。"张景文吩咐着二老虎。"我不管。"二老虎闷哼了一声，非常不耐烦地拎起大衣走出了家门。张景文看着二老虎的背影轻吁出一口气，他也觉得有些累了。张景文在桌边的椅子上坐下来，点燃一支烟，却发现吕宁正靠在门框边眼神复杂地望着他。

二老虎推门进了迟立辉的小屋，辉子正坐在电脑前面发呆，脸色灰扑扑的。辉子抬头看了他一眼，也没有说话，二老虎在床上坐下，仰靠在被子上面。两个人沉默了有十多分钟，"说句话呀，别他×这么干坐着。"二老虎先不耐烦了。辉子转过身子，面冲着他，"明天谁去火车站接？""我小叔和我姐去，让我去，我才不去呢，不给丫那脸。"二老虎气哼哼地说。"你还是去吧，要不不太合适。你就别跟着置气了，让你姐和你爸妈都不好办。"辉子对二老虎说。"爱谁去谁去，反正我不去接。"辉子摇了摇头，没再说什么。"申沉呢，他没过来？"二老虎问。"在家待着呢。要不就是串亲戚去了。我没去找他。""给丫打个电话。"二老虎边说边拿出手机，拨下申沉的电话号码。"你在哪儿呢？我在辉子这儿呢。行，你下午回来再说吧，早点回来，别太晚了。"二老虎挂了电话，"还真让你说中了，申沉和他爸妈串亲戚去了。还是我们家省事儿，北京没那么多亲戚，我妈那边儿的亲戚全在杭州，也不用串，这样挺好。"辉子一直不说话，二老虎只能自言自语。二老虎掏出烟，扔给辉子一支，自己先点上了，他从床上坐起来，坐到辉子身边，"辉子，别太和自己过意不去了，这么多年了，别说我姐，我们家里人谁都明白你对我姐的感情。可现在事已至此，也没办法了。你需要调整一下自己，说真的，我看着你这样都难受。你和我姐，还是缘分未到，这世上好姑娘多了去了，干吗非跟我姐这儿较劲，从小到大，这小二十年，辉子你该做的都做了，这我们大家全明白，别再耽误自己了。不值当的。"二老虎说了一大通话。"这是你姐说的?"辉子盯着二老虎问,"不是,我现在不爱理她,这是我心里面想的。""你姐是初六下午的火车吧。""是,初六下午四点多的火车。""你回去告诉你姐,初六下午我送她去火车站。"辉子把烟掐灭在烟灰缸里面。"行,我回去告诉我姐。"两个人你看着我,我看着你,大眼瞪小眼地又沉默下来。

大年初六的下午北京又开始下雪了,辉子和新雅走在路上,雪还在不断地加大,扑打在他们两个人的身上。街上行人很少,大批回家过年的外地人还没有返京。辉子提着行李,张新雅背着一个背包,走在辉子旁边,两个人顶风冒雪地向地铁站走。一路上两个人谁都没有说话。当他们从北京站的地铁站走出来,地上已经铺了厚厚的雪,毕竟还在春节假期里面,站前广场上人迹稀少。他们走到进站口旁边的廊檐下面,两人放下手中的行李,抖落头上的雪。辉子和新雅同时抬起头,四目相交在一起,新雅又低下了头。整个春节期间除了大年夜放烟花时,她都没能和辉子见上几面。新雅明白她和管素强在春节期间两家订婚的事情辉子也一定知道得一清二楚,所以在她心里是害怕见到辉子的。当二老虎回家告诉她,初六下午辉子要送她去火车站的时候,新雅竟在那一刻想都没想就答应下来,是有什么话要对辉子再说吗?这些年说的已经不少了,他们彼此间的邮件往来从不曾中断过,每个月至少也有一封,诉说一下彼此的近况。在这几年来渐渐成了一种习惯。新雅再抬头,看见辉子正在点烟。"新雅姐,你进去吧,外面太冷了。"这是他这一路说的第一句话。"没关系,不冷,我再待会儿。"这也是她这一路说的第一句话。辉子一直在抽烟,每每眼神与新雅相交就快速地闪开,要躲避她吗?如果是这样,为什么还执意要来送她。是想让她难堪吗?不会,绝对不会的,辉子不是那样的人。他太善良了,善良得叫人心疼。

新雅在心里为自己鼓起勇气,她再次抬头,迎向辉子的眼睛,当辉子的眼睛要再次避开的时候,"辉子。"新雅喊住了他。辉子的眼睛看向她脸颊的时候,新雅才读出辉子是用了多么大的勇气才敢把目光停留在她的脸上,那双眼睛里已经浸润着泪水。"辉子，姐姐订婚了。""我知道。""……""你今年五一结婚。""是，今年五一，还有三个月。""……""辉子。""嗯？""你，你等了姐姐快20年，你真不容易啊。你的心意姐姐心领了，可这份感情姐姐承受不了。真的，辉子，你是个好人，是个好男人，将来有哪个女孩子有幸嫁给了你，她一定会幸福的。非常幸福。""新雅姐，你说笑了。""我没说笑，我是认真的。""那你为什么不嫁给我？"辉子的声音很大，里面充满愤恨，"为什么，新雅姐，能告诉我这是为什么吗？是不爱我？"辉子的泪水淌了下来，新雅也已经泣不成声。"对不起，新雅姐，我不该惹你伤心。"辉子抹了把眼泪，"走吧，该进站了。"辉子拎起行李，独自走向站口。

大雪纷纷扬扬地下了整个下午，辉子回到西廊下的时候天已经黑尽了。街中的那盏昏黄的路灯亮在那里。他踩着雪慢慢走过去，靠在路灯杆上。昏黄的灯光笼罩下来，辉子站在路灯的光影下面，看着雪地上自己的影子，抬起一个胳膊，他的影子也照做，他挥手，他的影子也回应。在他的四周，轻柔的白色雪片与空气周旋，它们更像是音乐轻落，是温柔的音符，却是悲伤的乐曲。

"回来了。"申沉的声音从远处传来。辉子看着雪地上自己的影子点了点头。两个影子向他渐渐走近了，和辉子的影子头顶头地站在一起。三个投影呈等边三角形的样子映在雪地上面。没有人说话。过了一会儿，先是一个影子用胳膊撞了一下他身边的那个影子，然后那个影子又用胳膊撞了一下他另一侧的影子，第三个影子又用胳膊撞回第一个动作的影子。接着同样的动作继续传递下去，地上的三个影子依次撞向他身边的人，动作越来越快，力气也越来越大，雪地上的三个影子不再是等边三角形的排列。后来腿也开始动起来，去追逐踩踏旁边影子的头，旁边的影子不断跳跃躲闪着。笑声由小到大，不断扩张，以至于后来竟有了歇斯底里的味道。"走，喝酒去。"

辉子将三个人的酒杯倒满，他握着酒杯，和申沉、二老虎相碰，"来，干了这杯，不为什么，就现在。"

47

  杨树被鲜亮的新叶簇拥着,已经看不见枝条,像是挂满了旋转的风铃,随着软软的树枝在风里晃动,发出哗哗的声响。申沉闻到了一股稀淡但熟悉的花香。"闻到了吗?"申沉问身边的美冬。甜蜜的花香渐渐清晰,是槐花,椭圆形的树叶间已经挂满了一串串初生的白色小槐花。

  穿过见证了悠悠历史的苍松古柏,申沉领着美冬来到了雄伟的太庙前面。两人站在太庙前的广场上面,神情庄重地望着眼前气势恢宏的古老而伟大的皇家建筑。"申沉,为什么要带我来这里?""因为我喜欢这里,虽然同属于皇家建筑,而且这里离故宫非常近,一直穿过去,就是故宫的午门,可是我更喜欢太庙。其中最大的原因可能就是这里非常安静,没有那么多的游人和旅行团,你看,咱们一路走过来,都没有遇到几个游人。整个大院落里面肃穆而安宁,适合人们静静地待着。你知道吗?我曾经一个人在这里待了好几个小时,后来竟靠在一个石栏上面睡着了。""嗯,的确是呀,故宫我去过很多次了,可太庙还真是第一次来。我都不知道这里原来离故宫这么近。我也很喜欢这里的这份安宁。"申沉和美冬缓步踏上石阶,从正面仔细观赏了太庙建筑群的处处景致。头顶上蓝天白云，日头已经偏西，偶尔有几只身材魁梧的乌鸦"喳喳"地叫着飞落到旁边的松树上面。申沉和美冬在一处阴影里坐下，美冬把头靠在申沉的肩膀上面，两个人拉着手，望着大殿前方的广场。阳光从西面射向建筑物，渐渐透过它们凝重麻木的外壳露出了光彩，幽幽诉说着古代君王的盛衰荣辱。

美冬将紧握的申沉的手捧到胸前，她从自己的手腕上摘下一个由棕色的皮绳和银质的环扣巧妙编织的手链，套在了申沉的右手腕上。"这么漂亮的手链。"申沉一边仔细欣赏着，一边感叹地说。"你可不许摘下来。这是我过年期间特意去东京的小冈神社给你求来的。"美冬说。"小冈神社，东京的小冈神社，那是个什么样的地方呢？"申沉问。"东京的神社很多，小冈神社就在东京的日本桥小学的后面，有一片被楼群围绕的三角地带，面积不大，绿树成荫，有一座鸟居和神社掩映在树丛中。是专门祈祷平安和健康长寿、长命无灾的神社。每到新年和纪念日，会有很多日本姑娘带着各自折好的纸鹤去那里为家人祈求身体健康和长寿。我专门去纸张店特意买了最喜欢的紫色香纸，折好了纸鹤，带到那里的。""谢谢你，美冬，你太有心了。我好感动啊。""真的吗？你真的感动了吗？""当然感动了。心跳都加速了，现在差不多每分钟两百多下吧。""你就是油嘴滑舌的，我才不相信你。""不信你摸摸看。"申沉攥着美冬的手往自己的怀里放。两个人说说笑笑地打闹着，引得偶尔从旁边路过的游人纷纷看向他们。

"辉子怎么样了，还是那么消沉吗？听说新雅姐五一节就要结婚了。"听了美冬的话，申沉再笑不出来了。他放开美冬的手，嘴唇细细地抿成一条缝，脸色阴沉了下来。"还那个样子，过完年，他就去上班了，好像挺忙的，见过他几次，脸色很不好看。""真叫人担心啊。""唉，真是太难为辉子了。每次见了他，又不知道该说些什么来安慰他。其实说什么安慰的话也没用，辉子对新雅姐的这份感情太深了，十七年了，这种感情不是说放得下就能放得下的。有一天我们两个人出去，那天天气特别好，我对他说：'辉子，你看看天上，辽阔无边，把心胸敞开，不要总是为情所困。'其实我知道我这么说很过分，如果是别人他可能就不高兴了。""那辉子是怎么做的呢？""他仰着头，真的对着天望了好久，望得特别出神，我就在一旁看着他。""那他说什么了？""他说，当我望着天空的时候，我的失望工程塌了又建。""他还是不死心。失望工程塌了又建。""很难说啊。不知道辉子什么时候才能走出来。想起这些我就难受。""也许到了新雅姐结婚那天，辉子才能真正地结束，真正地走出来。""美冬，我不明白，为什么要到新雅姐结婚那天辉子才能真正地放下呢。我一直害怕那一天的到来，我觉得那一天对于辉子来说太过残酷了。""是残酷，以痛平悲，你懂吗？也许真的到了那天，到了婚礼的那天，辉子才能与这份感情真正地告别。与他过去的人生作一个告别。重新开始他的新人生，新生活，就像日本的道路原标。"美冬说得很正式。申沉看着美冬，能让辉子尽早地走出困境是他最大的心愿，"美冬，日本的道路原标，那又是什么呢？""是这样的，在东京的市中心，在日本桥的正中央，立着一个纪念碑，叫作道路原标，是日本道路的起点。在这里，一切都将重新开始，人们从这里飞向日本各个地方，那个时候，人们心中充满希望，觉得自己好像长了翅膀，一定能飞向光明的未来，不论是哪条道路。""真是这样吗？"申沉听了美冬的话有些激动，"谢谢你，美冬。""不用谢，辉子同样是我的好朋友啊。希望他的未来充满无限的可能。"美冬说。

一个十六七岁的女孩子把背包放在一旁，一个人在宽阔无人的太庙前广场上开始跳舞，这是个巨大辉煌的舞台，台下只有申沉和美冬两个观众。申沉那双精明锐利的眼睛却安定地收敛着光芒。女孩子独自一个人翩翩起舞，没有一刻将目光投注到他们的身上，或是在他们的身上稍作停留，仿佛整个太庙前就是她一个人的舞台。在一片高高的被夕阳打得金光熠熠的断砖碎石堆里，踏着柔软又缓慢的月亮舞步。

"我觉得还是买一样的比较好，毕竟申沉和辉子两个人是同一天生日。"

姜南在电话里面说。"可我还是想送给辉子一样特别的礼物，你一定帮我想想，他最喜欢什么。拜托了，姜南。"叶子兴奋的声音从电话那头传来。"那好吧，我想想，也许帮不上什么忙。""没关系的，你想想就好，你们那么多年朋友了。那就这样定了，周六下午，我们一起去逛街。"姜南挂掉电话，心里一阵憋闷，还混杂着委屈。他把包收拾好，背在肩上，脑袋里全是麻木的感觉，他没有走出校门口，却信步走到了操场上。操场上无数的学生在进行锻炼或是游戏。姜南不清楚自己怎么会走到这里来了。平日里熟悉的操场让他感觉到陌生，刚刚电话中叶子的话让他觉得一阵心痛。"喂，看球。"姜南循声抬起头，一个足球从空中向他快速地落下，他没有来得及闪开，皮球重重地砸在了姜南的脸上，传来一阵剧痛。背包也从肩上顺势滑落到地上。姜南捂着脸弯下腰，这时与姜南熟识的两个人跑了过来，"没事儿吧，姜南？"其中一个人问道，另一个人扶着姜南的背，"你怎么搞的，都喊你看球了，今天你怎么魂不守舍的，平时不是这样啊，经常踢球的人还能被球闷到。"那人说完一个大脚把足球开回了场内。姜南揉了揉眼睛，"没事儿，刚才没注意，没听到你们喊我。""没事儿吧，一块儿踢会儿吧。"两个朋友对姜南说。"不踢了，回家了，你们玩儿吧。"姜南转身朝教学楼的方向走去。

他在教学楼洗手间的水池洗了脸，对照着镜子看了一下，右眼睛周围有些泛红，还稍微有一点点肿。他抹了把脸，向外走去，教学楼里面不断有刚刚上完课或是下了自习的学生经过他身边，都向姜南投来了诧异的眼光。姜南不自然地又摸了摸脸，好像他是一个怪物，或是他的脸上写着什么让人感觉到奇怪的东西，让周围的路人对他侧目。他边想，边往车站走。五六级的大风推摇着树的枝干，天空里浮动着黄色的灰和雾。大街的上空飞翔着五颜六色的塑料袋。姜南紧咬着嘴唇，从一大群腿缝里夹着自行车等着绿灯亮起来的人面前走过。像是走进了人生的迷宫。街上的车声，喧哗声轮番轰炸着姜南的神经，他感觉自己再也坚持不下去了，他需要倾诉，他需要跟人倾诉，他太想跟人倾诉一下自己心中的苦楚，找谁呢？他想到了才才。

两个人坐在马路牙子上,申沉一口气喝光汽水瓶中的半瓶北冰洋汽水,把玻璃瓶立在地上,上涌的强烈刺激着口腔和鼻腔的二氧化碳气体让申沉向上扬了扬眉毛。"姜南,哼哼,才才说得没错,你来找我就对了。感觉到束手无策了吧。"申沉的表情有些古怪,神情既像友好的揶揄,又像是因为一语道破别人的秘密反而自己感到害羞。"你干吗这副德性,幸灾乐祸的样子。"姜南说。"没有,没有,绝对没有,我怎么可能幸灾乐祸呢,瞧你说的。"可申沉脸上还是一副皮笑肉不笑的嘴脸。"申沉你丫要是这个样子我就接受不了了,我找你来谈这件事情是很认真的,你却这么不当回事儿,你太让我失望了。"姜南难过且气愤地说。"好,好,我认真地说,你知道我笑什么呢,我是想起去年才才过生日的时候,你后来问辉子他是不是还记得小时候我们三个人一起去偷向日葵那件事。姜南,你那天向辉子提起那件我们儿时的事情,是想向他暗示什么吗?说实话,我当时觉得有些奇怪,尤其是你最后的两句话,我记得很清楚,你说当时辉子对你说,如果有事你先跑,因为你比我们小。"姜南听了申沉的话,脸色也认真起来,"什么都瞒不过你,你当时就听出了什么了。""我只是觉得你当时讲那番话,是暗中有所指,可我绝对没有想过会有这种事情,叶子对辉子有好感,这我能感觉得出来,可你说叶子已经喜欢很久了,而且对辉子的感情很深,我倒真是没太注意,我说为什么这么多年了,你一直都没向叶子表白,原来是这么回事。""就是这么回事,你说得一点没错,这么久我都没敢向叶子表白,就是因为知道她心里面装着辉子,叶子不是不知道我对她的感情,她只是装作不懂,我怕我如果把事情挑明了,破坏了我和叶子这么多年的友谊,到那时,我要如何才能收拾这被破坏了的感情?所以我怕,我才不敢。"申沉静静地听姜南讲完,他接过姜南递过的烟,两个人并肩坐在路边抽烟,"整件事情我弄明白了,问题不是出在辉子这里,因为他心里只有新雅姐,这点你我都明白,我想辉子可能连叶子喜欢他这件事都不知道。""这我也知道。辉子是无辜的,叶子也是无辜的,喜欢一个人没有错,而且辉子是个好人,只是我不甘心，我不舍得就这么放手，我太喜欢叶子了。"申沉熄灭手中的香烟，"放心吧，姜南，这件事我来处理，我去找辉子谈谈。"申沉拍了拍姜南的肩膀。

48

　　傍晚风沙停歇，降下一阵小雨，雨后马路上闪动着一片片水影，空气里满是尘土的气味，偶尔也随着一缕微风，飘来新叶吐出的清香。

　　"你说的都是真的？"辉子吐出了一口烟，转头认真地看着申沉。"当然是真的，我吃饱撑的拿这事开玩笑逗你玩儿？""姜南也够有意思的，先找才才再找你，绕了这么大一个圈子，他直接和我说不就完了？""姜南怎么和你开口，对你说叶子喜欢的人是你，所以他一直没有向叶子表白，然后看你是什么态度？这也太难为姜南了。""你说的也是啊，没想到，真是没想到。也够难为咱们这小兄弟的了。""哎，辉子，说正经的，叶子看来真的是很喜欢你，怎么样，考虑一下吗？如果你也喜欢叶子，或是对叶子有好感，就实话告诉姜南，这么多年的兄弟了，从小玩到大，姜南肯定能理解，难过嘛，那是难免的，不过相信他能想明白。毕竟强扭的瓜不甜，感情这种事情更是不能勉强的。""你丫这叫和我说正经的呢，申沉，要是连你也这么想，咱们这么多年的兄弟是白作了。你丫什么脑子啊？"辉子真的生气了。申沉没说话，看着远处的小水坑哼哼笑了几声。"你丫笑什么呀，我告诉你，别说姜南是咱们的小兄弟,就是个普通朋友我辉子也不能那么做,更别提那是根本就不可能的事情了。你回去告诉姜南,让他放一万个心,就说我辉子没那种想法,让他继续努力,一定能成功博得叶子的芳心。""我不去说,要说你自己找姜南说去。""嗯?"辉子纳闷地看着申沉,过了一会儿,他明白过来,"那好,我自己去找姜南说一下,把他这个心结给解开。"

"哎……""干吗?""哎……辉子。""嗯,什么事儿?""哎……辉子,哎……""什么事儿,你倒是说呀,哎,哎,哎的,到底要干吗?""没事儿。辉子,你看远处天上那片云,像什么?"辉子顺着申沉手指的方向向天上望去,将黑的天空中有一大片灰白色的云浮在空中。"像什么?""像不像一个天平,左右两个秤盘,中间有一条横杆,最下面是底座。你看像不像?"辉子凝神久久地望着那朵夜空中灰色的云,遥远的天空中,一架垂着玻璃秤盘的天平正好保持着平衡。"天平,世界上哪有那么多公平的事情。象征我这一存在的大衣口袋里有一个命中注定的洞,任何针线都不能缝合。"辉子想起小时候他和申沉在一起摔跤,他们扭打在一起,滚到了檐廊边,院子里有一棵百日红,他还记得,在阴沉欲雨的天空下盛开着耀眼的红花。他看着天上的云,想到了这番情景。

4月22日刚好是个周六,也是申沉和迟立辉两个人的24岁生日。美冬已经在中日交流中心开始工作。而今天正好赶上她公差回国了。在回国之前,美冬再三向申沉和辉子表达了歉意,她自己也十分遗憾没能参加他们两个人的生日聚会。晚上六点,这些好朋友们陆续来到了饭店。姜南和叶子送上了两件一模一样的白色衬衣作为申沉和迟立辉的生日礼物。他们两个人逛了一下午,最终还是挑选了两件相同的礼物。辉子没到房间里面坐下,他站在门口,说是要以主人的身份迎接二老虎和他的女朋友的到来。申沉坐在桌旁和大家高声地说笑着。叶子时不时回过头看向门口,看到了辉子乌黑的头发和洁白的牙齿。

美味的饭菜满满当当地摆了一桌,大家发现同在今天过生日的申沉和辉子却没有像平时一样坐在一起。申沉挨着姜南坐在门口的位置，而正面主位的地方是辉子，他招呼叶子坐到了他的旁边。也就是平时申沉常坐的地方。先是才才进行了演讲一样的发言，能看得出才才为了今天这个庆祝活动在发言稿上真是下了大功夫，字斟句酌，他以一句古诗"遥知兄弟登高处，遍插茱萸少一人"作为了结句。其实这张桌子上面又何止少了一人呢。大家举杯相碰，辉子提议，能干的都干了，喝不了的，自己随意，说完他自己先仰脖喝光了杯中的白酒。没过多久，第二杯，第三杯白酒也在辉子的提议之下喝了下去，转眼第一瓶白酒就喝完了。才才拍了一下辉子的腿，"慢点儿喝，这是白酒，不是白水，着什么急啊？""没事儿，今天高兴。多喝点儿。"说完，辉子又招呼服务员上了两瓶白酒。大家高高兴兴地边吃边聊，只有辉子不时地向大家敬酒，而且每次碰杯，自己必将杯中的酒喝干。

"他今天这是怎么了？要疯吧。"二老虎疑惑地看着申沉问。"没事儿，今天过生日，高兴。""高兴也不能这么喝呀，那一会儿还不醉了。"二老虎刚说完，对面的辉子就点了他的名，"来，二老虎，咱们碰一个。"二老虎起身，对辉子说："辉子，慢着点儿喝，没人和你抢，待会儿别喝醉了，咱们两个一人都喝半杯吧。"说完，二老虎拿起手中的酒盅向辉子碰去，辉子却先一步把手躲开了。"那不行，二老虎，咱们碰了就得干了。哪儿能只喝一半儿？""那这么着，你刚才喝得太猛了，我干了，你喝一口。"二老虎很仗义。辉子没说话，和二老虎的酒杯相撞后，先一步仰头喝干了。二老虎无奈地转头看了一眼申沉，他正在低头吃菜，好像根本没有注意到今天辉子一反常态的表现，二老虎喝光了杯中的白酒。辉子再依次向大家敬酒，第二瓶白酒也很快就喝光了。他明显有了醉意，辉子将一条胳膊横放在叶子背后的椅背上，手却垂下来，轻轻地扶着叶子的肩膀。叶子也感到今天辉子很不一样，有些奇怪，她也感到辉子对自己比平时随便了许多，搭在她肩膀上面的那只手就是证明。叶子的心跳得厉害，有些兴奋，有些害羞。

姜南的心里有一种针扎一样的痛。他看着坐在他身边一直若无其事在低头吃菜的申沉，申沉应该是找辉子谈过了，可为什么今天辉子会是如此的表现？他百思不得其解，只能时不时地抬头看着辉子，可是辉子的眼睛总是在望向别处，很少看向他们这里。"来叶子，咱们两个再喝一杯。"辉子的手从椅背上滑了下来，直接揽在了叶子的肩膀上面。叶子一下子紧张起来，他没想到辉子会做出如此大胆放肆的举动，甚至有些不礼貌了。她轻轻地扭了一下肩，可辉子的手明显加大了力气，搂得更紧了。别说叶子感到紧张，桌上所有的人都觉得紧张起来。大家极力地保持着脸上的笑容，努力地控制着自己不去转头看向坐在辉子对面的姜南。才才觉得自己在辉子的另一侧坐立不安，他感到万分尴尬，他不自觉地向他另一边的二老虎那里挪了挪自己的椅子，像是要与辉子刻意地拉开一定的距离。姜南再也看不下去了，他把几乎没怎么动过的筷子放在桌上，要起身去拉开辉子，就在他将要起身的时候，申沉的一只手按在了姜南的腿上，姜南一惊，看着申沉，申沉正在认真地吃自己盘子里的鱼。这到底是怎么回事，从申沉的举动来看，他对于今天饭桌上发生的事情并非漠不关心，而是心里一清二楚。姜南深吸了一口气，把背重重地重新靠在椅子上面，看着对面的辉子。当然申沉和姜南在下面的小动作没逃过辉子的眼睛。

辉子和叶子喝完酒，辉子却没有放开叶子的意思，他的左手明目张胆地握住了叶子的手。坐在他右侧的才才赶紧拿出一支烟递给辉子，"辉子，抽根儿烟，你先别喝了，你喝得太多了。"才才帮辉子点着烟，希冀着借抽烟这个由头能让辉子放开叶子的手。辉子笑着向才才摆了摆手，表示谢意，却转过头把口中的烟雾直接喷吐到了叶子的头上。这个举动众人就实在看不下去了，大家都在劝说着辉子不能再继续喝下去了，叶子的手被辉子牢牢地握着，她用左手擦了一下眼睛，刚刚被辉子吐到脸上的烟熏到了眼睛。"没事儿的，没事儿的。"辉子向大家不住地摆着手，"我知道，叶子心里面是喜欢我的，她不会生气。"说着他把叶子又向他胸前搂近了一些。二老虎的女朋友害怕地紧紧地攥着二老虎的胳膊，她也是第一次见到辉子如此的无赖和让人难以接受。与以往的时候大相径庭。叶子再也无法忍受下去了,她觉得她的自尊被别人无情地践踏了,带给她羞辱和难堪,让她感到无地自容。她使劲挣脱了辉子的手,站起身来,委屈的眼泪止也止不住,叶子大声地质问:"辉子,你太过分了,如果是新雅姐,你也会这样吗?"饭桌上鸦雀无声,辉子无所谓地抬起头,"新雅姐,当然不会。""你这个样子是没有人会喜欢你的。"叶子说完,拿起外套,抹着眼泪跑出了房间。姜南愣了一下神,也紧跟着追了出去。

桌上剩下的人都没有心思再吃喝下去了,辉子站起身,双手合十在嘴前,向大家作了一圈揖,"对不起,对不起,扫大家的兴了。"晚上九点,一行人不欢而散。二老虎去送他的女朋友,才才拉着申沉走在一边,他还是不明白今晚发生的这一切到底是因为什么。他觉得刚才饭桌上的辉子陌生而可怕。申沉向着前面的辉子喊了一句:"辉子,你没事儿吧。"辉子没有回头,向他们两个人摆摆手,独自走了。

辉子也觉得今天确实喝得有点多,头重脚轻的感觉让他很难平稳地走路。他点燃一支烟,靠在西廊下的街角,这样做到底对不对呢,他为自己今天给叶子和姜南带来的伤害感到深深的自责。

当他走到院子门口刚刚要踏进院子的时候,从一旁的黑暗中忽然闪出了一个人影,吓了辉子一跳,酒也醒了一大半。他仔细看去,站在那里的不是别人,正是提前伤心离场的叶子。叶子站在那里,眼睛还有些红肿,她死死地盯着辉子,这让辉子感到一阵紧张。"辉子,我不相信你是这样的人,我知道你是成心的,你在演戏,你为什么要这样做?"叶子质问着辉子。"对不起,叶子,请你原谅。"辉子低下头说。两个人就站在院外,谁都没有说话,好久,叶子说:"辉子,我们一起走走吧。"

夜晚的南墙根,辉子坐在那里默默地吸着烟。叶子坐在他的身边,轻轻地把头枕在了辉子的肩膀上。辉子扭头看了一下枕在他肩头的叶子,他吐出一阵烟,对叶子说:"叶子,这是第一次,也是最后一次了。"叶子没有吭声，也没有动。"叶子，对不起，我今天实在是太过分了，伤害了你也伤害了姜南。现在想起来我好后悔，我不应该用这种无礼的方式来解决问题，简直是太愚蠢了。叶子，你心里很明白，我今天这样做的原因。不要对我有任何不切实际的想法了，我心里装着新雅姐，这辈子也只能装着她一个人。谁也走不进来了。"叶子一直没有出声，像是睡着了一样静静地听着辉子继续说。"虽然，新雅姐马上就要结婚了，可是我还是要等下去，如果我娶不到新雅姐，我宁愿孤独终身。我不懂世界上为什么就是有这种感情，因为喜欢上了，就愿意赌上一生的羁绊，我很瞧不起，却还是活成了这样的人。叶子，听我说，姜南对你的感情你心里很清楚，你们是高中的同学，他从上高中的时候就喜欢你，你不用仔细想也应该体会得到。为什么这么久他都没对你说明，就是因为他把对你的感情看得太重了。姜南在这点上和我倒是很像，所以我非常佩服他。姜南到底是个什么样的人，我不用多说了，你心里有数，真的，叶子，我劝你一句，别跟我学，而且也不一定对，好好珍惜眼前人，姜南绝对是个值得你去珍惜和喜欢的人。"叶子伤心地"呜呜"哭出了声音。远处的暗影里，站立着申沉和姜南。

49

在西单商场里转了两个小时,二老虎早有些不耐烦了。他对身边的王莹说:"买了几种了,差不多了吧,回去吧。"王莹看了一下手中的食品袋,"我看看,酸三色、奶糖、巧克力、花生、瓜子,现在五种了。""够了,咱们走吧。""不再转转了?看有什么合适的再买些回去吧。"王莹说。"哎呀,怎么那么麻烦啊?不用转了,就这些就可以了。"二老虎说完,接过王莹手中的食品袋拉着王莹就往外走。两个人在地铁里面,王莹看着一脸疲惫的二老虎,"老虎,很少见到你这副无精打采的模样,你平时不是总是生龙活虎的吗?要不为什么叫老虎?你姐姐结婚,哪有你那么不耐烦的?""没兴趣。"二老虎说完看着玻璃窗外黑漆漆的隧道。一个妇女从座位上站起来要下车了,二老虎一把拉过王莹将她按在了座位上,他双手拉着拉环,站在王莹身前,身体随着地铁的运行规律性地晃动着。又一名乘客下车,王莹将二老虎拉到她身边坐下,挎住二老虎的胳膊,"老虎,新雅姐要结婚,这是咱们全家的大喜事,你这样可不太对。即便你心里有什么不痛快的,也不能表现出来,知道吗?我看新雅姐这几天非常开心,她结婚的礼服都当着我的面试穿了好几次，真漂亮啊。你知道吗？新雅姐穿起那身红色的旗袍真的太漂亮了。"在王莹的话语下，二老虎的情绪也被调动起来了一些。"嗯，我明白。我亲姐姐结婚，我当然也高兴了。我也希望她能非常幸福，可一想起辉子心里还是有一些不痛快。辉子心里得多痛苦啊。""你的哥们义气我明白……""根本就不是什么哥们义气，你根本就不懂，辉子对我姐的感情你根本就不明白，你不可能了解的。"二老虎说着有点要急。"好，好，我不说了，咱们赶紧回家吧，看还有什么需要帮忙准备的。毕竟后天就是正日子了。"

此时的申沉和迟立辉站在宽大的穿衣镜前一同照着镜子。他们两人买了同款同色的两身黑色西装，里面同样穿着他们过生日那天叶子和姜南作为生日礼物送给他们两个人的白衬衫。申沉与迟立辉两个人高矮胖瘦差不多，身材非常相近，如果不是长相不同，穿衣镜前的两个人真的就像一对双胞胎兄弟。一旁的售货员也不住地发出赞叹之声。申沉明亮的眼睛里映出辉子潇洒的身形，"你可真像一位新郎官啊。"这句话险些从申沉口中脱口而出。两个人提了装西装的袋子往回走，"知道吗？我做梦都想着自己穿着西装参加婚礼的这一天，做梦都想娶新雅姐为妻，可真到了这天，新郎却不是我。"申沉看着辉子，拍了拍辉子的肩膀，在微笑里摇了摇头，没有说话。辉子也同样苦笑着摇了摇头。世间最好的默契并非有人懂你的言外之意，而是有人懂你的欲言又止。

经历了一个草长莺飞的春天，五一劳动节正好处在春末夏初的时光里。垂柳的影子在明亮的太阳光影里婆娑起舞。风是那么的暖。这一天刚刚天亮人们就起床了，小草和花瓣上还带着晶莹的露珠。几只喜鹊一大清早就在枝头上"喳喳"地叫个不停，这可能就是人们所盼望的那个喜上枝头的样子吧。不时有结婚的车队在路上开过，在这美好的季节里，结婚仿佛也是最适合在这个季节里面发生的事，不约而至。

当新雅的婚车停到了酒店门口的时候，婚庆的鞭炮噼里啪啦地响作一团，五彩的纸屑和彩带将婚车包围起来。这已经是今天上午这家酒店停过的第三个婚庆车队，地面上还残留着前一阵欢庆热闹过后的痕迹。新雅穿着婚纱被管素强从黑色的轿车里抱出来，新朋好友们一拥而上，将一对新人团团簇拥在里面。摄影师招呼大家排开与一对新人合影，这张合影在很多年后被申沉拿在手中的时候，他费了好大劲才在相片中找到他和辉子，他们两个并排站在最后一排靠近最左边的位置。照片里的他们看不清脸上的表情，申沉也早已经记不起当时的心情。"人生还不如一行波德莱尔。"才才后来说过这样的话。

小宴会厅里列开了五桌酒席，双方亲戚来得不是很多，主要是西廊下的街坊邻居和朋友。婚礼仪式在主持人夸张的煽情表演中按程序进行着。台上的张新雅和管素强在主持人热烈情绪的带动下流下了激动的泪水。申沉和辉子坐在一起，旁边是才才和姜南，叶子和美冬紧挨着二老虎和他的女朋友王莹。大家的心情都有一些复杂。婚庆仪式在一个小时内结束了，新娘去换礼服，亲朋好友们开始举杯热烈地吃喝起来。他们这一桌上，二老虎虽然招呼了几次，可气氛却始终热闹不起来，大家都显得没有什么胃口。

换上一身红色旗袍的新雅和管素强一起挨着桌子给前来参加婚礼的来宾敬酒。当新雅和管素强敬到他们这最后一桌时，辉子和管素强自多年前在杭州之后又一次见面，两个人都有些不自然。大家和新郎新娘碰杯，"新婚快乐，百年好合"之类的祝福话语却说不出口。气氛显得有些尴尬，新雅拍了拍管素强的肩膀，对他说："这桌都是我的弟弟妹妹，我来照顾吧，你去别的桌看看。""好。"管素强说完，爱怜地搂了一下新雅转身去了别的桌。新雅再依次和眼前的这些好朋友碰杯。"来，辉子，和姐姐干一杯。"新雅大方微笑着对辉子说。其他人都放下了手中的酒杯，注视着辉子。辉子直直地站直身体，拿起酒瓶，给自己满满倒了一杯白酒，辉子的手有些抖，他忽然对新雅说，"新雅姐，祝你早日离婚。"这句不合时宜，甚至很失礼的话让在座的众人皆惊，新雅的脸色一片苍白，她紧张地回头向管素强的方向张望了一下，生怕被他听到。二老虎一下子扶住辉子的胳膊，申沉也有些担心地看着辉子。辉子冲着二老虎笑了笑,"别担心,二老虎,我不会闹事的,我知道今天是什么日子,今天是什么场合,今天是新雅姐大喜的日子。你放心。"他说完,转过头,看着一脸茫然惊讶的新雅,"新雅姐,我刚才说的不是醉话,我还没喝酒,怎么可能说醉话呢?祝福的话一定是要发自内心的,对不对?那么我发自内心的祝福的话就是祝你早日离婚。我辉子一直都等着你。"辉子说完,和呆立在原地的新雅手中的酒杯重重地碰了一下,一口气喝光玻璃杯中的白酒,然后转身从椅子靠背上拿起西装上衣,离席而去。"新雅姐,对不起了,我去看看他。"申沉向新雅告了罪,紧追了出去,只留下桌上目瞪口呆的一群人。

　　一直到中午还是晴空万里,下午竟下起了雨,而且雨下得不小,持续了两个小时,将近傍晚的时候才渐渐停歇。辉子头疼得厉害,他中午把那一大杯白酒喝下去之后,什么东西也没有再吃,回到家里他竟然迷迷糊糊地睡着了,而且睡得很沉,申沉是什么时候离开的他也不知道。睁开眼睛,天色向晚,他口渴得厉害,起来喝了一大杯水,披上外套走出了家门。

　　天空中还是沥沥地飘着毛毛细雨,西边的天空亮出了胭脂色的晚霞,街上安静非常,没有行人路过,辉子缓缓地走在街上。"哗"的一声,眼前的一根电线发出紫色的火花,辉子莫名地感动了,他走在雨中,又一次抬头看看身后的电线。电线依然放出锐利的火花,他纵观人生,有一些他特别想要的东西,可是现在只有这紫色的火花,只有这空中激烈的火花,哪怕要用生命去换,他也想紧紧握在手中。

　　一颗红色的亮点像鬼火一样闪烁在夜晚的南墙根下面。这种感觉或许用一个季节已经结束来形容比较准确吧。草坪的正中央有一棵高大的杨树,枝叶四面伸展,辉子站在树下,透过枝叶仰望高高的天空,他的头顶上方有一颗星星在闪耀。

　　辉子从外套的内侧衣兜里面掏出钱夹,钱夹里有一张新雅的照片。照片上的新雅正是中学时期的样子,一片向日葵的前面,新雅一身浅色的连衣裙，头发梳成马尾辫留在脑后，两只手垂在身体的两侧，右手的手指叉开着，甜甜地笑。即使是在模糊的夜色当中，即使是在相片当中，辉子也感受到了那浮现出来的自然。他闭上眼睛，虽然看不到自己，却能看到新雅的脸。辉子觉得新雅的脸在促使他想起什么，她身上有一种东西在静静地摇晃他意识深处的沉淀物。但他不明白这到底意味着什么，语言已葬入遥远的黑暗。辉子闭起眼睛，迷迷蒙蒙却又清晰无比地感觉到某种东西被强行从身体里抽离出去了，他感到沉默犹如细微的尘埃落满自己的身体，他不再想和谁说话了。颤抖在大脑与心门之间的记忆，疼痛的小颗粒，繁星般闪耀，辉子发出痛苦绝望的干嚎，一个没有被疼痛刺穿过的身体如何能发出这样痛苦的声音。那一晚西廊下的很多人家听到了一阵阵像狼嚎一样的声音，人们心惊肉跳，彻夜难眠。

— 不舍昼夜　澎湃而行 —

下部

50

"叮咚",树上的最后几颗枯枣从屋瓦上滚下去,从下午跌进黄昏。他忽然叹一口气,听上去十分悲伤,中间略有停顿,像是一声轻咳,像是他想用这声一闪而过的轻咳,抹去过度的悲伤。秋藏冬至,迟立辉心想,这一刹那就到了。就像一个幽居多年的人,推开堆积在窗子上的尘土,看到了窗外的一片秋色。

时光在岁月里静海深流。

时间好快啊,六七年的时间没打招呼一样瞬间即逝了。他们几个人都不约而同生出了一些白发,年过三十了嘛,迟立辉心想,岁月何时曾饶过人生。院外面传来了街里的孩子们追逐嬉笑的声音。姜南和叶子最终有情人终成眷属,在去年的春天举行了婚礼,两个人还高高兴兴地去欧洲旅行了一次。二老虎和王莹更早一年结了婚,他们的女儿虎妞儿都快两岁了,一个漂亮可爱的小姑娘。虽然都是三十多岁的人了,二老虎的性格还是像小时候一样,大大咧咧的,天真顽皮,可每当抱起他的闺女来就像换了一个人一样,满眼都是泛滥的父爱,真是捧在手上怕飞了,含在嘴里怕化了。他还记得虎妞儿出生的时候，当母女二人从产房里面出来，一直焦急等在医院走廊里的二老虎就像被刑满释放了一样扑过去，抱起女儿的一刹那，初为人父的二老虎失声痛哭，哭得整个楼道里面都能听到，他怀里的女儿竟然在那一刻就睁开了眼睛，呆呆地看着眼前的这个男人痛哭流涕的样子，自己却没有哇哇地哭出来，咧开小嘴笑了。后来护士们还嘲笑二老虎，医院里天天生小孩儿，见过那么多当父亲的，像二老虎这样外表看起来高高大大，内心却是那么柔软的男人还是第一次见到，哭得简直像个孩子一样。后来二老虎让才才给女儿起个小名，才才还没有开始想，申沉就脱口而出："叫虎妞儿，二老虎的闺女当然就得叫虎妞儿了。"没想到申沉半开玩笑的这么一句话，从孩子的父母到爷爷奶奶，包括二老虎的爷爷，也就是虎妞儿的太爷爷都非常喜欢，虎妞儿这个名字也就这么叫了起来。

迟立辉穿上大衣，走到院外，看见才才和他的女朋友正在和申沉在街上聊天。他猜想可能申沉正要来找他，正好和要出门的才才那一对儿在院门口碰上了。才才早已经戴上了一副考究的近视眼镜，平时也是西装革履，一副知识分子的学者风采。只有申沉老是说才才："禽兽，完完全全的衣冠禽兽。""你凭什么这么说我？我现在可是副高职称了。"才才当时非常不乐意。"你副高不副高跟我有个屁关系啊。才才你说，你三十多岁的人了，找了一个比自己小了十来岁的女孩儿，而且当年还是你的学生，不是禽兽是什么？""找女学生怎么了，我们是真心相爱，没有你想的那么不堪。""屁，你就是老牛吃嫩草。身为大学的老师，利用职务之便，威逼利诱女学生……当真是不择手段。"申沉说得咬牙切齿。"鲁鲁，你和他说，省得他在这儿像疯狗一样地乱咬人。"才才拉过身边的女朋友当救兵。

鲁鲁，一个很特别的女孩儿，才才的女朋友，也是当年才才教过的一个学生。其实要光只是这些，还没显得那么特别。鲁鲁的特别之处在于她不仅年轻漂亮，而且个子非常高。申沉、迟立辉、才才包括姜南他们，身高都没有超过一米八，二老虎是他们这些人里面个子最高的一个，突破了一米八，可还是没有鲁鲁的个子高,所以当鲁鲁作为才才的女朋友走进他们这些人的生活里面的时候,显得那么鹤立鸡群,她高高的个子是最让这些人泄气的,也是最让才才提气的一件事儿。鲁鲁的大高个儿,用申沉的话来形容就是胸部以下全是腿。鲁鲁的一双大长腿,除了基因的缘故,和她小时候练体育也是密不可分的,而且她当年主攻的项目还是女子排球。夏天的时候,他们这些人相约一起去海边玩儿,沙滩上挂了一副球网,申沉那天不知道想起了什么,提议大家在沙滩上打排球,鲁鲁和才才一组,他们其他人一组,想用人数多的优势战胜对方,结果可想而知,申沉是自取其辱,比赛结束后,辉子看着才才一脸傲骄的样子,对申沉说:"你脑子进水了,和鲁鲁打排球,你不知道她以前就是打排球的,怎么想的,让我们陪着你一块儿丢人现眼。""辉子,辉子,你别批评他了,咱们得理解申沉。自从他和美冬分手以后,他就傻了,现在是纯傻,你知道吗?"二老虎在一边儿添油加醋挤对申沉。姜南说:"不应该啊,和美冬分手也是他提出来的呀,是他申沉变心了,另有所爱了,他傻什么呀?""这还不叫傻,聪明人能干出这事儿吗?"二老虎强调说。众人在申沉的背后你一把,我一把地撒着盐,把申沉说得哑口无言,低头丧脑。

才才指着西廊下北面前年新起的三座塔楼说:"这才不到两年时间,快住满了。以前街上的老人们见得越来越少了,全搬进楼里去了。"申沉说:"可不是嘛,当年盖这三座楼的时候就是想让老百姓都搬楼里去,然后政府好把咱们西廊下这片儿全拆了。""老人们搬进楼房去住,确实方便了好多,有电梯,上厕所,洗澡都比以前方便了,而且有暖气,冬天再不用烧煤了。你们没发现,现在的西廊下,留下来的差不多都是年轻人了,而且都是咱们这一批年纪的人,老人孩子都搬到楼房里去了。"辉子说。"所以咱们这些人更得坚持住。"申沉恨恨地说。"没错儿,咱们就是不进楼房去住,给再好的条件也不去,父母们都岁数大了,也该享受一下便利了,所以西廊下就指着咱们这些人了,咱们得守住西廊下这块儿生咱们养咱们的土地,守一天是一天,绝对不能放弃。"辉子看着那三幢塔楼说。鲁鲁顺着他们的眼神看过去，"我也坚决同意，我从小就住楼房，太没有意思了，还是喜欢平房，喜欢大院子，我和你们一起共进退。""好样儿的，鲁鲁，这才是我们西廊下的媳妇儿。"申沉高兴得夸奖鲁鲁。

"你们两个干吗去呀？"辉子问。"要出去转转，今天星期日，也没什么事儿，前些天一直都是雾霾，一个多礼拜，破天儿，嗓子难受得受不了，昨天刮那场风还真不错，今儿天气好，我们出去遛遛。你们两个要是没事儿，和我们一块儿去吧。"才才对他们两个人说。"我们不去了，你们去吧。"申沉说。"那行，那我们两个先走了。""下午打电话吧，没什么事儿，晚上一块儿吃饭，把那几个也叫上。"辉子对才才和鲁鲁说。"好嘞，下午我们就回来。"鲁鲁迈开大长腿走在前面，才才撒了欢儿似的两只胳膊抡圆了，小跑似的也才刚好跟上鲁鲁的脚步。鲁鲁穿了一件卡其色的短款毛外套，下面是一条紧身的牛仔裤，把身材包裹得丰满有致，尤其是那两条大长腿更显性感。辉子望着才才和鲁鲁有趣的背影，"真是一个尤物啊。"他感叹道。申沉顺着辉子眼神望过去，"我觉得也是。"辉子转过头，一脸不屑看着申沉说："我说的是才才。"

看着才才和鲁鲁走远了，申沉对辉子说："正要找你去呢。""我猜也是。""今儿天儿好，咱们也出去走走吧。""好，去哪儿。""哪儿都行，走哪儿算哪儿吧。"两个人朝北面走去。"喂，申沉，你和美冬分开有快一年了吧？""嗯，一年多了。""她回国后你们没再联系？""没有，美冬回国前给我打过一个电话，说不想在北京继续待下去了，她说北京让她伤心，她想回日本去了，中日交流中心的工作也辞了，就回东京了。""你丫，就是一个害人精。"辉子对申沉说。"谁说不是呢，我都觉得我自己不是个东西。""美冬真是一个非常不错的姑娘，对你那么好，人家还是一个外国姑娘，多难得啊。你瞧瞧咱们身边这几个朋友，全都出双入对，我，你就别说了，我是个例外，甭跟我比，可你跟着瞎凑什么热闹啊。真是身在福中不知福。"辉子数落着申沉。美冬，那种行为举止的质朴，婴儿般的安宁与善意，对朴实品质的看重，这些实在来之不易。申沉也在心底想起了那个来自东京的美丽姑娘。这辈子可能再难相见了。

"辉子你看，你看那个人。"辉子顺着申沉指的方向看过去，"不认识。""我知道不认识，我也不认识。"辉子扭过头，拿眼睛瞪着申沉，"又闲得没事儿臭来劲了吧。""不是，我没和你逗，我是说你看那个人的样子，看他的动作，像谁，像不像一个人？"辉子向前快走了几步，一个中年男人，左手拉着一个小男孩儿，右手里拎着两棵扎好的大白菜，背后还背着一个大布包，里面也装着菜，因为从背包的顶端露出了大白菜的叶子和一捆大葱，显得十分吃力的样子。辉子跟在那个男人背后几米的地方看了一会儿，转过身等申沉走到跟前，"没看出来，像谁呀？""像不像石佛李同？"申沉说。辉子听了赶忙又多望了几眼，"是有点儿像，可不是他。""知道不是。咱们得小二十年没见过石佛了吧？""差不多了，从初中毕业以后就再没有见过了。一晃可不是小二十年了吗？""咱俩去看看石佛吧，这么多年没见面了，去看看他。""现在？"辉子问，"当然是现在了，反正咱俩也没事儿，还真挺想他的。""好，走，看看他去。"说完两个人转身向白塔寺方向走去。

当两个人再次踏入李同家的那个大杂院，真是百感交集，上次他们两个人来的时候，还都在上初中，现在竟是而立之年。大杂院里的环境没有多少改变，由于各种的私搭乱建，一条比以前更加狭窄的小道延伸进院落的深处。为他们开门的已经是陌生人了，男人一脸警惕地看着眼前这两个男人，"不知道，不认识，我们搬来四五年了，搬来前他们就搬走了。"随着这句话，男人迫不及待关了门，仿佛非常不愿意和站在他面前的申沉和迟立辉再说一句话。"这怎么办啊？"辉子有些挠头。"去居委会问问吧。"申沉说。"今天星期天，居委会会有人在吗？""有人，刚才路过时我看了，里面一堆人呢。"

申沉隔着玻璃窗连敲了几次门，屋里的一大帮身着红衫绿袄的老太太还在嘻嘻哈哈地说笑，没有人听到。申沉不耐烦地推门而入，直到他们两个人站到了那群兴高采烈的老人跟前，说笑声才停止了下来。"大妈，我们找居委会的负责人。"辉子说。"里屋呢。"其中一个浓妆艳抹的老太太咧着血红的嘴巴说："王主任，有人找。"申沉和辉子向里屋走去。大声的喧哗马上在背后响起。他们正要跨进里屋的时候，另一个穿着鲜艳的大粉色荷花裙，头上戴着一个摇摇欲坠的大头花的老太太极不情愿地从里屋走出来，用涂的熊猫眼眼睛斜了他们两个人一眼，从他们身边挤了过去，交错而过的瞬间，申沉夸张地把身体紧紧地贴在门框上，做出一副让出了尽可能大的空间让那个老太太擦身而过的样子。老太太又特意狠狠地瞪了申沉一眼。两个人走进里屋，屋中间放着一张由两张木桌相对摆放拼成的更大的桌子，桌子上放满了各种头花、绸扇，还有一些演出服装。一个六十来岁的男的正站在桌前收拾东西。申沉和辉子走过去，"王主任，我们向您打听个人，从咱们街道搬走的，您帮我们查查。"王主任皱了下眉头，显得有些不太乐意，"什么人呢？什么时候搬走的？你们又是什么人？找他干什么？"一句话带出了四个问题。"就是前边儿那条胡同126号大院里的，叫李同。从小在这儿长起来的，说是四年前搬走的，我们两个和他是同学，十多年不见了，想过来看看，结果搬家了，您帮我们查查，有没有记录，看看搬哪儿去了。""哦，是这样啊，查起来比较麻烦，再说今天是星期日，我这儿也一摊子事儿呢。"王主任并没有起身的意思。"知道您忙，一进屋儿我们就看出来了。这是咱们街道有演出吧，那么多演员就您一个人张罗是够呛的。您帮我们查查，我们也好赶紧走，别老耽误您的宝贵时间。"辉子对王主任说。"要不你们明天再来吧，我这儿今天确实没功夫儿。"王主任对辉子说。辉子看了一眼放在桌子上的大玻璃烟灰缸，里面有几个烟头，辉子伸手摸出还没拆开的那盒软中华，"王主任，您先抽根烟，歇口气儿，忙活半天了。"辉子把手里的一整盒烟递了过去。王主任接过烟，扫了一眼，放进了衣兜里面，起身向文件柜走去。辉子冲申沉笑了一下。

"老王，快点儿啊，别瞎忙了，我们这儿就等你了。"几分钟前从里屋出去的那个老太太又走了进来，又狠狠地瞟了申沉和迟立辉一眼。"大妈，您再稍等会儿，我们一朋友找不着了，让王主任帮我们查查记录。"申沉笑呵呵地说。"找不着慢慢儿找，今天找不着明天找，非得跟这儿凑热闹。"老太太非常不乐意地说。"你着什么急啊，什么叫找不着慢慢儿找，老东西你会说人话吗，我还告诉你，今天找不着我就不走了，你们爱唱不唱呢。"辉子一下子急了。"嘿，年轻人，没你这么说话的，怎么对老人这么没有礼貌，老王，你听听。""对谁都有礼貌，就对你丫没礼貌，老东西。"辉子冲老太太说。王主任停下来转过身，"年轻人，你要是这样的话……""你赶紧找你的，找着了我们俩马上就走人，找不着，今儿我跟你这居委会耗一天。"辉子已经完全不是刚才笑脸相迎的态度了，脸阴得厉害。申沉则笑脸如花地对着那个气得半死的老太太迎了上去，全没有了刚才的一脸厌恶的样子。"大妈，大妈，您别生气，消消气儿。他这人脾气就这样儿，您甭往心里去。他也是着急着的，毕竟二十多年的朋友失去联系了，我们也真着急，您体谅体谅我们。一会儿找着了，我们马上就走。"申沉热情地挽着老太太的胳膊往外屋走，"你们今天这是有非常重要的演出任务吧。"申沉问得一脸诚恳。"彩排，待会儿去红楼礼堂彩排。下周区里的歌唱比赛。"老太太回答。"看您这身段儿，这气派，您一定是领唱吧。"辉子在里屋听着申沉一本正经地在外屋满嘴的胡说八道快忍不住笑出声儿来了。"真不是，我是站第三排的。"老太太十分认真地接着和申沉聊。"唱得好的，唱功厉害的都站第三排，底气足，声音传得远。大妈您的歌声肯定特动听。"申沉还在外面儿一唱一和的。"嗓子倒还行，天生的。""大妈，我觉得吧，你们这群姐妹们啊，光是在红楼礼堂唱太委屈了，怎么也得人民大会堂，然后是维也纳音乐厅，悉尼歌剧院。""嗨，还人民大会堂哪，也没人请我们啊。能争取个红楼礼堂演出就不错了。"老太太也开始抱憾不已。"他们哪儿懂艺术啊。""找着了，你们把地址抄一下吧。"王主任的声音从里屋传来，申沉站起身就走，弄得那个老太太一下儿没反应过来。

51

申沉和迟立辉两个人按照地址找到了位于北太平庄的这个小区，小区不大，一共六座15层高的塔楼。他们两个在小区门口的水果摊买了一兜儿最好的富士苹果，坐电梯来到了2号楼1104的房门口。两个人在门口站定，相互望了一下，心中竟不约而同地感到一丝紧张。小时候的同窗多年不见的石佛李同现在变成了什么样子呢，还是像以前一般的腼腆和内向吗？申沉伸出手，轻轻地叩响了房门。

连续两次敲门之后，屋里传来了一个女人的声音，"谁呀？"随着话音落下，房门打开了，一个女人站在门口。女人望着站在她门口的两个陌生男人，有些警惕地仔细打量着他们。申沉和辉子也同样凝视着眼前的那个三十来岁的女人。几秒钟过后，看着其中一个男人冲着自己笑嘻嘻的样子，那张顽皮的笑脸开始在记忆深处慢慢苏醒过来。女人面部表情开始有了变化。眼神从刚刚的警惕和紧张变得柔和起来，她的嘴角抽动了几下，眼圈一下子红了。女人用一只手捂住嘴，激动得说不出话。眼睛里的泪水已经止不住地先流了出来。"吴丹丹，真是你啊。我在来的路上还在想会不会遇到你。"申沉早于吴丹丹先认出了对方。他伸出胳膊拥抱了一下同样是近二十年没见过的女同学。"李同,你快来,看看是谁来了。"吴丹丹哭笑着向屋里喊,辉子同样给了吴丹丹一个紧紧的拥抱。石佛李同出现在了吴丹丹的身后,头发白了不少,虽然也才是三十出头的人,可从面容来看却苍老了不少。李同还是那样魁梧的身材,眼睛可能是由于缺少睡眠有些浮肿。穿着一件灰色的长袖棉毛衫,外面套了一件黑色的老旧的毛背心,背心的下摆处伸出了几处线头儿。棉毛衫的袖子拉到了小臂上面,与当年申沉和辉子第一次去他家找他的时候一样,两只胳膊上沾满白色的泡沫,他此时正在洗衣服。

"申沉,辉子,怎么会是你们两个。好久不见了。"石佛李同洪亮的声音里带着哽咽。"快进来。"申沉和辉子走进屋里,两个人盯着儿时的同学,盯着他们面前的石佛李同,就这样一别经年,任由近二十载的岁月一晃而过。"你还是老样子。"申沉和辉子紧紧地抱住石佛李同。吴丹丹站在一旁,看着他们三个人,这时一个四五岁的小男孩儿走了过来,怯怯地站在那里,望望他的妈妈,又望望和他的爸爸拥抱在一起的两个人。"来,亮亮,叫叔叔。"吴丹丹对儿子说。小家伙还是睁着大眼睛使劲地看着他们,申沉在小家伙的脸上轻轻地捏了一下。"我儿子,亮亮。亮亮,快叫叔叔。"小家伙儿还是有些认生,没有出声。"宝贝儿,几岁了?"辉子问,"四岁半。"小家伙说完跑进了屋里。"你们先进屋坐,我把胳膊冲一下。"李同第一次向申沉和迟立辉展露出热烈和开心的笑容。这笑容是如此的温暖而动人,在他们还在儿时相伴的岁月里,他们从来没有见过,此时出现在了一个三十多岁的男人的面孔上。

吴丹丹把申沉和辉子让进里屋,这是一个典型的两居室,刚才他们短暂谈话的地方就是一个正方形的小客厅,旁边是厨房和厕所,再往里是两间卧室,其中大一些的那间,被他们作为了主卧兼客厅。墙体已经不白了,上面有一些孩子画上去的铅笔道儿。申沉和辉子在一套旧的有些塌陷的沙发上坐下来,吴丹丹搂着儿子坐在那张木床沿上。李同乐呵呵地走进来,走到玻璃茶几前端起桌上的一个大茶缸子，要将里面的茶水倒给申沉和迟立辉。"别倒这里边的，再重新沏吧。把下面那两个盖杯洗一下。"吴丹丹笑着对李同说，"他呀，就是这么粗心大意。""没事儿的。"辉子说，"又不是外人。"李同还是一脸笑着说："对，对，要重新沏，一定要重新沏。"他从茶几的下层拿出两个盖杯去洗了。"申沉，辉子，你们怎么找来的？我们都搬走好久了。"吴丹丹问他们。"我们两个去你们以前的大杂院了，结果里面住的是别人了，我们又去居委会问，从那里问来了地址，就找过来了。"辉子说。"吴丹丹，你和李同怎么样？从初中毕业就没再见过你们了，一晃小二十年了，真快啊。""我们俩挺好的，2004年结的婚，这不，儿子都快五岁了。是太快了。""吴丹丹，没想到你真嫁给李同了，你们真是太了不起了，从小学同学，一直到夫妻，真不容易啊。我敬佩你。"申沉对吴丹丹说。吴丹丹有些害羞，"就是这样，从小和李同一起长大，也没想过要分开，就这么自然而然地过来了，一切就像是安排好的一样。"李同拿着两个洗好的盖杯拎着暖壶走过来，他把两个杯子放在玻璃茶几上面，反身从放电视的柜子里拿出一个绿色的铁皮茶叶桶，李同把茶叶桶的盖子打开，往茶杯里面倒茶叶，可能是激动的原因，李同的手抖得厉害，一下子倒出了很多茶叶。"太多了，用不了这么多。"申沉忙阻止李同，"没事儿的，没事儿的。"李同要再往另一个杯子里面倒茶叶，申沉把两个杯子拿起来，"别倒了，石佛，足够了，两个杯子匀匀就行。"申沉把茶叶匀到两个茶杯中，李同为他们倒上了热水。

"你们什么时候搬走的？"辉子吹开水面漂浮的茶叶问他们。"好多年了，现在这套房是李同他父亲单位的福利分房，忙活了大半辈子在铁路上，就为了这一套房子，可是当时还得花将近十万块，我们当时还真一下儿拿不出这么多钱，那会儿又刚刚有了小孩儿，所以后来就决定把白塔寺的那一间半平房卖了，买的现在这个两居室。"吴丹丹说。"李同现在在哪儿上班啊？""他也去铁路了，他父亲再有两年就要退休了，他现在也在铁路上上班，算是接班吧。"吴丹丹说。"那孩子呢？""孩子我和我妈一起带，我妈他们离我们不远，我上班的时候把孩子送幼儿园去，下班我妈帮我接一下，我下班回来再去接。李同平时不在家，就我一个人和孩子。你们今天来得真巧，李同十来天才回来一次，明天早上就走，还得跑火车。"李同一直没说话，安安静静地坐在那里，不时地低下头两只手掌互相搓动几下，像个孩子似的笑着听他们聊天。"你们两个怎么样，都结婚了吧？""没呢，我们两个都还没结呢，看样子还得再过些年。"辉子笑着说。"辉子，你和申沉你们两个就是太挑了。""哈哈……怎么说呢，真不是挑。一言难尽啊。"辉子笑着说。

聊了一会儿，李同起身给申沉和辉子的茶杯上添上水，"你们先坐着，我去把盆里那几件衣服洗出来，中午别走，在这儿吃饭。""不用了，别麻烦了。坐会儿就走，改天我们再来。"申沉和辉子忙说。"不能走，来都来了，我洗完那两件衣服就做饭。"李同说完就走了出去。申沉、辉子，还有吴丹丹在屋里聊着彼此这些年来的生活过往。

申沉向另外一间卧室探了探身子，又缩回来，"奶奶呢？没和你们一起住？"吴丹丹听了，神情显出悲伤的模样，"去世了，走了好多年了。""哦。"申沉低语了一声，"奶奶见着亮亮了吗？"申沉问。"没见着，差半年。李同一想起这事儿就伤心得不得了。""不过老人家总算见到你和李同的婚礼了，这是她老人家最大的心愿了。也没什么太多遗憾了。"申沉安慰着吴丹丹。小家伙很听话，一点儿也不吵闹，他只是眨着大眼睛听着大人们之间的对话。过了一会儿，小家伙高高兴兴地抱来一个大纸盒，拿到辉子面前，"叔叔，你看，我的玩具。"小家伙把纸盒掀开，里面有纸折的飞机，塑料插片儿，还有十几块积木，以及一个坏了的电动小火车。小家伙把自己心爱的玩具倒扣在沙发上面，让辉子陪他一起玩儿。"亮亮，你自己去玩儿，别打扰叔叔。""没事儿的，我陪他玩会儿。"辉子笑着摸了摸小家伙的头。

申沉站起身向厨房的方向走去，他走到厕所门口，让他熟悉的一幕又乍现眼前。狭小的洗手间里放着一只大铝盆，石佛李同背对着他，坐在一个小木凳上，正在用力搓洗着水盆里面的几件衣服。申沉靠在门框边，"你一点儿也没变，这下我放心了。"申沉站在石佛李同背后轻声地说，"石佛李同依然挺立，这就是我看着你背影时的感想。"李同停止了动作，静静地像一块铁。

申沉回到里屋，从衣兜里拿出烟，向吴丹丹晃了一下，"我和辉子在阳台上抽根烟去。""外面冷，就在屋里抽吧。"申沉笑着摇了摇头，和辉子一起来到阳台上，两个人趴在锈蚀的护栏上抽着烟。"喂，辉子。""嗯。""你身上还有多少钱？"申沉用身体挡住他们背后的视线，摸向自己的钱夹，等他把自己的钱夹拿出来，发现辉子的钱夹早就拿在了手上。两个人回到屋里，又坐了五分钟，然后申沉和辉子起身拿起大衣，"吴丹丹，我们先告辞了。""不能走，好不容易见到了，哪儿能这么快就走啊。""今天就不留下来吃饭了，改天我们再来。"吴丹丹向外屋大声喊，"李同，李同，你快过来，辉子他们要走了。"李同跑进屋，双手还滴着水，不舍地望着他们。申沉说："石佛，把你和吴丹丹的手机号告诉我，我把我和辉子的也告诉你，今天真不耽误你们了，有时间我们再来，下回约好了，把二老虎和才才也叫上，咱们一块儿热闹热闹。"

石佛李同和吴丹丹两口子依依不舍地送走了申沉和辉子，关上房门的一刻，两口子对视了一眼，一种不舍涌上心头，李同随母子两个来到里屋，坐在沙发上，他默不作声地拿过儿子装玩具的那个纸盒，想把沙发上的玩具收进盒子里，却忽然发现盒子里面放着一沓钱，"丹丹，你快看。"石佛李同把钱拿出来递到吴丹丹手上，两人数了一下，一共两千块，旁边还有一张不规则的小纸片儿，上面写着四个字，"给孩子的。"李同侧过头，发现这张纸片儿是从茶几上的晚报上撕下来的一角。

申沉和迟立辉走出小区，一如当年他们走出石佛李同家的大院，谁都没有说话。他们两个人站在路边等车，申沉抬头看着辉子，辉子把脸侧过去，等他转过头来的时候，发现申沉还是盯着他的脸在看，"你丫有病吧。"辉子笑着推了申沉一把。"笑笑嘛，别愁眉苦脸的。"申沉挤眉弄眼地逗辉子。申沉的手机响了起来，他拿出手机，屏幕上显示着隋欣的名字，申沉高兴地向辉子晃了一下手里的手机，鬼鬼祟祟地笑着接电话，"好吧，我现在过去找你，下午啊，没事儿，去哪儿都行，那就出去转转玩儿吧。"辉子面无表情地看着申沉打电话。申沉挂了电话对辉子说："辉子，晚上我不和你们一起吃饭了，隋欣打电话，她中午就下班了，我过去找她，下午我们两个出去玩儿，不好意思了。你自己回去吧。"辉子没搭理申沉，"瞧你那德行。"申沉说完，转身向马路对面的车站跑去。

辉子看着申沉跑远的背影，他见过隋欣两次，都是申沉单独带着隋欣和他见的面。说不上好也说不上坏，总之他觉得申沉和隋欣在一起的可能性不大，谈不上为什么，他就是这种感觉。即便最后两个人在一起了，申沉也绝不会比和美冬在一起幸福，尽管申沉本人不这么认为。也许这就是命运吧，造物弄人，如果申沉没有遇到隋欣，也许他早已经和美冬结婚，如果两年前的那天申沉没有去第一医院看牙，那么一切也许都会是不一样了，辉子不愿意再继续想下去。

52

　　2008年，在辉子看来就是多事之秋。8月8号，也就是北京奥运会开幕的那天，是个周五，那个举国欢庆的日子。各单位早早就提前放了假，好让老百姓共同享受这喜庆的节日。辉子、二老虎两口子上午就去超市和菜场开始各种采购，准备晚上在家里把小伙伴们都叫来，大家一起热闹热闹。可申沉却表现得兴致不高，除了他对国家大事向来都不太感兴趣之外，还有一个原因就是他的牙疼已经持续了一个礼拜。一星期以来，申沉整天捂着嘴，十分消沉，没有胃口，没有心情。大家劝他赶紧去看牙医，他却一拖再拖，申沉说他从小就害怕看牙，听着钻头和钩子各种工具在他嘴里工作时的各种响动，他自己却完全看不到，就会有一种特殊的恐惧感袭遍全身，处在随时都有可能晕厥的边缘。大家一起吃饭喝酒时，申沉也是毫无兴致。才才走过来，把脸凑得近近的，十分认真和同情地仔细地看着申沉，申沉一手捂着嘴巴，一边向才才投来可怜哀怨的眼神。才才盯着申沉的一脸可怜相看了足足半分钟，"该，你也有今天。"才才扭头离开，剩下申沉一脸要死要活的样子，大家都是一阵哄笑。

又过了两天，申沉觉得牙疼得越来越厉害了，消炎药也吃了快一周了，还是不见好。他觉得不能再忍下去了，他也快忍不住了，上午八点他来到地处西直门附近的第一医院看牙。排了十分钟队，申沉弯下腰有气无力地对挂号窗口的医务人员说："挂一个口腔科。""没有号了，今天的号早上不到七点就挂完了，明天早点儿来吧。"窗口里面传来了冷冰冰的声音。"什么？没有号了，我等不及了，您帮我加一个吧。"窗口里面的声音这次不仅仅是冷冰冰的，还充满了厌烦，"没有了，您让开点儿，下一位，挂哪个科？"申沉还想再问两句，他身后一个五十来岁的老娘们儿一下子把他挤到一边儿，"别碍事儿，我挂一个妇科。"申沉无可奈何地走到一边儿，看着刚才身后那个把他挤到一边儿的肥胖女人扭着磨盘一样的大屁股向电梯走去。电梯的上方挂着一块巨大的指示牌，上面写着口腔科在三楼，上去看看吧，能不能加个号，真是疼得快要了命了。申沉又停了几秒，等那个大屁股女人彻底消失在电梯里，他才向电梯走过去。

三楼口腔科外面的五排塑料椅子上已经坐了不少病人在等候叫号。申沉挨到护士台前面，里面坐着一个和他年龄差不多的护士，"护士，我牙疼得厉害，挂号处说没有号了，您帮我加一个吧。"申沉疼得直吸气，口齿都有些含糊不清了，当然这里面也有表演的成分。护士抬起头看了他一眼，"今天确实没有号了，你明天早上六点以前来，也许能挂上。"护士说完又低下头去。"您帮帮忙吧，我真的疼了一个星期了，今天实在受不了了。""疼了一个星期了你不早来，实在受不了了才来，忍这么长时间了就再忍一天吧。来这儿的都是疼得受不了的，要不谁来呀。"护士说完又低下头，"39号，去5诊室。"护士扶了一下戴在脸上的眼镜，拿起一个病历本，递给走上前来的一个中年男人，男人歪着头看了一眼趴在护士台上可怜兮兮的申沉，脸上挂着一副胜利者的姿态，兴高采烈地走进了诊区。

申沉趴在护士台上赖着不走，里面的护士对申沉说："深表同情，真的对你深表同情。不过没办法，你先回去吧，明天再来。""我不能走，我如果走了，今天就肯定看不上了，我就在这儿等着吧，也许还有希望。走了就真的一点希望都没有了。"护士没有再说什么。申沉就半趴在护士台上，身体靠倚着墙。身后的病人随着叫号一个个陆续走进了诊室看病，时间过去了半个多小时。"怎么样，护士，情况理想吗？"申沉探着头问，"不理想。""都进去不少人了，外面就剩下一半儿了，给我加个号吧。"护士很无奈地把电脑屏幕转过来给申沉看，上面是密密麻麻的患者的姓名，"我没骗你吧。""没这么多人啊，哪儿有这么多呀。""有一半儿是提前预约的，人还没有来。所以你今天能看上病的可能性非常小了，我劝你还是回去休息吧。明天再来。你一直在这儿站着，站得我心里直慌。"申沉摇了摇头，"没事儿，你忙你的，不用管我，我就在这儿等着。"

这时一个高个子的女医生从诊区里走到护士台，她戴着一个口罩，看不清具体的模样，女医生走到护士台，拿起一个病历，看了一眼靠在护士台边儿上的申沉，申沉也正看着她。女医生拿起病历问护士："这个病人来了吗？""黄诚诚，黄诚诚来了吗？"护士叫到。申沉听到这个名字忍不住笑起来，"黄澄澄，红彤彤，黑乎乎，白花花，这名字起得有点意思啊。"一个四十岁左右的男人很不好意思地紧跑过来，"我就是。""跟我进来吧。"女医生拿起病历，在转身走开的时候瞪了一眼还在那里坏笑的申沉。

又过了差不多半小时，刚才那个女医生拿着水杯走了出来，在饮水机边接了半杯水，看见申沉正无所事事地靠在墙上东张西望。"他怎么了？"女医生问，"说是牙疼，没挂上号想加号，在这儿磨了快一上午了。"女护士快被申沉磨得崩溃了，撇了撇嘴有气无力地说。"给他加一个号吧，挂我的。"女医生说。申沉听到这句话，刷的一下子把脸扭了过来。"可是，隋医生，你快要下班了，本来今天没有你的班，你是临时来替班的。""没关系，就加我的吧。"女医生说完走回了诊区。女护士向申沉招手，递给他一个小纸条，上面写着"请加号，谢谢。"女护士对申沉说："你运气还真好，拿着这个条去赶紧挂号吧，然后去6诊室找隋医生。"

申沉躺在牙科的椅子上面，盯着面前的女医生看，虽然她一直戴着口罩，容貌看不清楚，可是长长的眼睫毛很漂亮。"你怎么了？"女医生用不带有任何情感的职业化的口气问申沉。"好像是牙龈发炎了，疼好长时间了，有点肿，吃了一个礼拜的消炎药也不见好。"女医生在申沉旁边坐下来，示意申沉躺下，她取来看牙的器具，仔细检查了一下，拨开申沉头顶的灯，"和牙龈没有关系，你的口腔里面左上方位置长了一颗智齿，周边组织有些红肿和发炎。"女医生又拿起申沉的病历本看了一下，"31岁，你31岁才长智齿。""着急着的。"申沉叹着气说。一丝不易察觉的笑意在女医生眼睛里闪过，"你着多大急才能长出智齿？""唉，说不明白啊，我就这个体质。""行了，你躺好了吧。"女医生踩下座椅下面的按钮，皮椅又倒了下去，她重新拉过申沉头顶的灯，俯下身体，申沉瞥了一眼女医生白大褂外面别着的胸牌，上面写着隋欣这个名字。

墙上的时钟指向了差五分钟十二点半的位置，隋医生站起身，用治疗台上的水管接了一杯清水递给申沉，"漱漱口。"申沉坐直身体，把嘴里的口水吐干净。"先帮你处理了一下化脓的地方，进行了清洗，然后还要上一些药。先去吃点饭吧，下午回来再接着弄。""哦，真不好意思，让隋医生你破费了。"申沉笑着说。"想什么呢？你自己花钱去吃。"隋欣瞪着申沉说。"那你呢？""我们有食堂。""哦，是这样啊，如果现在接着弄还要多长时间？"申沉问，"半小时吧。""那隋医生你现在就给我接着弄吧，反正就半小时的事儿，就别拖到下午了。一气呵成不是更好？"隋欣又扭头看了一眼墙上的挂钟，申沉看到了，"你们食堂到几点就没有中午饭了？""中午一点。"隋欣坐在申沉旁边说。"看来时间的确很尴尬啊，如果接着给我治病，你就很有可能吃不到午饭了，可为了这个半小时的工作要拖到下午，咱们两个人都耽误时间，刚才听护士台的护士说你本来刚才就可以下班了是吗？""耳朵还真尖。""所以说嘛，隋医生你为了我……"隋欣蓝色口罩上方的眼睛又瞪了申沉一眼，那投来的眼神让申沉心中一动。"隋医生你为了给我治病，牺牲了自己宝贵的午饭时间和休息时间，我申沉当然不能视而不见了。所以最好的，也是最最好的方法，就是你现在继续给我治病，然后我请隋医生吃饭。""那倒不必了，我回宿舍吃碗泡面就行。"隋欣说。"我不同意。隋医生，你不可以这样不负责任地对待自己的身体，如果你的身体垮了，就不仅是对自己不负责任了，更是对我们广大患者的不负责任。坚决不可以吃泡面。"隋欣坐在那里没有动，像是在琢磨申沉说的那番话，"不要再犹豫了，美丽的白衣天使，就这么决定了。"申沉说完，主动又躺在了椅子上，还煞有介事地把自己胸前蓝色的一次性围嘴正了正。

申沉在医院门口等了二十分钟，看到隋欣从医院里走出来，一条宽口的淡黄色丝质裙裤下面踩着一双半高跟的黑色皮凉鞋，这身装扮让她更加显得亭亭玉立。隋欣走过来，在距申沉有一米多的地方停下，她拢了下长长的黑发，"天气热，不要走太远了，随便哪儿都可以。"隋欣对申沉说。"既然是哪儿都可以，快餐行吗？"申沉问，"没问题，我都行。""那就去麦当劳吧，我最喜欢吃巨无霸了。"申沉笑得像个孩子。

隋欣坐在靠窗的位子上，看着远处的申沉在点餐，申沉白色的T恤衫显得干净舒适，她想起刚才申沉说那句"我最爱吃巨无霸"时的样子，脸上的笑容完全是一个孩子发自内心的纯真的笑容。这种没有包含着任何杂质的纯真笑容在成年人的脸上很难见到了，在这个男人的面容之上自然而然地浮现出来真是难得。就是自己，又有多久没有露出那种不带有任何牵挂与内容的，只是最简单最开心的笑容了。

申沉坐在隋欣对面，吃得满脸幸福。"隋医生，你知道吗？我最喜欢吃巨无霸里面的酸黄瓜了，味道非常棒。"隋欣捏起一根薯条，慢慢地放进嘴里，手指纤长，皮肤白皙，能看到手背和手腕处浅蓝色的血管。这双手如果不是做医生，就应该是一双弹钢琴的手。申沉心想，他的目光一扫而过，看到隋欣的手指上并没有结婚戒指。申沉举起手中的咖啡，"隋医生，咱们重新认识一下，我叫申沉，我以后是叫你隋医生呢，还是直接叫你的名字隋欣呢？"

"随你吧，叫什么都可以。"隋欣笑着说。两个人边吃边聊，隋欣又叮嘱了一些回去之后的注意事项，"你这会儿感觉好多了吧，应该不那么疼了。""好多了，一点儿也不疼了。这到底是隋医生你的医术高明呢，还是你本人带来的神奇力量呢？"隋欣没有接申沉臭贫的话，"差不多一个星期之后吧，要彻底消肿了你再来，因为这颗智齿的位置比较特别，要先拍一个X光片，然后才能拔掉。""那下次还是你给我看吗？""不一定，也许是别的医生，不过没关系，谁都一样，我们医院的医生都很专业。""这太不一样了，我就想让你给我治。""这可不是你能决定得了的，要看赶上哪个医生了。""行，到时候看吧，如果不是你的号，我就不看了，过两天再来。"隋欣看着申沉一脸认真的样子，她没有想到就在几小时之前认识的这个男人，应该与众多擦身而过的患者没有什么两样，可他竟然在几小时后和她像老朋友一样坐在桌边吃饭聊天，而且这个男人没有任何生疏的感觉，在自己面前竟是那么随意自然，这个叫申沉的人和他的名字可是不太一样，他一点也不深沉，从他一上午的言谈举止来看，相反，性格里面很有几分张扬的味道。申沉见隋欣不说话只是看着他，他把身体坐直，把白色的T恤衫衣领整理了一下，然后摆出正襟危坐的样子，想让隋欣看得更清楚。

　　隋欣看到申沉的样子笑了起来，"你还没有结婚吧？"隋欣问申沉。"没有。""可你有女朋友了。""对，你到底是牙科医生还是心理医生啊？""有共通之处吧。"隋欣笑着说。"你还挺诚实的。看在你诚实的分上，下周你的号我来帮你预约吧。"隋欣说。"好。谢谢你，隋欣。"

　　那一晚，申沉久久地无法入睡，隋欣的样子一直在他眼前晃啊晃的。隋欣很漂亮，可是漂亮的女人很多，她和其他女人又不太一样，当你望着她的时候，她不会像别的女人那样感到娇羞，来躲避你的眼神，相反，她会大大方方地看向你，迎着你的目光从容看向你的眼睛。隋欣的眼神也很特别，柔情似水里面透着一股坚韧，一种力量感蕴含其中。双眼皮的眼睛已经很美，隋欣微弯的眼角还像深藏着许许多多不为人知的故事。那些故事到底是什么呢？她到底是怎么样一个人？申沉想要全部都去了解。

此后的两周，申沉又去医院看了两次牙，直到彻底根除了病患。这两次都是隋欣帮他预约的，他和隋欣也成了朋友，开始了像朋友一般的交往。

53

"申沉,和你说话呢,怎么老是走神啊。心不在焉的样子。"身边的美冬对他说。"噢,没什么,你说。""我说完了,说了那么多你都没听吗?"美冬有点不高兴。"美冬,实在不好意思啊。刚才在想单位的事情,最近单位的事儿有点儿多,烦心事儿也多。"申沉忙解释道。"我知道。所以说嘛,不要总去想那些不开心的事情,要放松一下了,好好调整一下状态,看你最近的样子和以前都不大一样了。"美冬关心地说。"嗯,你说得对。美冬,你刚才说什么了?""十一假期要来了,咱们一起去云南玩儿吧,很想去啊。""去云南玩儿?""对呀,昆明、大理、丽江,我都很想去,想了好久了。咱们去看玉龙雪山,还有西双版纳,你以前不是总说要去西双版纳吗?""可是……十一黄金周人会很多的,你没看那些景点全都是人,根本没法放松心情,我一想起那人山人海的样子就头疼。咱们还是以后再去吧,不赶假期,平时去,那多好啊。""嗯,说的也是。我也不喜欢人多。那申沉,这样吧,你和我一起回东京吧。""去日本?""对呀,干吗那么一脸吃惊的样子,咱们一起回日本,你也该见见我的家人了。""你的父母我不是都见过了吗?""是见过了,可那是在北京的家里，还没有在日本见过，而且我的哥哥浩介你还没有见过面啊。再说了，你不是没去过日本吗？咱们就去东京吧，想起来就让人兴奋。"美冬高兴地对申沉说。"嗯，好吧，我考虑一下。"申沉低着头说。当十一黄金周真正来临的时候，美冬一个人踏上了回国的班机，申沉没有与她同行，说是单位安排了值班工作，其实申沉向美冬说了谎。

　　一月份了，南方的天气越加地阴冷起来，白天的最高温度也就是10℃左右。上午又下过一阵雨，外面的绿色植物虽然还呈现出绿色，可这深绿色的树叶也不再像夏天那样挺括，树下的芒草半枯黄，在雨里起起伏伏，张新雅一边看着窗外的雨景，一边准备午饭，要是能下场大雪该有多好啊。北京的这个季节应该已经下了好几场雪了。那天辉子在邮件里发来了几张北京雪后的照片，看着那遥远而又无比熟悉的景色，新雅的思绪飘远了。照片中的一群男男女女，也就是新雅的弟弟妹妹们，他们一起在新官园里面玩耍的样子让新雅的眼睛湿润了。三十多年过去了，那个老旧的小公园居然还在。以前的少男少女们，一晃现在都是三十多岁的人了，新雅低头看了一下自己的两手，手上的皮肤已经松弛，颜色也不再如年轻时白皙，甚至有了斑点。镜中的自己也有了一些白发，新雅叹口气，思念继续飘向北方。里面还有一段视频，视频上的申沉和老虎还在雪地上摔跤，结果申沉被二老虎死死地压在了身下，老虎趴在申沉的身上对着摄像机的镜头摆出了一个大大的胜利的V形手势，笑声嘹亮，笑得像个孩子。围观的美冬和叶子两个姑娘正在帮助申沉，使劲地想把压在申沉身上的二老虎拉下来，站在王莹和姜南身边的虎妞儿乐得直跳脚。镜头抖得很厉害，能清楚地听到拍摄者辉子响亮的笑声和叫声。新雅微笑着抬手抹了一下眼角。

　　"妈妈，什么时候能吃饭？我饿了。"女儿弯弯走进厨房仰着头问新雅。"马上就好，再有十分钟就能吃饭了。爸爸起床了吗？""我去叫他。"女儿转身高兴地跑开了。一家三口坐在桌前吃午饭，"出太阳了。"张新雅和管素强顺着女儿的声音望去，玻璃窗外洒进了一缕阳光照进了屋内，"真是好长时间没见到阳光了。"新雅高兴地说。"下午去游乐园玩儿吧。"弯弯大声地叫着，"去吗？素强，带弯弯去游乐园玩儿吧，好久没带孩子去了。"新雅问管素强。管素强拿起碗又添了一碗饭，这些年管素强的身体明显发福了，"我不去了，你们去吧，我下午要去一趟公司，有点事情要处理。"管素强说。弯弯低下头，用嘴轻轻地咬着碗边，很失望的样子。"臭毛病，不许这样，"新雅轻轻地打了一下弯弯的小手，弯弯把嘴从碗边挪开，"下午妈妈带你去游乐场。"

游乐场里面的人可真多啊，因为这个难得的雨后晴天，游乐场里到处是游人欢快的笑声。看着不远处的弯弯骑在旋转木马上开心的样子，新雅使劲地向女儿弯弯挥了挥手。皮包里面的手机响了起来，新雅拿出手机，看了一眼上面的来电显示，高兴地接起电话。"姐。"二老虎响亮的声音从电话里传来。"老虎。""姐，你干吗呢？周围怎么那么吵啊？""在游乐场呢，带弯弯来游乐场玩儿了，今天天气好。你怎么样？""我挺好的。爸妈和爷爷也都挺好的。虎妞儿那天还说想大姑了呢。""哈哈……那我就放心了，我也想妞妞了。""姐，春节什么时候回来啊？早点回来。""我和素强商量一下，看订什么时候的机票，最近公司挺忙的，他不一定能提前走。""姐，你什么都得和他商量。他忙他的，他能不能提前走不重要，去年春节不是也就待了一天就去天津了吗？姐，你和弯弯你们娘儿俩早点儿回来就行了。他爱回来不回来呢，不回来更好。""老虎，你别老这样，他是你姐夫。""哼……哼哼……"二老虎在电话里哼了几声没说话。

"妈妈，谁打来的电话？"弯弯走到了新雅身边。"你小舅打来的。"新雅笑着将电话递给女儿。"舅舅。"弯弯对着电话大声地喊。"弯弯，想舅舅了没有？""想了。""哪儿想了？""心里想了。我还想妹妹了。""好孩子，春节和你妈妈早点回家啊。""好的，我还给妹妹准备礼物了呢。""真懂事儿，想吃什么好吃的。舅舅给你准备。""想吃肉。""哈哈……好，让弯弯吃好多的红烧肉。把电话给你妈妈吧。"新雅从女儿手里接过电话,"姐,还有不到一个月就春节了,你赶紧订机票,订好了告诉我,我好去机场接你们。""知道了。我最近几天和素强商量一下,订好机票就给你打电话。""就这么着吧。挂了。"二老虎在那端挂断了电话,新雅听着老虎的语气,都能想象出他耍性子的神态,笑着摇了摇头。

"妈妈,小舅是不是不喜欢爸爸?""嗯?为什么这么说?"新雅听了女儿这句话还是吃了一惊。"我觉得是,小舅每次打电话都只和你还有我说话,从来也不和爸爸说话。""你怎么知道他们不说话?"新雅笑着摸了摸女儿的头。"我觉得是。如果小舅不喜欢爸爸,我就不喜欢小舅了。"新雅听了这句话有些担心。"小孩子别胡乱说,大人的事情你不懂。刚才你小舅打电话来还问咱们一家人什么时候一起回北京看姥姥、姥爷他们呢。""太好了,我也想回去呢。""弯弯,妈妈问你,是北京好,还是天津好?""北京好。"女儿高兴地说。"为什么呢?""北京人多,家里有好多人,还有好多叔叔阿姨。""那咱们现在就一起去找爸爸商量回北京过年的事儿吧。"弯弯一手抱着刚买的气球,一手牵着新雅的手蹦蹦跳跳地向游乐场的出口走去。

母女二人在写字楼下的停车场停好车,乘电梯来到6楼。这幢写字楼不是现代化的那种高档写字楼或是商务大厦,仅是一座地处城市边缘的有些年头的老旧写字楼,公司这几年运转的情况不错,有了一些资本积累,所以管素强租下了6层楼的半个区域作为公司办公的地方。办公室外面的大门紧锁着,可刚刚在停车场里却明明见到了管素强开的那辆车。新雅拿出钥匙拧开大门,与女儿弯弯走进了公司。

公司里面很静,几个办公室里面都是空无一人,新雅将包和女儿手中的气球放在一张空桌子上面,通过走廊向公司最里面的房间走去。走廊的尽头只有一间办公室,也是整个办公区最大的一间办公室,作为管素强办公的房间。走到离房间还有十几米的距离,忽然从紧闭的房门里面传来了说话声。"素强,快过年了,咱们什么时候回天津啊?"身旁的女儿刚要跑过去,新雅拽住了女儿的小手，新雅弯下腰，把一根手指竖放在嘴唇前面向女儿发出了"嘘"的一声，女儿停住脚步，安静地站在妈妈身边。屋里继续传来了说话的声音。"你定吧，过年前一周都行。你看好了，就直接把咱俩的机票订了就行了。"是管素强的声音。"那你过年不回北京了？"新雅已经听出，这个女人就是管素强的总经理助理刘薇，她是去年来到公司的，是管素强以前一个同学的妹妹。"不回北京了，我到时候拖着晚点儿走，就说忙不开。""你可真行，哈哈……"刘薇的笑声传来，这笑声所表明的关系早已经超越了上下级之间的关系，即使今天是星期日，是一个休息的日子。"哎呀，你轻点儿，衣服都坏了。"新雅听到刘薇这句话，脑子瞬间要炸裂了，她强忍着冲过去推开房门的冲动，呆立于原地，"来深圳之前我姐就和我说了，让我躲你远点儿，说你不是省油的灯。嘻嘻。""你姐真是这么说的？""那当然。""你姐呀，才不是省油的灯。""你们是去年春节高中同学聚会时又重新见到的吧？"刘薇问。"是啊，毕业了那么久，总共也没见过几回面，都是各忙各的，去年的同学聚会和你姐又见面了，聊得还很开心。""聊了一夜？""没有那么长时间吧。""反正我姐那天晚上是没回家，为这事儿，我爸妈还偷偷说了我姐几次呢。我都听见了。""老朋友多年没见，好好叙叙旧嘛。""才不是叙旧那么简单，后来我姐都和我说了，所以我来深圳之前，我姐才对我千叮咛万嘱咐的，让我离你远点儿。""让你离我远点儿，还让你来我这儿上班，给我当总经理助理？再说了，你来了以后，离我远了吗？呵呵。"管素强的声音新雅听起来如此的陌生。新雅红着眼睛低下头，女儿弯弯正瞪着一双大眼睛不解地看着她。显然大人之间的谈话内容她还无从理解。如果不是女儿也在场，新雅很可能直接冲进房间去质问房间里面的人了。接下来房间里面不再有人说话，而是断断续续传来了一些成人间专属的隐秘的窸窸窣窣的声音。新雅牵起女儿的手，转身往外走，她从桌上拿起自己的包，和女儿走出公司，可弯弯刚才带来的那个粉色的气球，掉落到了地上，她们谁也没有注意到。

管素强拿好东西，准备离开公司的时候发现大门并没有锁，"你进来的时候没有从里面把门锁上吗？"他转身问刘薇。"锁了呀，我亲自锁的，从里面锁得好好的，怎么了？""门是开着的。""素强，你来看，这是什么？"刘薇发现了滚落到桌子下面的那个粉色的气球。管素强走过来，拿起气球在手中看着，那气球却忽然"啪"的一声爆炸了，吓了管素强和刘薇一跳。"看来她来过了。"管素强面无表情地对刘薇说。"那怎么办？"刘薇显得有些紧张担心。管素强沉默了一阵，"没关系的，她又没看见什么，她没有直接冲进来，还算是个聪明的人。我来处理吧。"管素强把又黑又瘦的刘薇紧紧地搂了一下。

54

晚上进了家门，张新雅正在给女儿洗澡，管素强脱了外衣，换上拖鞋走到客厅里，拿起手中的遥控器，不耐烦地不停地换着电视频道。"爸爸回来了。"弯弯跑过来搂住管素强。"哎，好女儿，今天去游乐场玩儿得开心吗？""开心。"张新雅走过来，看不出脸上有任何的喜怒表情。她坐在沙发另一头，一口一口喝着杯中的白水。"你今天下午去公司了？"管素强低沉着声音问张新雅。"去了，你没在。""哦，下午去了一趟厂里，最近活儿太忙，去看了一眼。"夫妻两人心照不宣地说着谎话。"走，弯弯，去睡觉了。"新雅不想这些无聊的谎话再让女儿听下去。等弯弯睡着了，新雅轻轻地关上女儿的房门，管素强还坐在客厅的沙发上。

新雅走过去，站在管素强面前，管素强也用遥控器关掉了电视。"你让她走。"新雅强压着心中的怒火对他说。"为什么？""你知道为什么，你让她走，必须走。""她是我的总经理助理。""我不管她是什么，你前些天还对我说想让她姐姐明年也来深圳，来公司里帮我一起管理财务，这个不要再想了，完全办不到。""这又碍着刘薇她姐姐什么事儿了？""你心里比我更明白。不要再在我面前提起刘薇这个名字，我不想听到，听着就浑身难受。""可我总要出于工作来考虑，公司现在人手不够，这你也知道。""人手不够可以招，招外面的人，她必须得走。""那也得有个过程，总不能一下子就让人回天津吧。手头工作总要处理一下的。""那是你的事情，你尽快处理吧。"新雅说完向卧室走去，"我春节不回北京了。你和弯弯自己回去吧。"管素强冰冷的声音从背后传来，张新雅刚才强忍着没有在他面前哭出来，伤心的眼泪在这一刻夺眶而出。

"你胡说八道什么呢，你他×疯了。"辉子对坐在他对面的申沉吼道。"你他×别嚷嚷啊，我这不是和你好好说呢吗？"申沉解释说。"你甭跟我好好说，你跟美冬好好说去。我×，你这叫什么事儿啊？"辉子十分生气。申沉无言以对，他掏出烟想递给辉子一支，辉子厌烦地摆了摆手，他只能自己点上抽了起来。"我说怎么春节又是美冬一个人回国了。春节前见她那次就觉得她情绪不太对，总觉得你们两个人有点什么问题，原来是他×这样。"申沉低头苦笑着摇了摇头，吐出一口烟。"辉子，你要骂就骂吧，骂痛快了再说。""我骂你丫骂痛快了有什么用啊，我还想打你一顿呢，解决问题吗？你说你这叫什么事儿？你怎么跟人家美冬解释？""我就是不知道该怎么和美冬说才和你商量嘛。"辉子看着面前申沉垂头丧气的样子，从刚才申沉的烟盒里拿出一支烟，慢慢点燃。"美冬跟你好了十来年了吧，从高中毕业那年就开始和你交往，现在你都工作好几年了，人家一日本姑娘，大老远的来这儿……""她从小就在北京生活，她一直在这儿。""你别扯淡，就说美冬是因为喜欢北京，可后来是因为你吧。十年，我×，一个姑娘有几个十年，人家把最好的时候都他×给了你了，现在你跟我说你变心了，不喜欢人家了。我真他×不知道该怎么说你好了。"

"要是连你都不理解我，就没人能理解我了。"申沉抬起头对辉子说。"我理解你管个屁用，你知道吗？申沉。你最后就是做出决定了，要和美冬分开，我理解不理解你不重要，我和你还是兄弟，关键是你自己觉得你这样做正确吗？那个女医生，你认识了才一年半，去年8月认识的吧，你看牙那回，你用一年的感情去换十年的感情，你就有把握你是正确的。你好好想想吧，我劝你不要冲动，你好自为之吧。"辉子站起身推开弯腰坐在那里的申沉走了。

下班时间的路上车堵得厉害，一个红绿灯也过不了几辆车。像水一样从各个方向不停渗出的行人、自行车、电动车、三轮车杂耍一样在车缝中穿梭。恼人的汽车喇叭声一阵又一阵刺耳地响起，此起彼伏，声音像黏合剂一样把原本快要窒息的道路与神经更加牢固地黏合在一起。申沉坐在车里，拿出手机给隋欣打了一个电话，"堵在路上了，可能要晚点儿。你要是饿了就先点点儿东西吃。""没事儿，我不饿，你别着急，慢点儿开，我等着你。"隋欣在电话里说。

申沉把车窗降下一道十厘米宽的缝，在车里点燃香烟。又是一个大风扬尘的天气。现在的北京一到冬天就没有好天气了。狂风把散落于四面八方的一大片一大片白色塑料袋掀起，在天空中飞舞，就像混浊的海潮中忽然冒出的无数个晃晃悠悠的水母，各色的空饮料瓶贴着马路磕磕绊绊地时疾时缓向前滚动。这简直就是一个垃圾场。申沉心想。

他走进三十三层的大厅，坐在远处咖啡桌前的隋欣向申沉挥了挥手。隋欣穿着一件大翻领白衬衣，浅灰色的羊绒开衫罩在外面，她拿起对面椅子上的一件白色长款羽绒服，等申沉走近，和他一起走进里面的旋转餐厅。

在靠窗的位子坐下，申沉看了一眼外面的景色，"本想来这里吃饭，就是为了居高临下地看看北京城的夜景，可这破天儿，什么都看不见。"隋欣看着申沉在那里发牢骚，知道并不完全是因为天气糟糕，也是因为路上堵车，申沉好像对堵车这件事特别不能忍受。经常会像个小孩子一样发脾气。隋欣没有打断他，微笑着静静地听着申沉独自在那儿发泄着心中的不满。申沉看见坐在对面的隋欣看着他微笑，笑容灿烂，牙齿雪白整齐，不愧是牙医啊。隋欣化了妆，她对妆容有自己独到的见解，没有滥施粉黛，强求不适合自己的美貌。肌肤雪白，柔软光滑的长发，脖子上挂着一条紫水晶的吊坠项链，散发出迷人的女人香。

两个人吃完饭，向服务员要了两杯白水，继续坐在窗边聊天。申沉用右手的两根手指模仿着人的两条腿小心翼翼地向坐在对面的隋欣的左手慢慢走过去，这是申沉经常和隋欣开的一个小玩笑，隋欣笑着看着申沉的右手慢慢走过来，食指轻轻地挠了挠她的手背，然后覆盖在她的手上面。申沉后来才知道，隋欣比他还大两岁，他是77年的，而隋欣是75年的。他们交往了一年多，他们之间的关系如果让申沉来下定义的话，他还真不好界定，算是朋友与恋人之间吧，交往中，隋欣对申沉同样很关心，不时地还像个姐姐一样教训他几句，申沉对此有时喜欢有时又不愿意听别人给他提意见。他们有时会像恋人一样地拉着手，却不曾有过更亲密一些的举动，每当申沉想更进一步的时候，隋欣总是会制止他的愿望，像有一道无形的分水岭隔在两个人之间，对于这个问题和这种感觉，申沉向隋欣探讨过，隋欣还是一如既往地回答申沉："我们可以是好朋友，甚至比好朋友还要好，却无法最终走到一起。"她不可能嫁给申沉。

"申沉，你的想法是错误的，你不应该和美冬分手，真的，我说的都是真心话。如你所说，你和美冬交往了十多年，美冬又是一个那么善良的好姑娘，你早就应该和美冬结婚了。至于我，我是不可能和你结婚的。"隋欣说话的样子很认真。"你不喜欢我？"申沉要把自己的手从隋欣的手上拿下来，隋欣用手拉住了申沉，"你知道不是这样的，否则我不会和你这样交往，可我们的交往只能止于此，你想要的，我不能给你。我对你说这些，是为了你好。你不要和美冬分手，你是一个不错的朋友，很特别，我们可以做最要好的朋友。""我不想光和你做好朋友，"申沉把手抽了回来，"为什么不能？你也没有结婚吧，我们为什么不能在一起？"隋欣的眼神黯淡了下来，"你不懂，我的事情你全都不了解。""可我想了解啊，你可以全都告诉我，我愿意去了解，也愿意去承担。""申沉，你听我说，你所看到的我，和真实的我是不一样的，真实的我连我自己都不愿意去触碰，所以你无法走进我的灵魂里面，里面的真实只会让你失望和难过。这是你无法想象的。"隋欣拿起水杯喝了一口水，"申沉，不要只相信自己的眼睛，我不想伤害你，你也是我最不想伤害的人，我们没有办法在一起，这一点我有十足的把握，所以我对你说过，这样就很好了，不需要开始，在我看来开始同样就意味着结束，如果你哪天终于发现我并不是你想象中的那样，那么我只能说，我很sorry。"

"哦，又是这样啊，要加班，申沉，你自己多注意身体呀，别太累了，你什么时候有时间了就给我打电话吧。嗯，好，拜拜。"电话虽然已经挂断了，可美冬手里仍然握着没有放开。美冬伤心地想，她有多久没有见到申沉了，没有和他约会了，现在想见他已经不再是打个电话就可以那样轻松的了，约了几次都没有时间，美冬能感觉到申沉是在躲她。

穿着一身十分合体的黑色西装的新田把美冬的水杯里接好水，走过来轻轻地放在美冬面前。"啊，谢谢你，新田君。"美冬用日语对站在她身边的新田说。

"他还是说他要加班吗？没有时间和你约会。"新田气愤的声音在旁边响起。美冬没有说话，望着窗台上那两个大大的白色的瓷花瓶，像是为了阻隔外面的污染，保护自己内心柔软的物件。"那个混蛋就是在撒谎，美冬，他说的都是谎言。他在欺骗你的感情。"新田的一只手重重地拍在桌子上。"新田君。"美冬抬头看了他一眼，新田有些不好意思向美冬道歉，"对不起，美冬，我太过冒失了。"新田忙向美冬道歉。新田是美冬的哥哥笠间浩介的好朋友，虽然他和美冬也是从小就认识，可笠间美冬很早就来到了北京，并且多年来一直生活在北京。新田在大学毕业后从东京来到北京，和美冬同在中日交流中心工作，"阿浩说他不能陪在妹妹的身边，让我来北京照顾笠间美冬小姐。"当新田出现在美冬面前，看着一脸惊讶的美冬时，新田曾这样笑着对美冬说，"尽管不是初次见面，仍然请多关照。"

"不会的，申沉不会骗我的。"美冬用连自己都不确定的语气对新田说。"美冬，我可以证明给你看，这做起来并不十分困难。"新田回答。"不，不用这样做。"这一次美冬的语气十分肯定。

申沉站在离第一医院不远的西直门地铁站的站口抽着烟，他把灰色的围脖又紧了紧，塞进大衣的领口，黑色的大衣领口竖起，寒风吹摆着申沉的长发。隋欣从地铁站里面走上来，说笑着在申沉的肩膀上拍了一下，然后两个人挨得紧紧的向第一医院方向走去。

停在路边的一辆黑色皇冠轿车慢慢启动，沿着路边向前缓缓行驶着，直到超过了在人行道上并肩而行的申沉和隋欣，才猛然加速向前方驶去。美冬双手扶在车窗上面，还在回着头使劲地向后面看。刚刚看到的一幕如刀片一样割破了美冬的心，看着申沉穿着大衣的身影，多么熟悉的人啊，现在却和她渐行渐远了。美冬的两只手还扶在窗户上，尽管汽车已经驶离了很远，申沉早已被远远地抛在了后面，没有了踪影。冬天的傍晚，黑暗很快降临，亮起的车灯也只能把前方照射得更加黑暗和悲伤。美冬仍然扶在车窗上的纤长的手指慢慢曲起来，弯弯的眼角颤抖着落下大片的泪光。新田在旁边面无表情地开着车。

55

　　时间从不曾为谁停下脚步，时间继续向前赶路。2011年的春节来到了。
　　这一年的春节，张新雅独自带着女儿弯弯回到北京过年。管素强从深圳直接回了天津。大年初三的下午，二老虎、王莹两口子带着虎妞儿和弯弯去逛庙会了。张新雅的小叔一家子搬到西廊下街口的那幢楼房里去了，他们是几年前在那里买的房子。北京的冬天很冷，张新雅的爷爷也就被小叔接到了楼房里面去住。现在家里只剩下了新雅和张景文还有吕宁三个人。新雅把茶沏好，又洗了几个苹果，端到父母旁边，"来，新雅，坐过来，和爸爸妈妈说会儿话。前两天家里人多，不得空儿，今天正好安静。"张景文端起茶杯喝了一口热茶。
　　吕宁看着眼前已经不再年轻，已过38周岁的女儿，女儿都是中年人了，自己和张景文也就慢慢变老了。吕宁还没开始说话，眼圈先泛红了。"吕宁，干吗呢？和闺女聊会儿天儿，看你这个样子。"张景文对吕宁说。吕宁从桌上抽了一张纸巾，抹了下眼睛，有些不好意思地望着丈夫张景文和女儿新雅。

"新雅,这些年你一直在深圳生活,只是每年过年的时候回北京来,每一年见你的机会太少了,只是偶尔打个电话,可电话里面有些话又说不明白。我和你妈就想问问你,这些年你过得到底怎么样。过得好不好?"张景文开了话头。从父亲张景文叫她过来的时候,张新雅已经猜到父母要和她谈话的内容。她拿起玻璃盘里的一个苹果,又拿起桌上的水果刀,低着头,慢慢削着手中的苹果。"今年过年又是你带着弯弯你们娘儿俩自己回来过年的,管素强还是没有回来。这太不正常了,也太不应该了。他眼里还有没有我和你爸,还有没有咱们这些个家里人?新雅,你自己的生活你自己过,离着那么老远,好几千公里,我和你爸就是着急也是瞎着急。可你是我们的女儿,我们无时无刻不在为你牵挂揪心。"吕宁说。新雅把手中削好的苹果切成两半,递给张景文和吕宁每人一半,她放下手里的水果刀,挺了挺身子,"爸,妈,说实话,我也不知道我自己过得好不好。"新雅说完这句话,眼泪掉了下来。

张景文心疼地把手中的半个苹果递给女儿,他拿出烟,轻轻地点上,"过去的事情已经发生了,我们不想责怪你什么,毕竟那都是老远的事情了。我和你妈说过,也许我们当初就不应该同意你去杭州上大学,不应该同意你离开家那么远去生活。可你自己选择了那种生活,我和你妈没有阻拦你,我们都觉得应该尊重你的选择。新雅,日子还长,你也才不到40岁,今后你是如何打算的?不可能这样一直凑合下去。"张景文语重心长地对张新雅说。"已经人到中年,还能怎么样呢?可能到了这个岁数,夫妻间的感情都会变淡吧,亲情早已代替了爱情,生活早都成了习惯,再说,弯弯都5岁了。"

听到女儿说到亲情代替了爱情这句话,吕宁抬眼看了一眼坐在她和女儿对面的张景文,她显然在心里是不认同新雅这句话的。"新雅,你说到弯弯,明年弯弯就6岁了,就面临着上小学的问题,你到底是怎么打算的?是要弯弯在深圳上学,还是送回北京上学?我和你爸的意见是建议你们还是把弯弯送回到北京来上小学。毕竟弯弯的户口是北京的,而且你们两个人平日里忙,我和你爸虽然年过六十了,可身体没有问题,我们来负责照顾弯弯还是可以的。如果弯弯还和你们留在深圳，离我们这么远，我们就是想帮也帮不上忙。"吕宁对女儿说。"弯弯在哪儿上学的事情，等过完年我回去和素强商量一下，他有一次好像提过要把弯弯送到天津去上学。""放屁，要么送到北京来，送到我和你妈身边来，我们来带。要么你辛苦一些，自己照顾弯弯。送到天津，我和你妈坚决不同意。这没得商量。"张景文第一次在女儿面前高声说话。"嗯，我知道，我也不愿意把弯弯送到天津去上学。"新雅小声地说。"再有，这个人以后都可以不再登咱们这个家门了，有你在，有弯弯在，我还知道他是谁，要不是你们娘儿俩，我早跟他翻脸了。"张景文把茶杯重重地放在了桌子上。"你瞧你，这和女儿好好聊天儿呢，你干吗发那么大脾气？都60多岁的人了，怎么脾气越来越大了？年轻时候都不是这样。"吕宁嗔怪着说张景文。"那是因为我的女儿受了委屈，我自己的女儿，从小到大，我都没让她受过委屈，现在他管素强觉得有本事了，生意做大了，就欺负我女儿，他这次没回来算是对了，他要是回来了，我大嘴巴给丫抽出去，给老子滚蛋。""你别再这么说话了，越说越来劲了。""爸，你别生气了，妈，对不起，让你们为我操心了，本来我不应该跟你们说这些的。"新雅抽泣着说。"新雅，我们是你的父母，你和我跟你妈说就对了，要不然你一肚子苦水跟谁去说？"张景文的语气缓和了一些，重新坐在沙发上面。

"我还没想好以后该怎么办，女儿也大了，都要上学了。也许以后能慢慢地好起来。先凑合着过吧。"新雅从桌上抽了一张纸擦眼睛。吕宁叹了一口气，"新雅，听到你说'先凑合着过吧'这句话，妈心里有多难受啊。你不应该这样去想，往后的日子还长着呢，我和你爸过了大半辈子了，也没想过要凑合着过日子。日子都要越过越好，这才有奔头儿。"吕宁也喝了一口茶，平复了一下心情，"初一那天早上，辉子和申沉来家里拜年，我看辉子这么些年还是一个人……""妈，你别说了……""可我那天看辉子看你的眼神还是那样……""妈，你说的都是什么呀，那么些年以前都没成的事儿，你现在还又拿出来说。""本来就是嘛，辉子他心里一直有你啊……""吕宁，"张景文打断了妻子的话，他也觉得吕宁太过感性了，太过于感情用事，"那么久的事儿了，不提了，我知道你的意思，这事儿啊，难了，别想了，咱们家确实对不住辉子这孩子，以前对不住，以后就更不能对不住了。"张景文低沉地说道。

新雅就和爸妈坐在一起，絮絮叨叨地说着这些年的生活，张景文和吕宁也把这些年西廊下发生的事情告诉了新雅。浓浓的亲情紧紧包裹着三个人，新雅笑起来的样子像是又回到了无忧无虑孩童般的岁月，要是能一直这样下去，该有多好。

天擦黑的时候，二老虎两口子领着虎妞儿和弯弯进了家门。两个女孩儿从二老虎的臂弯里下来，一人举着一大串糖葫芦，小脸儿映得通红，像手中的糖葫芦一样好看。两个孩子扑到爷爷奶奶（外公外婆）怀里，高兴地撒着娇。新雅看着弯弯和虎妞儿两个姐妹开心的样子，又想起了下午张景文说的要把弯弯接回北京来上学的事情。

"爸，我刚才回来路上给我小叔小婶儿他们打电话了，他们和我爷爷一会儿就过来。我现在去买羊肉片，咱们一家子晚上吃涮羊肉。""好，咱们一大家子晚上热热闹闹涮羊肉。你爷爷就爱吃涮羊肉。"张景文高兴地说。王莹脱掉大衣，"你赶紧去买吧，我去洗菜。""你再看看，调料什么的都有吗？看还缺什么，我一块儿买回来。"二老虎对王莹说。"再捎两瓶二锅头回来。"张景文对二老虎说。"哦，太好了，"虎妞儿跳着脚说，"我和姐姐也要喝酒。""这么点儿孩子喝什么酒，还是女孩子。"新雅笑着对两个小孩子说，同时她想起二老虎和申沉同是在六七岁的时候，就因为偷喝家里大人的白酒都喝醉了的事情，那会儿可真好。新雅笑了起来。

大年初五的中午，新雅带着弯弯来到饭店，辉子早已经等在了那里。今天是辉子特意约新雅出来，请她们母女两个人吃饭。因为还在过年期间，饭店里面人并不多，他们三个人在一个安静的阳光充足的地方坐下来。服务员递上菜单，辉子笑着问弯弯，"弯弯，你想吃什么？"弯弯一本正经翻看着菜单，里面的字她还不认识，只是看着上面的图片，她指着两个看着好看的照片，像个大人一样点了两个菜，辉子看了一下，一个是金糕条拌雪梨丝，另一个是面包和冰淇淋的组合。辉子笑着把菜单传给新雅，"新雅姐，你看看吧。"弯弯歪着头问辉子，"辉子叔叔，你为什么管妈妈叫新雅姐？"辉子笑着摸了摸弯弯乌黑的头发，"因为我从小就这么叫你的妈妈。""从小是什么时候？"弯弯继续提出问题。"从小嘛，就是像你这么大的时候。你妈妈比我大，所以我叫她新雅姐。叔叔这么叫你的妈妈，好听吗？""好听。"稚嫩的童声响起。新雅看着辉子笑了笑。

菜品端了上来，辉子端起酒杯，先和弯弯装着果汁的玻璃杯轻轻碰了一下，"祝弯弯越来越聪明，漂亮。""谢谢辉子叔叔。"弯弯双手抱着杯子喝了一大口。辉子又向新雅举起酒杯，"新雅姐。"新雅拿起酒杯和辉子碰了一下，"祝什么呢？"新雅问辉子。"祝我们越来越好。"辉子盯着新雅的眼睛说。"好，谢谢你，辉子。"新雅和辉子把杯中的啤酒喝光。

"新雅姐，快回去了吧？""后天下午的飞机。""我送你们两个去机场。""净给你添麻烦了。来的时候是你来机场接我们，回去的时候还要你送。""新雅姐，你和我就别客气了。"辉子和新雅再次举杯相碰。

"大花猫。妈妈，辉子叔叔你们快看，那儿有一只大花猫。"辉子和新雅向弯弯所指的地方望去，高大明亮的落地窗外面，有一只大花猫在正午温暖的阳光里面伸懒腰，然后慢腾腾地走开了。"大花猫。"辉子小声地嘟哝了一声，低下头笑着摇了摇头。"新雅姐，还记得小时候那只大花猫吗？"辉子说完抬起头看着新雅的脸，尽管是在白天，新雅的脸却如同在月光之中。辉子感到了从未有过的寂寞。新雅"咯咯"地笑出声来，"当然记得了，怎么可能忘。"

新雅上初一的时候，她的小叔给她买回了一对可爱的小白兔，两只毛茸茸的小白兔像两只雪球一般通体雪白，一对红宝石一样的眼睛亮闪闪的，新雅喜欢极了，她经常拿着一些菜叶和水果，蹲在院子里面的兔子窝边上，喂两只小白兔。

  有一天下午，新雅正在屋里面写作业，忽然听到家门口的兔子窝方向传来一阵骚动。新雅奇怪地放下手中的笔，来到院子里，就看见常在这儿附近出没的一只大花猫正在撕咬她的小白兔，新雅哭喊着跑过去，大花猫没来得及叼走其中一只，就闻声而逃了。可其中的一只小白兔还是被咬死了。那天傍晚，新雅蹲在那只死去的小白兔面前，泪人一样地哭得上气不接下气，任家里人和邻居们怎样相劝都止不住悲伤。辉子站在一边看着伤心的新雅，两只小拳头握得紧紧的，他发誓一定要捉住那只可恶的大花猫，给新雅报仇。

  从那天以后，辉子整天像个没头苍蝇一样在各条胡同里面乱窜，像寻找他几辈子的仇人一样寻找那只大花猫。有一天傍晚，申沉和辉子坐在申沉家的屋顶，从这里可以看到辉子家平房的屋顶。忽然申沉"嗖"的一下站了起来，"你干吗呀？"辉子吓了一跳。"辉子，你快看，看那儿。"辉子顺着申沉所指的方向看过去，他苦苦寻找了半个月之久的那只大花猫就在不远处的房顶上趴着。辉子把手里的麻花递给申沉，"你拿着这个，把它吸引过来，我下去拿网子。"辉子麻利地爬下房顶，去拿他们捉蜻蜓时用的网子。申沉拿着那半截甜麻花，一边"咪咪"地叫着，一边慢慢向大花猫走过去。申沉把甜麻花放到嘴里嚼烂，又吐出来，放在手心里面，不停地向大花猫挑逗。大花猫闻着甜麻花发出诱人的香味，犹豫了半天，最终没能抵挡住诱惑，小心翼翼地走到申沉跟前，用舌头轻轻舔了一下申沉手心里的甜麻花，然后开心地吃了起来。不一会儿吃光了，大花猫抬起头，贪婪地看着申沉，申沉又咬了一口麻花进嘴里，嚼烂了吐在手心上，大花猫又低头吃了起来。

  此时的辉子在申沉家院里急得手忙脚乱。"奶奶，您再好好想想，到底放哪儿了。"辉子对申沉的奶奶说。"谁也想不起来你们夏天用完放哪儿了呀。再说，现在也没有蜻蜓啊，你们找它做什么？""奶奶，不是逮蜻蜓，是逮猫。"辉子最后顶着一个竹筐慢慢地爬上房顶，却发现申沉一手喂着猫，一手在大花猫身上摩挲着，大花猫已经完全放松了警惕。申沉看见辉子顶着筐爬上来，他不耐烦地向辉子使了个眼色，然后一把把大花猫抱起来紧紧地不撒手。

那一天的傍晚，西廊下的街道里出现了让人难忘的一幕。申沉和辉子把那只大花猫牢牢地捆在一棵大杨树的树杆上面，任它如何挣扎吼叫也无法挣脱。申沉和辉子正在往树底下堆树枝，准备活活地烧死这只大花猫。胡同里的街坊们都来看热闹，人群围得满满的。好多人都在劝辉子不要这样做，"这孩子，可真倔啊，谁说都不听，造孽啊。"辉子充耳不闻，还在埋头向树下堆柴火。辉子的奶奶闻讯从家中赶紧跑出来，拉着辉子的胳膊，"辉子，不能点火啊，你要点火，树也得被烧死，要是真着了大火，这家家户户，房子挨房子的，就出大事儿了。"辉子停下来，想了想，"好吧，我不点火了。"他把树下堆好的柴火踢散，从自己裤子上抽出来皮带，折成对折，抡圆了向绑在树上的大花猫狠命地抽去，大花猫发出撕心裂肺的哀号，辉子抽了几下，大花猫的头上就流出了血。身边的人渐渐看不下去了，都劝辉子算了，饶了这只猫吧。可辉子根本听不进去，仍然在使劲抽打。最终还是站在一旁的新雅拉住了辉子的胳膊，"算了吧，辉子，饶了它吧。"大花猫才捡回一条命。

56

新雅听着辉子回忆他们儿时共同经历的趣事，笑得流出了眼泪。弯弯在一旁，眼睛睁得大大的，好奇地看看自己的妈妈，又看看辉子。

"妈妈，我吃饱了。"弯弯把干净的饭碗推到面前。"弯弯，自己去玩儿会儿，别到处乱跑，妈妈和叔叔说会儿话。"弯弯从椅子上跳下来，跑向了远处的一个彩色气球门。

新雅与辉子静静地坐在桌前，一时无语，两人四目相碰的一瞬间，新雅冲着辉子甜甜地笑起来。新雅的脸上仍可看出昔日的风韵，但细碎的纹路正无情地蔓延开来。辉子用暖暖的眼神望着坐在对面的新雅。新雅感受到辉子温柔而炙烈的目光，那目光如春天的阳光一样温情脉脉，如月光那样安然静谧。新雅有些害羞地说："辉子，姐姐都老了。"辉子没有说话，只是微笑着摇了摇头。"辉子，你今年多大了？""33了。"新雅拿起桌上的啤酒瓶，给自己和辉子杯中倒满啤酒，她拿起酒杯，和辉子轻轻碰了一下，两个人都喝了一口啤酒。"辉子，不等了啊。听姐姐的话，不要再等下去了。"辉子还是没说话，他拿出一支烟，慢慢地点燃。"辉子，你是好人，可你这样等下去，姐姐心里太难受了。你知道吗？这对你不公平。"辉子的表情严肃起来，他眯起眼睛，似乎在看什么耀眼的东西。"你有什么资格说不公平？"辉子说，"我都没觉得不公平，你为什么要这么说？"听了辉子这句话，新雅无法控制地一下子流下了眼泪，她用手捂住嘴，把哭声极力压制住，"辉子，你这么说，姐姐这辈子对不起你，下辈子，如果有下辈子，我们还能遇上，姐姐一定和你在一起。""我不要什么下辈子，我只要这辈子，下辈子我遇不见你，下辈子我喜欢别人。"那一刻，既高兴又难过的心情在辉子心中像钟摆一样摇摆。他承认，他是自我陶醉，可若不是这样，他怎样挨过那段悠长的痛苦的年月。"新雅姐，我就问你，你过得好不好？"新雅深吸了一口气，"挺好的，姐姐过得挺好的。""那就好。如果过得不幸福，就回来找我。"辉子把瓶中的啤酒全部倒进自己的杯中一口气喝光，拿起账单走向收银台。新雅看着辉子的背影，捂着嘴伤心地将头扭向窗外，午后的阳光正好，正如此刻。

吃过午饭，午休的时间，美冬来到办公室外面的阳台上，天气还很冷，强劲的冷风吹到脸上带来疼痛的感觉。可在这寒冷的冬日里面，街上已经热闹起来，今天是二月十四日，西方的情人节。情人节虽然是西方的节日，可在文化无国界的今天，这个代表着温馨浪漫的节日早已被国人接受并发扬光大。街上随处可见手捧玫瑰花的年轻情侣，美冬虽然不再像少男少女一样，可是渴求浪漫的心却丝毫没有改变。时间已经过午，还没有接到申沉邀约的电话，美冬的手机在手里面转来转去，她还是没有拨过去。

下午的工作时间里，交流中心内的年轻人们陆续收到恋人们精心准备的鲜花和礼物，很多姑娘的桌子上面被玫瑰花装点得十分漂亮，淡淡的甜香回荡在走廊内。美冬独自坐在办公室内，她的心也同样起伏不定。手机和桌上的座机每一次响起，都会让美冬瞬间兴奋紧张起来。她把手机打开，通话记录里面最上端的记录，是她三天前打给申沉的，此刻还停留在那里。她犹豫着是不是要打过去，可一种莫名的紧张或者说是与恐惧相类似的情绪让美冬把手指又缩了回来，她按灭了屏幕。

门口传来了几下轻轻的叩门声,将美冬的思绪拉了回来。"啊,请进。"美冬转头说。走进来的是黎志。黎志是交流中心事业联络部的主任,比美冬大一岁。黎志个子很高,有将近一米九的身高,身材挺拔魁梧,标准的国字形脸庞,短头发,打了发胶,整齐地向上方竖起,显得本人精明强干,黎志也确实是一位对工作充满热情尽心尽职的年轻人,虽然才34岁,却已经担任事业联络部主任好几年了,是一位年轻有为的部门领导。

　　黎志高大的身躯慢慢走到美冬身边,他从手中递上了一枝鲜艳的玫瑰花,"笠间小姐,祝你节日快乐。"黎志彬彬有礼地对美冬说。美冬先是一愣,目不转睛地看着眼前的这位高大英俊的中国男子,黎志被美冬看得有些不好意思,脸颊微微泛出红晕,这与他平日里高大成熟的形象有了极大的反差。"祝笠间小姐情人节快乐。"黎志又说了一句。"哦。"美冬一下子才缓过神来,她有些不解地看着黎志,还是礼貌性地赶紧站起来,接过黎志手中的那枝玫瑰花,"太感谢了,黎志,花真漂亮。""不客气。"黎志放松了下来,拉过美冬对面的一把椅子,坐在美冬旁边。"今天是弹性工作,都快四点了,你还没有走吗?""哦,还有一些事情,想要处理完再走。"美冬笑了笑说。黎志稍向前欠了欠身子,用手把领口的黑色领带正了一下,"笠间小姐,"黎志称呼美冬还是用很正式的称谓,交流中心里面所有的中方人员都是这样称呼美冬,除了那个像兄长一样的新田。"如果今天晚上你没有安排的话,我想约你一起吃饭。"黎志的声音不大,与他平时洪亮的嗓音有很大不同。美冬听了这句话,一下子紧张起来,刚才黎志送给她一朵玫瑰花,她还没有太过在意,今天又恰巧是情人节,现在黎志又想约她一起共进晚餐,这是黎志在向美冬表达他的爱慕之心。"很对不起,黎志,我今天晚上有约了。"美冬说完这句话,气氛一下子变得尴尬起来,两个人都不知道接下来该说些什么。恰巧新田走了进来,黎志赶紧起身,"新田君,你也还没有走。"新田和黎志互相打了招呼,"我不着急,反正我回去也没有什么事情。现在也还是孤身一人,在这个浪漫的日子里,没有约会,会不会显得很可怜呢?""哪里的话，新田君你一表人才，怕是有很多姑娘约你，你不愿意罢了。"黎志对新田说。"哪有的事，我呀，就只好把所有的精力放在工作上了。"新田苦笑着说。"那么，新田君，笠间小姐，我先告辞了。"黎志说完，向屋内的两个人点头致意了一下，转身离开。新田刚要开口向美冬说什么，发现了美冬桌上的那枝美丽的玫瑰花。

　　晚上七点半，美冬一个人孤零零地走在长安街边。凛冽的寒风比白天更大了，将美冬的长发吹散。长安街上还是车水马龙，亮着雪亮车灯的汽车排成长龙，车后的白色尾气，被寒风吹得东摇西晃，看了使人头晕。美冬还没有吃晚饭，她却丝毫没有饥饿的感觉。美冬站在复兴门立交桥上，桥下南向北的车龙在西二环上闪着鲜红的尾灯。美冬向右侧看，看到了夜色中亮着灯光的百盛购物中心。以前申沉和美冬来过这里几次，坐在五楼的窗边看长安街的夜景，美冬站在风中想着，寒气袭人，冰彻入骨。

　　美冬端着一杯热饮料，一个人静静地坐在百盛购物中心五楼的窗边，有几年没有来过了，这里和以前大不一样了，以前摆在那里的一大片游艺机减少了很多，冷清替代了以前的热闹。不过也好，美冬现在只想安静地坐一会儿。这里曾是无数年轻恋人约会谈话的地方，现在整个五层，也没有几对恋人坐在这里。

　　远处的点唱机还在，只是少有人问津。美冬的目光被吸引过去，当年申沉曾神秘地对美冬说："你在这儿坐一会儿，我去去就来。"申沉跑到点唱机跟前，投下两枚一元的硬币，在上面操作了一下，然后快速地跑回来，坐在美冬对面，满脸笑意。两个人对视着，谁也不说话，过了一会儿，大厅内响起了优美的歌声，是20世纪90年代日本的一个演唱组合"恰克与飞鸟"演唱的当时红极一时的日本电视剧《东京爱情故事》的主题曲"*Say Yes*"。美冬当时听着这首优美的情歌感动极了，当年那个活泼调皮又贴心的少年哪里去了？美冬从兜里摸出硬币，起身向点唱机走去。

　　美冬费了好大劲才找到"恰克与飞鸟"演唱的"*Say Yes*"。想必那首老歌现在早已经无人再想起。她安静地坐回座位，当优美的乐曲，熟悉的母语在耳畔响起，东京，北京，这两个在美冬生命里无比重要的城市，到底哪一个才能带给她更多的慰藉呢？美冬拿出手机毫不犹豫地拨通了申沉的电话。

电话在响过五六声之后接通了，传来了申沉沙哑疲惫的声音。"喂，美冬。""申沉，你在哪里，你怎么了？""在家里，发烧了。""你在家里好好躺着，我马上过去。"美冬瞬间挂断了电话，她害怕听到申沉推辞的话语。

美冬坐上出租汽车，飞快地来到申沉家。申沉的奶奶打开院门，见是美冬站在门外十分高兴，"美冬，好久没来家里了。你吃饭了吗？""奶奶，我吃过了，最近太忙了，没来看您和爷爷，申沉生病了吗？""在屋里躺着呢。我刚刚煮的米粥他喝了一小碗，你也喝点吧。""我不喝了奶奶，我去看看他。"

美冬走进申沉的房间，申沉躺在床上，盖着厚厚的被子，床头的小台灯亮着。美冬脱掉大衣放在椅子上，轻轻地走过去，把手放在了申沉的额头上。好烫啊。申沉被美冬冰凉的手一摸也醒了过来，他转过头，"你还真过来了，大晚上的。"申沉有气无力地说。"你生病了，我当然要来看看你。"美冬在床边坐下，"去医院看病了吗？""没去，没什么大事儿，就是着凉了。""我陪你去医院看看吧，这里离第一医院很近。"顺口说出了第一医院，美冬的脑海里出现了那个在第一医院工作的女人，一种深深的恨意在美冬心中燃起。申沉无力地摇了摇头。晚上十点钟，美冬扶着申沉再吃下一颗退烧药，喝了一大杯水，申沉又昏昏睡去。

午夜时分申沉转醒，浑身上下出了一身的汗，他感觉好些了，头脑清醒了很多，除了还是没有力气，浑身上下不再那么疼痛，他用手摸了一下额头，烧应该是退下去了。床头的台灯还亮着，申沉记得昨晚美冬好像来过，他扭过头，发现美冬和衣躺在他的身边。申沉轻轻地侧过身，把身上的被子给美冬盖上了一些，他看着眼前的美冬，美冬正如婴儿般安宁地躺在他的枕畔，乌黑的长发掩映着长长的睫毛，睡梦中的美冬是那么安静，美丽动人，令人陶醉，如一首月光诗。申沉一动不动地望着美冬，他想起去年情人节夜晚，美冬握住申沉的手，把它捂在胸口，深情地对他说："爱在这里。""申沉啊，辉子说得一点儿没错，你就是一个害人精。这个美丽的日本姑娘陪伴了你那么多年，你却变心了。向美冬坦白一切的那天，美冬怎样才能接受这个现实呢？后面的道路她该如何一个人艰难跋涉。"申沉伸出手，轻轻地抚摸了一下美冬的长发，睡梦中的美冬的眼皮轻轻地跳动了一下，申沉赶紧缩回手，他转过身去，不敢再去看美冬的脸庞。美冬悄悄地睁开了眼睛。

申沉从小就是一个很情绪化的人，心情的好坏对他有着比常人更深刻的影响。

申沉在情人节的前一天晚上给隋欣打电话，想问她第二天何时下班，约她一起出去玩儿。隋欣的声音在电话里面有些冷淡，"对不起，申沉，明天没有时间。""是会很晚下班吗？我等着你。""下班的时间还不太清楚，不过明天真的是没有时间陪你了。不好意思。"隋欣说完匆忙挂断了电话。通过一年多的交往，申沉对隋欣每周的排班大致有了了解。他在情人节当天下午快五点的时候来到了第一医院门口。天色已经黑了，他在医院门口点燃香烟，打算吸完烟就去医院里面的宿舍找隋欣。当申沉手中的香烟就要吸完的时候，隋欣的说话声却从背后不远的地方传来。申沉高兴地刚要转过身去，另一个男人的声音传进耳朵里来。"晚上想去吃什么？""想吃涮羊肉。"隋欣回答。"涮羊肉，没想到你这个南方人还这么喜欢吃我们北方的食物。""你不是也喜欢吃吗？而且今天风大，天气冷，吃涮羊肉更合适。"

两个人说着话从申沉的身边经过，夜色里，隋欣没有注意到申沉。申沉抬着头，看着隋欣挽着身边男人的胳膊，两个人好像很亲热，男人大概五十来岁的样子，五官长相申沉没有看清楚，两人向前面走出了一段路，一辆出租车经过，男人抬手招呼了一下，出租车停在了前方三十米的位置，两个人小跑着赶了过去，中年男人拉开车门，亲热地搂着隋欣的腰坐进了车内。

申沉呆立在原地看出租车离开，他明白了隋欣说她今天没有时间陪他的原因了。在这个特殊的日子里，陪伴在隋欣身边的那个中年男人到底是什么人呢？显然他和隋欣的关系要比他更亲密，而且亲密得多。虽然和隋欣交往了一年多，可隋欣仍是像个谜一样的存在，他不了解隋欣，很多时候，虽然他们两个人离得很近，却仍然有着一条无形的阻隔，让申沉无法逾越半步，随着两个人熟悉程度的加深，隋欣的心情有时也会变得很低落，申沉不止一次地问起过，隋欣只是苦笑着不说。往往在那些时候，申沉会明显地感觉到虽然他就陪在隋欣的身边，可是心里却像隔着一条银河般的距离，他过不去，隋欣也过不来。如果刚才那两个人与他擦肩而过的时候，他追上去，拉住那个男人，问清楚是怎么一回事，事情的结果又将如何？还是不要那样去做的好，申沉觉得。那样的话隋欣很可能不再会与他像好朋友那样交往下去，他可能会就此失去隋欣。那是他最不愿见到的事情。申沉拖着沉重的脚步往家走，他开始感觉身体不舒服了。

57

进入三月，雾霾和沙尘暴轮番轰炸着北京城，从这个城市的各个角落里面，传来了人们高低长短不同，充满痛苦的咳嗽声。街上的人们大都戴上了口罩，来抵挡雾霾的侵袭。天空是灰黑色，或是灰黄色，看上去像一块破抹布肮脏无比。

二老虎停好车，虎妞儿拉开车门从车上跳下来，跑到正在街里花坛边抽烟的申沉和辉子身旁。"叔叔好。"申沉弯腰把虎妞儿抱到花坛上面，虎妞儿不肯，要蹿到申沉的背上让申沉背着。二老虎摇着车钥匙甩搭甩搭地走过来，"怎么样了，闺女好点儿了吗？"辉子问二老虎。"好多了，现在不烧了，精神头儿也比前几天足多了。明天再输一天液，就应该差不多了。"二老虎接过辉子递过来的烟点上，"这破天儿，一个多礼拜了吧，就没痛快过。你们俩是不知道，现在医院里面人满为患，呼吸门诊全是人，都是老人和孩子。抵抗力差一些的，全扛不住。输液的人山人海，连楼道里都是人，还有站着输液的。"辉子厌恶地看了一眼天空，"咱们小时候哪儿见过这天儿啊。""咱们小时候也没这么多人啊。现在看个病，头疼脑热的，没个半天儿，根本看不完。"申沉说。二老虎踩灭地上的烟头儿,"走,闺女,别让叔叔背着了,咱们回家了。"二老虎把虎妞儿从申沉背上抱过来,在女儿圆圆的小脸蛋儿上狠狠地亲了一口。

二老虎的爷爷最近几天一直感觉胸闷难受。喝过了一些感冒冲剂之类的药物也没有见好。这天早上感觉浑身无力,身子倦怠得很。老人强打着精神没有让家里人看出来异状,他怕影响孩子们的正常生活。其他人吃过早饭,陆续出了家门。吕宁拉着虎妞儿的手,准备送孙女儿去幼儿园了。吕宁临出门的时候对坐在床上有些发愣的老爷子说:"爸,粥我刚刚热好了,在锅里呢,还有一个鸡蛋和一个面包。都在桌上,您待会儿赶紧吃。我们走了啊。""走吧,走吧,赶紧走吧,别迟到了,走晚了路上车多。""来,虎妞儿,和太爷爷说再见。""太爷爷再见。""哎。好孩子,听话啊。"老爷子说这几句话都感到吃力。"爸,天儿不好,您就别出门儿了,就在家待着。"老爷子摆了摆手,吕宁牵着孙女儿走出去。

老爷子扶着椅子慢慢地走到桌子前,身子怎么这么沉啊?他看了一眼桌上的鸡蛋和面包,没有动,锅里有早上煮的粥,也没有胃口。他又端起茶杯,喝了几口茶,人老了,确实是老了,身子骨不行了。老人心想。张景文和吕宁都已经年过六十,连重孙女儿都快要上小学了。自己这快九十的人,真的是风烛残年了。老人回想起自己年轻时的样子,想起老伴儿离开自己也有三十多年了。自己年轻时爱下棋,爱唱京剧,在一众票友儿里面唱得算很不错的,京剧中的《三家店》《定军山》《四郎探母》《甘露寺》《空城计》老人都是钟爱一生。早年间,他有时会骑着车去天桥剧场看戏,回到家,兴奋劲儿没过还要在屋里哼唱几句,老伴儿总是在一旁听得仔细认真,她从没去过戏园看戏,只是听他看他,唉,当年真应该带老伴儿也去看看。至于下象棋,老爷子想到这儿,一股豪情油然而生,棋局如战场,从年轻到年老,几十年来,下过的棋局不计其数,自己一直是常胜将军。多少不服气的挑战者前来,全都是铩羽而归。景文、景华这两个不成气的儿子,是一点儿老子的本事没学去。"炮二平五，也称中炮、当头炮，马二进三，是应对之法。象棋势长安，中宫士必驾，车在河上立，马在后栅栏，势成方动炮，破敌两旁边。"楚河汉界之上的敌我拼杀，霸气十足，尽显英雄本色。

　　老人想起过去几十年的往昔时日，心中不免激动，身上出了些汗，觉得好些了，去院里透透气儿吧，老爷子慢慢踱步在门外，一阵心慌涌上来，头晕得厉害，屋前放着老人常坐的木椅，走过去，歇口气儿，老爷子一步一挪地过去，弯腰去扶椅子，一下没够着，怎么会这样呢？明明就在眼前放着，又仔细定了定神，再弯腰去扶，还是什么也没有摸到，老人心底泛起一股不祥的预感，两眼一黑，一头栽倒在地。

　　"谁是病人的家属？"医生为老人量完血压，又做了一系列简单的身体检查，抬头看了眼挂在挂钩上的点滴瓶，问了一句。"我，我，我们都是。"张景文和弟弟张景华忙站起来。医生扫了他们一眼，"你们两位是老人的儿子吧。""对，我们是他儿子。""行，你们跟我来一趟吧。"张景文和弟弟张景华跟在医生的后面往外走，吕宁也站起来跟了出去，"两个人就够了，人来多了也没用，就几句话。"张景文向吕宁摆了摆手，吕宁停在病房门口，看着兄弟二人随医生走进了办公室。

　　医生在椅子上坐下来，又把老爷子的病历翻看了一下，对站在一旁的兄弟两个说："现在的情况基本稳定了，病毒感染引起的急性心肌炎。多亏送得及时，要不然危险很大。老爷子是这个月14号住的院，半个月了，再住些天，情况彻底稳定了再回家。""好的，谢谢医生，您看还有什么要嘱咐的，我们回去以后多注意。"两兄弟关切地问。"嗯……该怎么说呢，"医生停顿了一下，"总的来说，是因为这一次的雾霾持续时间较长，病毒比较突出，抵抗力差的人群，比如老人和儿童发病率较高。这次的急性心肌炎也是这个引起的。但是归根结底，还是老人岁数大了，身体的各项机能都处在比较低微的状态，我这么说，你们能明白我的意思吧？这些天在医院里，也为老人做了一些检查，有些检查的指标很不好，这已经是无法改变的现实，所以你们回去以后，要多注意观察，毕竟是这个岁数了，还是要早些有个心理准备。"医生话音刚落，张景文的眼泪就流了下来。

张景华扶着张景文走出医生的办公室，两个人坐在楼梯间里面一起抹眼泪，"咱爸是真老了。"张景文带着哭腔说完这句话，张景华夹着烟的手一直在抖。

辉子来到医院那天是下午，这是他第三次来了，一周前，他和申沉一起来看望过一回，当时老人还处于昏迷状态。二老虎和张景文还有吕宁两口子正坐在病房里小声说着话。"辉子来了。"吕宁站起来，把椅子让给辉子，自己轻轻地靠坐在病床上。

"你今儿没事儿了，店里不是事儿挺多的吗？"二老虎问辉子。"没事儿，有海洋在那儿盯着呢。""辉子，你要是忙就别老往医院跑了，现在情况好多了。别太担心。"张景文对辉子说。"叔叔，我真没事儿。不放心，过来看看。对了，我刚才来的时候，姜叔儿还问，说老爷子好点儿了没有，他说明后天他让姜南带着他来看看。"辉子对他们说。"瞧我们这家的事儿，把院儿里院儿外的全惊动了，昨天申沉还带着他奶奶来过了，也是那么大岁数的人了，真不容易。"吕宁说。"这不是应该的吗？谁让关系那么好呢，好几十年，两三代人的交情了。"辉子对吕宁说。"这次呀，多亏了姜叔儿，那天要不是他在家呢，发现我爷爷倒地上了，赶紧打的急救电话，又赶紧给我爸打电话，还真危险了。"二老虎说。"没告诉新雅姐？"辉子问。二老虎扭头看向张景文，"没告诉她，本来是想打电话，让她回来，可第二天脱离危险了，就决定这回先不让她知道了，省得她又来回折腾。"张景文说。"也是，身边儿这么多人呢，别让新雅姐跟着担心了。"

"是辉子来了。"老爷子发出微弱的声音，辉子赶忙起身走过去，伏在老人的枕边儿，"爷爷，是我，我是辉子，您醒了。"其他几个人也都围拢过来。"听见说话声儿了，听着像你。"老人的声音很小。"嘿，爷爷，您的耳朵真尖,您别着急啊,好好养着,那破天儿还没完呢,您也别着急出去,就跟这儿踏踏实实养着,过一礼拜,清明节过了,天儿就好了,咱们再回家。"辉子趴在老爷子的耳朵边儿上,认真地和老人说着话,"爷爷,您先别说话了,歇会儿,说多了,伤神,等您彻底好了,咱们回家说去啊。"辉子给老人披了披被角。吕宁看着这番情景,伤心地转过身,捂着嘴巴望着窗外灰蒙蒙的天。张景文看着此情此景也是百感交集。

"辉子,你还真行,你看你在我爷爷心里多重要。这么些天,我爷爷一直是睡多醒少,昨天醒了,我叫了他好几声儿,才认出我来。你进屋儿说了几句话,我爷爷就听出来了。"二老虎说。辉子笑了笑。几个人在病房里小声儿地聊天,问了问辉子生意的情况,还有街里的那些个上了岁数的老人,话题始终轻松不起来。

眼看下午6点了,辉子起身告辞。二老虎送辉子出来,走到住院部门外,"申沉快走了吧。"二老虎问,"快了,听他说是这周六早晨的飞机,他请了下周一个礼拜的假。加上两头儿周六日一共九天,差不多了。等到了那天我去送他们两个人去机场。"辉子吸着烟说。"你就别着急走了,咱俩找地儿一块儿吃个饭再回去吧。""不吃了,晚上有事儿,约了人了。""女的?长得好看吧。"二老虎笑着问,"还真是一女的,长得也挺漂亮,不过不是你想的那样儿。"辉子捶了二老虎一拳。二老虎拍了拍辉子的肩膀,"这事儿啊没法儿说了,真操蛋,你对我们家这么好,真他×的。""别废话了,你好好侍候着吧。让你爸你妈早点回去歇着。我先走了。过两天再来。"辉子说完,向医院大门口走去。

辉子来到酒店门口快6点半了,比约好的时间早了一点儿,他没着急进去,走到饭店门口的一旁,坐在台阶上面抽烟。这次张新雅的爷爷住院,辉子心里和二老虎一家人一样着急,老爷子是从小看着他长大的,和自己的爷爷没有什么区别。现在老人家身体的确是大不如前,从这几年的精神头儿就能明显地感觉出来。辉子他们小时候,老爷子在院子里唱京剧,他们在院儿外玩儿都能听得一清二楚,那嗓音,那声调,无人能及。秋天里,老爷子在家给他们炒栗子吃,他们几个孩子在一旁急得欢蹦乱跳。冬天在生火的炉膛里放进几个红薯,烤红薯那香甜的味道让闻到的人垂涎欲滴。

新雅成家后,一直在深圳生活。前几年的一个秋天的傍晚,辉子从中关村回来,刚停好车,他没着急下车,想在车里抽根烟。后车窗有人敲玻璃,辉子扭头一看,老爷子站在车外看着他笑。辉子赶紧从车上下来,"爷爷,您干吗去了?""辉子,下班了。我下棋去了,刚回来,就看见你的车了。"辉子扶着老人往家走,走到院门口,老人没有要回家的意思。"辉子,晚上有事儿吗?""没事儿,爷爷,怎么着,您听您吩咐。"老爷子笑了笑,"你要是没事儿,陪爷爷喝点儿酒吧。"爷儿俩来到了小王宁家的拉面馆,二十多年了,小王宁的儿子都上小学了,小王宁从他爸手里接过来这家拉面馆儿一直经营着。正在屋里忙活着的小王宁看见这一老一少从胡同口走过来,赶紧跑出门外,"今儿怎么你们爷儿俩来了,老虎没跟着。""碰上了,陪老爷子喝点儿。"辉子说。"好嘞,我知道了。里面儿坐吧。"小王宁赶紧招呼着。

老爷子用辉子的手机给家里面打过电话,和辉子对坐而饮,相谈甚欢。小王宁陪着喝了一杯酒之后就去招呼客人了,辉子给老爷子杯里添满二锅头,"爷爷,您岁数大了,慢点儿喝,少喝点儿。"老爷子笑了笑,"辉子,你和申沉你们这几个孩子都是我从小看到大的,辉子你呀,骨头硬,心眼儿软,也重情重义。"辉子没吭声儿,笑着喝了一小口白酒。"可是重情义的人,对感情看得最重,往往也伤得最重。我的意思你明白吧。""爷爷,您说的我明白。"老人接过辉子递过来的烟,辉子帮老爷子点上,"新雅和老虎这两个孩子,我太了解了。别看老虎长得高高大大的,其实没有太多准主意,逢事儿愿意和别人商量,也听得进去别人的意见。他现在有闺女了,我看他倒是更像小时候的模样了。新雅就不一样了,虽说是个女孩子,可是从小有主见,凡事自己拿主意。而且有根儿拧筋,这点儿倒是和你一样。你也过了三十了,我的意思是,你该为自己考虑了。该为你的父母和奶奶想想了,别让他们太着急了,人上了岁数儿,就怕着急。你的心,我们全明白,这也是我这个当爷爷的觉得对不住你的地方,我这一辈子,遗憾事不多,这件事就是其中之一。"老人拿起酒杯,"来,辉子,爷爷敬你。听爷爷的话。好好儿的。"

辉子想到这儿,眼眶湿润了,他拿出烟盒儿,从里面抽出一支烟,刚要递到嘴边儿,"还抽啊,都抽两根儿了,在这儿看你半天了,又想你那点儿小心事儿吧。"辉子抬起头,就看见王娟靠在离他四五米远的墙角冲他笑。辉子连忙起身,"哎哟,不好意思,真没瞧见你,亲爱的王女士,有失远迎。"辉子起身走到王娟跟前稍稍地向王娟弯了下腰以示歉意。"这还差不多,扶着。"辉子像模像样儿地扶着王娟的胳膊,走了两步,王娟反手挎过辉子的胳膊,两个人说说笑笑地走进饭店里面。

"娟儿,你怎么过来的,刚才真没看见你。"辉子对王娟说。"打车来的,出租车一拐进来就瞧见你坐那儿抽烟呢。那点儿出息。""干吗没开车啊?""开车干吗,开车怎么喝酒啊,今天不就是为了和你喝酒吗?"王娟用大眼睛挑了辉子一眼。

"怎么样,好久没见了,挺好的吧?"辉子问。"我挺好的,你呢,生意怎么样?""生意还行,和前些年差不多吧。""关海洋呢?他怎么样?"王娟边吃边问,"他也挺好的,前年结婚了,春节的时候生了个儿子。一天到晚乐得跟什么似的。"辉子想起关海洋的样子就想笑,每天无数次地拿出手机翻看里面儿子的照片儿,有时候看得连生意都忘了招呼,客人问了好几声儿了,他才反应过来。"听说海洋要离开北京了是吗,辉子?""嗯,是的,你也知道了。他准备一家子去香港了。""什么时候走啊?""最晚年底吧,应该不会那么晚,听他说手续办得差不多了。""那海洋要是走了,就剩你一个人了。""可不是吗?就剩下我一个人了。"辉子的神情有些黯淡。"来,辉子,咱们喝酒。"王娟和辉子碰完杯,把杯中的小半杯白酒全都喝光了,辉子看着她,也仰头喝光了。"娟儿,慢点儿喝,别喝醉了。""喝醉了不是更好吗?

喝醉了好说心里话啊。"王娟的脸上红扑扑的，非常好看。"娟儿，你和你男朋友怎么样了，快结婚了吧？"辉子问王娟。"快了，下半年吧。下半年把证儿领了，就差办事儿了。""真快呀，你从大厦走了两年多了，咱们也小两年没见了，现在在你男朋友这家公司干得还好吧。""可以吧，反正也是和电脑相关的公司，以前在大厦里干了那么多年，学到的东西能用上一些，再说，我在他那儿也不用我干什么，就是帮他盯着点儿，他得国内国外两头跑。""真了不起啊。""谁了不起？""当然是你男朋友了。""我觉得你更了不起。""我？"辉子嘿嘿笑了两声没说话。

晚上9点第二瓶白酒喝了一半儿了，王娟有些醉意了，她刚要去拿酒瓶，辉子把酒瓶拿开放在了一边儿。"娟儿，别再喝了，喝太多了。我都有点儿头晕了。你不能再喝了，喝茶吧。"王娟儿头靠在自己立起的胳膊上，醉眼蒙眬地望着辉子，"我没事儿，再喝一点儿最好。这么长时间没见你了，真是挺想你的。""我和海洋也挺想你的，你从大厦走了，我们还老惦记着你呢。""惦记着我不给我打电话，今天吃饭还是我主动约的你吧。"王娟说。"下次我约你，下次我主动约你。"辉子不好意思地笑着说。"辉子，跟你说件事儿。"王娟的醉意好像退去了不少，辉子也换上一副认真的面孔。"别那么严肃，不是什么坏事儿。"王娟看见辉子一脸认真的样子笑着对他说。"辉子，我要走了，要移民了。不在北京生活了。"辉子听到这个消息感觉有些突然，王娟从大厦离开去了她男朋友的公司，这两年他们没怎么见过面，只是打过几个电话，没想到这次见面，竟然是王娟要向他告别了。海洋要走了，王娟也要走了，曾经在大厦里面整天嘻嘻哈哈的三个人中的两个人都要离开了，辉子心中一阵不舍。

"移民打算去哪里？""加拿大，温哥华。""真是巧了。""怎么巧了？""申沉，就是我和你说的那个人，和我从小一起长大的那个人。他的一个朋友也移民去了温哥华，去年走的，是他一个高中同学，也是一家子过去的，听说温哥华华人很多，我哪天把他那个朋友的电话要过来，你过去了，也算多个北京的朋友。平时还能多走动走动。""那个倒不要紧的,你随便吧。"王娟厌恶地看了一眼辉子,"我说我要走了,你就没有别的想法?"辉子愣了一下,忙拿起酒杯,又放下酒杯,举起茶杯,"咱们都喝茶吧,我以茶代酒,祝你幸福。"辉子把茶杯伸过去,王娟盯着辉子看了半天没有动,然后她拿起桌子上的酒杯,喝了一大口。"辉子你人真没劲。""嗯?为什么这么说我?""来,喝酒,喝完你杯里的酒,我告诉你。"王娟看着辉子说。"好,我喝。"辉子把自己杯中的白酒喝完,他感觉到头晕得厉害,把两只胳膊放在桌子上,支撑着身体。王娟拉住辉子的一只手,无比温情地望着辉子,"辉子,我今天约你来,不是向你告别的。"王娟儿停了一下,"辉子,我想告诉你,我要走了,可是你是可以留下我的。我一直喜欢你,你心里想着别人我他×也喜欢你,我有了男朋友还他×喜欢你。我现在要走了,要出国了,要移民了,可是我心里放不下你,我今天只要你一句话,你一句话,我就留下,我就他×哪儿都不去了,我陪着你。"

辉子坐直身体,低头沉默不语,王娟对他的感情他不是不知道。他抬起头来,与王娟企盼的眼神相触,"祝你幸福。"辉子还是那句话。王娟的眼睛一下子红了,却不是喝酒的关系,她转头看了一眼外面的夜色,嘴角颤抖着,抬起手背抹了一把眼睛,然后牢牢拉住辉子的手,"辉子,你的意思我明白了。那好,我再和你说,这家酒店楼上就是客房,如果你想,今天我就不回去了,今天我就住这儿。"

辉子任王娟死死地拉着他的手,王娟温柔的指尖传递着温度和柔软,这股迷人的感觉像一股电流从辉子的手上传递过来,传递到心脏,大脑,传递到浑身上下每一个角落,一股热情,他没有感受过的热情在体内迅速燃烧起来,坐在自己对面呆呆地看着自己的姑娘在夜晚是那么美艳动人,美丽的姑娘就在自己眼前,不用一秒钟,他就可以把她柔软的身体拥进怀里,他感到自己的身体有了反应,早已经膨胀到极致,王娟还在盯着他,一点没有放过他的意思。辉子的呼吸沉重起来,他转头看向周围,酒店的大厅里坐着那么多男男女女，谁会想到辉子现在面临的处境呢？也许对别人来说，这是绝美的机会，绝美的夜晚，这个夜晚和面前的美丽姑娘不可辜负。仿佛辜负了这个浪漫的夜晚和这个美丽动人的姑娘不光是愚蠢之极，简直是罪不可恕。

辉子渐渐平静下来，他抽出被王娟紧握着的手，"祝你幸福。"他第三次说出这句话。

晚上10点钟，辉子和王娟从酒店出来，街上安静极了，只有不时从身边经过的车辆，车灯和路灯将他们的身影在地上拉短拉长。王娟挎着辉子的胳膊，两个人在安静的夜晚慢慢走着，低头不语，心事重重。走到车公庄的立交桥旁边，辉子对王娟儿说："不早了，回去吧。路上小心，到家了给我打个电话，我好放心。"辉子深吸了一口气，又清了清嗓子，想掩饰什么似的。"出去以后多照顾自己，什么时候回北京，给我打电话吧，别断了联系。我他×最怕失去朋友。"辉子的语调中他极力要去掩饰住的情绪没有成功。王娟面无表情地看着他，没有说话。辉子伸出手挥了一下，一辆出租车在他们身边停下，"上车吧。"辉子说。王娟猛然一下子扑过来，紧紧地搂抱住辉子，她无比用力地用手扒开辉子的衣领，在辉子的锁骨处狠狠地咬了下去，辉子疼痛得皱紧了眉头却没有发出声响，"辉子，你他×就是一个混蛋。"王娟儿说完一头钻进了出租车。

58

10天之后,申沉和美冬结束了云南之行,从机场出来,美冬背起背包,在前一天,她和申沉就把各自的行李分装好。美冬拉过自己的行李箱,"真的不用我送你回去吗?"申沉疑惑地问美冬。"不用了,申沉,我要直接去单位,休了这么久的假,单位的事情一定压成山了。你早点回家休息吧。"美冬表现得异常坚定。"那好吧,你路上小心,也早点回去休息。别太累了。"申沉叮嘱道,然后看着美冬拉着行李箱走向了出租车等候区。

美冬坐进出租车,虽然刚刚进入四月,北京已经很暖和了。温暖的风从车窗外面吹进来,吹到美冬的脸上,她却觉得冷,很冷,她把车窗摇好,把外套的衣领竖了起来,紫色的围巾也缠绕在颈部,前面的出租车司机从后视镜里看着美冬的一系列举动,心中迷惑不解。

过去的九天,美冬和申沉几乎把云南转遍,他们一同去了西双版纳、丽江古城、玉龙雪山、香格里拉,还有大理的苍山洱海。在这段共度的时光里面,两个人互相为对方拍照,却很默契地再也没有出现在同一个相框之中。彼此间也没有再发生亲密的举动。

在一个傍晚，美冬和申沉一起去攀登苍山，山间的微风轻拂，吹摆他们的长发。这一对恋人，也许是曾经的恋人相隔着三四米一前一后地默默无语地沿山间小路向山顶爬去。一颗山路上的小石子滑脱了，美冬脚下一滑，毫无防备地向前方跌倒，跟在她后面的申沉手疾眼快，一个箭步冲过去，从背后抱住了美冬。美冬就在行将摔倒触地的一刹那，腰部被申沉用力地抱住，美冬转过身，面对面仔细地看着申沉，一下子紧紧地搂抱住他，申沉也同样搂紧了美冬的身体。多么有力而熟悉的拥抱，久违了。美冬将头枕在申沉的右肩上，就这样紧紧抱着申沉。"谢谢你，申沉。"美冬轻声地在申沉耳边说。"没关系。"申沉小声地回答。美冬的眼泪恣意地流淌下来，她用手背抹去眼泪，可更多的泪水和鼻涕沾湿了美冬的手和申沉的肩膀，申沉一动不动地拥抱美冬在怀里，美冬知道，这个自己深爱的男人不再属于她了。"怎么了，美冬？"申沉轻声地问，他感觉到了美冬身体的颤抖，"别说话，申沉，别说话，就这么搂着，让我再搂你一会儿。"松林那边的夕阳正在徐徐落下，红霞满天，风花雪月之地映在美冬的眼中变成了血色的浪漫。

机场高速两边高大的白杨面无表情地和美冬对视着，其实它们毫不费力地就看清了这个美丽姑娘心上的伤痕，可它们无法给出它们的安慰，尽管它们很想那样去做，却也只能停留在原地目送她离去。出租车停在二环路边的一个路口等红灯，车窗外人流车流熙熙攘攘，这个路口留下了美冬无数的回忆，就在那根电线杆下，就在那个绿色的废弃了的邮筒边，美冬无数次地站在那里面向北踮脚张望，看着申沉从人行道上急急地跑过来，以后，她再也不会在这里等申沉出现了。画在手上的表没有动，却不知不觉带走了许多时光。美冬坐直身体，靠在座椅上，闭上了眼睛。

申沉回京之后第一时间去见了隋欣，苍山洱海前的深情拥抱也曾让他心生不舍，可当他见到隋欣的一刻，他的心被一种久别重逢的感情激荡着。他们几乎每天的下班后都会见面，像是要弥补这段空缺的时日一样。对于冬天夜晚搂着隋欣坐进出租车的那个男人，申沉没有问起。

"看你今天一整天的情绪都不高,为什么呢,隋欣,能告诉我吗?"申沉站在隋欣身后问。隋欣扭头看着窗外,"你别问了,你不会懂的。"隋欣低语。隔着百叶窗的一条条细缝,也能看出今天是个大晴天,阳光耀眼,外面应该温度很高。墙上的空调会每隔几秒钟规律地发出沉闷枯燥的轻响。"我遇见那么多人,可为什么偏偏是你?看起来最应该是过客的你,却在我心里占据这么重要的位子。"申沉自言自语,"我陪你一起回江西吧,我明天就去请假,不,我今天就能请假,打个电话就好,明天我和你一起回去看看。"申沉对背向他站在窗前的隋欣说。"不,不必了,"隋欣坚定地回答。"如果有一天你了解了我的全部,我们的感情很可能就走到了尽头。"隋欣没有转过身对申沉说。站在她身后的申沉安静极了。隋欣过了许久,慢慢转过身,四目相对时,她的目光投向冥冥之中的情景,让申沉感到心中一阵发冷。她轻轻地靠向他,这是隋欣第一次主动接近他,贴在申沉的身上,申沉也轻轻地拥抱着隋欣,这是申沉第一次拥抱隋欣,他却并不能从中感到快乐。

晚上七点,申沉坐在美冬的对面,申沉的笑容给了她礼貌的招呼。在他到来之前,美冬先点好了菜,点了满桌申沉爱吃的食物。吃饭的时候,美冬和申沉话语不多,偶尔一句"多吃点儿",这样凄清的温馨,叫人看了难受。"告诉我吧,申沉。"美冬轻轻地与申沉碰杯,喝光杯中的清酒之后对申沉说。"说什么?"申沉艰难地看着美冬,像是用了好大的力气。"说你的心里话。这一年多,在一半时间里,我觉得我不能没有你,在另外一半时间里,我又觉得无所谓,这不在于我爱你多少,而是看我能忍耐多少。不管怎么费尽心力,人该受伤的时候就会受伤。"美冬独自呷了一口清酒,鼓起勇气,继续对申沉说,"人生不就是先进攻再撤退,中间夹上一句我爱你。"

美冬定定地看着申沉,看着这个她至此仍然深爱无比的男人。线条清晰又干净的面孔慢慢变得模糊又浑浊,美冬跟着向窗外转过头去,和对面的申沉视线平行,互不相交。

申沉沉默了很久,他深吸了一口烟,用最大的麻木说出自己默诵过无数遍的全部话语。美冬静静地听完，用一双透着凉意的黑眼睛看着他，用她那善良而坚定的嘴巴经过深思熟虑认真地说道："申沉，谢谢你能坦诚相告。失去你是非常难过的事，但是我爱你，这种心理难能可贵。我不愿意在使之扭曲变形的情况下得到你，当然，你也不愿意。与其这样，还不如在趁有心之时失去你，这总还可以忍受。申沉，很久以来，你是我遇到的唯一能冲撞我灵魂的男人。谢谢你。"

申沉闻言羞愧难当地埋下头，他的身体失去支撑般地软软地慢慢前倾，才只向前了一点，"啪"的一声，申沉的脸颊上传来一阵火辣辣的疼痛。"你混蛋。"美冬向申沉大声喊，四周用餐的人瞬间全都安静下来，望着这一对男女。申沉满脸通红，双眼一眨不眨地盯着美冬，眼瞳里有一股燃烧的火焰跳跃。"对不起"，美冬哭着，颤抖着伸过手来轻轻地抚摸刚刚她打过的申沉的脸颊。"对不起"，美冬再次说，"我必须这么做，我不这么做，我就没法恨你，我就无法安慰和原谅自己，不这么做，我就无法离开你，开始我自己新的生活。"

夜深了，申沉和美冬从料理店出来，两个人立在街上，美冬的眼睛红红的。"别恨我。"申沉对美冬说，伸开双臂想最后一次拥抱美冬。美冬先申沉一步退开了，美冬望着申沉，用宽容的眼神看着他，带着自嘲的微笑。然后美冬在申沉面前非常正式地弯下腰，轻轻地鞠躬，"申沉，Sayonara。"这一次，她没有说"Janei"。

"你他×疯了吧。"当申沉身边的人听到他和美冬分手的消息后无不感到震惊，只有辉子表现得没有那么意外。当那次申沉和他说完这件事，他就知道申沉的决定了。才才问身边的姜南："叶子和你说起过这件事儿吗？""没有，一点儿也不知道。估计叶子也还不知道这件事儿。"二老虎拍了一下申沉的肩膀，"我×，这是为什么呀？你们好了那么多年，就这么分手了。就为了一个你认识了才一年多的女牙医，照你自己的话说，你都完全不了解人家。你这个决定太草率了吧。你就一点儿不觉得可惜吗?""唉……对不起大家了,让大家为我担心了。"申沉低着头向大家说。"我一点儿都没为你担心,我是为美冬担心,"二老虎气愤地说,"我他×现在都记得美冬第一次和你回咱们西廊下的情景,美冬今后可怎么办,你想过吗,你光想着你的幸福了,而且还不一定是幸福,你真是个浑蛋!"申沉沉默不语,听着大家的骂声。"辉子,你倒是说句话啊。"二老虎捅了辉子一下,"我能说什么呀?路是他自己选的,咱们再怎么说也没有用。我不是没劝过,他根本听不进去。"听了辉子的话,大家才明白过来,这不是申沉一时的头脑发热,而是由来已久。稍晚的时候,大家不欢而散。临出门的时候,二老虎还狠狠地踹了申沉一脚,申沉像个木头人一样坐在那里一动不动。

这天夜里申沉在床上辗转反侧睡不着,凌晨2点的时候他拉开冰箱,连着喝了两罐啤酒,然后一头栽倒在床上,闭上眼睛,强制着自己睡去。可即便勉强睡去,梦境又接踵而至,继续困扰着申沉。

他先是梦到自己在一个金色的午后靠坐在家里的沙发上面,虽然还拉着窗帘,可充足的阳光仍是透过浅蓝色的窗帘将更加柔和迷人的光线投注下来。申沉坐在沙发上,无所事事,打算就这样荒废一下午的时光。这时他听到有人轻声地叫他的名字,他转头望过去,一个打扮妖艳的妙龄女郎款款向他走来,走到他的跟前,看着他妩媚地笑着,然后要坐到他的腿上,申沉伸出手去阻拦,"你别闹。"申沉对美艳的女郎说。"别这么小气。"女郎坚定地抬起丰满的大腿,不容分说地跨坐在申沉的腿上,面向他,慢慢解开了自己的外衣。申沉屏住呼吸,他忽然想到了隋欣,他想,如果此时坐在他腿上的这个女人是隋欣该有多幸福。

刹那间坐在申沉腿上的美艳女郎不见了,申沉只身一人站在一个空旷的地铁站里面,时间很晚了,地铁站里面空无一人,只有申沉一个人站在站台之上,茫然四顾。忽然从远处走来了四五个人,申沉并不认识,这些人拿着一个足球,走过来,对申沉说:"你来和我们一起踢足球吧。""好啊,"申沉一个人一拨，其他几个人一拨，可申沉把技术发挥到了极致，脚法也十分精准，几脚射门都准确无误地射进了对方把守的球门。申沉高兴地伸出双臂在站台上奔跑，做出他以前习惯性的庆祝动作。对方其中一个人一脚把球踢到了站台下面，申沉看了一眼，走到站台边，"我去把球捡上来，咱们再玩儿会儿。"他说完话，扭头去看那些人，那四五个人正乘坐着地铁里面的扶梯离去，没有告别，也没有人回过头来回答他，只有从隧道里吹来的凛冽的风。申沉抱着足球再次孤零零地站在安静得近乎可怕的站台上，他要坐哪个方向的车，他要去哪里，他全都不知道。

　　这夜的梦在后来好长一段时间里面不可思议地烦扰着申沉，不依不饶地象征着什么，以戏剧性的夸张方式预示着某种不祥。

59

午休时间，美冬坐在靠近窗边的位子上，出神地看着窗外，手中玻璃杯里的冰块儿早已经融化掉了，可里面的饮料还没有喝下去多少。"笠间小姐，要加些冰块儿吗？"黎志彬彬有礼地对美冬说。美冬才一下子回醒过来，"啊，不用加了。谢谢。"黎志还是轻轻地拿过美冬手中的玻璃杯，走到冰桶前加了一些冰块儿，美冬坐在那里呆呆地望着他高大的背影，脑海里一片空白。"给。"黎志将杯子递还给美冬，他的手指有意或无意地触到了美冬的手，一片冰凉。"谢谢你，黎志。"黎志笑了笑，坐在美冬旁边。美冬没有再说话，继续望着杯子出神。"笠间小姐，你最近的脸色很不好看，好像消瘦了不少，怎么回事呢？"黎志率先打破了沉默。"啊，没有什么，可能是最近休息得不太好吧。"美冬笑了笑，"谢谢关心。""进入夏天，天气热了，人的胃口也会受到影响，可还是要注意饮食，如果太过消瘦，会影响身体健康的。"黎志继续说。这次美冬没有再说话。

"嘿，你们在这里，我也来凑个热闹吧。"话音刚落，一只干净漂亮的手按在了黎志的肩上，另一只手按在了美冬的肩上，两秒钟后，按在黎志肩上的手先离开，美冬肩上的手稍后离开，这双手的主人新田原光微笑着坐在他们两个人的对面，三个人呈三角形位置坐在桌前。"啊，是新田君。你好。"黎志向新田打过招呼，美冬只是向他点了下头。黎志将白衬衣的袖口又往下拽了一下，这好像是他的一个下意识的动作。当他感到不自在的时候，就会做出这个动作。黎志发现只要是他和美冬独处在一起，不超过五分钟，这个叫新田原光的日本人就会出现，好像是在监视他们一样。黎志心里感到一丝不快和可笑。"美冬，这个周日有个聚会，你去吗？"新田和美冬说话的口气就随便了许多。也许是两个人都是日本人的缘故，而且新田原光又是美冬的哥哥笠间浩介的好朋友，所以说起话来显得亲近，整个交流中心，只有新田直接称呼美冬，这让黎志有些嫉妒。"我不想去，想在家里休息。"美冬回答。"人总不能窝在家里吧，总要出去活动一下，要不身上会生虫的。而且人也会越来越懒惰。美冬，你可不是这样的人啊。你以前可是一个活泼好动的姑娘。小时候的你更是成天追在浩介的身后跑来跑去的。"新田笑着说，他是故意提起以前的美冬和小时候的美冬的样子的吗？他为什么要这么做，他是故意这样说的吗？说给旁边的黎志听，以显示出他和美冬的熟悉程度由来已久，两个人的感情从孩童时代就开始了。新田也感到一丝好奇，他好像也很在意黎志的感受。"不，新田君，我还是不想去，下次吧。抱歉了。"美冬回答。"哦，没关系的，反正这种聚会会常有的，大家轮流做庄嘛，下次，下次好像该轮到我了，请大家来我的家里做客。"新田说道。黎志知道新田说的是他们一些同在北京的日本朋友之间的聚会，好像定期会举办一次，半个月左右吧。看来现在美冬对此兴趣并不大。黎志插不上话，觉得无趣得很，他抓住空当，向美冬和新田点了下头，"笠间小姐，新田君，你们先聊，我先告辞了。"说完，黎志挪开椅子，走回了办公区。

新田一直目送着黎志的身影走进电梯才转回头，脸上挂着一个耐人寻味的笑容。同作为男人，他清楚地知道黎志的想法。"美冬，下班后不要着急走，我有些事要和你说。"这次新田是用日语对美冬说的这句话，美冬抬起头来。

晚上七点半了，办公室里就只有美冬一个还坐在位子上，其他同事早就下班回家了。新田还在忙着手头的工作，他要和自己说什么呢？美冬感到不解，她站起身，走到窗前，对着外面向上伸了伸胳膊，放松一下自己的身体。

"美冬，实在不好意思，这么晚，耽误你的时间了。"新田的话语传来，美冬转过身，"没什么，反正我也没有事情。"新田轻轻地关上了办公室的门，美冬对新田的这个举动感到有些奇怪却没有感觉不适。

新田原光在美冬身边坐下来，他看着美冬有些憔悴苍白的脸，"美冬，要注意身体，不管发生了什么，都要保重自己的身体，这才是最重要的。"美冬听了新田的话，有一些感动，他就像自己的兄长一样关心着自己。"我会的，谢谢你。"美冬回答。"怎么样，美冬，觉得黎志这个人怎么样？"新田问。听见新田如此问，美冬一脸莫明其妙的表情，"什么怎么样。黎志怎么了？""美冬，谁都看得出来，黎志在喜欢着你，他在接近你，并且在追求你。"新田对美冬说。美冬听完显得非常吃惊，"我想这不太可能吧，新田哥哥，你可能误会了。黎志是一个不错的同事，也是一个不错的朋友。他很热心，也很细心，不过仅此而已。"新田听美冬如此回答，又称呼他哥哥，新田心里也是一阵暖流流过。

"美冬，你和那个叫申沉的中国男子分手有两个月了吧。要尽快好起来。要坚强起来，不能老是沉浸于过去，那只是过去。"美冬听到新田说出她和申沉分手的事情大吃一惊，"你怎么知道这件事情的？"美冬问。"是浩介告诉我的，他很担心你。"美冬这才想起她把她和申沉已经分手的消息告诉了家人，当然也包括身在东京的哥哥笠间浩介，"哥哥，可真是多嘴。"美冬不满地小声嘟哝了一句。"阿浩也是关心你，才向我说起这件事，如果你有什么需要帮助的，请尽管告诉我。"新田说。"我知道了，我应该没有什么需要帮助的。"美冬的情绪很低落，她最害怕别人提起申沉这个名字，尽管她每天都会无数次地想起这个名字和这个名字的主人。

　　新田向美冬身边挪了挪椅子，离美冬更近了一些，美冬没有在意这个举动，她的一只手把办公桌的一张A4纸的边角折了起来，又放平，再次折起，再次放平，毫无意义地重复着这个举动。新田看着美冬纤细的手指，她应该很久没有涂指甲油了，以前的美冬总是不时地变换着手指上指甲油的颜色，现在她的指甲上的指甲油有些已经脱落了，有些还残留着浅红色的印迹。如此地不在意这些细节，这是以前的美冬无论如何不会发生的。可即便如此，美冬在新田眼中仍然非常美丽。

　　新田觉得自己的心跳加快了节奏，他看着美冬放在桌上仍然做着小动作的手，深吸了一口气，仿佛室内的空气含氧量不足一样，他鼓起勇气，握住了美冬的那只手。美冬不解地看着他，停止了动作，她的手还被新田握着，她开始感觉到不适了。

　　"美冬，让我来照顾你吧，请把你的心交给我吧。"新田大胆地向美冬说出心里的话。"你这是什么意思？"美冬抽出了被新田握着的手。"美冬，我一直都很喜欢你，从我到北京的那天起，从我见到你的那天起，从某种意义上来说，我就是为了找你，才从东京来到北京的。""这太奇怪了，不是吗？新田君，我以前有男朋友，我非常爱他。"美冬说。"我知道，所以我这么久以来只能默默地喜欢你，无法表白自己的爱意，只可以像一个大哥哥一样，守护着你。我在等待着，等待着这一天的到来，现在我所期盼的这一天终于来了。"新田激动地说。"你是说，你一直在期盼着我和申沉分手？"美冬的目光严厉起来。"不，不是这样，我刚才讲的不是这个意思，你知道的，我并不是这个意思。"新田为自己刚才说错的话感到后悔莫及，他的确不是这个意思。"请你不要误会，美冬。我只是觉得，现在我才有权利向你说出自己的感情。"美冬厌恶地看着新田，"你有权利说出来，我同样有权利拒绝。这是平等的。""美冬，我真的是发自内心地喜欢你，非常喜欢你。""对不起，我可能要让你失望了。"美冬不留余地地回答。"那么阿浩呢，你想过阿浩的感受没有？他也非常希望我来照顾你。"新田在情急之下又说错了话。美冬的声音一下子高了起来，"浩介吗？他能够代表我的意见吗？他又怎么可能来左右我的感情？从小到大他都是这样，真是可笑。"美冬坚定地说。

办公室内安静得如沉默的海底，墙上的时钟走时的声音清晰入耳，新田原光和笠间美冬坐在那里，新田的心都要碎了，他没有想到会得到这个结果，眼前的美冬让他觉得陌生甚至有些害怕，他知道美冬是个强硬的姑娘，今天他体会到了。

"对不起，新田君，"美冬先开了口，"我不想伤害你，我也不想伤害我们之间兄妹一样的情义，只是你的要求，我办不到。非常抱歉，请你原谅。"刚才与新田发生的争吵，使美冬又想起她不愿提及的过去，过去的岁月，那些闪闪烁烁无处不在的伤痛与快乐，像看不见的萤火虫。她还想说些什么来安慰一下此刻看起来痛苦不堪的新田，却一个字也说不出来。她无法将充斥于此的伤感对自己准确地表达出来，她已经失去贴切的语言。美冬站起来，过了很长时间，"我要走了。"声音微弱而遥远，眼里渐渐盈满泪水，"我想回东京了。"美冬站在桌边，像是摸索着什么。

妈妈明子站在美冬的房间门口看着美冬安静地坐在自己房间里面的沙发上面，她怀里抱着一个白色的气球，她正在用一支口红专心致志地涂那个气球。"美冬，这支口红是洋子送给你的那支吧，你平时都很少用的。"美冬手中的这支口红是去年哥哥浩介和她的嫂子洋子去欧洲旅行时给美冬带回的礼物，迪奥的限量版口红。美冬非常喜欢，她很珍惜，今天她却拿着这支心爱的口红在那个白色的气球上涂抹。明子没有得到回应，她走回到客厅，冲着她的丈夫笠间久人向美冬的房间摆了摆头。笠间久人环视了一下屋子里放着的几个收拾整齐的行李箱，轻轻地走到美冬的房间。美冬怀抱之中的那个白色气球已经被她快要涂成了鲜红色，笠间久人走到美冬身前，爱怜地抚摸着美冬光滑的头发，"美冬，忘了那个中国男子吧，他根本不配拥有你的感情。"美冬停下了手中的动作，却没有回答父亲的话。沉默好像要吞噬周围的一切。笠间久人看了下手腕上的手表，"美冬，时间差不多了，我们要出发了。我们回东京去，那里才是属于你的地方。"美冬慢慢站起来，环视了一下房间的四周，目光久久凝视着挂在墙上的那幅一个孤独的女子伫立海边的油画，"唰"的一下子，美冬用双手把手中的气球抛向空中，鲜红色的气球飞到房顶，又飘飘扬扬地徐徐落下，美冬的眼睛随着气球望向窗外，空气中飘着白雾，浩浩荡荡，像一个白日梦。

60

　　下午四点钟，气温还是很高，申沉将车停在游乐场外的停车场，和隋欣一起从车上走下来。看着隋欣像个小孩子一样兴高采烈地在各个游乐设施间跑来跑去，乐此不疲的样子，申沉觉得十分奇怪。昨天他们商量今天去哪里玩儿的时候，隋欣脱口而出地说出了游乐场。申沉坐在树荫下的长条木椅上，手拿着两杯饮料，看着隋欣穿着一条牛仔短裤和白色的T恤衫从刚刚结束的一个游戏上跑过来，她接过申沉递上的冰凉的饮料，紧挨着申沉坐下，"谢谢你，申沉。"隋欣喝了一大口，掏出纸巾去擦额头上的汗水。"申沉，你怎么不去玩儿？一个人坐在这里干吗？""我岁数大了，玩儿不动了。"申沉说。"当着老人说老。还没我大呢。"隋欣嘲笑申沉。"我不喜欢这些东西，没想到你会这么喜欢游乐场里面的东西。"申沉回答。"那你喜欢什么？"隋欣问。"我对这些现代的娱乐设施非常不感兴趣，我更喜欢大自然，喜欢自然里的山水。隋欣，我们有时间一起去外面走走，看看天地自然，山水风光。""再好的山水也没有我家乡的山水美，我的家乡才是好风光，像一幅自然山水画。"隋欣说。申沉听了一下子兴致高涨，"太好了，隋欣，你下次再回老家时我一定和你一起去看看，看看你的家乡，看看你家乡的秀美山水。"
"看久了，是会厌的。"隋欣看着申沉说。

晚上申沉将隋欣送回宿舍，申沉洗了把脸，接过隋欣递过的柔软的毛巾，申沉蒙在脸上，深深地吸着毛巾上淡淡的香味，和隋欣衣服上时而传来的香气是一个味道。"干吗呢？蒙着脸。"隋欣笑着问。"闻一闻你的女人香。"申沉嬉皮笑脸地把毛巾还给隋欣。"你就会臭贫。申沉，你是不是对别的女孩子也这样油嘴滑舌的？""不可能，你作为一个医生应该始终秉持严谨的态度，不能这样信口开河地冤枉人。"申沉说得义正词严。"那美冬呢，你以前和美冬在一起时应该就是这样吧？"隋欣看着申沉说。申沉听了沉默下来。隋欣好像并没有注意到申沉的情绪变化，"说话呀，申沉，你当初也是这样让那个日本姑娘爱上你的吧。"申沉的眉头紧了紧，这段时间以来，自从美冬回国之后，他已经渐渐习惯了不再去想起美冬。就是偶尔脑海中闪过，他也会赶忙打断思绪，转移注意力，他不敢多想，毕竟在与美冬的感情上面，他是一个负心人，他是过错的一方。他辜负了那个异国的美丽姑娘。

可隋欣却没有放过他的意思，她摇着申沉的胳膊，"喂，申沉，你再给我讲讲，你和那个日本姑娘之间的事情，让我对你多了解一些。"申沉有些生气，他扭过头，"你还不够了解我吗？你是有意地说起这些吗？我不愿意讲过去的事情，都已经结束了。""不愿讲就算了，反正我也不是特别想听。"隋欣好像是要有意激怒申沉一样。申沉沉默地站在窗边，看着外面的夜晚，隋欣在背后望着申沉，他很少有如此阴郁寡言的时候，隋欣知道这一切都是因她而起，有些不忍。

隋欣拉开冰箱，"呀，没有西瓜了。"申沉还是没有转身，继续站在那里。隋欣很想过去与他说几句甜言蜜语，哪怕只给他一个简单的拥抱，那样的话，申沉会很快高兴起来，可她不能那样去做。"申沉，你在这里坐一下，我去院门口买个西瓜回来，天气太热了。""不用买了，我坐一会儿就走。"申沉开口说。"没事儿，你自己待会儿，我去去就回来。"隋欣拿上一些零钱，开门出去了。

申沉坐在沙发上，他百思不得其解，刚才隋欣说起那些话到底是为了什么，可以肯定的是，她是有意为之。可原因何在呢？这时隋欣的手机在床上响了起来，申沉扭头望过去，上面出现了一个叫"洪波"的名字。电话响了很久没有挂断，那个陌生的名字一直闪耀在手机屏幕上面，看起来十分刺眼。名字应该是个男人的名字，这个人到底是谁呢？是不是那个冬夜搂着隋欣坐进出租车的男人？申沉感到一阵厌恶。

隋欣刚刚走到楼下就发现自己忘记带手机了，她停下脚步，犹豫了一下该不该反身上楼去取手机，想了一下，隋欣不想再返回楼上，她快步地向院门口的水果摊走去。

"刚才有人给你打电话。"申沉对隋欣说。"哦，是吗？没事儿，不用管他。"两个人头对头地吃着西瓜。"你不想知道是谁打来的吗？"申沉问了一句，隋欣还是没有说话。"是一个叫洪波的人。"申沉说着将床上的手机递给隋欣，听到这个名字，隋欣的眉头稍皱了一下，眼中带过一丝不悦，随手把手机放到了茶几上面。这一切没有逃过申沉的眼睛。看来这个叫洪波的男人极有可能就是那晚他见到的那个男人，申沉想。

"他是谁？"申沉问。隋欣用纸巾擦了嘴边，递给申沉一张纸，看着申沉无比认真的样子，"申沉，你真想知道？""他是谁？"申沉重复道。隋欣在申沉身边坐下来，双眼凝视着沙发前面的地板，一动不动。"他是不是也是这个医院的医生？"隋欣听了，显得很吃惊，片刻之后她平静了下来，"他不是那个医生，他是我的丈夫。"申沉听到这个回答如五雷轰顶一般头晕目眩，"你的丈夫，你不是没有结过婚吗？"申沉的眼睛睁得大大的。"我是没结过婚，这点我没有骗你，可他的确是我的丈夫，他就在老家。"隋欣微笑着对申沉说。"你还想知道什么，我都可以告诉你。"还是那个微笑，残酷极了，锋利得像一把匕首。"我他×什么都不想知道。"申沉霍然起身，摔门而去。

望着申沉愤怒的身影，隋欣也感到一阵心疼。她明白她今天深深地伤害到了申沉，这个男人可能再也不会出现在她的眼前了。她并不希望这样，申沉人很好，也很有趣，是很好的朋友，他们在一起相处得也很快乐。隋欣很喜欢申沉。可是她清楚地知道他们之间完全没有可能最终走在一起。今天她必须如此，哪怕申沉就此在她的生命里面消失得无影无踪，也要这样去做。她不想看着申沉对自己越陷越深，她善意地提醒过无数次，可申沉仍无动于衷，执迷不悟。隋欣走到窗前，看着下面头也不回的申沉的背影，她慢慢地笑了起来，"对不起，申沉，我只能这样，这样却是为了你好。为了你以后能够安宁快乐地生活，不要像我这样。"隋欣笑了，笑申沉，也笑自己。

沉闷，阴雨连绵的天气在深圳已经持续了半个月，一如新雅的心情。这半年来，她和管素强一直话语不多，那个总经理助理刘薇在新雅强硬的一再坚持之下被辞退后，管素强夜不归宿的情况渐渐多了起来。新雅起初也追问或争吵，可渐渐地她觉得疲倦了，也习惯了。问来问去，得到的有可能也是一通谎话，后来新雅就想，不管他是真的因为工作忙，工厂里需要盯紧，或者应酬多，还是别的什么原因，至少这个家还在，弯弯还能得到来自父母双方无限的关爱，能幸福地成长，这就足够了。

弯弯上小学的事情新雅和管素强交流了几次，最终的意见是弯弯既不回北京，也不去天津，就在深圳直接上学，由新雅来照顾。最近这几天新雅一直在忙着联系学校的事情，现在已经是八月了，还有半个多月学校即将开学。这天新雅再次来到一个朋友介绍的一所新设立的以外语见长的学校。在和校长见面沟通了几次之后，弯弯也通过了入学考试，今天是来办最后的入学手续。这件事情办成，新雅也算心里的一块石头落了地。她憧憬着弯弯穿上整齐的校服，背起书包作为新生踏入校园那崭新的一天，她想起了自己的学生时代，多么美好的时光，那阳光灿烂的日子，就是在整个学生生涯度过的。

新雅边想着边向停车场的汽车走去，快要走到车前的时候，遥控器已经打开了门锁，新雅却毫无防备地向前跌倒，重重地摔在了地上。她坐在地上，膝盖被磨破了，流出了鲜血，她从包里拿出纸巾，简单地擦拭包扎了一下，新雅环顾四周，道路平坦干净，也没有沟坎之类的存在，今天自己又穿的是平底鞋，没有穿高跟鞋，却何以不明不白地摔了一跤。新雅再次把走过的那近前的几步路和自己的鞋子仔仔细细检查了一番，仍是不明所以。她笑了笑，难道真是自己岁数大了，腿脚不麻利了，她扶着车门站起身，却忽然感到一阵目眩般的晕厥，险些再次摔倒，她扶着车门，努力地站直身体，心却慌得厉害，眼皮也是眨个不停。一种紧迫的恐惧感紧紧地向她袭来，新雅的身体不寒而栗。

"景文儿，景文儿。"张景文一下子从床上坐起来，天还没亮，四下里一片寂静，吕宁还沉沉地睡在他的旁边。他坐在床上，呼吸急促地喘着气，努力地想摒弃刚才的噩梦。"景文儿。"微弱无力的呼喊又一次似有似无地传进他的耳朵，他现在确认了，那不是梦，是真实的声音。张景文穿上拖鞋，寻着声音走进了父亲的小屋，老爷子斜靠在床边，"爸，你怎么了，哪儿不舒服？"张景文有些紧张。"没什么，就是有点儿憋得慌。给我把水端过来。"张景文赶紧把头天晚上凉好的白开水端来，老人小小地喝了一口，坐在床上，显得很虚弱。"爸，咱们去医院吧。"张景文紧张地坐在床边，扶着老人的肩。"不用，没事儿，老去医院干吗？我不想去那儿。"张景文从老人手里接过水杯，放到床头，心神不宁地望着老人。"景文儿，陪我出去走走吧。"老人说。"现在吗？"张景文看了眼表，才刚刚早上四点钟。"嗯，现在，想出去遛遛。屋里太闷了。""那好吧，我给你拿衣服。""轻点儿，现在还太早，别给大家伙儿都吵起来。"

清晨四点的北京街头，天刚蒙蒙亮，天空中铅色的阴云没有散尽，一切都还没有醒来，八月的天气，在清晨显得格外清凉。张景文穿着背心短裤，搀扶着他的父亲缓步走出西廊下的街口。老人穿着那件对襟拴帕的白色中式长袖衬衣，下面是一条灰色的长裤和布鞋。"爸，你冷不冷？"张景文问。"不冷，正合适，比在家里舒服多了。"路过街口路边的那几幢塔楼时，张景文犹豫了一下要不要给弟弟张景华打个电话，可时间还太早，他打消了这个念头。

出了西廊下路口，两个人向左转朝二环路的车公庄方向走去。"景文儿，你看这儿。"老人指着二环路说。"我看着呢，爸，你说。""这儿以前就是护城河啊。我年轻的时候去高梁桥那边下棋，回来的时候就沿着护城河往回走，河岸两边儿全是大柳树啊，钓鱼的，下河游泳的，日头那么高，有时候我走烦了，就把外衣外裤脱了，从树上揪两根柳条，用柳条把衣服绑好，顶到头顶上就下了河，顺着河一漂，就漂到咱们这儿了，从这儿再爬上岸，就到了家门口，抱着衣服回家。那年里的日子，才叫幸福啊。"这些话张景文以前听父亲不止一次地讲起过，那些旧年间的景致有些他见过，比如护城河，比如河岸边的大柳树，这些全都从北京城的土地上消失了，今天听来仍然让人心驰神往。

路上偶有起得早或是上早班的人从他们父子二人身边经过，如果稍加留意，就会听到风烛残年的老人口中描绘的老北京城的那幅动人画卷。

老人精神头足了些，"景文儿，听爸唱几句。""唱，爸，唱您的。唱您最拿手的。"张景文心里一阵难过。

老人清了清嗓子，"末将年迈勇，血气贯长虹。斩将如削草，跨马走西东。两膀千斤力，能开铁胎弓。若论交锋事，还算老黄忠。"老人节奏明快唱完《定军山》中的念白，又转而唱起了最心爱的《三家店》，"将身儿来至在大街口，尊一声过往的宾朋听从头。一不是响马与贼寇，二不是歹人把城偷。杨林与我来争斗，因此上发配到登州。舍不得太爷的恩情厚，舍不得衙役们众班头。实难舍街坊四邻与我的好朋友，舍不得老娘白了头。娘生儿，连心肉，儿行千里母担忧。儿想娘亲难叩首，娘想儿来泪双流。眼见得红日坠落在西山后，叫一声解差把店投。"老人铿锵悠扬的唱腔回荡在清晨西廊下的上空，绕梁不去，引得三三两两的路人回头凝望，侧耳倾听。

　　医院的急救室外众人慌作一团，老爷子中午旧病复发，从到了医院就一直昏迷不醒。辉子和申沉他们也一直守在楼道里。二老虎第三次急匆匆地从急救室里跑出来，满脸通红，他哆哆嗦嗦地拿出手机，电话号码按了几次都按不对，辉子知道他要打给谁，过去把手机抢过来，按下了电话号码又交给二老虎。

　　午后三点，新雅一个人坐在沙发上发呆，女儿弯弯还在睡午觉，没有醒来。当放在腿旁边的手机响起的一刹那，新雅吓了一跳，手里握着的水杯险些掉到地上，水还是洒了出来。她接起电话，里面就传来了二老虎带着哭腔的喊声，"姐，爷爷不行了，你快回来，你现在就回来。"

　　从深圳飞来北京的航班在晚上七点半降落首都机场，申沉早已经等候在到达大厅里面。他想起了去年他的高中同学老大他们一家人移民去加拿大时他来机场送他们全家那天的情景。不知道他们一家人在异国他乡生活得如何。

　　申沉远远地看见新雅拉着弯弯的小手从里面快步地走出来，"新雅姐。"申沉喊了一声，用力挥舞着手臂。新雅听见喊声，也看到了申沉，小跑着来到申沉跟前，新雅的眼睛红肿得厉害，看来这一路上的飞行都没有停止哭泣。"申沉，我爷爷怎么样了？"新雅见到申沉的第一句话，"我们快走。"申沉说。

　　从机场赶回医院的路上，申沉一路都在强行并线，超车，走紧急停车带，心急如焚，途中辉子打来过两回电话，问申沉走到哪里了，"老爷子可能快不行了。"辉子在电话里哭着说。

　　申沉把车刚在医院停车场停住，拉开车门，夹起弯弯就往医院楼里跑，新雅紧紧地跟在后面。电梯快速上行，新雅止不住地在电梯里面哭了出来，当电梯上的字母显示到6层，电梯门还没有开，"爸，爸。"就听到了从外面传来的张景文兄弟撕心裂肺的哭喊声。申沉的眼泪一下子掉了下来,他抱起弯弯,用力地摇着弯弯的身体,"快叫太姥爷,弯弯,快叫,再晚就来不及了。"他们三个人冲出电梯,走廊里面的人全都号哭一片。六十多岁的张景文和张景华兄弟两个,还有二老虎趴在病床边哭得像个孩子,任吕宁他们怎么拉也拉不起。辉子缩在墙角处呜呜地哭,申沉走过去,蹲在辉子的身旁,泪水把眼前的一切都变得模糊不清,闻讯而来的西廊下的其他街坊邻居都泣不成声。西廊下的一代棋王,绝世好嗓,终成绝唱。

61

隋欣已经一个多月没有见到申沉了，申沉也没有打来电话。她有时会很想念申沉，想念他围在自己身边说说笑笑的样子，申沉的笑总是像清晨挂在花叶间的露珠一般纯净，一如他丝绸般黑亮的眼神。申沉乐天的样子总能或多或少地感染到身边的人，隋欣和申沉在一起的时候，成年人的那个充满欺骗、悲伤的世界会暂时隐去，觉得自己又回到了简单快乐的童年。她有几次想打电话给申沉，想知道他最近的情况，可每到按完电话号码该最后按下通话键的时候又都放弃了。她知道她那晚深深地伤了申沉的心，那么申沉自此从她的生活中消失也是正常的。如果他已经不再迷恋于她了，那么她打来的电话无疑将会是一种打扰。隋欣害怕这样的结果，她既害怕申沉彻底将她忘了，把自己从他的生活里面清除出去，又怕这一个多月两个人各自经历的痛苦付诸东流。她犹豫不决，束手无策。

这天下了班，时间还很早，隋欣想去外面随便逛逛。她换好衣服，漫无目的地随着人群走出医院大门。一辆电动车狂按着喇叭从后面驶来，人群被迫向两边闪开，给电动车让出了一条道，从闪开的人缝中，隋欣一抬头，看到远处的路边站着一个穿白衬衫和申沉像极了的人，她又小心翼翼地向前走近些，站在那里的人果然就是申沉。

　　隋欣向申沉慢慢地走近，直到走到他前面不到一米远的地方，申沉就好像不认识她一样，看着眼前，没有和她打招呼。"还装。"隋欣心里快乐极了，她也假装不认识申沉，从申沉眼前经过，还故意向后甩了下头发，隋欣觉得自己的发梢应该能扫到申沉的脸上。她走出了四五米，申沉还是没有任何反应，一动不动地站在那里。隋欣又退回来，站在他的面前。"来人看着好面熟啊。"隋欣也装作不认识一样对申沉说。"的确如此，看来似曾相识。"申沉阴着脸。隋欣心里乐开了花，看来申沉并没有得什么失忆症，只是还在那里装洋蒜。"你好像我一个叫申沉的朋友啊。""巧了，正是在下。"申沉面无表情地回答。隋欣强忍住笑，"又来看牙？又是着急长智齿了。""牙好着呢，不劳挂心。"申沉还是像个机器人一样木讷。隋欣实在是忍不住了，她推了申沉的肩一把，被申沉侧肩躲开了。她不甘心地再次用力去推申沉，申沉再侧身去躲，隋欣趁势一下子转到申沉的背后，两手拧住申沉的一只胳膊向背后扳。"哎哟，哎哟，快放手，疼啊。胳膊要折了。"申沉的求饶声惹来了隋欣的笑，那笑声像从她的胸膛里伸出一只摇着银铃的手。申沉的手臂上没有传来一丝反抗的力度。

　　隋欣一瞬间被申沉感动了，她决定去赌一次，尽管她知道这次赌博很可能是致命的，她还是决定去赌一次，用尽自己所有的希望，尽管希望渺茫，自己所有的热情极有可能换来飞蛾扑火一般的结果。她知道这次的情感赌博自己连百分之一的胜算都没有。

　　老人顺利地下葬以后，头七也过了。这天办完了事，一家人拖着疲惫的身体回到家。张景文看起来苍老了不少，头上的白发占了一多半，吕宁看着丈夫憔悴的样子十分心疼。下午五点，大家都没有什么胃口，吕宁煮了点粥，大家分着喝了，就各自去休息了。

新雅不困，尽管这些天来她也十分疲倦，爷爷的面容身形，还有他的声音时时浮现眼前。爷爷从小把她和二老虎看大，慈祥的老人对他们姐弟两个倾尽全力的爱。只可惜自己从大学开始就去了外地，一晃这十多年，对爷爷，对父母都亏欠良多。相比之下，自己的弟弟二老虎倒是一直守在家人身边，替自己尽着一份孝心。
　　二老虎悄悄地走到新雅身边，拿着一把小木椅在她身边坐下来，随手递给自己的姐姐一把折扇。新雅接过扇子，感激地向二老虎笑了笑，"老虎，不生姐姐的气了？"二老虎不好意思地低下头去，"早不生了。"新雅拍拍二老虎宽厚的肩膀，"姐，你不去睡会儿吗？""姐不困，想在这儿坐会儿。"姐弟两人看着面前那把竹摇椅，爷爷在天气好的日子里总是爱躺在上面，悠闲地喝着茶，摇啊摇。那幸福的画面多么暖心而熟悉，现在却一去不复返了。"姐，你还打算和那个管素强继续这么凑合着过下去吗？"二老虎问。"别提他，我现在不想听到这个人的名字。"新雅恨恨地说，这次爷爷去世，他也没有一同回来，这让张景文极为恼火，他在前几天第一次向新雅发了火，这是新雅从小到大第一次看到父亲对自己大声地呵斥，"瞧你找的这人。"张景文吼完这句，就被吕宁拉开了。二老虎熄灭手中的烟，打了一个长长的哈欠，"姐，我去睡会儿了。"二老虎站起身来，"去吧，老虎，睡会儿吧。好几天没休息好了，我在这儿坐会儿。"二老虎走了两步，停住脚步，"姐，你应该去看看辉子。"

　　"奶奶，您好。""哎呀，新雅来了，快进来。"新雅走进屋里，"你爸妈好点了吧。""好多了。""那就好，多陪陪他们，岁数大了别太伤心了。""谢谢奶奶。"迟立辉的奶奶拿过切好的西瓜，"闺女，吃西瓜。""好。"新雅拿起一块西瓜，慢慢地咬着。迟立辉的奶奶坐在一旁看着眼前的新雅，一股忧伤涌上心头，为了自己的孙子，也为了新雅。
　　"奶奶，辉子没在家吗？""刚出去了，一会儿就回来。你坐你的。"新雅陪着老人聊了会儿天儿，抬头看了一眼墙上的挂钟，快晚上六点半了。"新雅，晚上在这儿吃饭，我做饭去。""不吃了，奶奶，您别忙，我等会儿辉子。"新雅说。"那好，我去做饭了，你自己在这儿坐着，那屋儿是辉子的屋子，你去他屋里等他吧，一会儿也该回来了。"

新雅推门走进辉子的房间，这间屋子，她已经快三十年没有来过了，进门的右手边还是那一张深红色的木质书桌，桌上很干净，桌面由于常年的擦拭透出深红的光。一盏台灯，一个书架，一个烟灰缸。书架的旁边是辉子的水杯还有茶叶桶，红色铁皮茶叶桶上面印的白色玉兰花早已经被时光腐去了两片花瓣，显出岁月的痕迹。书桌前是一把皮质转椅。衣柜边是一张单人的席梦思床，床上的薄被叠得十分整齐，米色的遮光窗帘拉在一边。靠着床边是一只巨大的沙发，新雅慢慢地坐进沙发里，舒服极了，整个身体的重量被沙发软硬适度的支撑力平均分散开来，她想象着辉子半躺在沙发里面的样子，眼前的一切在最后一缕从窗口照进来的夕阳的红光下面恍如隔世。

新雅起身，坐到书桌的前面，轻轻地用手摩挲着光滑的木桌面。她随手从书架上取下一本厚厚的书，翻开，是一本计算机的专业类书籍。新雅合上，放回到书架上，又顺手取下了另一个黑色皮质封皮的本子，轻轻地翻开，新雅才发现这是一个笔记本，其实就是辉子的日记本。

新雅翻开，前几页上面记述着一些辉子的日常生活，她知道不应该在主人不在的情况下去窥探别人的生活，她把日记本合上，眼光流转之处，却清晰地看到了她的名字。新雅坚决地翻开了日记本。

"风可以轻易地吹起一张大白纸，却无法吹走一只蝴蝶，因为生命的力量在于不顺从。"

"别嫉妒成功，别怜悯失败，因为你不知道在灵魂的权衡中什么算成功，什么算失败。"日记本的前几页上写有这样一些话，新雅读着，仿佛悄悄地走进了辉子的灵魂深处。"你要来了，我对谁都微笑，对讨厌的人也有礼貌。"看到这句，新雅露出了微笑。后面的几页，是空白页，中间部分夹着一张厚厚的纸，将日记本隔成了前后两部分。新雅翻到中间，那张厚厚的纸是一张旧日历，是从一本日历上扯下的，新雅拿起来仔细观看，这页日历早已泛黄，在每天的日期下面画着叉子。新雅十分好奇，辉子为什么一直保留着这样一张旧日历呢？上面画了叉子的那些天又是一些什么日子呢，她数了一下，一共是27天。这时，新雅看到了在这页日历右上角处的日期，上面写着的时间是1985年8月。看到这个日期，新雅吓了一跳，那么久远的日子了，距今26年了，那时候她13岁，还在上小学五年级，刹那间新雅像是冰冻了一般呆坐在那里，她想起来了，那是她和二老虎回杭州过暑期的日子。当他们从杭州回到北京的时候，辉子和申沉还和爸爸一起去北京站接了他们。新雅安静地坐在那里，回忆着，沉埋于岁月之中的悠远时光如电影画面一般一帧一帧地推进，重现眼前。

新雅将这页旧日历小心地重新夹在日记本的中部，她翻开后面，上面密密麻麻地写着很多字。"我在杭州的马路上来回走，一辆小汽车刷地从身边开过，积水溅到了我的脸上，居然是热的。高高的灯柱下面飘着一片亮闪闪的斜织的雨线，我在外面走了一整夜，还是找了个什么旅馆，好像是找了个便宜的旅馆，我记不清了。当时什么感觉都没有了，我记得的只是没有任何人能够在那个飘零的雨夜紧紧地拥抱自己，我被整个世界抛弃了，对我来说，那简直就像世界的尽头。"这一定是当年辉子去杭州看自己时那晚的事情，新雅觉得身上一片冰凉，像是自己也置身在雨夜的街头，那一晚辉子是如何度过的呀？她没有过问过。

又翻过一页，辉子娟秀整齐的字体再次映入眼帘，"我有病，疾在骨髓，每逢深夜就难眠，每逢深夜就惨淡，就形影相吊，就只凤孤鸾，就孤雏腐鼠，就饮泣流连。就心碎了无痕，就没那么简单，就雪一片一片一片，就举杯邀月，胡言乱语，就想亲吻新雅的嘴。"这大胆的记叙有别于平时辉子含蓄的表白，如狂风巨浪一遍遍冲刷着新雅的脑海。

新雅轻轻地合上日记本，她慢慢地趴下，将脸贴伏在日记本的封皮上，她感觉到疲倦极了,她想就这样静静地趴在辉子的桌上睡一会儿。新雅的右手慢慢抚摸着桌面,手指和桌面渐渐模糊。手掌顺着木桌的侧面滑下,却无意当中感觉像抚摸到了什么字迹。新雅抹了下眼睛,慢慢起身,来到木桌子的侧面,她蹲下身体,顺着手指的感觉找到了字体的烙印,那是用刻刀歪歪扭扭刻下的"新雅,辉子"四个字。回荡在新雅灵魂深处的那个声音"我一直都等着你"重又响起,信誓旦旦的少年,蹲在桌子侧面,一个不显眼的地方,一笔一画刻下自己的名字,深深的字画里,岁月的年轮里,一点一点嵌进油污泥垢,变得越来越清晰,后来呢,那个名字,和刻下那个名字的少年,他怎么样?

晚饭以后,新雅和辉子漫步到南墙根,两个人并排坐在一条半米宽一米多长石板搭成的石凳上面,月色浪漫,是一个少有的能看到星星的夜晚。"奶奶做的饭真好吃。"新雅对辉子说。"是好吃,我吃了三十多年都没吃够。你以后常来吃。"辉子说。"辉子。""嗯?""我们有多久没有像现在这样坐在一起了。很久了吧,久得我都记不起来了。""差不多要一个世纪了吧。"新雅被辉子的回答逗笑了,她用肩膀轻轻地撞了一下辉子的肩膀,"哪儿有那么久?""当然有了,你不信?""有吗?""有啊。"

辉子慢慢地吸着烟,"新雅姐,你怕不怕呛?"辉子问新雅,"我不怕,你抽吧。"新雅把两条腿缩起来,用两只胳膊圈住双腿,"辉子,你是我见过的最坚定的人。从小你就和别人不太一样,你的坚持让我感到非常意外。""喜欢的自然会坚持,不喜欢的怎么也长久不了。不是吗?"辉子扭过头来看着新雅发亮的眼睛。新雅同样望着辉子的眼睛,动情地伸出手去轻抚了一下辉子的头发,"辉子,我们都不再年轻了,你还要固执地坚持下去吗?"辉子轻轻地握住新雅的那只手,如此自然,"我爱你,新雅姐。这是我在自己七岁那年与自己签下的一份人生合同。我不相信有一天我会去违背这份合同。当一个人冷静地面对自己人生签下的第一份合同,我觉得这是一个至高无上的无人可及的时刻。我很高兴自己可以这样去做,虽然不存在一成不变的双方合同，也许甚至都不存在一成不变的合同本身，但是我不这样看，新雅姐，你嫁为人妇，相夫教子，可是我没有丝毫改变。我今后的人生就是坚守着自己签订的这份人生合同走下去。""走向哪里？""你是问终点吗？死亡。直到模糊的视线更加模糊。我也不想违约。""这太悲伤了。""不，这并不悲伤。签订合同的双方是我的过去和我的将来或我的现在和我的将来，这是我的信仰。"辉子神情严肃，只是辉子的声音变得平静而温柔。但语言自身突然之间显出了清晰而又坚实有力的轮廓。

"辉子，那你不会难受吗？难受了怎么办？"辉子看着新雅，新雅有些害羞，在夜晚仍能看出红了脸颊，辉子明白了新雅所问的意思。"自己解决。"辉子说。新雅小声地笑了起来，又用肩膀撞了一下辉子，"辉子，你不会还是一个处男吧。"

辉子的眼神一下子变得冷峻起来，他将手中的烟头弹得远远的，"新雅姐，我让你看看，什么是处男之身。"辉子猛地站起来，向前方走出几米的距离，站在前方的草丛里，拨云见日般将身上的衣服一件件脱光，伫立在没膝的草丛里面的辉子，有如天使，身体散发出奇异的白光，诱人的光泽。身体上协调匀称的肌肉充满生机和力量。草丛中齐腰深的芒草随风轻轻摆动，要为他遮羞似的在辉子的私处摇曳。新雅目不转睛地盯着辉子，像是要把他看穿。尊严之光，投在光洁的肉体上，非凡的演出，血泪的纠缠，辉子用赤裸和暴躁向新雅示爱。野性，悲伤，暴躁，凶悍，机敏，脆弱，多么迷人的混合体。野性的荒凉，神圣的庄严，人世间最骄傲的崇拜。"你的身体好看吗？"新雅问辉子，辉子不回答。新雅的哭和笑就是辉子想要的那个甜美收获。

辉子简单地穿起衣服，坐回到新雅的身边，新雅流着眼泪，辉子伸手进衣兜里取出纸巾递给新雅，新雅没有接，还在哭，辉子伸出手去用手指轻轻抚摸了一下新雅的脸，新雅忽然一只手有力地握住辉子的手，另一只手按在了辉子的胸口，将他轻轻推倒在石凳上面，辉子茫然无措地躺在石凳上，紧张之极,浑身肌肉绷紧,大脑一片空白,缺氧一般大口地吸着气,他感到自己正在一步步进入一个如此陌生的天堂般的所在,一种从未有过的感觉,团团火焰从身体中燃起,烧遍全身,刹那被中枢神经底端涌起的电流击中,要把他融化掉。在疲倦的夜晚,新雅用温暖的手指和柔软的嘴唇,以一个成熟女人所懂得的,所拥有的,给了辉子她的爱,用身体彼此传递。在偷盗的快乐中,他们喘息,他们呼吸着蹲伏在那里的幸与不幸。辉子感觉自己是这个暗夜里自由飞翔的太阳鸟,自由初临,无尺度。

62

　　流淌着秋风的日子值得加倍珍惜。村庄的表情由黄昏修订。起风了，吹动坡上的枯草左右摇摆，远处的村庄如梦似幻。初冬的傍晚，申沉和隋欣站在京郊的一处山顶上，与正在下沉的如血的夕阳遥遥相望。天空却是一片钢蓝，像汪洋大海俯看着大地。"我们回去吧，天晚了。"隋欣说。

　　晚上十点，申沉将车停在医院的宿舍楼下面，"回去吧，早点休息。"申沉对隋欣说。隋欣并没有要急于下车的意思，"再坐一会儿。"隋欣说。申沉熄灭了车，两个人静静地坐在车内，"申沉，你抽烟吧。""嗯？现在不想抽。""你抽一支吧，我想看你抽烟的样子。"隋欣对申沉说。申沉笑着摇了摇头，一边降下车窗一边把手伸进大衣兜里面，拿出烟盒，抽出一支烟叼在嘴上，"把打火机给我，我给你点。"隋欣接过申沉递过来的滚轮式的打火机，捧到申沉的面前，笨拙地擦了两下，点燃了火苗，申沉捧着隋欣的手把头凑过去，蓝色的火焰照亮了黑暗之中申沉的面孔，竟有一丝忧郁的味道。申沉用力吸了一下，火红的烟头"嗞嗞"作响，瞬间变得光亮耀眼，隋欣感到一种心烧的感觉，他还不知道我正在燃烧什么，又烧伤了什么。

周五的下午将近六点，除了二老虎和才才还没到，申沉、辉子和姜南坐在申沉的房间里面，他们这几个人今晚要一起吃饭，顺便给申沉饯行。"你是明天下午的火车是吗？"姜南问申沉，"明天下午四点的火车，票买好了，假也请好了。"申沉说。"多长时间到啊？""29个小时吧，应该是后天晚上9点多到。""那么长时间，没有飞机吗？"辉子问，"大山里面哪儿有机场啊？最近的机场就是南昌了，也还要倒火车过去，太麻烦了。隋欣每两个月回去一次，也都是火车卧铺。""隋欣每回回老家就是去看望她说的那个没有结婚的丈夫是吗？"辉子继续问。"嗯，应该是的。申沉把头低下来，双手绞进头发里面，到现在我都还不明白这到底是怎么回事。"申沉的态度十分沮丧。"去一趟也好，看一看也许就什么都知道了。"
　　二老虎风风火火地推门进来，"出了他×一身臭汗。"二老虎把大衣脱掉扔在椅子上伸手摊脚地一屁股坐进沙发里。"累死我了，大冷天儿的，愣是出了一身汗。"二老虎掀起毛衣的领口缩着脖子向里面闻了一下，"真他×难闻。"其他几个人在一旁坐着看着二老虎发牢骚。"你挤公交回来的？"申沉问坐在他旁边的二老虎。"是呀，本来想坐地铁，快点儿，结果一同事回来说地铁出故障了，地铁站封了，不让进。后来我一想那就赶紧开车走吧，今天我还限行，那也得开啊，想着就他×100块钱的事儿，警察爱怎么着怎么着吧。结果从单位出来没开出200米，路口的红绿灯坏了，各个方向的车都茬在一起了，一眼望不到头儿。又赶紧掉头回去了，把车扔单位，然后步行了两站地，挤公交车回来的。车里那他×叫一个人多，人贴着人，连下脚的地方都没有。"申沉他们几个人笑着听二老虎一个人在那儿唠唠叨叨，发泄着胸中的怨气。"有水果吗？别光听着乐，一点儿待客之道都没有，怎么教都教不会。"二老虎用胳膊肘捅了申沉一下，"有香蕉，我去院儿里给你拿去。"申沉说完起身出了屋。申沉从外面拿回两根黑黄黑黄的香蕉，"就两根儿了，全给你。"申沉把手中香蕉递到二老虎手上。二老虎掂看着手里的两根另类颜色的香蕉，"哟，怎么这色儿啊，都冻坏了。""没冻，你尝尝。"申沉坐回到二老虎身边儿来。二老虎小心地扯开香蕉皮,"全他×冻成粥了,诚心吧你。"其他三个人看着二老虎的样子大笑起来。二老虎非常不屑地瞟了他们三个人一眼,鼻腔里发出满不在乎的"哼哼",他拿起手机,按下通话键,几秒钟后大声地对着手机里喊道:"到哪儿了你,就等你了才才,涮羊肉啊,快点儿,对了,再带一把香蕉回来,我要吃。"二老虎挂掉电话,又瞪了他们三个人一眼,又哼了一声。

梅湖岭车站是一个小得不能再小的车站,站台只有短短的三十米长。几乎没有候车厅,只是一间不太大的砖土砌成的房子。一盏昏黄的吊灯垂在老旧屋檐下的一支探出的铁梁上面,把站台上那块刷着"梅湖岭"的站牌照得昏昏欲睡。申沉和隋欣踏上站台,在这一站只有四五个人从这里下车。另外几个人拉着行李匆匆地朝无人值守的出站口走去。申沉站在站台上,站台的另一端已经坍塌了下去一部分,申沉大大地伸了一个懒腰,向着火车驶来的方向张望着,目光所及之处,只有两边黑黢黢的大山,梅湖岭车站就是建在大山当中的一个过路小站。

"累吗?申沉。"隋欣走到他的身边,和他一起向远处探身张望。"还可以,不是很累。你呢?""我没事儿的,我习惯了。"隋欣说。"这个车站真小啊。"申沉感叹着说。"是很小,大山里面的车站,来往的客人非常少。你看这间屋子,既是候车室,也是售票厅,工作人员不超过五个人,这个小站,每天只有不多的列车会停在这里,每天早上六点半有一趟,下午有两趟,再有就是晚上咱们这一班列车了。等咱们出去,他们也就可以下班了。"隋欣说道。"那三趟列车都是开到哪里的?"申沉好奇地问。"都是过路车,只有早上六点那列火车会在下午到达省会南昌。"隋欣说着,拎起放在地上的背包,"走吧,申沉,我们出站了,工作人员也就要下班了。咱们还有一段山路要走。"

申沉和隋欣一起走向出站口,其实这也是唯一的出口,进站出站均由此通过。站在门边的值班人员面无表情地看着他们两个人走过去，身后发出一阵铁链"哗啦啦"的声响，小站算是结束了一天的工作。

天上星光灿烂，虽然没有路灯，可山间的小路还能依稀辨认出来。冰冷的山风一阵阵吹来，耳边是各种植物在风里发出的"沙沙"的潮水一般的声响。"隋欣，你看，那是银河吗？"隋欣顺着申沉指的方向和申沉一起仰头望着深深的夜空，群星密布，一条长长的光带斜挂在夜空当中，如一条银色的河流，静静地流淌在天际。"是银河。"隋欣说，"我们这大山里面空气非常好，没有任何的工业污染，晴朗的夜晚都能看到银河。""简直太美了。"申沉赞叹道，"真应该让我的那些朋友们和我一起来。"隋欣转过身一直等着申沉，申沉始终像个孩子一样抬头陶醉地望着夜空，一副不舍离去的模样。

他们转过一个山角，"隋欣，是你吗？"一个男中音从山的拐角处传来。"洪波，是我。"隋欣拉着申沉紧走几步，一个中年男人站在那里，"是丁主任吧？"黑暗中的中年男人向申沉伸出手来，要接过申沉肩上的背包。"哦，不用了，我自己背就行了，不太重。"申沉忙拒绝。"不是丁主任，是我的一个好朋友，他叫申沉。""你好，我叫申沉，从北京来的。"申沉向那个叫洪波的男人伸出手去，一双粗糙有力的大手回握了一下申沉的手。面前这个叫洪波的男人应该就是那晚给隋欣打来电话，也是隋欣所讲的那个没有结婚却是她丈夫的男人了。

三个人里，隋欣走在中间位置，洪波走在最前面，申沉在最后面。一路上隋欣和洪波断断续续说着话，她也不时地回头和申沉聊上几句，在山间行走了大约二十多分钟，两三公里的样子，他们来到一处半山腰，一排房子在夜色中显出了自己的轮廓。

洪波拿出钥匙打开房门，拉亮了电灯，申沉和隋欣走进屋里，"快来，申沉，坐下歇会儿。"隋欣指着一排木椅说。"好，我没事儿。你们也歇会儿吧。"申沉在木椅上坐下来，取出背包里面的水杯，隋欣拿来暖瓶给申沉倒了些水，给自己也倒了一杯水，坐在对面的一把椅子上。洪波远远地坐在床上，两条腿悬空一荡一荡的，显得气氛有些尴尬。申沉环视了一下屋内，空间很大，房子也很高，屋内的陈设相对简单，当申沉的眼神和坐在他对面的隋欣相碰的时候，隋欣正仔细盯着他看。隋欣笑了一下，起身走到床边的大木柜边上，拉开柜门，"洪波，帮我一下。"隋欣递给洪波两条被子，又拿出一个枕头还有一张床单，申沉起身也要去帮忙，"不用，申沉，这些我们来拿就行了。你拎上地上的那两个暖瓶。"隋欣对申沉说。三个人出了屋子，来到东面的一间厢房，洪波开了门，同样拉亮了电灯，屋里只有一张床，一张桌子一把椅子，还有一个脸盆架，这种东西在现在的北京已经很难再见到了。"洪波，我来弄吧，你别管了。"隋欣说，洪波放下被子，走到门口的时候回过头对隋欣说："那你快点儿。"然后走出门去。

隋欣拿起一个笤帚将床扫干净，又展开床单铺在床上，申沉将背包放在桌上，放下手中的暖瓶，走过去要帮忙，"不，申沉，不用了，我自己来就行。你休息一下。"隋欣没有要申沉帮助，她背对着申沉铺好床单，把枕头放好，又把两条被子码放整齐。"申沉，夜里面山里冷，气温低，你多盖一些，别着凉了。"隋欣还是背对着申沉说。"隋欣，为什么不转过来和我说话？"申沉靠在桌子上，注视着隋欣的背影。

过了良久，隋欣才慢慢地转过身来，眼睛红红的，申沉没有说话，静静地注视着她。隋欣坐在床边上，申沉还是在她几米远的地方靠在桌边，两只手撑着桌子边缘。"你怎么了？"申沉轻声地问，"我没事儿。"隋欣说。两个人又陷入了沉默，看着隋欣伤心的样子，申沉很心疼。"你真的想和我一起回老家去吗？你确定吗？"申沉想起隋欣和他出发前的日子在北京反复问他的这句话。"隋欣，快点儿回来。"屋外传来了洪波的声音，声音里面明显带有些怨气，隋欣站起来，"脸盆是干净的，门外桶里有清水，这里有两瓶热水，你简单洗漱一下吧，厕所在那边的小棚子里面。我先回去了。有什么话，明天再说。"隋欣说完，走了出去。

隋欣走后，申沉坐在桌边，吸了一支烟，用暖瓶里面的水洗漱之后，熄了灯脱衣躺在了床上，他看了一下手表，已经午夜12点了，可他一点睡意都没有。洪波第一次见到他就热情地招呼他"丁主任"，看来医院里的那个男人就是丁主任，洪波虽然认错了人，却明显知道那个人的存在，得知自己不是，态度反倒不那么热情了。这些事情，申沉想不明白。夜里温度下降得厉害，申沉把两层被子的被角拉到了嘴边，他侧过头，看着隋欣他们的房子，屋门紧闭，窗帘拉上了，灯却一直亮着。

也许是一天多的路上奔波实在让人太过疲倦了，申沉一觉醒来已经上午9点多了，他拉开房门，一股清新无比带着丝丝甜味的空气吹了进来，申沉深吸了一口气，感觉神清气爽，阳光很好，天气很好。

申沉走出门外，看见隋欣正在拿一根木棍抽打晾在门前的床单。隋欣看到申沉走近，"睡得好吗？"隋欣问了一句，展开床单，轻轻一抖，就有好多水珠在阳光下飞舞，你应该能想象得出那画面来，女人身体扭曲的影子如何投在床单上，但你想不出来，在清晨的山谷里当时那种情景有多美，简直太美了。

"我随便转转。"申沉说完，向远处信步走去，他才发现，这里虽然是个山坡，却已经有了很高的高度，四周大山环绕，阳光已经从山体的豁口处透进来，底下的山谷依然处在很深的阴影里，一群妇女在山脚下的小溪里面洗衣服，不时发出一阵阵清脆的笑声。美极了。

午饭过后，洪波去了山上的梯田，申沉和隋欣慢慢走到山边，他们并肩坐在两块光整的大石头上面，从山谷吹来的山风带着完整的诗意。多好的天气。若不是几抹稀淡的白云在缓缓移动，我们的视线很容易迷失于冬日午后这无际的湛蓝。没有了云雾遮拦和湿气的漫射，阳光以比夏日更加直接透彻的笔触，线条清晰而又富于变化的语言在万物表面书写光与影的奇妙对话。

63

隋欣把头轻轻地倚在申沉的肩上,"喜欢这里吗?"隋欣问申沉。"非常美,非常喜欢。"申沉说,"那你呢,也一定非常喜欢自己的家乡吧。"申沉反过来问隋欣。"说不好。"隋欣的回答让申沉有些出乎意料。申沉伸出胳膊轻轻地搂在隋欣的腰部,隋欣一阵感动,她知道,这样的依偎以后不会再有了。她坐直身体,"准备好了吗,申沉?""嗯,准备好了。""那好,来听听我的故事吧。"

"我们这里叫梅湖岭,却从来没有过梅花。这个山岭后面有一个不大的野湖,叫梅湖,所以这里也就顺理成章叫了梅湖岭,我就出生在这里,一个地处赣北大山中的小村庄。洪波也是我们村的人,他比我大8岁,我们这里一共有两所学校,一所小学,一所初中。洪波上学晚,他上初二的时候,我已经读小学四年级了。这两所学校离得不算远,大概三四里的山路吧,又由于两家人相识,所以上学和放学的路上,我和洪波经常一起走,对了,那时候,我管他叫洪波哥哥。

"申沉,你知道吗?我从小就学习成绩特别好,从小学到大学毕业,我的成绩一直都很优秀，不怕你笑我骄傲，我从来没得过第三名，永远都是前两名。我考上了江西医科大学，是我们这里几十年来出的第一个大学生，可我没有别人那种中榜之后的兴奋和狂喜，因为我知道我一定会考上的，考不上才是不正常的。我太喜欢念书了，大山里的孩子不爱读书，这是事实，首先他们不知道读书对自己将来会产生怎么样的改变，但这是老话了，不适用了。现在看来，就算千辛万苦读出来了，真的进了大城市，也不见得如何，这也是残酷的事实，也是现今社会的悲哀。可是大山里的孩子不爱读书这是不争的事实，有自己的原因，也有家里的原因。家人认为至多初中毕了业，就足够了，再读下去，也是浪费时间浪费钱，毕竟义务教育之后的学费和生活费，对于生活在大山里面的人来讲不是一笔轻松并能在短期看到回报的支出。

"可我真的太喜欢念书了，学习对我来说从来不是一件苦事，而是一种幸福。我喜欢坐在明亮课堂上的感觉，喜欢听老师向我们灌输的那些在现在看来有用或无用的知识。决定一个人学习成绩好坏的主要原因，我觉得就是一个人能够多长时间地高度集中自己的注意力。如果一节课按60分钟来计算，一般人能够全神贯注的时间不会超过10分钟，而我可以达到40分钟以上，这是我在念大学时老师告诉我的。可即便如此，我在读四年级的时候，也就是11岁那年，我就隐隐约约地感到了压力，我怕我也会像身边的人一样，读完初中，家里就不同意我继续念书了。如此美好的事情，可是每学期要向家里要钱的时候还是会有一种严重的罪恶感，那种感觉是像申沉你这种从小在大城市生活的孩子理解不了的。那是一种你明知你没有做错任何事情，却要主动去背负的一种耻辱。

"我刚才说过，大山里的孩子不爱读书，却调皮顽劣。"隋欣说到这里停顿了一下，她捡起山坡上的一颗小石子，在手掌心中掂了掂，高高地抛向空中，却没再用手去接。"那年的冬天梅湖结了冰，"隋欣又接着说，怎么那年冬天梅湖就结了冰呢？那年冬天真是太冷了，梅湖结了冰。我以前都是绕着湖走的，那年冬天湖面结冰，好多小孩子就从冰面上走。那天我也是贪玩儿，在冰面上走着，就把书包放下来，蹲在边儿上玩儿。有几个同学校的男孩子淘气，他们趁我不备，把我的书包抢走了，那可是我的命啊。我追着他们要，他们把我的书包挂在了一棵从湖中伸出来的差不多两米高的树枝上面。我费了半天劲也够不到，是洪波哥哥帮我摘了下来，那几个孩子就在远处羞我们，一起哄说什么小两口真恩爱之类的话，洪波哥哥就去追他们了。"说到这里，隋欣又停顿了一下，申沉定定地看着她，隋欣的表情有些怪怪的，有一种恨意浮在眼中。

"洪波哥哥朝那几个调皮的男孩子追了过去，就在这个时候，冰面裂开了，裂成了一个洞，洪波哥哥就掉了进去，我眼睁睁看着他就掉进那个冰窟窿里面去了，我们都吓坏了，大声地哭喊着，幸好有一个路过的村人，把洪波哥哥救了上来，保住了命，他呛了不少水，而且冰水太冷了，很不幸，他捡了命，却得了慢性肾炎。

"我是在十天之后去县医院看的洪波哥哥，此前一直不敢去，怕面对他，也怕面对他的家人。可我还是要去的。那天下午我走进病房里面，洪波哥哥靠坐在病床的床头看着我笑，他的父母坐在边上看着我笑，我的父母站在病床边也看着我笑，所有人都在笑。我当时愣在原地，人们的眼神集中到我的身上，我有一种被人扒光衣服的感觉，病房里面的空气像凝固了一样，透不过气来。所有人的高压之下，我知道我必须做些什么才是对的，才是应该的，才对得起这一屋子的微笑。有一只看不到的有力的大手，一股隐形的强大的气流，把我不由自主地推到病床前，我抹着眼泪说了一句话，我说：'洪波哥哥，我会对你好的，我会一辈子都对你好的。'我还不知道童言无忌，更不可能懂得童言无忌给我带来的长久的伤害。我说完这句话，所有人都好像长长地出了一口气，所有人都满意了。洪波哥哥的家人说：'隋欣爱念书，从现在起，一直到隋欣大学毕业，所有的学费我们家出了。'不能否认的是，听到这句话的时候，我也高兴了起来，这意味着我能一直念书，我能一直做喜欢的事情了。那天我是真的高兴了起来。这是多么大的恩情啊。哼，恩情有多重，恨就有多重。从那时我的一大部分人生就决定了，我通过自己的努力来到了大城市，却最终无法摆脱大山里的束缚。"隋欣被强大的悲伤震撼了，她第三次停顿下来，双手握得紧紧的，望着对面的山谷，眼神像山谷一样幽深。

隋欣拿过申沉的打火机，为他点着了香烟。

"我再来说丁主任。我毕业于江西医科大学口腔学专业，毕业之后我没有留在本省的医院工作，经学校老师推荐介绍，我来到了北京第一医院，就是我现在供职的这家医院，作实习和培训。我来到北京才发现，有全国那么多的同专业毕业的学生来到这所全国有名的综合性医院实习，大家的目标只有一个，就是能够继续留在这里工作。可是实习生一共20多名，最终只能留下两名，没有留下的只能返回各省去，在各省的医院工作。而我不想回来。很幸运，也是我努力学习工作的结果，我成为了那幸运的两个人之一。当然这只是原因之一，甚至是微不足道的原因之一，其他学员也都很优秀，重要的原因是丁主任，他是医务处处长，在学员的去留问题上，他有很大的决定权。他留下了我，我得以在那里工作，并且经过十年的工作，我现在是主任医师了。当然还有一个更重要的原因，申沉，我长得还算漂亮。申沉，开玩笑时你对我说过，你是一个好色之徒，我长得漂亮这点你也承认吧。"

听到这些，申沉乍出一身冷汗，显得山风更冷。他怎么也没有想到，隋欣还有着这么多的秘密。"申沉，你问起有关我的事情，我不是想对你隐瞒什么，是我实在不想告诉你这些，因为我知道当你了解了这些将意味着什么。所以连我自己都不愿提及这些事情。我们交往了一年多，我的工作和生活上的时间安排你也了解一些，我平时没有完整的休息日，我把每周的休息日积攒到一起，就是为了每隔两个月回这里一次，来看望洪波。不光是来看望他，还给他带来药品，我能以比较低的价格甚至是成本价拿到洪波所需要的或是市面上最新最好的药物，当然这也是丁主任的帮忙。我不爱洪波，我不可能嫁给他，却要一辈子对他好，这是多么大的讽刺啊。"申沉放下了搂在隋欣腰上的手臂，他皱紧眉头，一阵发冷，忍受着身体内部的所有角落带来的不适。

"昨晚洪波第一次见到你，就叫你丁主任，他认错了人，他们没有见过面。一个是丁主任，一个是洪波，这两个男人显然都知道对方的存在，却能相安无事、心平气和地过各自的生活。这是为什么，你想过没有？我同样不爱丁主任，他同样知晓得一清二楚。丁主任所要的只是我的身体，他有妻子儿女，他不在乎我的心在哪儿。洪波要我的心，也要我的身体。我把身体给了两个男人，我把心留给自己了，没有给别人，给不出去了。我还能给你什么呢？你想要什么，我的身体还是我的心，这两样我都给不了你了。在北京的时候，有时候你打电话约我，我却没有时间，那是我和丁主任在一起。而每隔两个月回到这里一次，白天过后，到了晚上，必须要做的事情就是和洪波上床。满足他两个月来积攒的性需求，哪怕遇到生理期也不能例外。"隋欣摇着头笑了笑，"我说这些你是不是觉得很残酷。你经常问我关于我的事情，这些就是，全部都是。你说想让我嫁给你，现在你知道了这些真相还想娶我吗？就算我愿意，你还愿意吗？你能接受这些血淋淋的现实吗？我不爱丁主任，我们只是各取所需，是另一种形式的报恩，和对洪波一样，我离开了丁主任，还有洪波，我始终无法摆脱的男人，那也是报恩，你能接受他这么一个人的存在吗？能忍受自己爱的人每隔两个月就要回到这大山里面，与另外一个男人上床，任其摆布，申沉，如果是我，我做不到。"

舒阔的冬日，隋欣和申沉安静地对望着。往日他们同坐在咖啡店或是饭桌前，争先恐后地彼此说笑，树影扶疏的街道上他们并肩漫步而行，熟悉的画面远去了，隔山隔水，跨江跨海。申沉的胸口像被这现实的残忍炸出了一个金属般的大洞，任山风呼呼地灌进来，空空荡荡，嗡嗡作响，掏空自己。他强忍住要流下的眼泪，告诉自己不要丢人。

午夜时分，申沉睁着眼睛和衣躺在床上，他始终不能够睡去。他坐起来，轻轻地拉开门，走到外面，风早就停了，四野安静得能听到松针落地和月光坠落的声音，那边的屋子还没有熄灯，有什么细小的声音细细碎碎传来了，申沉侧耳倾听，像是隋欣发出的低低的呢喃与呻吟。申沉心如刀绞，他不想再听下去了，不想当一个听窗的小人，也许那声音并非是隋欣发出来的。申沉不想在巨大的悲伤之后再去努力编织一套理由来自我安慰或是自欺欺人。他厌恶地望了一眼那边的灯光，转身回到屋里，从背包里取出一张纸，在桌上写下了"走了，不联系了，祝好"。他拉紧衣领，背起背包，从外面轻轻地掩上了门。

凌晨五点，申沉孤身一人站在梅湖岭的站台上。四周的大山还是黑漆漆的无动于衷，陪伴他的只有那个立在枯灯下面的残破的站牌。在黑色的那边，有一片高高的黑影，那是山地。山后住着隋欣和洪波，申沉想起他们两个，仿佛听见他们还在轻轻地唱着一首歌，像烟雾一样袅袅飘升，却不是一首圣歌。他想起音乐会演员演奏的忧伤曲调。时间像是经过那么久远了，距离也是那么久远了，他们早已安睡，他们的大门在夜幕里紧闭着。

他为何偏偏来到这里？申沉觉得自己就像那个割掉了耳朵的荷兰人，衔着长长的烟斗，锐利的目光一直盯着这幅忧伤的风景画。大山里的风吹散了他和隋欣二人的歌谣和他的感情，他没有点燃香烟，感到近乎欢喜的痛苦。从对面长满松树的山丘背后，一列早晨六点的上行列车拖着淡淡的烟，蜿蜒地驶了过来。

火车穿行于山野林莽之间，与大自然浑然一体。申沉注视着窗外的漆黑，忧郁的瘦脸在黑暗里航行。

64

下午三点，刚刚参加完朋友的婚礼，阴冷的天下起了阵雨。

山岸酒店的地下停车场非常空旷，三个人的脚步声，尤其是女人高跟鞋敲打在地面的声音非常清晰，发出有节奏的韵律。笠间浩介把身上的长款风衣脱下来，搭在胳膊上和洋子走在前面，美冬跟在后面。他们坐进车里，前排的浩介和洋子边系安全带边回头看坐在后座上面的美冬。"接下来有什么打算？美冬，你打算去哪里？"浩介问。美冬在低头系脖子上的暗条纹图案的围巾，好像没有听见浩介的问话，"你呢，你打算去哪里？"洋子问自己的丈夫。"我要先回公司一趟。"笠间浩介说。"星期天的下午也要去吗？应该不用吧，你不打算晚上请我们吃饭吗，咱们三个人可是好长时间没有在一起吃过饭了。是吧，美冬？"洋子笑着对丈夫说。"那没有问题，不过还是要先去一趟公司，爸爸下午会在那里，所以还是过去看一下比较好。否则又要唠叨我，说什么心思没有全部用在公司的业务上面。"浩介说着，向妻子耸了一下肩膀，"晚上打算去哪里吃饭？青山附近新开了一家烤肉店听说很不错，怎么样？就去那里吧，咱们三个人先一起去公司，然后我们三个人再偷偷地溜掉,不带爸爸,不然吃饭的过程也会轻松不起来的。"浩介说完,又向着洋子和美冬耸了下肩膀,还使劲地眨了眨眼睛。"瞧你说的是什么话,怎么可以当着自己妹妹这样评价自己的父亲,说出这么无礼的话来?"洋子打了一下浩介的胳膊。两人间轻松的说笑美冬始终没有参与进来。

"喂,请发表一下自己的意见好吗?"浩介伸手打了下美冬的膝盖,"你这样不声不响的,好像我们两个人只顾着自己说话而冷落了你一样。""哎呀,你这个人真是越来越不会讲话了。哪儿有一点做哥哥的样子?"洋子像帮美冬报复一样地也拍打了一下浩介的腿。美冬抬起头来,用眼睛依次看了一下自己的嫂子和哥哥,笑了一下,"我不想去公司,也没有胃口去吃饭,你们把我随便放在哪里吧,我想走一走。""看,我妹妹笑起来的样子还是那么美丽动人。"浩介不依不饶地想继续和美冬开玩笑,"美冬,我陪你吧,反正我也没事,我们一起去银座吧,等浩介办完事,再来接咱们两个。"洋子说出自己的意见。"不了,谢谢你,我还想一个人走走。可以吗?"美冬说完扭头看着车库出口的红色指示灯。这次是洋子向浩介耸了一下肩膀,浩介扭过身子启动了汽车。

街上车和人很多,越是靠近中心地带车堵得越厉害。美冬始终看向窗外,一言不发。驾驶着汽车的浩介从后视镜里面看了看美冬,重重地叹了一口气。

美冬回到东京以后始终开心不起来。她在日本国内没有什么朋友,很小的年纪就去了北京生活,连学生时代都是在北京度过,所以她连同学都没有,平时都是待在家里。美冬心里知道,家里人都很为她担心,想方设法希望她早日开朗起来,今天的婚礼也是这样,新郎是哥哥的一个朋友,哥哥和嫂子来出席就足够了,可他们还是强拉着美冬一起来参加,"出去放松一下嘛,换换心情也好。别总是闷在家里。哪有年轻人的样子?朋友总是需要去结交的嘛。"浩介是这么反复劝说她的。

"前面的车好像堵得越来越厉害了,要不我改个方向吧。去别的地方。"

汽车刚好在等一个红灯,"不用了,我自己坐地铁就可以了。"美冬说完,回头看了一下后面有没有行人或是自行车经过,在确认安全后,她拉开了车门,"我自己去就行了,不用担心,你们路上小心。"美冬说完下了车。"喂,美冬,你忘记了拿雨伞。"浩介刚刚要提醒美冬,美冬已经跑向了地铁站,身影一闪,消失在人群当中。

外面的雨还在下着,可银座街头的人并不少,各色的雨伞像盛开在雨中的鲜花。毕竟临近圣诞节了,各家大型商场里和专卖店都打出了促销打折的招牌,以吸引顾客。美冬随意地逛了几家店,从一家首饰店里出来,她又走进了隔壁那家专卖店,走进去她才发现,这是一家专营男士服装的专卖店。售货员女士礼貌地向走进店来的美冬打着招呼:"欢迎光临,请随意看吧,如果有什么需要,请随时招呼我们。"女店员说完,安静地退到了一边。这家专卖店很大,分为西装区、风衣区、衬衫、领带和围巾区域,店里有几对恋人模样的男女,正在挑选当季的服装。

美冬走到风衣展示区,这里陈列着各色长短不同的新款男士风衣。她看到一件挂在醒目位置的短款翻领的黑色风衣,非常显眼。美冬走过去,轻轻地抚摸着质地良好的面料,摸起来手感顺滑。"要不要拿下来看一下?"女售货员轻声地问美冬,美冬点了下头,女售货员用衣钩取下这件黑色的风衣,"这是今年秋冬季的最新款,这个星期才到店里的。"美冬慢慢地把这件短款的风衣披在了身上,虽然只是男士的服装,可穿起来仍然显得非常不同凡响。买给谁呢?美冬想,哥哥浩介的衣服都是嫂子洋子来买的,爸爸的穿衣尺码她并不知道,想起来多少有些惭愧。除了她自己,她只是清楚地知道一个人的衣服尺码和颜色喜好。

"欢迎光临。"导购小姐亲切的嗓音再次响起,"来这家看看吧,这里的衣服不错。"一个女人的声音传来。美冬一下子定在了原地,她明明白白地听出,那是标准的普通话。美冬回身望去,一对身材不高的年轻夫妇走进了店里。"嗯,随便转转看看吧。"那个男的说。北京话,美冬听得入迷了,在她听来，这是多么熟悉的乡音。自从美冬回到东京，她已经很久没有说过普通话了，偶尔在家里和父母说起几句，坐在旁边的浩介也是皱眉头，一头雾水的样子，他听不太懂。现在来日本旅游的中国人也不在少数，美冬在街上也偶尔能听到中国人讲话，但是她听得出来，那是来自全国各地的方言，并不是北京普通话。她偶尔担心过，怕自己长时间地离开了熟悉的语言环境，牢牢记住的普通话会变得生疏起来。她一个人去看过一场中文的电影，影厅内没有几个人，电影的内容她早就记不起来了，坐在靠边位置的美冬在电影还没有结束就提前离场了。毕竟现在她只说日语偶尔夹杂着英文，普通话她再无人与之说起了。所以现在传入耳膜的那两个陌生人的对话，在她听来却是如此的亲切动听。美冬感动了，她静静地站在试衣镜前面，仔细听着那对夫妇不多的对话。

"走吧，我们再去别家转转。""欢迎下次再来。"导购小姐的话将沉浸在回忆中的美冬唤醒，"啊，对不起，先不要了。"她把衣服一下子交还给导购小姐，紧跟着那对北京夫妇出了店门。接下来的时间，美冬紧随着那两个人进了一家又一家的店，以至于有的店员将他们当作了一起来的，在一次送来免费饮料的时候，直接端上来了三杯。美冬不知道自己为何会做出如此荒唐的举动，可她就是停不住脚步，始终追随在他们的身后。

"哎，你注意到了吗？那个女的一下午都在跟着咱们。"女人凑近身边的男人提醒道，"好像还真是，我也发现了，她一直跟在咱们后面，什么东西也没有买，老跟着咱们干吗？"男人转头向美冬看了一眼，又马上转过头去。"不会是小偷吧？"女人低声地对男的说，并同时看了一眼背在身前的皮包，"对，你检查一下，看护照啊，钱包啊什么的都还在不在。"男人也提醒道。在女人检查两个人的贵重物品的时候，男人又回头仔细打量了一下美冬，从头到脚，看得十分认真。美冬有些不好意思了，她知道自己的行为打扰到了别人。"东西都在呢，"女人也回过头来，警惕地看了美冬好几眼，"穿着挺好的呀，人也长得很漂亮，看样子也应该不是神经病人。"两人说完笑了笑，不再当回事。

他们当然不会想到，他们两个人的对话，每一字每一句，眼前的这位日本姑娘完完全全能够听懂，并了解其中的含义。美冬听到这里，她笑了笑，自己真是太可笑了，看来是要离开了，人家都已经把自己当作了小偷或者是神经病来对待了。"对不起，给你们添麻烦了。"美冬随口说出了普通话，然后转身离去，只留下那对夫妇莫名其妙地站在那里。

夜幕很快降临，尽管雨没有丝毫要停歇的意思，银座的街头仍然人流如织。美冬走进一家差不多坐满了人的西餐厅，在一个相对安静的靠窗的角落里坐下来。当服务员递上菜单，美冬还是没有什么胃口，她只点了一份面条、一份土豆沙拉，在还没有吃完的时候又为自己点了一杯红酒。美冬已经很久没有喝酒了，日本的酒比较清淡，洋酒她并不喜欢喝。她端起红酒杯，小小地喝了一口，她想起在北京的时候，和申沉、辉子、二老虎还有才才、姜南他们一大群人在一起，热热闹闹在饭桌上喝酒嬉笑的情形；她想起姜南掐着申沉的脖子逼他喝光杯里的啤酒；还有一次，申沉在和二老虎喝二锅头的时候有意耍赖，两个人碰完了杯，申沉刚要喝，二老虎一下子按住申沉的胳膊，"不对呀，你的白酒怎么还往上冒气泡啊？雪碧。你这个孙子竟然敢骗我。"美冬开心地笑了起来，那愉快的场景好像发生在昨天。

一个人为什么爱上另一个人，是因为圆润手肘上的一小点凹陷，还是因为眼中一闪而过的光芒？每个人都是孤单地发着光的星体，至亲，爱人，朋友，构成了我们的星系，星辰陨落，轨道迁移，或许见不到你，可我会记得，你的光芒温暖过我的眼睛，而我也曾闪耀你的夜空。申沉，多美的名字啊，和自己的名字一样美。我真想他，美冬用手拉了一下自己的耳朵，她的悲伤带有一种沉重的端庄。美冬低下头，杯酒映出迷人的东京夜色，她看着远处夜色笼罩下的东京塔，雨丝飘散，世上最寂寞的景色是被雨淋湿的东京塔。

65

在连续十来天的升温之后，冷空气再次入侵京城。借着冬日弥漫的煤烟，在京城降下一层黄褐色的东西，随后一天一夜密密的细雪又将它们严严实实地掩盖起来。空气变得湿润又清爽，那股人们早已经熟悉的呛鼻的气味消失了。

申沉和辉子对坐在一块结满雾气的大玻璃窗后面，申沉面朝着模糊一片的玻璃抽着烟。申沉从江西回来之后眼神一下子黯淡了许多，失却了往日里闪亮的光泽。"别老一直发呆了，来，喝一口。"申沉的视线从窗外的方向转回来，拿起桌子上面的小酒杯和辉子碰了一下。"辉子，你说，我那样不辞而别是不是有些太残忍了？"喝完一小口白酒，申沉问辉子。"看怎么说，如果你还想继续和她交往，当她告诉了你有关她的一切真相之后，你那样做的确有些残忍。可如果你接受不了那样的事实，不想再继续和她纠缠下去，那样做是可以理解的，也是正确的。"申沉没有说话，看着辉子。"我们两个人可能小时候太顺了，你想想，从小到大，咱们两个在童年包括学生时代都没有遇到太多的坎坷，可是不知道为什么，只在情感这个问题上，你我二人都十分不顺利。也许这就是老天的安排。没有办法，只能接受。咬紧牙关，挨过这段最痛苦的时间。也许过后有一天你会突然发现，一切到最后都是最好的结果。我们应该始终抱着好奇、悲悯和欢喜去经验那些转瞬即逝的生动。"申沉听辉子说完，冲辉子笑了笑，"你这么擅长安慰人，一定度过了很多的自己安慰自己的日子吧。"

服务员把一盘刚出锅的冒着热气的饺子端了上来，"你还要了饺子？""今天冬至，应该回家吃饺子。"辉子说完，坏坏地冲着申沉笑。申沉没有理会，夹起一个饺子吹着气放进嘴里，为什么辉子刚才是那副德行，他说的那句话好耳熟啊，"今天冬至，应该回家吃饺子。"好像在什么时候听到过，申沉在心里咀嚼着这句似曾相识的话。他抬起头，见辉子一副乐不可支的样子，恍然大悟。

十多年前的一个夜晚，也是一个冬天的夜晚，才才在宿舍里面给他在前几天刚刚"修成正果"的女朋友发了一条短信，述说自己的思念之情，可万万没有想到的是，半个小时后，那个女孩子回了一条这样的短信，"我有新男朋友了，我们不要再联系了。"当时的才才一下子被彻底击晕了，他怎么也不会想到，前天才和他一起去宾馆开房间，才和他一起"修成正果"的女朋友怎么会在短短的几天时间里面就结交了新的男朋友，并且要与他分手。那一夜才才痛苦得彻夜难眠，时间一分一秒地煎熬着他。凌晨三点，才才从床上翻身而起，他觉得一定要问出个究竟。他打车来到那个女孩子学校的女生宿舍楼下，整个女生宿舍楼一片漆黑，楼门还没有开。才才就在女生楼下，一圈圈地转着圈，还在冥思苦想那个问题。天寒地冻的两个多小时，就在才才被冻得快要失去知觉的时候，女生宿舍楼一楼门卫室的灯亮了起来。值班的宿管阿姨从里面摘下了挂在门上的锁，打开了门。大门才刚刚打开一条缝，门卫阿姨才要转过身去，"嗖"的一条黑影窜了进来，睡眼蒙眬的门卫阿姨被吓出了一身冷汗，瞬间清醒了过来。"嗖"又一条人影随后扑了过去，第二个是门卫的人影，才才被现场捉住。

中午十一点了，保卫处处长，一个五十来岁的胖胖的男人双手叉腰，呼呼地出着粗气站在才才对面，一上午他说得口干舌燥，可才才就是不说他是哪个学校的，凌晨五点半擅闯学校女生宿舍是为了什么。"这小子速度还真快，我刚开门，一条黑影儿就窜进来了，吓了我一跳，我还以为是一条狗呢，结果等我缓过神来，一个大活人站在我面前了。多亏我反应速度也不慢，我一下子就扑过去了，把这小子逮了个正着。"坐在边儿上的宿管阿姨还在吹嘘着自己的忠于职守。"这样吧，小伙子，既然你什么都不肯讲，那我们也只好通知公安部门了，你这种情况，据我们来推测，不是小偷就是要耍流氓。""我不是小偷，也不是流氓，更不想偷东西或者耍流氓，你不要冤枉好人。"才才说得义正词严。"那你倒是告诉我你到底是为了什么才闯女生宿舍的，跟你耗了一上午，你就是什么都不说。"保卫处处长向才才歇斯底里地嘶吼着，他一双肥厚的大手按在才才坐的那把椅子的两只扶手上，几乎与才才头顶着头，尽管是寒冬，他油亮的额头上已经渗出了密密的汗珠，"你不要以为你这样保持沉默负隅顽抗就能蒙混过关，那不可能，我可以很负责任地告诉你，不要心存侥幸，我们处理不了，公安部门会有办法撬开你的嘴。"才才心虚了，他也不想把这件事搞到公安局去，那样的话他的学校也会知道此事。"我是来找我女朋友的。"才才低声说。他把事情的前因后果向保卫处里的每个人讲述清楚，并一再强调这是他一个人的行为，他的女朋友并不知晓，所以不要连累到她。保卫处随即唤来了才才的女朋友，那个女孩子也证明了才才的话是真实的，是她结交了新的男朋友，才会引出才才做出如此不理智的举动。事情搞清楚了，保卫处处长让那个女孩子先回去了，他拉过一把椅子，坐在才才身边，"小伙子，你的心情我们能理解，"保卫处处长用一种长辈一样的口气对才才语重心长地说，"年轻人嘛，遇到情感上的一些挫折，是难免的，可是要勇敢和理智地面对，不能一意孤行，情感的事情是无法勉强的。我们也是从年轻的时候过来的，谁年轻的时候没疯狂过呢？"听到这里，坐在一旁的那个中年宿管阿姨抬头意味深长地看了一眼保卫处处长。"小伙子，听我的，今天冬至，应该回家吃饺子，早点儿回家吧。""那你怎么不回家吃饺子？"才才抬起头问他，"我他×也想早点儿回家吃饺子，我走得了吗？要不是你一直在这儿折腾，我早走了。"保卫处处长气急败坏地对才才喊道。

申沉、辉子两个人共同回忆到这里，笑得流了出眼泪，"才才太他×逗了，看他现在一副老婆孩子热炕头儿的样子，我怎么也想不出来丫当年能干出这么牛逼的事儿来。"申沉说。

天很快就黑了，辉子用手在雾气腾腾的玻璃窗上抹开一块半尺大的地方，外面的雪忽忽下得正紧，天地间白茫茫一片。两个人又碰了一下酒杯，"申沉，你知道吗？我们从小一起长大，我们还是在同一天出生，可我一直觉得你的性格要比我开朗，你的乐观和快乐就像你自身带来的光一样。虽然我们长大了，头上都有白发了，快乐可能也变得越来越困难甚至珍贵了，但你不要丢掉了你的乐观和快乐，即使再难，也不要丢掉了。你知道我对你印象最深的一个画面是什么吗？那年我们上小学五年级，学校组织运动会，我和你都报名参加了男子100米的比赛，在半决赛的时候，我和你不是一组，我跑完以后在那头儿看着你跑，你箭一样地冲过来，把你所有的对手都远远甩在了后面，你冲过终点线，却没有停住脚步，你一直跑到我的面前，跳着脚对我高喊着：'嘿，这次我最快。'申沉，那才是你。"

晚上八点，他们两个人从饭馆里面出来，街上一个行人都没有，脚下是厚重的积雪，天气真冷，呼出的气是白色的，在半空凝成细碎的冰碴儿。申沉走在前面，辉子在后面。"啪"的一声，申沉趁辉子不备扔过来一个雪球，正打在辉子的胸口上，像绽开了一朵雪莲花。"他×的。"辉子忙俯身也去捏雪球，申沉向前跑了几步，停下，借着惯性向前滑出，扭过头来向着辉子笑。他手里的雪球没有抛出去，他站在原地看呆了，就像时间忽然打开了一个隧道，辉子走进去，年届四十，却发现十岁的那个世界，妖怪还藏在身后的梨木大柜子里低声呓语。他看见儿时的申沉脚穿白塑料底棉鞋，身后背着书包，一通猛跑后，将身子灵巧地一侧，滑出一大段冰，回过头冲他痴痴地笑。

　　鲁鲁、王莹和叶子坐在包间的一头低头看着手中的圣诞礼物说笑着，中间位置的沙发上坐着辉子、才才和姜南，他们三个人面无表情地盯着正在台上深情演唱的二老虎和申沉。二老虎一手握着麦克风一手搭在申沉的肩上，他们两个人正在演唱BEYOND乐队的《光辉岁月》，"这两个傻×一下点了十首BEYOND的歌，唱半个多小时了。"姜南瞪着眼睛对才才说。"让他们唱去，累死他们丫。咱们喝酒。"才才举起手中的克罗纳啤酒和姜南还有辉子相碰。乐曲终于结束，二老虎用粤语向台下坐着的众人起劲地打招呼，"多谢，多谢大家。"他几乎每一曲唱完都要这样和大家打招呼。台下无人应答，"掌声，掌声在哪里？让我看见你们的双手。"二老虎还在高亢地叫喊着。几个女人抬起头来，发出寥寥的掌声，那三个男人如同看着眼前的空气一样，毫无任何反应。二老虎兴高采烈地好像对着数万热情的听众一般从高凳上站起来跳了几下，又和坐在旁边的申沉无比深情地拥抱了一下，"谢谢大家的掌声，谢谢我的歌迷们，你们的支持是我们前进最大的动力。"他抹了一下头上的汗水，"接下来，我们两个人要为大家再献上一曲经典老歌，《皇后大道东》，谢谢大家。"二老虎话还没说完，姜南就冲了上去，抢过二老虎和申沉手中的麦克风，"你们两个滚蛋，多半天了，我们都坐烦了。叶子，叶子快来，该咱们了。"二老虎和申沉嘻嘻哈哈地被姜南赶下台，两个人各拿起桌上的一瓶啤酒，背后传来了姜南的声音，"谢谢大家，台湾的朋友们，香港的朋友们，还有马来西亚的朋友们，谢谢你们不远千里前来看我们的演唱会，我们要为大家演唱一首《广岛之恋》。"才才抬头看着上面的姜南和叶子，"全都是一个毛病，妄想症。"才才嘟哝了一句。

　　申沉和叶子还有鲁鲁在玩划拳的游戏，他连着输了好几局，喝下了好几杯啤酒，头有些发晕，可还在和她们大声地说笑着。"申沉，申沉。"坐在台上的辉子在喊他，申沉摆了摆手，"你唱你的。""申沉，过来。"辉子还在叫他，申沉抬起头，辉子向自己的背后指了指，背后的大屏幕上出现了"山丘"两个字，申沉站起身，一口气喝光杯中的啤酒，走了上去。申沉和辉子相隔着一米的距离坐在两个高凳上，每人面前各立着一个麦克风。《山丘》的前奏音乐响起，房间里安静了下来，这是申沉和辉子两个人最喜欢的一首歌。没有人再说笑了，只有音乐伴着两个男人的声音，心声与歌声一同传入耳际。"想说却还没说的，还很多。攒着是因为想写成歌，让人轻轻地唱着，淡淡地记着，就算终于忘了，也值了。说不定我一生涓滴意念，侥幸汇成河，然后我俩各自一端，望着大河弯弯，终于敢放胆，嬉皮笑脸，面对人生的难。也许我们从未成熟，还没能晓得，就快要老了，尽管心里活着的还是那个年轻人。因为不安而频频回首，无知地索求，羞耻于求救，不知疲倦地翻越，每一个山丘。越过山丘，虽然已白了头，喋喋不休，时不我与的哀愁，还未如愿见着不朽，就把自己先搞丢。越过山丘，才发现无人等候，喋喋不休，再也唤不回温柔。为何记不得，上一次，是谁给的拥抱，在什么时候。我没有刻意隐藏，也无意让你感伤，多少次我们无醉不欢，咒骂人生太短，唏嘘相见恨晚，让女人把妆哭花了也不管。遗憾我们从未成熟，还没能晓得，就已经老了，尽力却仍不明白，身边的年轻人。给自己随便找个理由，向情爱的挑逗，命运的左右，不自量力地还手，直至死方休。为何记不得，上一次，是谁给的拥抱，在什么时候。"

66

　　平安夜这晚KTV里面爆满了，每一个包间都挤满了欢乐的人群，走廊里也弥漫着曲调参差不齐的歌声。申沉从洗手间里面出来，他喝得有些多，在洗手池边洗过手，他又埋下头去狠狠地用水洗了洗脸，站直身体，申沉双手撑在洗手台边上，脸色有些黯淡，他抹去脸上的水滴，凝视着镜子中的自己，观察着镜子里自己的异同。

　　这时他发现镜子中倒映出了一个人的身影，那个人就安静地站在他背后两三米远的地方望着他的背影。申沉慢慢地转过身，一个穿着一身浅灰色羊绒长裙的姑娘就站在他的身前，两只眼睛定定地看着他。"美冬，怎么会是你？"申沉吃惊地问。美冬就站在那里，一动不动地望着他，心中同样如潮水般起伏不定，她也没有想到会在这里遇见申沉。刚才她只是瞥了一眼镜子前面正在弯腰洗脸的那个男人的背影，她只是觉得那个背影她很熟悉，像熟悉自己的动作一般，没想到当那个男人直起身看着镜子的时候，她却再也无法挪动自己的脚步，那个人就是申沉。美冬想张开嘴和申沉说些什么，却无比困难，她的心中千言万语最后却只是"嗨"了一声。申沉感觉头很晕，他靠在洗手台上，"美冬，你不是回日本了吗？""又回来了。"美冬轻声地回答。这时从男洗手间里面走出一个身形高大穿着一身挺阔西装的男人，"咦，笠间小姐，你还在这里。"申沉听到另一个男人喊出美冬的名字，心里有一点异样。"这是我的一个朋友。"美冬目不斜视地盯着申沉向那个男人介绍申沉。两个男人彼此间轻轻点了一下头，说了一声"你好"。三个人都没有再说话，有些尴尬地站在那里。那个男人见美冬暂时没有要离开的意思，"笠间小姐，那我先回房间去了。"说完扶了一下美冬的肩头。美冬的肩膀很细微地抬了一下，没能躲过申沉的眼睛，"你还住在以前的地方吗？"美冬问，"是的，还在那里。"申沉说。他转身抽出一张纸巾，把额头上的水擦干净，"你们在谈恋爱？"申沉盯着美冬的眼睛问，"不知道。"美冬抬起眼睛，做个迷惘的表情，随后又从嘴角溢出一缕即使没有充分的说服力却也足以激怒面前这个男人的满足感。"你们大家一起来的吗？"美冬问，"是的，来一起坐坐吗？""不了，我不过去了。你们好好玩儿吧。""那好吧，我先回去了。拜拜。"申沉冲美冬点了下头，慢慢从美冬身边走开，他回到房间以后，整晚都没有再唱一首歌。

新年临近了，从深圳罗湖口岸过香港的人很多，新雅随着人流慢慢向前走。她掏出手机，拨通了管素强的电话。"过海关了吗？"管素强在电话里面问。"还没有，人很多，"新雅转身将自己的另一个背包递给身边的女伴儿，"素强，你别忘了今天下午去接弯弯放学，今天是周五，她们放学比平时早，三点半就要放学了。如果不愿意做，你就带着弯弯去外面吃些饭吧，我明天下午就能回来。"新雅在电话里叮嘱管素强。"你放心好了，我一定早早地去学校接女儿。你好好玩儿吧。"管素强说完挂掉了电话。新雅向前望了望，快要排到了。

晚上将近十点，新雅洗完澡穿着浴衣从浴室里面出来，她走到酒店的窗边，外面的雨下得很大，路边的树在狂风暴雨中疯狂地摇摆着。她从头上取下裹着的毛巾，擦拭着头发，"刚才你手机响了两次，是你家里打来的，我叫了你两声，你没有听见。"坐在沙发上看电视的好朋友对她说。

听说是家里打来的电话，新雅停下了手上的动作，她把头上的毛巾重新裹好，拿起手机，回拨了过去。"妈妈，你在哪儿？我害怕，你快点儿回来。"电话里面传来了弯弯的哭声，声音很大，连坐在一旁看电视的好朋友也听到了，她拿起遥控器调低了音量。"弯弯，你别哭，到底怎么了？妈妈明天就回家了。""妈妈，你现在就回来吧，外面的雨好大呀，雷也好大，我一个人在家害怕。"弯弯在电话里面大声哭喊着。"怎么会是你一个人在家，爸爸呢？"新雅着急地问，"爸爸出去了，说有事情，他的电话关机了。""好，弯弯，别怕，妈妈这就回家，你把门锁好，妈妈回家之前谁来也不要开门。"新雅挂上电话，马上拨通了管素强的电话，里面果然传来了"对不起，您拨打的电话已关机"的语音。新雅疯了一样一把扯掉头上的毛巾，她冲向衣柜，边取衣服，边对旁边一脸诧异的好朋友说："不好意思，家里有事儿，我得赶回深圳去。"

接近午夜一点，新雅赶回了家，她心惊肉跳地拧开房门，客厅的灯还亮着，弯弯躺在沙发上面睡着了。管素强还没有回来。新雅脱掉被雨打湿的外衣，轻轻地走了过去，弯弯侧身躺在沙发上面，头枕在自己的一条胳膊上，另一只手垂了下来。新雅弯腰将弯弯抱起来，弯弯醒了，一下子抱住新雅的脖子，"妈妈，你回来了，你回来我就不害怕了。"新雅将弯弯抱进卧室里面哄睡，她轻声地关上房门，抬头看了下墙上的表，已经午夜两点多了。她又拿起手机，再次拨打管素强的电话，还是已经关机的提示音。新雅在原地愣了几秒，她拿起沙发上的大衣和车钥匙，走出了大门。

新雅将车停在公司大楼的地下停车场里，停车场里面鸦雀无声，一片死寂。只有不多的几辆车还停在这里。暗黄的灯光像鬼火一样照得整个停车场幽暗恐怖。新雅顾不得这些，她快步地走向电梯。在公司的大门外，新雅拿出钥匙拧开了公司的大门，开门声在寂静的楼道里刺耳地回响着。她走进公司，里面也是一片漆黑。她反身关上门，平复了一下自己的呼吸，也许她想错了，多年前的一幕在新雅的脑海中浮现，她不甘心地向最里面的总经理办公室走去，走到门前，里面同样一片漆黑，新雅把手握在了门把手上面，她犹豫了一下，她心里到底是害怕那一幕的出现，还是企盼那一幕的出现，新雅自己也说不清楚。她果断地拧动了门把手。"谁？"黑暗中响起了一个男人的声音，新雅随即按亮了墙上的开关，一瞬间亮起的强烈的灯光连同新雅的眼睛也刺花了，她第一时间适应了屋里的亮度，办公室里面那张大床上，睡着管素强和另外一个女人，管素强愤怒地看着她，那女人也看清了站在门口的新雅，她把被子用力拉过头顶，努力将头缩了进去，可新雅还是看清了床上的那个女孩子正是才来公司不到一个月的那个二十出头做助理的小姑娘。新雅也很好奇她此时为什么会如此的平静，她不想吵，也不想闹，好像是自己打扰到了别人的好梦，她甚至觉得有几分歉意，她按灭了屋里面的灯光开关，转过身轻轻地把房门关上。

深夜的街头，只有新雅的一辆汽车驶过，雨早就停了，汽车的灯光洒在潮湿的路面，蜂蜜般黏稠。新雅将车窗降下一点，雨后清新的夜风灌了进来，新雅感到一种从心底涌起的轻松。

"叶子。"美冬向从远处走来的叶子使劲地挥了挥手。叶子快步地跑过来，紧紧地抱住美冬，两个姑娘拥抱在一起。好久，叶子从美冬怀里出来，用拳头重重地打了美冬一下，"你这个家伙，走的时候那么突然，也不和我说一声，临上飞机了才给我发了一条信息。现在回来了，还是一声不吭的，也不通知我。太不够意思了。枉咱们两个人好了那么多年。"美冬羞愧得不知说什么好。

虽然寒风凛冽，可是今天的阳光很充足，投射到身上带来一种软软的感觉，像是在提醒她们，眼前的一切都是你熟悉的呀。春节期间的紫竹院公园里面游人非常稀少，连结冰的湖面上都没有人在游玩，湖边成排的柳树干枯的枝条大幅度地在风中摇来摇去。两个姑娘互相挽着胳膊，漫步在园中。

"回来多久了？"叶子问美冬，"快一个月了。""你是平安夜那天见到申沉的？""是的，真巧啊，我和以前的同事一起去KTV唱歌，正巧你们那天也在那儿，我就碰到申沉了。""申沉前天才告诉我们你回来了。当时真是吃了一惊。"美冬向后捋了一下被风吹散的长发，笑了笑没有说话。"为什么那天不来我们的房间坐一坐？这样大家都能见面了，你走以后，大家都挺惦记你的。""不想去，有些害怕见到你们。""这话说得真没有道理，大家都是好朋友，一起度过了那么多年，有什么可害怕的呢？"美冬还是没有回答。她们漫步到了湖的北岸，午后三点的阳光没有遮拦地照射下来，照在湖上的冰面上，跳跃着闪闪发光。

她们两个人在一张湖边的长椅上坐下，各自把围巾围紧，将衣领竖起来。"叶子，这里好安静啊。真是好久没有来这里了，什么都没变。"美冬说完，出神地看着空无一人的冰面。"现在我还记得我第一次死拉硬拽地要你陪我来这里的事情。"叶子说。"是啊，有多久了，已经过去十多年了。"美冬的思绪又回到那遥远的同样是假期里面的冬日午后，他们一群少男少女在冰面上滑冰车的情形。那是她第一次见到申沉和辉子他们，也是第一次见到申沉眼中夺目的光芒。想到这里，像有一阵阵欢快的笑声从远处的冰面传来，挂在嘴角的微笑却越来越勉强。"美冬，你就是那次认识的申沉吧。""是啊。""我记得当时你对我说，觉得他在这群人里面最聪明。""的确是这样，我那时就被他深深吸引了。"时至今日，说起这些美冬还是有一丝羞涩。"喂，美冬。""嗯？""申沉好像和那个女牙医分手了。""我想到了。""是他告诉你的。""没有，他什么都没说，是我猜到的。""你猜到的，你只见了他那一次。而且你们也没说几句话吧。""是的，没说几句话，不知道说什么好。可我猜到了，从他的眼睛里面。"叶子转过头，十分认真地看着美冬。

"叶子，我和申沉好了十多年，我太了解他了。你们这些好朋友也许从来没有太注意过申沉的眼睛，可我知道，他的眼睛是会说话的，他心里的一切都能从眼睛里面读出来。他以前的眼睛是什么样子，我一直都记得，可那天他的眼神是我从来没有见过的，他的眼神是那么黯淡了，像蒙了一层雾一样的东西，模糊不清了，像被什么遮住了眼睛，我看着都觉得心疼。"

"美冬，你想过重新和申沉开始吗？再回到他的身边。"美冬在微笑里摇了摇头。"为什么，美冬，你难道不是为了他才回来的吗？""我只是想他，也想念这里，才会回来。却不会再和他在一起了。他已经不再是从前的申沉了。""他不再是从前的申沉了？美冬，这是什么意思？""我刚才说了，他的眼睛是会说话的，而我恰恰是可以全部读懂那些内容的人。他的眼睛里面还有别人逗留的身影，那身影清除得不够干净。"叶子听完，感到一阵伤心难过，她靠在美冬的身上，紧紧地挽起美冬的胳膊，一同望着寂静的冰面。

67

　　三月的京城乍暖还寒，十六七岁的少男少女们有些等不及春天的脚步了，早早地脱下冬天的长衣，换上了轻薄的春装，却在一阵阵的冷风里面缩紧身体，自顾自地和天气做着对抗。

　　"你看，现在的这些年轻人真是不怕冷，虽然太阳挺好，可气温还是低啊，我昨天都瞧见有的女孩子开始穿裙子了。"走在辉子身边的申沉的两只手还插在大衣兜里面，"咱们是不行了，快奔四十的人了，和他们比不了，后辈凶猛啊。"申沉说完露出一个似有似无的笑容。"哎，申沉，我下周要陪我的一个客户去澳门玩儿几天，和我一起去吧。""我不去了。""去吧，你一个人待着也闷，跟我一块儿去，几天就回来，也出去散散心吧。"辉子再次发出邀请，"真不去了，去年一年净请假了，单位意见挺大的，这刚刚开春儿，单位事儿也挺多的，我不去了。以后再和你一起去。""那好吧，我有个四五天就回来了，你好好儿的吧。"辉子嘱咐申沉，"我又不是小孩子了，没那么多事儿啊，你踏踏实实去你的，放心，我没事儿。对了，你都到澳门了，不顺路去深圳看看新雅姐和弯弯她们母子俩？这次春节回来，我觉得新雅姐气色很不好，也瘦了挺多的，听二老虎说新雅姐和管素强过得十分不开心。"申沉说。"我也听二老虎说了，新雅姐这次春节回来我和她聊了一回，她也没说太多。待了没几天就又回深圳了。""那你去看看她吧。""再说吧，可能先不去了，这次还是想直去直回。"

　　申沉和辉子边走边聊着，一个皮球快速地从辉子的左侧滚了过来。辉子和申沉同时看到了，辉子瞬间一个大步跨出去，用右脚的内脚背一磕，将皮球停下，皮球在惯性的作用下弹了起来，离地面有三十厘米的高度，辉子非常连贯地伸出穿着黑色皮鞋的左脚，在脚触球的一刹那，辉子忽然想到也许是个小孩子呢，身随心动，及时收力，只用脚背处轻轻地一拨，那皮球轻轻巧巧刚好回到一个迎面跑过来的五六岁的孩子怀里。"谢谢叔叔。"那个男孩子也目睹了刚才这位叔叔一连串的行云流水般的动作，这是他这个岁数的孩子根本无法轻易完成的难度动作，他有些羡慕地看着眼前的这个叔叔。"快谢谢叔叔呀。"一个与他们岁数相仿的女人快步走过来，扶着男孩子的肩膀，显然是那个男孩子的妈妈，"谢过了，谢过了。"辉子赶忙说。那女人领着男孩子往回走，边走边叮嘱："说了多少次不能在街上踢球，车那么多，太危险了。""妈妈，可我不在这儿踢，没处踢球啊，学校都不让踢球了。妈妈，我想和那个叔叔学踢足球。""叔叔那么忙，哪有时间教你呢。"母子两个的声音越来越远去了，男孩儿还不时地回过头。

　　"现在的孩子真是可怜，连个踢球的地方都找不到了。哪像咱们小时候，哪儿都能踢。"辉子对申沉说。申沉的眼中充满光亮和喜悦，"行啊，辉子，刚才看你那两下，脚下技术一点儿没丢，停球挑球，真是风采不减当年啊。"申沉的话让辉子瞬间豪情满怀，"那当然了，西廊下的第一中场发动机，是那么随便说说的吗？""那我就是西廊下第一前锋。"申沉的声音很大很嘹亮。

　　晚上十点多，申沉披上大衣从家里出来，他不知道自己要去哪里，总是觉得心里烦躁不堪。他缓步走出西廊下的街口，那几幢塔楼里面还有半数亮着灯。申沉抬头向楼上看了看，拉开车门，坐了进去。申沉在车里静静地抽着烟，一片黑暗当中只有手中的烟头在忽明忽暗。这个时候二老虎应该已经哄着闺女睡下了，辉子还在澳门，他也不想这么晚再去打扰才才和姜南。他就这样在车内坐着，车窗外偶有经过的行人和车辆，谁也没有注意到他的存在。注意到了又能怎么样呢？不过是一个在深夜里独坐车内的孤独的男人而已。

从江西回来以后，申沉与隋欣再没有见过面，连电话彼此都没有打过一次。申沉有时会非常想念隋欣，想到心疼，继而会想起隋欣告诉他的那些犹如还在一滴滴往下滴着血的现实。那是申沉根本无法接受的。从那天之后，申沉的心里多了一层恨意，在此之前，他没有恨过任何人，更不知道恨是何等滋味。他恨那个叫洪波的大山里面的男人，恨医院里担任要职的丁主任，他恨所有与隋欣有过肌肤之亲占有过她全部的男人。想到这里，申沉的身体又是一阵发紧，这种像生病前的感觉申沉自己太熟悉不过了。那是心脏和大脑发生的痉挛所连带的一系列生理反应。他使劲摇了摇头，不愿再想下去，每到这个时候，他都要刻意狠狠地去摒弃打断自己的思路，他无法顺着这条思路再行走下去，他感到体力不支，他感到寸步难行。"算了吧，就这样忘了吧。你做不到，你真的做不到，隋欣说的没有错。"申沉在心里又一次对自己说。

申沉再点起一支烟，美冬这个东京的姑娘又闪现在他的脑海里。几个月之前圣诞节前夜在KTV里面的那次碰面，同样让申沉吃惊不小。美冬是什么时候回来的呢？应该就在那之前不久，当申沉认出站在他背后一直凝望着他的美冬，那一刻申沉觉得自己竟有些慌张无措，看到后来那个陌生的男人把手搭在美冬肩上的时候，他竟然在吃醋，"这又是为什么呢？你已经和那个日本姑娘分开了很久了。你已经没有权利再去做什么了。"这三个月来，他和美冬同样没有再见过面，两个人也没有通过电话，至于美冬在回日本之后这段时间过得到底如何他无从知晓。彼此慢慢适应，最终成为陌生的路人，也许这样才是最好的方式。

时间临近夜里十一点了，申沉拉开车门从车内出来，他站在路边伸出手摆了摆，一辆出租车停在他的身边。

在后来申沉的记忆中，那一晚他在午夜两点的时候曾醉眼蒙眬地看了一眼表，桌上的两打啤酒已经被他一个人喝光了，酒吧里面人还很多，音乐还在大声地咆哮着。许多人还在开怀畅饮，另一些人已经将往事伴着酒精一起喝下了肚中，申沉一个人歪坐在一张沙发里面，他招手叫来服务员，"先生，请问你还需要什么？"服务员端着托盘走过来。"再拿几瓶啤酒来。"申沉对服务员说。"几瓶呢，六瓶可以吗？"服务员态度十分的好，笑眯眯地看着已经喝醉了的申沉，申沉无力地点了点头，服务员笑着退开了。

"先生，先生，请您醒一醒，我们要关门了。"申沉被人推醒，他坐直身体，十分虚弱地靠在沙发上面，眼前的人已经不是昨晚的那个服务员了，换了另一个人，"现在几点了？"申沉问对方，"快早上四点半了，我们要关门了。"申沉身前的桌上还放着两瓶没有喝完的啤酒，"先生，这两瓶酒您不要了吧，我们撤下去了。"申沉摆了摆手，他坐在那里，使劲地回忆着昨天晚上他来到酒吧后发生的事情。他第一个动作是先把手伸到大衣兜里面摸手机，手机还在，他又取出钱包，"结账吧。"他对服务员说。"先生，您昨天晚上已经结过了。"申沉看着手中的钱包，他还有一丝丝的印象，他好像是在叫过第二次酒之后结过了账，看来当时的自己还没有完全丧失意识，他对这点还比较满意。

申沉裹紧大衣从酒吧里面走出来，刚过五点钟，天还黑着，东方的天空已泛出暗红，一轮将圆之月落在幽蓝的西天，紧挨着一排狭长的鳞状白云。路上没有人，他在原地站了一会儿，也没有出租车从这里经过。他点上一支烟，摇摇晃晃地向前面的街走去，希望在那里可以拦到出租车。

申沉走过了两条街，在这个寒冷的清晨，京城所有的出租车像是有意要和他作对一般全体消失不见了。申沉头晕得厉害，他感觉两条腿像灌了铅一样的沉重。又走过一段路，路边有一棵大树，他走过去，想靠在树上休息一会儿，却慢慢地滑了下来，坐在了马路牙子上。他太困了，申沉背靠着大树的树干，他太想睡上一会儿，他慢慢闭上了眼睛。

不知睡了多久，申沉的脚被别人踢了一下，他下意识地缩回双腿的同时也醒了过来，三个年轻人正从他身边经过，其中的一个人绊在了申沉的腿上，申沉睁开眼睛，那个二十出头的人正怒视着他从他身边走过，嘴里不知道正骂着什么。

申沉在原地坐了一会儿，他扶着大树站起身，身上没有一点力气，他走到墙角处小便，然后继续向前走。走到了拐角处，他看到路口的对面有一个早点摊，申沉觉得肚子饥饿得厉害，他朝早点摊走了过去。

申沉要的馄饨端了上来，呼呼冒着热气，他吹了一口气，小心地喝下一小口碗里面的热汤，舒服极了。他修长而略显苍白的手指把混乱的长头发向后面拢了拢，旁边桌上人的说话声传到他的耳朵里，他侧头望过去，刚刚从他身边经过的三个年轻人正在另一张桌子上吃早饭，三个人正大声地说着脏话。

申沉把碗推开，从椅子上面站起来，脚步不稳地走到那三个人的桌子前，那三个人有些警觉地同时不怀好意地看着申沉。"年轻人，油条是要泡在豆浆里面吃的，这是规矩，懂吗？"申沉说。"你他×滚远点儿，别跟这儿碍眼。"其中一个人，好像是早上绊到申沉脚又骂脏话的那个人对申沉说。申沉听了笑了笑，又往前走近两步，他双手撑在那张白色的塑料桌子的桌边，他看着那三个人，又笑了笑，"吃你××吃。"哗啦一声，申沉将那张桌子掀翻。那三个人同时向申沉扑来，申沉想去拉过身后的一把塑料椅子，却被一个人先出一脚踹倒。

辉子被一阵强烈的心慌搅醒，他"忽"的一下子从酒店床上坐了起来，室内的光线很暗，辉子努力地环视了一下四周，反应过来自己还在澳门的酒店里。厚重的窗帘还严严地拉着，不知道现在是什么时间。他拿过床头柜上的手表，时间才刚刚早上六点钟多一点。辉子起身，"哗"的一下把窗帘拉开，柔和的晨光透过窗户洒进屋里。他拿起茶几上的一瓶水，拧开盖子一口气灌进去了半瓶。心慌的感觉平复了一些，他又瞥了一眼旁边的手机，时间还早，他也没想好应该把电话打给谁。辉子摸过香烟和打火机颓坐在沙发里面。

"事情的经过你们双方也都说了，我们也都了解清楚了，是他先挑的事儿，可人你们也打了，你们看看是怎么解决。"派出所里的一位民警非常不耐烦地坐在他们几个人的对面，申沉低着头，好像没有在听那个民警在说话。那三个人凑在一起商量了一阵，他们向申沉道了歉，申沉好像也没有在听。"行了，既然你们决定互相不追究对方的责任，过来签个字，就可以走了。"申沉签过名字，刚要往外走，警察叫住了他，"你先等会儿再走。"申沉又坐回到那把塑料椅子上面。

申沉掏出烟，向那名警察晃了晃，"可以吗？"警察不置可否地看向别处，"知道干吗让你先别着急走吗？为了你好，让他们先走，别一块儿出去，外面再打起来，吃亏的还是你。"申沉没说话，一个人坐那儿抽烟，"现在的年轻人火气都大，人比你多，就更牛×了。你也是小四十的人了，骂两句就骂两句，你又能少了什么？他们人多，该忍就忍忍，低头过去得了。犯不上较这个劲，到最后，吃亏的还是自己。"申沉熄灭了手中的香烟站起来，掸了掸衣服上的土，"行了，走了。"他说完走了出去。

已经上午快九点了，街上的行人车流往来密集，申沉的酒彻底醒了，他走进一个路边的公共厕所，在洗手池边洗了洗脸，外衣在早晨的打斗中被撕破了，脸上有些伤，他捧起冰凉刺手的自来水，把脸上的伤口洗干净。

68

申沉刚刚走过一个路口，衣袋里面的电话就响了起来，是二老虎打来的。"你今天没上班啊？"二老虎在电话里面问。"没去，有点儿事儿。""哦，我早上走的时候看你的车还在呢，没什么事儿吧？""没事儿，放心吧。"申沉挂掉电话，却一下子愣在了原地。他的不远处就站着美冬。美冬也认出了他，又好像不认识他似的望着眼前衣衫不整头上还有伤的申沉。美冬一动不动地望着他。申沉慢慢走到美冬跟前，美冬还穿着以前常穿的那件黑色长款大衣，看上去十分瘦小娇弱。她看着申沉看着自己，就低下头，再扬起来的时候眼眶里已经有了泪光。

"美冬。"申沉的声音听起来远远的，叫了她一声，现在美冬的眼里灌满了泪水，她走近申沉再次低下头去，像是自言自语地轻声说道："没意思，真的，一个人没意思。"

申沉这会儿安心了，头靠在美冬的肩上睡着了。睡得很沉。在地铁二号线里坐了一整圈。人真多呀，太挤了，浓重的汗馊味一股股涌来，到处都是大包、小包、各式各样的包。一双双粗糙干裂的手拉着油腻腻的拉环，眼睛里没有光,没有期待,终年如此。即使心里有一些,也从不出现在眼睛里。这些人从不流露自己的情感,仿佛流露是一件让人害羞的事情。一群群不爱流露情感和期待的人,从车厢里涌出来,带着一团热腾腾的臭气,无遮无拦。

关上房门,美冬转过身体,"申沉!"她突然大声地叫出他的名字,然后挑衅地笑着盯着他看,仿佛她一时间所有的爱恨交集,就想让他看一看她仇视他的模样。申沉感到一种既悲哀又无限安稳的情绪缓缓注入自己的心中。那安稳的情绪恰似拂晓时清冷的光辉,令人神清气爽,它一点点荡去所有杂念,毫无刺心之痛,化作了这个早晨清澄的悲哀。一串珍珠般的笑声再次从美冬的喉底滑出,她柔软的嘴唇张了又合。浑身发烫的申沉抱住美冬,吻她,抚摸她,他看见了他身体侵占着她的每一个角落,他侵占过她的每一个角落。这是真的吗?已经锁了好多年的记忆在四周凶猛生长,鲜艳的躯体在这里成为她唯一的笑容。申沉好像闻到了泥土和树木的芬芳,"不要忘了我,不要忘了我。"她颤抖的声音一遍遍向申沉哀求。

雨打在屋顶上,窗外昏黄的灯光化成了液体。广场边有一列长凳,湿漉漉的。没有人坐在那里。一个喷水装置喷出一道道弧线,捕捉了灯光,灼灼生光。

弯弯穿着一双颜色鲜黄的小雨靴,撑着一把小伞,在那道弧线的下面蹦蹦跳跳。她的头发贴在了自己的脸上。

新雅手中的咖啡早已经凉了,她没有喝几口,只有杯沿上留下了一点点痕迹。窗外的雨还在下着,新雅收回自己的目光,将其投在握着白色咖啡杯的两手上,细碎的纹路不知不觉当中爬上了手背和手指。新雅想起了辉子,想起了家人,那么多重要的人,她欠辉子和过去那一点点慷慨。

一个细雨飘飞的早晨,辉子的电话响了起来。辉子接起电话,"新雅姐。""辉子。"电话的两端都沉默了,只有彼此的呼吸声细细地传来。"还在吗,辉子？""一直都在。""我下午三点的飞机到北京，来机场接我。"辉子拉开窗帘，站在窗前，就像小孩站在窗前凝视下雨似的。他静静地点燃一支烟，"我还爱着这个女人吗？"他问自己，答案令一直关注着自己的他也颇感意外，"我还爱着她。"

一年以后。

两对中年夫妇缓步走向医院门诊大厅的大门，两个女人裹着厚厚的羽绒服，看起来十分臃肿，路过的人们如果侧脸看去，原来是两个面容姣好的挺着大大的肚子的孕妇。"新雅姐，很辛苦吧。"其中的一个孕妇问另一个孕妇。"还可以，反正还有十来天了，再坚持坚持。"新雅说完一手抚摸着自己高高隆起的肚子，一手挽过身边美冬的胳膊。"新雅姐，你今天真的和医生说好了，准备剖腹产？""嗯，放心吧，说好了。一定要和你同一天生小孩子。"在身边走着的申沉和辉子意味深长地对视了一眼，新雅是高龄产妇了，生产时的危险性会加大，她和美冬的预产期只有几天之隔，新雅决定在美冬生产那天行剖腹产，她们要让她们的孩子像他们的父辈一样在同年同月的同一天来到这个世界上。

"你们在这儿等着吧，外面儿太冷了，风也大，我把车开过来你们再出去。"申沉说完挑起厚厚的皮门帘走了出去。"你们两个在这儿先歇会儿，我出去抽根烟。"辉子对面前的新雅和美冬说完，也走出了门诊大厅。

申沉走到车旁边，刚刚拉开车门，一阵风猛地吹过来，车门随风向外面甩去，申沉一把抓住，赶紧坐进车里，关上车门。车里面的温度很低，他把暖风开到最高挡，想让车里尽快暖和起来。

"呀，我的围巾掉了。"一个熟悉的说话声刚刚落下，一个女人从申沉车前跑了过来，在申沉的车前弯腰捡起刚刚被风吹落的鹅黄色围巾，女人弯腰的同时，头上的长发倾泻下来，遮住了女人的脸颊。那个高高的个子的女人捡起围巾，将乌黑的长发拢向脑后，一张申沉曾经无比熟悉的脸庞映了出来。隋欣拿着围巾，在申沉的车前转过身，目光扫过申沉的车前方，申沉僵住了一样坐在车内看着车外寒风里面的隋欣，隋欣的目光在申沉的脸上一闪而过，没有片刻的停留，没有任何的表情，边系着围巾，边跑向了在前面不远处等着她的一位男士。隋欣跑开后，申沉的视线和站在门诊大厅门外辉子的视丝连成了一条笔直的直线。

刮了一天一夜的大风在下午的时候停了，显出一片耐人寻味的寂寥。屋外的温度却还是很低。"美冬，你自己待会儿，我出去走走。"正靠在沙发里面摆弄东西的美冬抬起头，"天气这么冷，你还要出去啊。""嗯，风停了，好几天没出去了，我叫了辉子，我们一起出去走走。你有什么想吃的东西吗？我带回来。"申沉边穿衣服边对美冬说。"没有什么想吃的，你穿暖些，别着凉了。"

风停之后的街道里面安静极了，天上还积着厚厚的阴云。申沉和辉子两个人并肩走出西廊下的街口，"上午是她吗？"辉子问申沉，申沉没有说话，继续安静地往前走，走到了大路口，大街上的人和车多了起来。"申沉，"辉子叫了他一声，申沉侧头看着眼前的辉子，"上午在医院里的那个人是她吗？"辉子又问了一次，"我记不起来了。"申沉笑了一下，"没有过不去的，只有再也回不去的。"申沉说完揽着辉子的肩向车公庄的方向走去。

阴冷的天气，到处走着面无表情的人。那两个贪玩儿的孩子越走越远，消失在天空下。

（完）